AF397879

Marcus Staiger

DIE HOFFNUNG IST EIN HUNDESOHN

IMPRESSUM

DIE HOFFNUNG IST EIN HUNDESOHN
wird herausgegeben von MFM Entertainment
(Klingelhöfer, Ruhrmann GbR), Gutleutstr. 47,
60329 Frankfurt am Main.
Autor: Marcus Staiger
Lektorat: Alexandra Hölscher
Korrektorat: Stefan Mönke
Buchrealisation: Markus Rohde
Cover Artwork und Satz: Rowan Rüster / Amigo Grafik

Copyright © 2014 by MFM Entertainment.
Alle Rechte vorbehalten.

ISBN 978-3-9814515-7-3 | Januar 2014

www.mfm-entertainment.de

Schimpfworte und rassistische Bezeichnungen innerhalb dieses
fiktionales Werkes geben nicht die Meinung des Verlages, des Autors
oder anderer Beteiligter wider.

Die Deutsche Nationalbibliothek verzeichnet diese Publikation in der
Deutschen Nationalbibliografie. Detaillierte bibliografische Daten sind
im Internet über www.dnb.de abrufbar.

Zum Abschied und zum Neubeginn

Prolog

Im Halbdunkel sitzt ein Mann. Manchmal taucht sein Gesicht kurz im Lichtkegel der nackten Glühlampe auf. Ich sehe seine kräftigen Arme mit den hochgekrempelten Ärmeln. Er spricht. Ohne Unterlass. Er will mich überzeugen. Mich, der ich auf einem Stuhl sitze und friere. Mit gefesselten Händen. Er wirbt um mein Verständnis.

Warum Verständnis? Ich verstehe doch. Ich verstehe nur zu gut. Es ist vorbei.

Deutschlandkrise

Die Deutschlandkrise im Oktober 1989 war eine Konfrontation zwischen den beiden deutschen Staaten →Bundesrepublik Deutschland (BRD) und →Deutsche Demokratische Republik (DDR), die sich aus der gewaltsamen Niederschlagung der →ostdeutschen Demokratiebewegung entwickelte.

Die eigentliche Krise dauerte 13 Tage, ihr folgte eine umfassende Neuordnung der europäischen und internationalen Beziehungen. Mit der Deutschlandkrise erreichten die Spannungen zwischen den beiden deutschen Staaten eine neue Qualität. Durch den Aufmarsch westdeutscher und französischer Truppen im →Harz und im →Fränkischen Vogtland sowie aufgrund der Mobilmachung auf ostdeutscher Seite näherte sich der Konflikt zwischen den beiden deutschen Staaten einer direkten militärischen Konfrontation. Nur durch die Zurückhaltung der damaligen Supermächte →USA und →Sowjetunion konnte eine weitere Eskalation und ein Übergreifen des Konflikts auf andere europäische Länder verhindert werden.

Kapitel 1

... und wenn die Sehnsucht schreit.

Freitagabend, 05. Oktober 2012

Wir sitzen auf ihrem Bett und alles ist anders. »Aber deswegen sind wir doch nach Berlin gegangen, damit alles anders wird. Sabine, hör mir doch zu …«, aber sie hört nicht. Sie weint. Ich sitze bei ihr und bin der Einzige, der sie trösten könnte, aber ich darf nicht. Ich will nicht. Sabine ist eine tolle Frau. Wir sind zusammen aus Gießen hierhergezogen, aber jetzt ist es eben vorbei. Manchmal ist das halt so. Was soll ich denn machen? Ich habe mich in den letzten paar Monaten verändert und sie ist irgendwie stehen geblieben. Ich habe neue Leute kennengelernt. Spannende Leute. Ich muss viel arbeiten und sie hat viel Zeit. Sie hängt da mit ihren komischen Werbeagenturleuten rum und das ist einfach nicht mein Ding. Kann man doch auch akzeptieren. Die Menschen verändern sich eben. Hätte ich ja auch nicht gedacht, dass das so schnell geht.

»Sabine«, sage ich und strecke die Hand nach ihr aus, obwohl ich eigentlich nur gehen will. Was für eine Scheiße. Lasst mich doch einfach in Ruhe. Das ist mein Leben. Ich will raus hier. Mir ist das alles zu eng und trotzdem greife ich nach ihrer Hand. Ich will nicht, dass sie weint. Ich habe das Gefühl, dass ich alles, was ich anfasse, zerstöre.

»Sabine«, sage ich noch einmal und sie lehnt sich an mich, gleitet in meine Arme, schluchzt und zittert und ich halte sie und starre auf meine Armbanduhr. Es ist wie im Film. Ich sehe mich, wie ich sitze, Sabine ganz aufgelöst in meinen Armen, und die Dinge passieren mir einfach. Ich lebe mein Leben nicht, mein Leben lebt mich. Ich spüre ihre Wärme.

»Alles ist gut. Alles wird gut«, flüstere ich.

Eigentlich will ich nicht flüstern und ich weiß, dass ich es nur mache, damit der Schmerz nicht so groß ist, damit sie endlich aufhört zu heulen, damit es ihr wieder besser geht und mir auch. Ich bin nicht hart genug. Ich müsste jetzt hart bleiben. Ich müsste noch einmal alles wiederholen, was ich eben erst gesagt habe, ich müsste es so lange wiederholen, bis sie es versteht, und ich müsste immer wieder nachstechen, doch stattdessen spüre ich, wie ich weich werde. Ich spüre, wie auch sie weich wird. Ich spüre ihren schönen, warmen Körper und ihr Gesicht wendet sich dem meinen zu und mein Mund, der eben noch in ihr Ohr geflüstert und ihre Haare berührt hat, ist nun ganz nah an ihrem Mund und ich kann das Salz ihrer Tränen schmecken und ich spüre ihre Lippen an meinen Lippen, ganz weich, und ihre Zunge. Ihr Körper drängt sich dem meinen entgegen, voller Sehnsucht, ihre Brüste heben sich und ich sehe wie meine Hand unter ihren Pulli gleitet, weil ich weiß, was mich dort erwartet, weil ich weiß, wie es geht, weil ich den Weg kenne, weil ich genau weiß, was ich machen muss, und es ist alles so leicht und vertraut und so leidenschaftlich. So leidenschaftlich, wie es schon lange nicht mehr war, ich schmecke die salzige Flüssigkeit in ihrem Mund, es kitzelt und ich überlege, wie lange wir uns schon nicht mehr so geküsst haben und denke, warum nicht? Warum sollte ich sie nicht küssen und sie streicheln. Ihre Brüste streicheln. Warum verdammt noch mal nicht? Nur weil ich gestern eine andere gevögelt habe? Nur weil ich gerade eben Schluss gemacht habe? Nur weil ich eben alles ausgesprochen habe, was mir die letzten Monate so schwer gemacht hat? Ich denke noch nicht einmal mehr an dieses drückende, bleierne, graue Gefühl in diesem Moment. Diese Lähmung, wenn man morgens nebeneinander aufwacht und sich nichts mehr zu sagen hat. Alles weg und das Licht heute Abend ist warm und vertraut und ich würde alles dafür geben, dass es genauso bleibt und alles wieder so wird wie früher. Ja, wir bleiben zusammen, Sabine. Niemals würde ich dir wehtun. Ich scheiß auf die Welt da draußen. Auf diese Leute, auf das Glitzern und das Geld, auf den Fame und all das. Ja, wir bleiben zusammen, Sabine, hier in unserer kleinen Gießener Welt. Ja, wir beide. Und ich spüre ihre Hand an meiner Hose und alles ist ganz weich und zart und hart und nass und das Salz ihrer Tränen, ihr Atem, ihre Haut und ich höre ein leises Stöhnen direkt an meinem Ohr. Ganz sanft, ganz nah und schon ewig war es nicht mehr so wie heute Abend und es wird uns zu heiß und wir müssen uns ausziehen. Wir streifen uns die Kleider ab. Ungeschickt, ungestüm, als wäre es das erste Mal, voll Verlangen und Sehnsucht und doch so vertraut. Auf einmal sind wir ganz nackt. Die Luft streift unsere erhitzten Körper und ich spüre Haut, so viel Haut, überall Haut, und wir finden uns, wir kennen die Wege, wir wissen Bescheid und alles ist so logisch und einfach. Es ist nichts Falsches dabei in diesem Moment und ich stehe neben mir und beobachte uns. Ich sehe, wie ich in sie hineingleite, sehe wie ich zucke und sich ihr Gesicht verkrampft. Ich sehe ihren Schmerz, ihre Lust, sehe, wie ich komme, wie sie kommt und mit einem Mal fällt alles in sich zusammen. Ich kann es nicht aufhalten. Es geht alles so schnell. So rasend schnell und in jenem Moment, in dem die weiße Wolke in meinem Kopf explodiert, weiß ich, dass alles falsch ist. Alles ist falsch und verwandelt sich zurück. Das Licht ist nicht länger warm. Die Gerüche nicht länger betörend, das Gefühl der verschwitzten Haut plötzlich unangenehm und klebrig. Ein Abschiedsfick und beide wissen wir es. Wir liegen hintereinander. Ich will sie halten, aber meine Beine beginnen zu schwitzen. Ich muss hier raus. Ich will weg. Wir sprechen kein Wort. Was soll ich auch sagen? Sie beginnt zu weinen. Bitte nicht. Mir wird schlecht. Scheiße. Dann schüttelt sie sich, reißt sich zusammen, rafft sich auf, bedeckt sich und zieht den Pulli über. Fest verschränkt sie die Arme vor ihrer Brust.

»Du gehst jetzt besser«, sagt sie. Ich sage: »Sabine …«, sie sagt: »Was?«, ich sage: »Nichts.«

Unter ihrem kalten Blick ziehe ich mich an. Sie schaut mir zu und ich lasse den Kopf hängen, weil ich denke, dass ich zumindest so tun müsste, als sei ich zerknirscht. Wie ein Verlierer lasse ich den Kopf hängen, während sie kühl und beherrscht den ihren hebt und mich mustert. Ich bin fertig und entschuldigend hebe ich die Hände.

»Ich bring dich zur Tür.«

Wir gehen in den Flur. Ich dreh mich noch mal um, will sie küssen, umarmen zum Abschied. Sie wendet ihren Kopf ab.

»Was soll das?«

Sie schaut mich abschätzig an. Ich versuche zu lächeln, zucke mit den Schultern. Alles falsch. Ich mache alles falsch. Sie schaut mich an mit diesem Gesichtsausdruck, der sagt: »Wenn du dich nur einmal entscheiden könntest …« Ich hasse ihn, diesen Gesichtsausdruck.

»Du bist eine Wurst«, zischt sie und ihre Gefühle schwanken zwischen endloser Liebe und tiefster Verachtung. Lass mich endlich in Ruhe, schreit es in mir, während ich wortlos dastehe. Das ist mein Leben und wenn ich hundert Mal eine Wurst bin. Es ist MEIN Leben. Trotzdem fühle ich mich wie ein Verlierer.

Ich sage: »Tschüss«, sie lächelt verächtlich und schließt die Tür hinter mir. Ich sollte verzweifelt sein und bin froh. Ich sollte glücklich sein und fühle mich wie Dreck. Wie auf Wolken gehe ich die Treppe nach unten. Bin ich jetzt frei? Ich weiß, dass sie mir aus dem Fenster hinterherblickt, wie ich zum Auto gehe, aber als ich hochschaue, sehe ich sie nicht. Ich muss noch einmal nach oben schauen und sie muss hinter dem Vorhang versteckt stehen und mich beobachten. So steht es im Drehbuch, auch wenn das hier *das echte* Leben ist. Es ist meine Hand, die den Schlüssel ins Schloss steckt. Mein Ohr, das die Geräusche hört. Meine Haut, die das kalte Metall spürt. Es ist mein Gesicht, das den kalten Nachtwind fühlt und dort oben sitzt ein Mädchen, das wegen mir weint. So ist das im Film. So ist das Leben.

Jedele sitzt vor dem Fernseher. Wie jeden Abend. Kann sein, dass da draußen irgendwelche Menschen ein echtes Leben leben. Interessiert ihn nicht. Das Fernsehprogramm ist scheiße. Wie jeden Abend. Er zappt durch die 32 Kanäle, vielleicht findet er ja irgendeinen Sexkanal zwischen all dem Schrott. Bei den »Sexy Sport Clips« bleibt er hängen. Kennt er alle schon, aber diese kleine tschechische Hure, die sich gerade die Titten reibt. Darauf hat er sich schon mal einen gewichst. Die war gut. Haha. Die war gut. Jedele fischt nach seinem Schwanz. Mit heruntergezogener Jogginghose versucht er ihn steif zu bekommen. Früher konnte er ihn noch sehen, aber das ist schon lange her. Er schnauft und schielt nach dem verklebten Taschentuch. Wie oft schon heute Abend? Egal. Gleich ist es so weit. Die kleine Tschechin spreizt ihre Beine und er stellt sich vor, wie er ihren Kopf auf seinen Schwanz drückt, dass sie würgen muss. Da, du kleines Miststück, das habt ihr jetzt von eurer Eurodollar-Osterweiterung, du kleine Kommunistenhure. Das hast du jetzt davon und er stellt sich vor, wie er in einem Abschiebeknast arbeitet, wo diese ganzen kleinen Ostnutten sitzen und auf ihre Ausweisung warten. Erst neulich hat er gelesen, dass es da dieses Lager in Altmariendorf gibt, wo die ganzen Prostituierten sitzen, die sie in der Potsdamer Straße auflesen und die zurück nach Ostberlin geschickt werden sollen. Die Ostler kriegen Geld dafür. Vierhundert Eurodollar pro Person, aber seit die der Eurodollarzone beigetreten sind, machen die sowieso alles für Geld. Diese beschissenen Russensklaven. Obwohl Russland ja auch nichts mehr zu melden hat, haha. Er stellt sich vor, wie er sich zwei von den Huren ins Büro kommen lässt, als Lagerkommandant hätte er das Recht dazu, und dann müssten die beiden ihm zu Diensten sein. Er weiß, dass die Ostlerinnen geil und willig sind. Oh ja. Das hat er schon oft genug ausprobiert, da auf dem Strich in der Potsdamer. Er mag es nicht. Eigentlich will er da gar nicht hin, aber bevor er bei seiner eigenen Ollen wieder mal nicht zum Zug kommt, geht er halt dort vorbei. LSD steht an einem der Gebäude, Ecke Kurfürstenstraße – Liebe, Sex und Drogen. Er hasst Drogen. Die ganze Stadt ist voll davon. Und von diesen beschissenen Anarchos. Zum Glück haben die Bullen das einigermaßen im Griff. Aber in letzter Zeit kotzt es ihn immer mehr an. Er würde diese kleinen Huren züchtigen, oh ja, das würde er. Jedele schnauft schwer. Genauso wie diese Tschechin, die jetzt an die Heizung gekettet wird, das gefällt ihm, macht ihn geil. Früher hätte man so etwas nur im Pay-TV sehen können, aber jetzt laufen solche Filme auch im normalen Programm. Das war schon eine gute Sache, als 2000 der TV-Markt endgültig liberalisiert wurde. Er als alter Postler war da eigentlich dagegen gewesen, gegen die Zerschlagung der Staatsbetriebe, aber eigentlich war es ihm auch scheißegal. Nur immer weniger Geld bringt er nach Hause. Die da oben machen halt doch was sie wollen, aber das mit dem Fernsehen und den Pornokanälen, das ist schon eine gute Sache. Seitdem verbringt er seine Abende vor dem Fernseher. In Jogginghose. Mit Schnaps und Papiertaschentüchern. Der Orgasmus kommt überraschend. So überraschend, dass er das verklebte Taschentuch gar nicht schnell genug zur Hand hat. Ein kleiner, trauriger Tropfen spritzt auf sein fleckiges T-Shirt. Er kann es nicht sehen, dafür ist er zu fett. Ahhh. Klarheit schießt in seinen Kopf. Er fühlt sich schmutzig. Dreckig. Eklig. Aber so ist das halt. Seine Frau ist schon lange ins Bett gegangen. Nebenan schnarcht seine Mutter und die Kinder hat er seit Wochen nicht mehr gesehen. Es ist Freitagabend, verdammt noch mal. Wochenende! Warum sollte er sich also zurückhalten? Er schenkt sich noch mal nach. Schnaps, Taschentücher und Fernsehen. Freitagabend. Jawoll. So soll es sein. Verdammte Huren. Verdammtes Fernsehen. Verdammter Schnaps. Scheiß Schnaps. Diese ganzen Idioten im Fernsehen, mit ihrem beschissenen Zahnpastalächeln. Er schaltet um. Werbung. Talkshows. Billige Filme. Käfigkämpfe, na klar, diese Hurenböcke. Die Welt wird immer brutaler und diese ganzen Ausländer machen alles kaputt. Die Ausländer und die Juden, die Deutschland noch immer dafür büßen lassen, dass die Nazis im Dritten Reich ein bisschen über die Stränge geschlagen haben. Zu Recht, wie er manchmal sagt. Zu Recht hatten die über die Stränge geschlagen. Außerdem ist es schon so lange her, aber die Juden hacken da immer noch drauf rum. Immer noch. Nach all den Jahren. Wie lange denn noch, fragt er sich. Irgendwann muss doch auch mal Schluss sein und überhaupt: Wie lange noch muss Deutschland geteilt bleiben? Nicht, dass er groß Sehnsucht auf die Brüder und Schwestern aus dem Osten hätte. Die sollen hübsch drüben bleiben oder eben rüberkommen und billig arbeiten, die Huren dürfen von ihm aus auch kommen, aber trotzdem. Die Juden hatten die Deutschen immer noch am Sack, diese Schweinebande, und noch immer darf man nicht laut sagen, was man denkt. Aber das ist vielleicht auch besser so. Sonst würden wieder die Linken kommen, mit ihrer linken Meinung. Die Sozis und die Grünen, dieses Pack. Voller Ekel denkt Jedele an die 1980er Jahre. Damals, als es noch diese Politischen gab. Da hatte er schon bei der Post gearbeitet und irgendwann hatten sie dann sonntags sogar Schwule an den Schaltern arbeiten lassen. Schwule?!? Und das ganze Ausländerpack, das dann zu ihm kam und Geld abheben wollte, von ihren Schwarzgeldkonten oder Postsparbüchern. Nixe verstehen, aber Geld habe wollen. Kein Wort schreiben können, aber Geld,

Geld, Geld. Ha, denen hatte er es gezeigt. Er hatte sich geweigert, ihnen Geld auszuzahlen. Wenn nicht schreiben, nix Geld. Sollten die doch sehen, wo die ihr Geld herbekamen, diese Arschlöcher. Immer kommen und haben wollen Geld. Bei ihm hatten sie es auf jeden Fall nicht bekommen.

Mit den Ausländern ist es seit den neunziger Jahren ja zum Glück besser geworden. Dieser Kotsch hat da schon ganz gut durchgegriffen mit den Checkpoints und dass deren Kinder nicht mehr mit den Deutschen zusammen zur Schule gehen dürfen. Gute Sachen, die der da gemacht hat, und der Kohl ist eigentlich auch immer noch ein fähiger Mann. Aber in der letzten Zeit haben die stark nachgelassen. Korrupte Wichser, diese Typen. Weicheier. Stecken alle unter einer Decke. Wollen in letzter Zeit alle nur noch Geschäfte mit den Ostlern machen. Und dann dieser Neger als Präsident in Amerika. Sozialistische Scheiße. Sozidreck. Der Überfall auf den Rentner in München, in der U-Bahn. Ausländer waren das und keinen interessiert's. Diese organisierte Kriminalität aus dem Osten. Die arabischen Banden da, in ihrem Ghetto in Neukölln. Direkt bei ihm um die Ecke. Wer unternimmt da was gegen? Stecken doch alle unter einer Decke. Und diese Schwulen überall. Fehlte nur noch, dass sie einen Schwulen zum Bürgermeister von Berlin machen. Das würde dem Ganzen noch die Krone aufsetzen. Irgendwie ist die Regierung in letzter Zeit ein bisschen lasch geworden. Trotz der Abschiebeaktionen und trotz der ach so gefürchteten Geheimpolizei. Wo war denn die angeblich allgegenwärtige Geheimpolizei des Verfassungsschutzes, als in München der Rentner von den zwei Kanaken zu Tode geprügelt wurde? Geheimpolizei, denkt Jedele verächtlich, drauf geschissen auf diese Geheimpolizei. Alles Wichser und er kippt sich den Schnaps in seinen Kopf.

Jedele ist Ende vierzig. Irgendwann mal hat er Freunde gehabt. Alles Arschlöcher. Allesamt sind sie Arschlöcher, aber bei dieser Wehrsportgruppe hat er wenigstens Schießen gelernt, damals. Am Ende war ihm das zu sportlich gewesen und er hatte den Kontakt verloren. Auch Idioten. Warum fragt *ihn* eigentlich keiner, wie es geht? Er wüsste genau, was zu tun ist. Die werden schon noch sehen, was sie davon haben.

Und seine Frau. Scheiß auf seine Frau. Eine alte, abgewirtschaftete, hässliche Putze, die keinen Bock auf Sex hat. Warum setzt er die Fotze nicht einfach vor die Tür? Gute Frage. Schnaps! Seine Mutter genauso. Jedele hasst den Geruch, wenn er nach Hause kommt. Ihren Geruch. Diesen Geruch nach alter Frau, aber er hat noch nie ohne seine Mutter gelebt. Es ist Freitag und eigentlich ist es doch ganz gut so. Noch einen Schnaps. Er schaut auf das verwelkte Papiertaschentuch und fühlt nach seinem verschrumpelten Schwanz. Alles nass und verschmiert. Egal. Scheiß drauf. Alles im Nebel. Sein Kopf kippt zur Seite und fast augenblicklich beginnt er zu schnarchen. Der Fernseher brüllt. Stundenlang und irgendwann steht seine Frau auf und schleicht durch die kalte Wohnung. Mucksmäuschenstill schaltet sie das Gerät aus und sieht traurig ihren Mann an, der in sich zusammengesackt im Fernsehsessel hängt. Ekel überkommt sie und Mitleid und schnell verzieht sie sich wieder in ihr Bett, wo sie weiter im Dunkeln an die Decke starrt.

Sabine starrt in den Spiegel. So hat sie sich ihren Freitagabend nicht vorgestellt. Stefan hat sie also verlassen.

»Die Nacht, in der mich Stefan verließ«, summt es in ihrem Kopf. Man könnte ein Lied daraus machen, doch stattdessen schlägt sie mit der Faust gegen ihr Spiegelbild. Nicht fest genug. Das Spiegelbild zittert, doch es zersplittert nicht. Nicht einmal das klappt. Sie lächelt sich zu, was sich seltsam fremd anfühlt. So sieht man also aus, wenn man verlassen wurde. Tränen laufen über ihre Wange. Sie wischt sie weg. Sie lacht, weint, lacht. Sie schaut sich die ganzen Fotos an, trinkt Wein, lacht und weint. Macht man doch so. In der Vergangenheit wühlen. Sich erinnern. Die letzten Stunden waren wild und leidenschaftlich. Aber sie hat gewusst, dass sie ihn nicht würde halten können. Sie hat es gewusst und trotzdem hat sie sich ihm hingegeben. Ihm hingegeben. Das war das richtige Wort. Ein altertümliches Wort. Aber es passt. Noch nie zuvor hat sie sich so aufgelöst gefühlt, so fiebrig und weich, als würde ein heißes Messer durch Butter gleiten. So weich! Und dann der Bruch. Die Leere. Die Kälte. Der Wein. Das ist gut. Sie will sich richtig besaufen. Fotos anschauen. Betrunken sein. Gebrochenes Herz. Sie mit acht Jahren. Süß. Hat sie Stefan da schon gekannt? Nein, Stefan kam erst in der fünften Klasse. Mit elf. Eigentlich konnte sie ihn zuerst gar nicht leiden, diesen blonden Jungen. Mit 19 sind sie dann zusammengekommen. Nach dem Abiball. Mein Gott, das war jetzt auch schon fünf Jahre her. Abitur in der westdeutschen Provinz. Vor zwei Jahren dann der Umzug nach Berlin. Scheiß Berlin. Eigentlich hätte sie es wissen müssen. Ihr Vater hatte noch gelacht, als die geteilte Mauerstadt im Jahr 2000 zur Hauptstadt ausgerufen wurde. Es sollte ein Statement sein gegenüber den Russen und dem gesamten Ostblock, aber den Kommunisten war es zu diesem Zeitpunkt wahrscheinlich eh schon egal. Die wollten Kohle machen. Genauso wie die Chinesen und die Amerikaner und überhaupt alle. Alle wollten mitmachen, beim großen kapitalistischen Run. Nur die Moslems nicht. Die interessierten sich nur fürs Jenseits, auch egal. Nach der gemeinsam ausgerichteten Olympiade in Ost- und Westberlin 2008 hatten sie sich dann entschlossen, hierherzuziehen. Das war ein richtiges Großereignis. Die Stadt war geöffnet, die Grenze gab es nur noch formal und sowieso nur noch für die Ostler und alle Welt feierte hier, obwohl mehrmals das Thema Menschenrechte auf dem Plan stand. Irgendwie hat sich am Ende aber dann doch keiner mehr drum gekümmert. Wen interessierten schon die Menschenrechte. Die Party war super. Zuhause in Gießen waren sie noch in Schülergruppen aktiv gewesen, die sich für mehr Demokratie einsetzten, aber irgendwann war auch das eingeschlafen. Man hatte anderes zu tun. Das waren … Wie alt waren sie da? Sabine hält ein Foto in der Hand. Ein Gruppenfoto. Stefan ganz links, mit so einer Topffrisur. Und Marcus. Ihr damaliger Freund, den sie dann später wegen Stefan verlassen hat. Oh mein Gott, wie sie damals aussah. Sabine muss lachen. Das kann alles nicht wahr sein. Stefan war ihre erste große Liebe. Davor war alles ganz nett, aber Stefan war … Mit Stefan war es einfach was anderes. Deshalb ist es für sie auch völlig klar gewesen, dass sie mit ihm nach Berlin zieht. Ihr Vater war dagegen. Nur Faschisten in der Hauptstadt, hatte er gebrüllt und dass Stefan als Redakteur bei der Kohl-eigenen B.Z. anfangen würde, fand er natürlich total beschissen. Staatsschreiber hatte er ihn genannt und Regierungsbüttel. Wie altmodisch. Ihr Vater war noch bei den Grünen gewesen, damals in den Achtzigern, bevor das mit dem niedergeschossenen Aufstand in Leipzig passierte. Bevor die Panzer im bayerischen Vogtland aufgefahren sind. Danach musste er es dann für ein paar Jahre ruhiger angehen lassen. Als die Grünen in den neunziger Jahren verboten wurden, zog er sich endgültig aus der Politik zurück, das war ja gar nicht mehr anders machbar. Mussten dann ja alle aufhören, wenn sie keinen Ärger haben oder in den Untergrund gehen wollten. Ein paar Freunde von ihm sind untergetaucht, aber ehrlich gesagt, waren das auch die richtig radikalen Spinner gewesen. Trotzdem hat er sich für seine Tochter einen anderen Freund gewünscht. Einen aufmüpfigeren. Nicht so angepasst. Stefan war ihm einfach zu glatt. Da hätte er gern so einen wie Marcus behalten, der immer ein bisschen angeeckt ist. Aber Marcus war ihr einfach zu anstrengend gewesen. Immer dagegen und immer in die Vollen. Was Marcus heute wohl machte? Egal.

Stefan und sie, wie sie ankamen in Berlin. Mit dem Auto ihrer Eltern. Sie blättert weiter und irgendwann ist Stefan auf den Fotos nicht mehr zu sehen. Stefan hat neue Freunde. Da ist sie mit ihren Freundinnen aus der Werbeagentur. Stefan nicht. Sie im Sommer mit Freunden am See. Stefan irgendwo. Sie beim Grillen auf irgendeinem Schöneberger Dach. Stefan bei irgendwelchen Terminen. Stefan hat jetzt B.Z.-Freunde und sie keine Lust. Natürlich hätte sie mitgehen können, aber sie wollte nicht. Das war nichts für sie. Stefan hat sich ein Auto gekauft. Sie fährt lieber Fahrrad. Stefan geht jetzt ins Puro im Europacenter. Sie geht lieber in die Bar 25 im Osten, wo ihre Eurodollar fast das Doppelte wert sind und alles irgendwie rockig und subversiv ist. Stefan nimmt Drogen. Die falschen. Sie auch. Die richtigen. Heute Nacht hat sie Lust, was zu nehmen.

»Die Nacht, in der mich Stefan verließ«, summt es wieder in ihrem Kopf und sie spürt, wie sein Sperma aus ihr herausläuft. Ein Abschiedsfick. Sie kann ihn noch spüren. Diesen Körper. Seine Küsse. Sie schließt die Augen und beißt sich auf die Lippe. Sie will nicht heulen. Sie wird ihm schon beweisen, dass sie ohne ihn leben kann, diesem Bastard. Diesem kleinen beschissenen Bastard. Diesem Idioten. Diesem karrieregeilen Arschloch. Natürlich hat sie sich gefreut, als er bei der B.Z. anfangen konnte. Helmut Kohl hin oder her. Es war ihr egal, ob er irgendwelche staatstragenden Artikel schreiben musste oder nicht. Sie arbeitete in einer Werbeagentur. So what? Irgendwie waren sie alle Nutten und die harte Haltung ihres Vaters fand sie mehr als anstrengend. Gelogen wurde immer und überall und außerdem hat er sich ja auch viel für die Gegenseite engagiert. Er schrieb Artikel über die Ausländer, Freaks, Drogennehmer und albanischen Familien in den sozialen Brennpunkten. Er kam in Kontakt mit arabischen Mafiaclans, aber dass er sich dann so auf diese Welt eingelassen hat, das wurde ihr schließlich zu viel. Das nervte. Die teuren Autos. Der Schmuck. Plötzlich fing er an, sich zurechtzumachen. Lächerlich. Sie will keinen Freund, der sich zurechtmacht. Natürlich gefiel es ihr, dass er Kontakte zur Regierung und in die Unterwelt hatte. Nein. Stopp. Das gefiel ihr nicht. Das fand sie immer beängstigend, aber ehrlich gesagt konnte sie beide Welten oft nicht voneinander unterscheiden. Am Anfang kämpfte Stefan für eine gerechte Sache, aber im letzten Jahr wurde er immer seltsamer. Die neuen Freunde. Das Koks. Eigentlich ist die Trennung nur noch eine Frage der Zeit gewesen. Sie mustert sich im Spiegel. Schminkt sich. Betrachtet ihr glattes, schönes Gesicht. Das blonde Haar nach hinten gebunden. Sie sieht gut aus. Merkt er das denn nicht? Dieser Idiot. Sie wird heute ausgehen und es ihm beweisen. Sie wird heute Nacht Drogen nehmen und schauen, was passiert. Der Wein ist schon lange leer. Sie macht sich einen Wodka Tonic und als sie das Koks auf die Tischplatte streut, weiß sie, dass sie vor Montag nicht mehr nach Hause kommen wird. Will sie auch nicht. Dieses Arschloch soll sehen, wo er bleibt. Dieser Wichser. Sie wird feiern gehen. Sie zieht eine Nase und ihre halterlosen Strümpfe an. Die höchsten Schuhe, die sie finden kann. Gerade gut genug. Sie schminkt sich, noch eine Line, noch einen Drink. Ready to fuck, Arschloch. Ich geh aus und du bleibst da!

Stefan. Erzähl mir nichts von den Frauen. Deine Sabine ist hübsch, aber, versteh mich nicht falsch. Die hat keine Klasse. Stefan. Du bist ein Mann. Ein richtiger Mann. Jetzt lass dich mal nicht so hängen, Junge! Guck mal. Ich erklär mal so: Frauen brauchen manchmal einen Arschtritt, ich schwöre, Stefan. Diese Sabine ist doch eine Emanze. Ich mein, ich kenn die nicht und ich kann auch gar nix sagen über die, aber was du so erzählt hast, ist sie Emanze, oder? Stefaaan. Das geht nicht. Du brauchst eine andere Frau. Eine Frau, die dich respektiert. Keine so lila Latzhose und kurze Haare. Eine richtige Frau, Stefan. Verstehst du mich?

Was ist mit Anne Christine? Hab ich dir doch vorgestellt, oder? Und? Hast du sie gefickt? Ja? Ja, hast du gemacht? Beste Stefan. Gut gemacht. Na also.

Mann, Mann, Mann. Die Weibers, die ficken deinen Kopf. Echt mal. Ganz ehrlich, ich sage, ficken o.k., aber Liebe gibts nich. Das ist so eine Erfindung von euch Deutsche. Das gibts alles nich. Nimm noch einen Schluck. Hamoudi, bring Stefan mal was zu trinken. Mann, Stefan, was los. Jetzt guck nich so. Nachher gehen wir noch mal in den Club und dann treffen wir Mädels. Spaß, Stefan. Das war ein Spaß. Du gehst garantiert nicht mit, sorry. Du bleibst da.

Jetzt guck nich so. Ist auf jeden Fall gut, dass du hier bist. Ist gut, dass wir dich gefunden haben. Ich hab schon gedacht, du bist verschwunden. Aber echt, Stefan. Sabine war nix für dich. Du brauchst mehr Klasse. Mann, Stefan, ich schwöre dir, ich hab neulich eine kennengelernt. 1a-Sahne, ich schwöre. So ein richtig deutsches Mädchen. So mit gutem Elternhaus und so. Die ist klasse. Danke, Hamoudi, und jetzt trink, Stefan. Trink, Mann. Das hilft, mein Freund. Das ist gut. Wirst noch alles vergessen. Das ist gut. Also dieses Mädchen, ja. 19 Jahre alt. Schülerin. Gymnasium, Mann, ich schwöre. Die würde mir noch mal fünf Jungs schenken. Auf jeden Fall. Aber ich kann die nicht heiraten. Auf keinen Fall. Liebe. Guck mal, ich hab schon drei Kinder. Na und. Ich könnte noch ein paar mehr vertragen. Das ist doch gut. Viele Kinder, aber heiraten geht trotzdem nicht. Zumindest nicht bei der.

Meine Eltern haben auch viele Kinder. Fünf Jungs waren wir zu Hause. Und wir haben immer aufgepasst. Natürlich hat Mama geweint, wenn wieder Polizei vor unserer Tür stand, aber wir haben aufgepasst auf uns. Da is nix passiert und wir waren allein bei uns im Viertel. Die anderen hatten alle Familie-Mamilie, die waren zwanzig Leute, dreißig Leute und wir waren nur fünf, aber wir haben zusammengehalten und die konnten nix machen gegen uns. Die haben es ja immer wieder probiert. Auf der Straße. Beim Fußballspielen. Da war so ein Turnier, zum Beispiel. Mann. Die ganze Halle war voll. Kurden. Araber. Und wir waren eine Mannschaft und die haben versucht, uns abzuzocken. Die kamen dann nach dem Spiel und der eine meinte, ich hätte ihn gefoult und, ehrlich, die ganze Halle stand plötzlich vor uns. Nur Türken und Araber und Kurden, ich schwöre, und die dachten alle, wir wären Palästinenser oder so was. Die Sozialarbeiter haben nix gesagt, die haben so getan als würden sie das gar nich mitkriegen, haben Papiere sortiert und so. Die ganzen Leute kamen dann immer näher und dann habe ich gepfiffen. Einfach so mit den Fingern. Ich habe gepfiffen und so eine Sporttasche fliegt nach unten. Genau vor meine Füße. Hab ich meinem Bruder gesagt, vorher, dass er die werfen soll, wenn ich pfeife. Er wirft die Sporttasche. Die landet genau vor meinen Füßen und ich mach auf und was ist drin? Schwerter. Die ganze Tasche voll mit Schwertern. Wir nehmen die Schwerter. Meine beiden kleinen Brüder nehmen Schwerter, ich nehm ein Schwert und Achmed, mein großer Bruder auch. Der hat sogar noch einen Dolch dabei. Weißt du, so ein Rambomesser, mit so gezackter Klinge, und so stehen wir da mit den ganzen Schwertern. Die anderen gucken nur und wir so: Jetzt kommt, ihr Mutterficker. Ihr seid doch Hurensöhne. Kommt her, wenn ihr was wollt, und …? Keiner ist gekommen. Natürlich ist keiner gekommen. Die haben gar nicht damit gerechnet. Die haben gedacht, diese Abou-Mohammeds machen wir fertig. Aber uns macht keiner fertig. Wir halten zusammen. Deshalb will ich Jungs. Eine ganze Armee Jungs. Wir brauchen Jungs. Wir müssen auf uns selbst aufpassen. Wir brauchen eine Armee. Die Deutschen scheißen auf uns, auch wenn Kotsch jetzt angekrochen kommt. Da scheiß ich drauf, auf den Hurensohn. Ich scheiße auf die Deutschen. Du warst echt eine Ausnahme, Stefan. Du warst eigentlich immer korrekt. Der einzige Deutsche, der immer korrekt zu uns war. Ist doch so, oder? Immer korrekt. War doch immer so? Du hast mir vertraut und ich dir, auch wenn das jetzt anders ist. War doch so, oder? Ansonsten vertraue ich niemandem und den Deutschen schon gar nicht. Das war immer so: Schwarze Haare. Disko? Nein. Du nicht. Schwarze Haare – geht nicht. Ganz ernsthaft, Stefan, das hat mich immer angekotzt. Aber wir waren fünf und irgendwann mussten die uns dann reinlassen. Das gab Ärger, aber wir waren drin. Ich mein, ich bin da nicht stolz drauf. Ehrlich, bin ich nicht. Wir haben viel Scheiße gebaut, aber das konnten wir uns nicht bieten lassen, oder? Oder, Stefan? Mann, Stefan, jetzt guck nich so. Vergiss die Olle. Lass noch mal was trinken. Hamoudi, hol noch mal das Gleiche für Stefan. Mann, Stefaaan. Wir könnten ins Puro fahren und dann treffen wir uns mit den Mädels. Ein bisschen auf andere Gedanken kommen. Was ist mit Ann-Kathrin? Ann-Christin heißt die. Scheißegal wie die heißt, was ist los mit ihr? Die ist doch auch da. Na also. Wir könnten hinfahren. Das wäre geil. Geht nicht mehr, wa? Hast du selber kaputt gemacht, aber es wäre geil, oder? So wie früher. Ist jetzt alles kaputt. Naja, was soll's. Mann, guck doch nicht so, du kommst mir schon so vor wie die Kurden aus unserem Dorf, Mann. So mit Ehre und so und immer traurig. Ich erzähl dir was Lustiges, Mann, ich erzähl dir von meiner Letzten. Die habe ich auf so einer Aftershowparty kennengelernt. Die war mit ihrem Freund da und ich schwör, die guckt die ganze Zeit auf meinen Schwanz. Ich geh so zu ihr hin, quatsch so ein bisschen mit ihr und ihr Freund die ganze Zeit daneben. Ich so, geb ihm die Hand und er voll freundlich, kennt mich irgendwie und findet mich wichtig. Merke ich. Is mir egal, ich denk mir, die Olle fick ich trotzdem und die wird auch so fickrig ... die grabscht so an mir rum und ich streichel sie ein bisschen unterm Rock und ich denk, der Typ merkt das gar nicht, aber irgendwann peil ich so, dass der auf jeden Fall alles mitkriegt und dass er das geil findet. Wir sitzen so in einer Ecke. Ich bestell Champagner und plötzlich macht die einfach die Beine breit und ich finger ihr so richtig die Fotze. Die ist richtig nass und der Typ dreht sich plötzlich um und zieht ihr den Schlüpfer aus. Wirklich wahr. Der Typ zieht seiner eigenen Freundin den Schlüpfer aus, damit ich besser rankomme. Ernsthaft, Stefan. So etwas habe ich noch nie vorher gesehen. Noch nie, nie, nie. Später hab ich die dann auf dem Hotelzimmer gebumst und ihr Freund stand draußen und hat aufgepasst, dass da keiner reinkommt. Ist das krank, Stefan? Ist das krank? Das ist doch krank. Ich hab ihr gesagt, dass sie eine Schlampe ist und dass ich sie dreckig finde, das hat die Nutte aber noch geiler gemacht. Ich glaube, die standen da drauf und als ich gegangen bin, hat der Typ mich nur angelächelt und ist im Zimmer verschwunden. Kranke Scheiße so was. Richtig kranke Scheiße. Das ist doch nicht gesund, so was. Das ist echt nur bei Deutschen so. Das *würde es bei uns nicht geben, ich schwöre. Da würde ich lieber meine Mutter töten, bevor ich so etwas machen würde. Auf gar keinen Fall. Das ist richtig kranke Scheiße. Du kannst das aber verstehen, was der gemacht hat, oder? Du kannst das verstehen? So was versteh ich nicht. So was kann man nicht verstehen. So was machen Ostler vielleicht. Die sind auch verrückt, aber irgendwie müssen wir mit denen ja auskommen, wo die Grenzen so offen sind, wa? Mir soll's recht sein. Das Geschäft blüht. Hahaha. Rosige Aussichten Mann. Mann Stefan, du musst in die Zukunft gucken und nicht so traurig. Du musst in die Zukunft schauen. Du hast keine, wa? Spaß, Stefan. Kleiner Spaß, oder?*

Die Aussicht aus dem Kanzleramt über den nächtlichen Tiergarten war erhebend. Kotsch stand am Fenster und schaute hinüber zum hell erleuchteten Brandenburger Tor. Zur Siegessäule. In der Ferne blinkte der Funkturm und das Europacenter – Westberlin. Wenn er sich nach links drehte, dann sah er den Fernsehturm – Osten. Schon den ganzen Tag dauerte die Sitzung mit der Delegation des Ministeriums des Innern der DDR und langsam hatte er genug. Zwar waren die Zweifel der ostdeutschen Kollegen berechtigt, aber schließlich und endlich mussten die Herren ja auch mal anerkennen, dass sich nach der Durchführung der Olympischen Sommerspiele 2008 die Zusammenarbeit der beiden deutschen Staaten doch in wesentlichen Punkten verbessert hatte. Und das war immerhin nun auch schon vier Jahre her. Die Ostdeutschen wollten einfach nicht wahrhaben, dass die illegalen Huren und die illegalen Einwanderer ihr Problem waren und sie zur Rücknahme dieser Personen verpflichtet waren. Schließlich bezahlte die Bundesrepublik dafür eine Menge Geld und da spielte es doch keine Rolle mehr, dass damals die DDR mit Zähneknirschen zugestimmt hat, dass die BRD ihren Hauptstadtsitz nach Berlin und somit auf das Gebiet der DDR verlegen durfte. Immer diese alten Geschichten. Bei jedem Treffen fingen die von vorn an. Das hatte einfach nichts damit zu tun. Kotsch nahm die Brille ab und strich sich über den Nasenrücken. Diese DDR-Funktionäre waren eine Qual. Die hatten nichts mehr zu sagen, aber blockierten, wo sie nur konnten. Als die Bundesregierung 2000 beschloss, nach Berlin zu ziehen, hatten die Ostdeutschen schlicht und ergreifend unter dem enormen wirtschaftlichen Druck nachgeben müssen. Die Eurodollarzone war im Anmarsch und die Ostdeutschen waren pleite. Der Eurodollar war faktisch eingeführt und die EU hatte immer beabsichtigt, die DDR und den gesamten Ostblock in diese Zone zu integrieren. Erstens weil es ein interessanter Absatzmarkt war und zweitens wegen der billigen Arbeitskräfte, Rohstoffe etc. Die Russen mussten nachgeben. Die pfiffen aus dem letzten Loch und elf Jahre nach dem Massaker auf dem Leipziger Innenstadtring und der militärischen Konfrontation an der innerdeutschen Grenze hatte sich das Klima zwischen den beiden Staaten zumindest so weit verbessert, dass man seit der Jahrtausendwende wieder miteinander sprach.

Obwohl Kotsch eigentlich immer dagegen gewesen war, war er doch einer der wichtigsten Brückenpfeiler der Ost-West-Beziehungen. Im Oktober 1989 war er als junger Landespolitiker in Hessen aktiv und Vorsitzender seiner Partei im Kreistag gewesen. Manche in der Partei hatten ihm schon damals eine große Zukunft attestiert. Helmut Kohl kümmerte sich persönlich um den ehrgeizigen Nachwuchspolitiker und zusammen mit Junkers, Wolf, Pflug und Röttgen hatten sie auf einer gemeinsamen Chile-Reise, wo sie dem alternden Diktator Augusto Pinochet ihre Aufwartung gemacht hatten, einen Pakt geschlossen und sich geschworen, immer füreinander da zu sein. Fünf Leute, fünf Brüder, und sie würden zusammenhalten, was auch immer da komme. Sie waren eine Familie, der Osten war ihr Feind, sie würden sich durchsetzen und genauso war es gekommen.

Daran musste Kotsch jedes Mal denken, wenn er mit diesen DDR-Menschen sprach. Andere konnten das Massaker auf dem Innenstadtring in Leipzig vielleicht vergessen, er verzieh ihnen das nicht. Er hatte die Kommunisten noch nie leiden können und war schon in den frühen Siebzigern in die Junge Union eingetreten und hatte sich mit Falken und Jusos geschlagen, die ihre Wahlkampfstände angegriffen hatten. Er war Mitglied in einer schlagenden Studentenverbindung gewesen und hatte die Grünen bekämpft, die damals in Hessen sogar in der Regierung saßen. Später hatte er dann aktiv das Verbot der Grünen sowie aller anderen Parteien links von der SPD vorangetrieben. Die SPD! Kotsch lachte auf, als er an die verstümmelte, ehemals stolze Arbeiterpartei dachte. Erbärmlicher Haufen.

Er hatte Kohl unterstützt, schon immer, und als die Roten im Osten ihre eigenen Leute massakrierten, forderte er augenblicklich den Aufmarsch der Panzer an der thüringischen Grenze und an der Harzfront. Als Offizier der Reserve war er einer der Ersten, der als Politiker einen Kampfverband leitete, und er wäre auch zum Letzten bereit gewesen, wenn die Amerikaner und die Russen sich nicht eingemischt hätten. Sein Hass war damals unbeschreiblich gewesen und ein wenig von diesem Hass war noch immer in ihm. Auch heute Abend. Aber er musste taktieren. Schließlich standen an diesem Sonntag wieder einmal Neuwahlen an und Kotsch würde diese geplante große Abschiebeaktion morgen früh brauchen, damit das System Kohl auch nach dreißig Jahren weiter an der Macht bleiben konnte. Und vielleicht, so hoffte Kotsch insgeheim, dankte der greise Altkanzler in Kürze ab und vererbte ihm endlich seinen Chefsessel. So war es zumindest schon vor Jahren zwischen ihm und seinem politischen Ziehvater besprochen worden, wobei er aber in letzter Zeit immer öfter das Gefühl hatte, dass Kohl dieses Thema in seiner Gegenwart vermied. Es schien ihm manchmal, als wäre er aus irgendeinem Grund in Ungnade gefallen und politisch war ihm zuletzt nicht immer alles so geglückt, wie er es sich gewünscht hatte. Die Menschen im Land waren unzufrieden und das böse Wort »Korruption« geisterte durch die Bevölkerung. Kotsch lächelte in sich hinein. Wenn die Leute wüssten. Trotzdem musste er vorsichtiger sein und Fakten schaffen.

Kotsch war müde. Er war müde und musste unbedingt einen Erfolg erzielen. Die Polizeieinheiten, die die Abschiebung der illegalen Einwanderer morgen früh durchführen sollten, standen schon bereit, aber die DDR-ler hatten noch nicht zugesagt, dass sie die Abgeschobenen auch aufnehmen würden. Kotsch wusste, dass sie letztlich nur auf das Geld aus waren, und er wusste auch, dass sie wussten, dass er unter Druck stand. Obwohl ihm als Innenminister ein Sonderetat für solche Angelegenheiten zur Verfügung stand und auch noch diverse andere Mittel für kleine persönliche Aufmerksamkeiten, musste er versuchen, den Preis so gering wie möglich zu halten.

Kotsch setzte sich die Brille wieder auf. Eigentlich könnte er jetzt zuhause bei seiner Frau und den Kindern sein. Wie sich das anhörte? Wie ein richtiger Familienvater. Er war kein Familienvater. Ehrlich gesagt war die Familie für ihn nicht wirklich existent. Als Innenminister brauchte er sie zwar für Fototermine in der Öffentlichkeit und als Bundeskanzler würde die Präsentation einer funktionierenden Familienidylle elementar wichtig werden, aber dass sie ihm am Herzen lag? Kotsch lachte hart. Für seine eher spärlichen, körperlichen Bedürfnisse hatte er loyale Mitarbeiter, die dafür sorgten, dass seine Wünsche erfüllt wurden. Ein System übrigens, das auch bei den Verhandlungen in der heutigen Nacht wohl zum Durchbruch führen würde. Ansonsten fehlte es ihm an nichts. Er arbeitete gern. Er war gern im Büro. Er schlief nur vier Stunden pro Nacht. Er brauchte nicht mehr. Er kannte alle Akten. Er kannte alle Zahlen. Nichts war ihm fremd und seine Mitarbeiter und politischen Gegner mussten hart arbeiten, wenn sie ihm das Wasser reichen wollten. Keiner hatte das bislang geschafft. Kein einziger und wieder musste Kotsch lächeln. Er war gut und das wusste er.

Nur die ewigen Sitzungen mit diesen gesichtslosen und furchtbar langweiligen DDR-Funktionären waren ihm zuwider. Er straffte sich. Die zehn Minuten am Fenster hatten ihn erfrischt. Er hörte die anderen Sitzungsteilnehmer von der Toilette wiederkommen, wo sie sich ebenfalls frisch gemacht hatten. Er wusste, wie es jetzt weiterging. Es war immer dasselbe Spiel. Die nächste halbe Stunde würden die vier Delegierten mit großen Pupillen und unglaublich selbstbewusst in die Verhandlungen gehen und spätestens in einer dreiviertel Stunde würde Kotsch dann vorschlagen, die Sitzung noch einmal kurz zu unterbrechen. Dann würde er sich Schnappauf, den Delegationsleiter, greifen und mit ihm in das Büro gehen, das ihm im Bundeskanzleramt zur Verfügung stand. Dort würden diese kleinen Tschechinnen auf sie warten und dann würde Schnappauf sich einen blasen lassen. Danach noch eine kleine Line ziehen und Kotsch würde ihm die 50.000 Eurodollar Handgeld überreichen. Seine Mitarbeiter hätten in der Zwischenzeit die anderen Delegationsmitglieder mit Koks und je 25.000 Eurodollar versorgt und nach einer weiteren Viertelstunde Blabla und wirtschaftlichen Zusicherungen der BRD könnten sie dann endlich den Vertrag unterschreiben und nach Hause gehen.

Dass Schnappauf für solche Spielchen überhaupt zu haben war, hatte Kotsch Ende der neunziger Jahre entdeckt, als er die Verhandlungen über den Umzug der Bundesregierung geführt hatte. Schnappauf war damals sein direkter Ansprechpartner gewesen und so sehr er die Kommunisten auch hasste, mit Schnappauf verstand er sich dann doch überraschend gut. Damals galt Schnappauf als einer der scharfsinnigsten DDR-Politiker. Nach der biologischen Wende, sprich nach dem Tod von Honecker und Mielke 1994 und 1995 und der Machtübernahme durch Egon Krenz und Günther Schabowski machte sich eine neue rhetorisch gebildete und wirtschaftlich stark nach Westen ausgerichtete DDR-Führungselite breit, die alle ideologischen Wurzeln und Hemmschuhe über Bord zu werfen bereit war. Diese ideologische Ungebundenheit imponierte Kotsch, kam sie seiner eigenen Einstellung doch am nächsten. Abgesehen von seinem tiefen Kommunistenhass war Kotsch dafür bekannt, seine Standpunkte sehr schnell wechseln zu können. Teflon-Kotsch nannten sie ihn deshalb, auch weil keiner der gegen ihn erhobenen, wie auch immer gearteten Vorwürfe jemals bewiesen werden konnte. Man hatte ihn oft genug mit Dreck beworfen, doch jedes Mal hatte er sich erfolgreich zur Wehr gesetzt und sich bitterlich gerächt an diesen selbstgerechten, politisch korrekten Schweinen.

Schnappauf auf jeden Fall hatte ganz ähnliche Ansichten, allerdings war er verwundbar durch seinen Hunger auf Koks und Nutten. Dieser Jude Friedbert hatte ihm von Schnappaufs Vorlieben erzählt und der musste es ja immerhin wissen. Hatte sich dieser unter dem Decknamen Paolo Pinkel doch regelmäßig Kokain und ukrainische Huren auf sein Hotelzimmer liefern lassen. Irgendwann war die Sache mit Friedbert aber auch aufgeflogen und es hatte einen Riesenskandal gegeben, woran Kotsch auch nicht ganz unbeteiligt gewesen war. Kotsch lächelte bei diesem Gedanken und er dachte zurück an dieses private Abendessen Ende der 90er Jahre, als er das Gespräch mit Schnappauf ganz unauffällig auf das Thema Entspannung gelenkt hatte. Schnappauf biss sofort an.

»Und Holger, wie kommst du so durch die Woche?«

»Wie meinst du das? Das weißt du doch. Ich schlafe wie du nur vier Stunden pro Nacht. Joggen. Kaffee. Na ja, du weißt schon.«

»Nein. Ich meine, wie oft siehst du Deine Frau? Was ist mit den angenehmen Momenten im Leben?«

»Viel zu wenig. Weißt du doch selbst. Das wird bei dir nicht anders sein.«

»Das meine ich ja. Fehlt dir da nichts?«

»Brauch ich dir doch nicht zu erzählen. Wir haben doch unsere Tricks. Oder?«

»Ich weiß von nichts, aber ich kann es mir denken.«

Das gespielte Augenzwinkern der beiden, das verschwörerische Grinsen war ihm damals genug gewesen, um zu wissen, dass er Schnappauf kriegen würde. Auf der Heimfahrt vom Restaurant, in der luxuriösen Mercedes S-Klasse mit den getönten Scheiben, hatten sie dann zum ersten Mal weibliche Begleitung und bolivianisches Marschierpulver dabei und obwohl sich Kotsch zurückhielt, gab er seinem ostdeutschen Kollegen doch das Gefühl von Vertrautheit und Mittäterschaft. Fotos wurden geschossen – Schnappauf saß in der Falle und am nächsten Tag konnte Kotsch der überraschten westdeutschen Führungselite den Durchbruch bei den Verhandlungen um den Hauptstadtstatus von Westberlin verkünden. Leider hatte Schnappaufs Lebenswandel innerhalb der letzten 13 Jahre doch deutliche Spuren in dessen Gesicht und Geist hinterlassen und aus dem einst brillanten jungen Denker war ein schlaffer, angewiderter, launischer Parteifunktionär geworden.

Seit Olympia 2008 knirschte es im Gebälk. Egon Krenz hatte sich als greiser Staatratsvorsitzender und Generalsekretär der SED festgesessen und Schabowski blockierte das Ministerium für Staatssicherheit. Das lange Warten hatte Schnappauf zermürbt. Tiefe, schwarze Ringe lagen unter seinen Augen und auf den ersten Blick ähnelte er beinahe seinem Vorgesetzten Krenz, als er sich just in diesem Augenblick neben Kotsch ans Fenster stellte. Schweigend blickten beide über den dunklen Tiergarten.

»Na, dann wollen wir mal, Ronald, oder? Auf ein Neues.«

»Auf ein Neues, Holger. Auf ein Neues!«

Schnappauf zog hörbar die Nase hoch und wischte sich mit dem

Handrücken kurz über beide Nasenlöcher. Kotsch lächelte. Vielleicht würde er die Sitzung auch schon nach zwanzig Minuten unterbrechen. Wer wusste das schon.

Das Massaker von Leipzig

Als unmittelbarer Auslöser des Massakers an der »Runden Ecke« und somit auch als Ursprung der →Deutschlandkrise gilt der wachsende Unmut der DDR-Bevölkerung mit den undemokratischen Verhältnissen in ihrem Land. Nachdem in einigen Wahllokalen der DDR bereits 1986 von oppositionellen Beobachtern Fälschungen von Wahlergebnissen beobachtet worden waren, kam es nach den Kommunalwahlen vom 7. Mai 1989 in mehreren Städten der DDR zu massiven Bürgerprotesten. Das Fundament der SED-Herrschaft war zu diesem Zeitpunkt bereits in vielerlei Hinsicht ausgehöhlt und befand sich aus diesem Grund unter massivem Druck.

Als dann im Zuge der Feierlichkeiten zum 40. Jahrestag der Staatsgründung der DDR wieder ungenehmigte Demonstrationen stattfanden, entschloss sich die DDR-Führung zu handeln. Als Zentrum der Protestbewegung hatte sich Leipzig herauskristallisiert, wo bereits am 2. Oktober über 10.000 Menschen nach den Friedensgebeten in der →Nikolaikirche und in der →Reformierten Kirche trotz polizeilicher Absperrketten den Gang zur →Thomaskirche erzwangen. Staatschef Erich Honecker bezeichnete die Demonstranten als Rowdies und veranlasste ein härteres Vorgehen gegen die Volkserhebung. In einem abgehörten Telefonat mit dem damaligen →Sekretär des ZK der SED für Sicherheitsfragen, →Egon Krenz, schloss Honecker, »Konsequenzen wie auf dem Platz des →Himmlischen Friedens« nicht aus. Dort war die chinesische Staatsführung am 03. und 04. Juni 1989 mit Schusswaffengebrauch und Panzereinsätzen gegen die chinesische Demokratiebewegung vorgegangen.

Die nächste Montagsdemonstration in Leipzig am 9. Oktober 1989, also zwei Tage nach den Jubelfeiern zum 40. Jahrestag der DDR-Staatsgründung, sollte aus Sicht der SED-Führung die Wende zur Wiederherstellung der Staatsautorität gegen die Aufbegehrenden bringen. Neben 8.000 bewaffneten Einsatzkräften wurden weitere 5.000 der SED besonders nahestehende »gesellschaftliche Kräfte« in

Zivil aufgeboten, die sich störend unter die Demonstranten mischen sollten.

»Die Einsatzkräfte hatten zwar die Auflösung der Demonstration geprobt. Dann aber wurden sie von der schieren Masse, der unerwartet hohen Zahl von Demonstranten, die sich nach dem Ende der Friedensgebete zwischen 18:15 und 18:30 Uhr ohne erkennbare Führung in Bewegung setzten, geradezu überrollt. 70.000 Menschen zogen über den gesamten Leipziger Innenstadtring und forderten in Sprechchören die Zulassung des →Neuen Forums, Reformen, →freie Wahlen und einen Führungswechsel, ohne dass die Staatsmacht sie daran hinderte. Gegen 18:35 Uhr eskalierte dann die Lage.« Als die Menge am Hauptquartier der Staatssicherheit an der »Runden Ecke«, Dittrichring 24, anlangte, erteilt Egon Krenz in einem Telefonat mit Einsatzleiter Helmut Hackenberg den Befehl, die Demonstration unter allen Umständen und falls notwendig mit Gewalt aufzulösen. Hackenberg selbst erteilt um 18:37 den Befehl, von der Schusswaffe Gebrauch zu machen und auch die auf dem Dach der Stasi-Zentrale vorab installierten Maschinengewehre zum Einsatz zu bringen. Innerhalb der nächsten halben Stunde starben nach Angaben von Amnesty International mehrere Hundert Personen im Kugelhagel. Weitere Demonstranten wurden durch die heranrückenden Panzerverbände getötet oder von Polizisten der Volkspolizei erschossen. Unterschiedliche Quellen sprechen von insgesamt 700 bis 3.000 Opfern. Zahlreiche Protestierer wurden verhaftet und in die umliegenden Gefängnisse von Leipzig, Halle I und III, Dessau-Roßlau; Naumburg, aber auch in weiter entfernte Vollzugsanstalten wie Dresden, Görlitz und ins gefürchtete Bautzen transportiert. Als gesichert gilt, dass zum Zeitpunkt des Eingreifens bis zur Aufhebung des Ausnahmezustands am 15. Oktober 20.000 Soldaten der →Nationalen Volksarmee und 8.000 Angehörige der kasernierten →Volkspolizei im Einsatz waren.

Kapitel 2

Tief in der Nacht – Let's roll.

Freitagnacht

Auf ein Neues, denkt Sabine, als sie in der Schlange vor der Bar 25 steht. Jetzt bin ich also wieder im Rennen. Flirten, Angraben, Baggern. Was geht? Wer will mich? Wie ist mein Marktwert? Schon lange hat sie nicht mehr so gedacht. Warum auch? Sie war mit Stefan zusammen. Sie war glücklich. Es war großartig. Irgendwann mal. Schon lange her. Heute Abend als er da gewesen ist. So schön und sie spürt das Kokain. Einbildung? So viel war es doch gar nicht. Sie will heulen und lacht. Peter Fox wummert in ihrem Kopf: »Ich rauch und trink / Affen feiern auch, wenn sie traurig sind.« Sie kommt sich billig vor und heiß. Sie hat den Slip einfach weggelassen. Sie fühlt sich ein wenig schmutzig und sehr frei. Scheißegal. Leicht und schwer. Aufgekratzt in einem Meer voller Traurigkeit. Sie will sich weh tun. Sie wird die Fröhlichste sein heute Nacht. Ihr Kopf drückt und ihr Körper hat Fieber. Sie wird sich ins Leben stürzen oder Schluss damit machen. Einfach auf dem Fenstersims sitzen und sich fallen lassen. Sie stellt sich vor, wie er bei einer anderen liegt, wie er mit einer anderen spricht, sie streichelt und ihr sein Gesicht zuwendet. Ganz plötzlich überfallen sie diese Gedanken und mit jeder Faser ihres Körpers kann sie es fühlen, wie er eine andere fickt. Ihr wird schlecht und gleich wird sie sich einfach niedersinken lassen, als der Türsteher sie heranwinkt. Sie wird hektisch. Ausweis? Ach ja, der Osten, immer mit Ausweis, auch für Stammgäste. Sie nestelt an ihrer Handtasche, als der Zweimetermann sie erkennt.

»Ach so. Du bist es«, brummt er. »Hab dich gar nicht erkannt mit den Haaren. Hast du heute was Besonderes vor?«

Er zwinkert ihr zu und winkt sie durch. Die fünf Eurodollar tun ihr nicht weh. Das ist halt der Osten. Hier ist alles billig. Der Wodka, die Drogen, die Partys und der Sex. Zumindest das mit dem Sex hat sie bislang nur gehört, wenn ihre Kolleginnen und Kollegen wilde Geschichten erzählt haben. Sie selbst hat ja immer nur daneben gestanden. Sie hatte ja einen Freund. Sie war ja liiert. Li-iiiiiiiiert mit sehr langem i. Heute wird sich das ändern. Klar hat sie hier auch schon auf E gefeiert. Machen doch alle. Außer Stefan. Dieser Idiot. Der ist lieber auf Koks im schicken Westberlin unterwegs. Sie gibt ihre Jacke ab und sieht gut aus. Der schwarze, enge Rollkragenpullover. Schöne Titten. Hahaha. Sie hat einen kurzen Rock an. Die Halterlosen, die er so gern mag. Nicht für Di-hich, mein Schatz. Nicht für Dich. Heute Nacht wird die ein anderer zu Gesicht bekommen. Sie schaut auf die Uhr. Halb vier. Genau richtig. Sie sieht ihre Freunde. Freunde? Das sind keine Freunde. Sie sieht ihre Bekannten, die schon halb besoffen an der Bar hängen. Stefan hat die immer verachtet. Alles ist vergiftet mit Stefan. Jeder Gedanke Stefan. Immer wieder Stefan. Dieser beschissene, verfickte, verwichste, Arschlochhurensohn-wichserpisseridiot. Sie muss ihn loswerden. Schnell.

Die ersten Schritte im Club fühlen sich seltsam an. Ihr Mund ist trocken, die Wirkung des Kokains verflogen. Das angenehm taube Gefühl ist weg. Der bittere Geschmack ganz hinten im Hals. Weg. Mal schauen, wer noch was hat. Sie strahlt. Hallo Jürgen, hallo Dany, hallo Micha. Hallo Thomas oder wie auch immer du heißt. Küsschen hier. Küsschen da. Sie ist froh. Jetzt schnell einen Drink. Noch mehr besoffen werden und diese laute Musik. Der Bass, das Lachen und das Kreischen, das Blablabla, alles nicht wichtig. Sie ist am Leben und hätte jetzt auch genauso gut auf der Straße liegen können. Tot. Allein. Dann hätte der Drecksack was zu knabbern gehabt. Dieses Arschloch. Schon wieder Stefan und sie kippt den Drink. Smalltalk. Wie geht's? Gut und dir? Brauch ja niemand wissen. Und, alles klar? Klar! Und bei dir? Viel Arbeit. Ja, bei mir auch. Krass. Und wie lief das Projekt? Keinen Plan, aber sie sagt, gut. Sie kann sich nicht daran erinnern. Keiner kann sich daran erinnern. Morgen Abend, am Samstag, werden sie alles vergessen haben, was sie die Woche über aufgebaut haben. Sie werden sich an nichts mehr erinnern können. Genau das ist Sinn und Zweck dieses Rituals. Es soll sich keiner mehr an irgendetwas erinnern können, deshalb saufen sie sich am Wochenende ins Koma. Traurig? Nicht wirklich, es ist einfach so. Sollten sie stattdessen lieber in die Kirche gehen? Kein Mensch geht mehr in die Kirche. Irgendwo hat sie mal gelesen, dass die Menschen sich den Kopf wegballern, weil sie keine Spiritualität mehr hätten. Der Mensch brauche ab und zu mal das Gefühl der Entgrenzung. Das sei wichtig, behauptete der Autor des Artikels und dass so etwas früher durch die kollektiven spirituellen Erfahrungen möglich gemacht wurde. Heute hätten diese Rolle Pulver und Pillen eingenommen. Kann sein. Kann auch nicht sein. Sie nimmt Drogen, weil es Spaß macht. Weil sie noch nie so glücklich gewesen war, wie als sie zum ersten Mal auf E war. *Noch nie so glücklich und ich wollte, dass es nie aufhört, bis ich sterbe*, klingt es in ihrem Kopf. Sterbe. Sterbe. Sterbe. Der Wodka zündet und sie spürt die sanfte Welle, die sie anhebt. Dorian zwinkert ihr zu oder heißt er Hendrik? Manuel? Rüdiger? Benno? Thomas? Egal! Sie weiß, was das Zwinkern zu bedeuten hat. Sie ist drin im inneren Kreis, wie alle hier und alle, die dieses Zwinkern nicht verstehen, sind doof und müssen draußen bleiben. Sie versteht und geht mit in die Richtung, in die das Zwinkern deutet. Die Toiletten sind überfüllt. In jeder Kabine befinden sich vier bis fünf Leute. Frauen, Männer, alles gemischt. Sie geht mit Rüdiger allein hinein. Wo sind die anderen? Die anderen haben nur wissend gegrinst, als Rüdiger ihr zugezwinkert hat und anerkennend genickt, als er mit Sabine verschwunden ist, aber das alles hat Sabine schon gar nicht mehr gesehen. Rüdiger küsst sie. Einfach so. Er legt die Arme auf ihre Hüften und küsst sie. Sie lässt es geschehen. Warum auch nicht? Er sieht o.k. aus. Nicht wie Stefan. Schon wieder Stefan. Scheiße. Verbissen küsst sie ihn zurück und drückt sich an Rüdiger, immer fester und reibt ihre Brüste an ihm und streichelt seinen Körper entlang, seine Hose. In seiner Hose fühlt sie etwas Hartes und sie stellt ihre Beine weiter auseinander. Sie spürt einen sanften Luftzug, als wäre sie schon nass. Seine Hände sind schon unter ihrem Pulli. Ihre Haare hat sie zum Pferdeschwanz gebunden. Mit Pony sieht sie richtig mädchenhaft aus. Ein Mädchen von 24 Jahren, wie süß, mit Brüsten, die nun von einer kräftigen Männerhand geknetet werden, und sie stöhnt ein bisschen. Muss man so machen, denkt sie, doch das nächste Stöhnen rutscht ihr ohne Absicht heraus und jetzt weiß sie, dass sie nass ist und jetzt will sie, dass er sie anfasst. Einfach so, hart. Seine Hand zwischen ihren Beine, ohne Slip. Sie ist nass. Sowieso. Auch Stefan hat seine Spuren hinterlassen und er wird nicht allein bleiben in ihr, denkt sie mit grimmiger Geilheit. Er wird Gesellschaft bekommen, oh ja. Sie wird sich noch einmal ficken lassen, heute Nacht, und noch mal und noch mal. Sie wird sich richtig ruinieren, damit er sieht, was er mit ihr angestellt hat. Sie wird sich bitterlich an ihm rächen und der Gegenstand ihrer Rache wird sie selbst sein und dann wird sie sich ihm zeigen. Ihm und seinen noblen, edlen Freunden, seinen B.Z.-Kumpels, seinen kleinen polnischen Huren und seinen ehrenwerten arabischen Brüdern, die sowieso jede Frau im Minirock als Nutte beschimpfen. Sie wird sich vor ihn stellen, gefickt und tropfend, high auf allem, was sie finden wird und sie wird mit dem Finger auf ihn zeigen und ihn auslachen. Schau wie ich aussehe. Schau, was du aus mir gemacht hast. Eine wilde Wut packt sie und sie presst sich fester an den Mann, der sie ungelenk befingert. Hart fasst sie seine Hand und bestimmt führt sie seine Finger dorthin, wo sie sie spüren will. Leicht und mühelos gleitet er in sie hinein und ihr Stöhnen kommt aus tiefster Kehle und sie schaut auf die Uhr und es ist erst vier und sie ist eben erst angekommen und sie sieht das Päckchen auf dem Spülkasten liegen und sie flüstert Rüdiger, Daniel, Adrian, Thomas oder wie auch immer ins Ohr, dass sie gern ein bisschen MDMA nehmen würde und dass sie von ihm gefickt werden will. Nur von ihm, ausschließlich von ihm und er schluckt die Lüge und es ist erst vier Uhr morgens.

Ich bin betrunken. Ich starre auf die Uhr. Ich brauche lange, um zu sehen, wie spät es ist. Es ist vier. Ich stehe in der Toilette in der Skylounge im Puro und schaue auf Westberlin. Mein Westberlin. Jaaaaahhhhh. Das ist mein Westberlin. Dabei komme ich aus Gießen. Haha. Gießen. Verfluchte Scheiße. Wo ist Gießen? Ich lache vor mich hin und schwanke ein bisschen hin und her. Der Typ neben mir glotzt.

»Was?«, frage ich. »Was ist?«

Er schaut schnell weg. Er weiß, mit wem ich hier bin. Ha. Ich bin der Größte. Über mir hat Christiane F. unterm Mercedesstern in die Berliner Nachtluft geschrien. *We can be Heroes, for ever and ever, we can be Heroes, just for one day.* Genau. Oh Mann. Das kennt hier drinnen bestimmt niemand. Egal. Sind auch nur Menschen. Jetzt würde ich auch gern schreien, aber … hey. Piano. Schschsch. Lass mal langsam angehen. Ich packe ein und mach mich auf den Rückweg. Runter. Raus. Draußen quatschen sie alle direkt vor der Toilette. Weil's so schön ruhig ist und weil man die Skyline sieht. Sieht man gar nicht. Ich bin die Skyline. Ich bin in der Skyline. Von hier oben sieht man nur das ICC, das sie gerade abreißen. Gut so. Asbest-Scheiße. Haben sie jede Menge Leiharbeiter von drüben eingesetzt. Die sind das gewohnt, die Ostler. Hahaha. Die haben doch jede Menge von dem Zeug. Wird alles nach drüben entsorgt. War eine große B.Z.-Story. Wurde gestoppt. Weil es keiner hören wollte. Weil es keiner lesen sollte. Ist ja auch nicht so wichtig. Sondermüll in den Osten, was soll's? Wo sind die anderen? Jasmin und Ann-Kathrin, Sofie-Kathrin oder wie auch immer. Mann bin ich besoffen. Ich muss mich irgendwie … setzen. Ich muss mich kurz hinsetzen. Nur ganz kurz. Geht gleich wieder. Das Fensterglas ist kalt und ich drücke meinen Kopf dagegen. Nur ganz kurz. Das geht gleich wieder. Nein. Du brauchst mich nicht hochziehen. Nein. Bitte. Was? Eine Line? Dann geht's mir wieder gut … nee, lass mal. Nachher vielleicht, ich bin durch. Ich bin dicht. Ich will hier sitzen. Hier? Du streust hier? Mann, wie seid ihr denn drauf? Ihr seid echt verrückt. Der Laden gehört euch, was? Na klar gehört euch der Laden, o.k., ich laber zu viel. Sorry. Ich bin besoffen. Ja, ich weiß, sorry. Hey. Das war nicht so gemeint. O.k., o.k., o.k. Ich laber zu viel. Ich zieh jetzt. Keinen Plan, ob das noch was bringt. Ich spür eh nichts mehr. Die eine Hälfte hab ich schon, die andere ist schwieriger. Linkes Nasenloch ist immer schwieriger. Ich ziehe es hoch. Bisschen viel vielleicht. Keinen Plan. Mann, bin ich dicht. Mir geht's gar nicht gut. Ich muss mich noch mal nach hinten lehnen. Ahhhh. Das tut gut. Das kalte Glas. Das ist gut und die Augen zu dabei. So kann ich sitzen. Jetzt kriecht es so nach hinten in den Rachen. Das ist eklig eigentlich. Ich kriege diesen Würgereiz. Igitt. Das hasse ich, aber genau das ist der Moment, wo man das Zeug dann auch schmeckt. Trotzdem eklig und ich stehe auf. Abrupt. Ich muss in die Toilette. Ich muss da rein. Wenn ich kotze, will ich wenigstens ins Klo kotzen. Lass mich durch! Mann, lass mich durch! Was bist du denn für ein Idiot? Lass mich durch, hab ich gesagt! Verpiss dich! Geh mir aus dem Weg! Der Typ zieht mich nach unten. Er hat mein Jackett gepackt und hat es mir einfach über den Kopf gezogen. Ich wehre mich. Er schlägt zu, was ist denn das für ein Penner? Die anderen kommen. Ich sehe, wie sie ihn wegzerren, hey, lasst ihn in Ruhe, hey kommt, der hat das nicht so gemeint. Aua. Jetzt kriegt er richtig Haue. Das ist scheiße. Aber der Wichser wollte mich schlagen. So richtig schlagen. Der hat mich nach unten gezogen und sein Knie nach oben. Der hätte mir die Nase zertrümmert, wenn er getroffen hätte. Hat er aber nicht. Wartet. Haltet ihn mal kurz fest und ich trete ihm volles Rohr in den Bauch. Hahahahaha. Das hast du davon, du Wichser. Du wolltest mich schlagen? Das hast du jetzt davon. Die anderen lachen. Der kleine Stefan rastet aus. Jaaaaaaa. Der kleine Stefan rastet richtig aus, du Wichser, und du kriegst es richtig dreckig. Die Türsteher kommen. Ahmed und Hamoudi klären die Sache. Es gibt ein bisschen Schreierei. Der Typ wehrt sich noch mal und will noch mal auf mich losgehen. Die Türsteher auf ihn rauf. Der Typ wird fixiert. Die Türsteher sind kalt und professionell. Kurzer Prozess. Der Typ fliegt raus. Das hast du davon, du Wichser! Ich schreie. Ich lache. Ahmed und Hamoudi lachen auch. Klopfen mir auf die Schulter. Die Türsteher entschuldigen sich bei uns. Genau. Das ist auch richtig so. Entschuldigt euch gefälligst bei mir. Ist entschuldigt. Nicht so schlimm, sage ich. Schönen Abend noch, sagen die Türsteher. Wir lachen und sind ein bisschen stolz. Ich bin nüchtern. Richtig so. Was für ein Idiot. Zieht mich einfach vorn rüber. Danke, Jungs. Danke. Wenn ich euch nicht gehabt hätte. Danke. Sie sagen, schon gut und lass uns nach unten gehen. Was ist unten? Unten sind die Mädchen, lass mal runtergehen. O.k., lass mal runtergehen. Entspannen und die Geschichte noch mal erzählen. Und noch mal und noch mal. Immer wieder. Immer ein bisschen anders. Hey, ich wollte nur an dem vorbei. Ich war sehr höflich. Ich habe gesagt: Entschuldigen Sie, mein Herr, darf ich bitte zur Toilette, und dann ist der ausgeflippt. Genau so habe ich es gesagt, ich schwöre. Genau so. Und alle lachen und klopfen mir auf die Schulter. Und Ahmed und Hamoudi sehen das auch so und irgendwann verschwinden wir dann noch mal kurz aufs Klo, weil Atakan soll das nicht sehen mit dem Koks, der mag das nicht so. Der sitzt lieber mit den Frauen und wir sitzen dann auch so mit den Frauen und die sind ja ganz nett und Atakan sagt was zu Sofie und Britta oder Carmen und Therese und Ann-Kristin und irgendwie sitzen dann beide neben mir und ich komme mir wieder mal vor wie in einem Gangsterfilm, weil die beiden ganz süß aussehen und anfangen, sich gegenseitig zu küssen. Der Tisch johlt und den Mädchen gefällt das, auch dass irgendjemand der einen oder der anderen, egal, auf den Arsch haut. Das macht die nur noch ein bisschen schärfer und sie müssen sich ja auch irgendwo abstützen, wenn sie sich so abknutschen, und das machen sie genau in meinem Schoß und ich denke mir nur, was die für kleine Hände haben und die müssen ja auch immer so die Hände anheben und wieder fest aufdrücken, weil sie sich hin und her bewegen beim Knutschen. Dabei drücken sie dann meinen Schwanz und Atakan grölt, ob ich schon einen Steifen hätte, und ich versuche so zu tun, als ob mich das gar nicht weiter anmachen würde, aber ich habe einen Steifen, einen richtigen Steifen und ich bin besoffen und wieder nicht besoffen und vor mir knutschen zwei Frauen und ich kann ihre Titten sehen, die sich unter dem gespannten Stoff abzeichnen, direkt vor mir. Diese prallen Titten und ich frage mich, ob die echt sind, ich habe noch nie Silikontitten angefasst und weiß nicht, wie das ist und es ist nicht Ann-Kristin von gestern, weil die hatte keine Silikontitten, es sind zwei andere, Maria und Magdalena, und sie küssen sich immer noch und ich fange an, ihre Rücken zu streicheln. Sie lächeln. Knutschen weiter. Räkeln sich. Knutschen weiter. Atakan schaut zu. Der ganze Tisch schaut zu und irgendwo im Halbdunkeln sitzen noch mehr von diesen Mädchen und auch Ahmed und Hamoudi fangen an, sich mit irgendwelchen Blondinen zu beißen und Atakan wendet sich ab, um sich um seine 19-jährige Gymnasiastin zu kümmern, die er mir irgendwann mal vorhin vorgestellt hat und die er so gut findet, weil sie nicht ins Showgeschäft will. Weil sie noch so rein und unberührt ist. Weil er sie zwar zu einem Star machen könnte, sie das aber gar nicht will. Und genau das findet er so genial

an ihr. Ich auch. Ich finde auch, dass es darauf nicht ankommt, sondern darauf, dass Magdalena jetzt ihre Zunge in meinen Mund
schiebt und ich breitbeinig, nach vorn gerutscht in diesem Sessel
hänge und Maria uns beobachtet und wenn Magdalena mit ihren
zarten, langen Küssen aufhört, Maria beginnt, mich zart und lang
und nass zu küssen und ihre Hände, ihre Hände sind überall und
meine Hände, meine Hände sind überall und sie ziehen ein bisschen
an meinem Hemd und holen es aus der Hose. Scheiß auf das Showgeschäft. Kein Mensch braucht das Showgeschäft. Das ist doch alles
scheiße. Genauso ist es richtig. Was wollen wir mit dem Showgeschäft, solange diese Mädchen über mir liegen und ich dieses wun-
derbare Parfüm riechen kann? Durch den Rauch, den Schweiß, die
verschwitzte Haut. Wer braucht hier schon das Showgeschäft?

*Stefan. Ich schwöre. Das sind alles Huren in diesem Business. Das
ganze Showgeschäft ist ein Hurenbusiness. Das weißt du auch. Alles
Huren und Fotzen, die hier rumlaufen, einer wie der andere. Unehrli-
che, feige Wichser, sag ich dir und ich sag dir auch, warum. Die haben
alle keine Eier. Guck mal. Ich bin ein Mensch. Ich blute. Ich blute, wie
jeder andere Mensch auch und wenn du mir die Haut abziehst – wir
haben alle nur Blut und Muskeln und wir sind alle gleich. Es gibt nur
einen, vor dem ich Angst habe, und das ist Gott. Ich habe viel Scheiße
gebaut in meinem Leben, das gebe ich zu. Nobody's perfect, aber ich
schwöre dir, Stefan, Gott ist mein Zeuge. Vor ihm habe ich Angst. Er
hat mir mein Leben gegeben. Er kann es mir jederzeit wieder nehmen.
Ich habe meine Fehler gemacht. Jeder Mensch macht Fehler. Aber wer
bin ich denn? Wir sind alle nur aus Fleisch und Blut. Ich bin nichts
Besonderes. Ich versuche, gerecht zu sein. Ich habe mit diesem ganzen
Hurenbusiness nix zu tun. Die können mich alle am Arsch lecken. Das
sind alles Fotzen ohne Rückgrat. Ich habe keinen Respekt vor denen.*

*Da waren so Filmproduzenten. Die sind in mein Büro gekommen,
so Big-Mäck-Style. So richtig arrogante Wichser. Wir wollen ein Film
drehen über dich. Ich so, das ist ja interessant. Ja, sagen sie, das haben
wir uns so und so und so vorgestellt. Das ist die Kohle. Ich so, halt
mal. Was wollt ihr. Einen Film wollt ihr drehen? Raus, hab ich gesagt.
Die so, aber wir machen dir ein super Angebot. So ein Angebot gibt*

es vielleicht nie wieder. Ich so, raus hab ich gesagt. Verpisst euch. Ich mache einen Film, wenn ich einen Film machen will, und jetzt geht ihr schön nach Hause und überlegt euch das mit dem Geld und wenn ihr euch beim nächsten Mal benehmt wie Menschen, wie respektvolle Menschen, habe ich gesagt, wenn ihr euch beim nächsten Mal wie respektvolle Menschen benehmt, dann können wir vielleicht noch mal drüber reden. Kapiert? Und jetzt raus und dann hab ich die rausgeschmissen. Ich respektiere jeden. Ist mir egal, wenn du Penner bist oder Politiker, ob du Bauarbeiter bist oder Sänger. Ist mir egal, wir haben alle eine Mutter. Wir bluten alle gleich und unser Blut ist rot. Ich habe vor jedem Respekt, aber wenn mich jemand nicht respektiert, dann ist vorbei. Dann ist einfach vorbei. Dann hab ich auch keinen Respekt vor dem. Ich hab die rausgeschmissen. Eiskalt. Ich kenn die auch nicht und die waren in meinem Büro und haben Faxen gemacht. Das geht nicht, Stefan. Das geht nicht. Das müssen die lernen.

Ich habe dann noch gemeint: Und die Fünfhunderttausend, die du mir jetzt für mein Leben angeboten hast, weißt du, was du damit machen kannst? Die machst du jetzt in kleinen Scheinen und dann stapelst du das. Dann machst du da Klebeband drum rum und dann schiebst du dir deine Fünfhunderttausend in den Arsch, verstanden? Und jetzt raus! Dann sind die abgehauen.

Vier oder fünf Wochen später treffe ich die wieder und was soll ich sagen – wie verwandelt. Plötzlich sind das ganz andere Menschen. Höflich: Guten Tag. Dürfen wir dir noch was bringen? Wir wollten da noch mal mit dir über was reden und so weiter und so fort. Ich so, gern. Gern dürft ihr mit mir über was reden, worum geht es denn? Und dann wurden da auch Angebote gemacht, die sahen dann auch gleich ganz anders aus, aber vor allem waren die plötzlich sehr, sehr nett und höflich. Zuerst so richtig arrogante Arschlöcher und dann nett und höflich. Dann meinten sie, ob wir noch mal über den Preis reden könnten und ich meinte, dass wir da gern drüber reden können, aber ich sage den Preis und sie sagen ja oder nein. Dann habe ich meinen Preis gesagt und das war dann o.k. Plötzlich läuft das alles, versteht du, Stefan, plötzlich machen die mit.

Dann hab ich noch gesagt, schau mal. Ich bin lieber im Hintergrund. Ich muss das nicht machen. Das bedeutet mir nichts, diese Öffentlich-

keit. Dieses Fotografiertwerden und so. Das ist mir alles scheißegal. So hat mich meine Mutter nicht erzogen. Ich hab damit nix zu tun. Ist zwar ein Film über mein Leben, aber ich will mich nicht selbst spielen. Kann ich auch nicht. Geb ich ehrlich zu. Das ist nix für mich, ich mach lieber Geschäfte, ich bin kein Schauspieler. Damit hab ich nix zu tun. Die so, o.k. Hast du was dagegen, wenn Kinski dich spielt? Ich so, der alte Knacker? Also, jetzt mal im Ernst. Das ist mir scheißegal. Ich sag also: Weißt du was? Du kannst eine Schaufensterpuppe nehmen und da ein Kondom drüber stülpen und von mir aus, soll die mich spielen. Ist mir scheißegal. Ist mir wirklich egal. Die haben gezahlt, das ist das Einzige, was mich interessiert hat. Das war's.

Kramer genauso. Weißt du, wie ich Kramer kennengelernt habe? Den habe ich in Nürnberg getroffen, ich war da auf so einer Show, da hab ich eine Sondergenehmigung dafür bekommen, dass ich da hinfahren darf. Bravo Supershow. Ich seh ihn so und sag zu ihm, hallo Kramer, na, wie geht's? Er macht so tsssss und so eine Handbewegung, hau mal ab, du Arsch. Ich denke mir, oho, und gehe ihm hinterher. Draußen meine ich so zu ihm, sag mal, was war denn das gerade? Er so, wer bist du denn? Ich so, ich bin Atakan und ich schwöre dir, ich habe ihm so eine Schelle gegeben, dass er umgefallen ist. Er dann sofort, Polizei, Polizei. Ich so, hol die Polizei, das bin ich gewohnt. Die Bullen kommen und sehen erst mal. Schwarze Haare. Mein Gesicht. Ich und in Bayern. Die so, haben Sie eine Sondergenehmigung? Ich so, hab ich. Haben Sie ihn geschlagen? Ich so, ja, hab ich. Dann gibt es eine Anzeige wegen Körperverletzung. Ich sage, das kenn ich schon. Darauf sagt der Bulle, aber nicht in Bayern. Ich sage, ich ficke euern Freistaat. Das ist mir scheißegal. Kramer macht eine richtig lange Aussage. Ich so, Kramer? Wo wohnst du denn heute Nacht? Er so, im Hotel, wo sonst? Ich sage zu ihm, ich nenne dich Meister, wenn du diese Nacht überlebst. Er fängt an zu zittern. Der eine Bulle meint zu mir, seien Sie mal leise. Ich so, Schnauze. Er so, mehr Respekt. Ich sage, ich habe keinen Respekt. Vor euch hab ich keinen Respekt, weil ihr keinen Respekt vor mir habt. Ihr respektiert mich nicht und deshalb respektiere ich euch nicht und dann sag ich, na los Kramer, unterschreib. Er so, nein, nein. Ich ziehe meine Anzeige zurück. Ich unterschreibe nicht. Er hat eine volle Anzeige gegen mich gemacht. Es war alles schon aufge-

schrieben. Ich so, na los Kramer, unterschreib! Ist doch ganz einfach, O
Punkt Kramer. Mach doch! Er so, nein, mach ich nicht. Seitdem sind
wir die besten Freunde.

Ich hätte ihn respektiert dafür, wenn er unterschrieben hätte. Aber
ich hätte ihn auch kaltgemacht und wenn ich zehn Jahre in Bau gegangen wäre. Wär mir scheißegal. Aber ich hätte ihn respektiert.

Diese Typen sind alle ein Witz. Auch diese Bastarde von Kennzeichen D, die haben mich gefilmt, diese Hurensöhne, und ich hab denen
gesagt, dass ich das nicht will. Wir sind auf die Straße gegangen und
haben denen gesagt, dass sie die Kamera ausmachen sollen und die
haben die einfach weiterlaufen lassen. Ich will das nicht. Wenn hier
Kameras sind o.k. Wenn roter Teppich irgendwo, Kameras o.k. Aber
wenn ich Sonntag in mein Garten sitze, dann will ich keine Kameras.
Ist doch normal. Würdest du auch nicht wollen, Stefan, oder, sag mal
ehrlich? Egal, die haben das dann gezeigt und irgendwas gelabert von
arabischen Familien und Mafia und Pipapo. Immer das Gleiche, weil
mein Bruder damals verhaftet wurde, aber ich frage mich ernsthaft,
wenn mein Bruder verhaftet wird und alle schreien Mafia, Mafia, warum kommt mein Bruder dann nach zehn Stunden wieder frei? Warum? Sag mir das, Stefan. Warum? Weil er nix gemacht hat! Deshalb!
Wir machen nix. Wir machen Geschäfte. Das ist alles. Aber das wollen die Deutschen nicht. Die wollen nicht, dass wir Geschäfte machen,
vielleicht auch, weil wir so gute Geschäfte mit dem Osten machen. Was
die jahrelang nicht gepeilt haben. Wir haben als Erste mit den Ostlern
was gemacht. Dann haben die gemerkt, hey, da kann man ja Kohle
verdienen, aber die ganzen Schwarzköpfe machen das und seitdem
hassen die uns. Die wollen nicht, dass wir Kohle machen. Die wollen
uns raus haben und diese Kennzeichen-D-Typen wollten mich richtig
anpissen. Die haben das dann gezeigt im Fernsehen und Geschrei hier
und Meschrei da und hin und her und im Endeffekt ist nix passiert.
Gar nix. Weil sie ja gar nichts in der Hand hatten. Wir haben ja auch
nix gemacht. Egal. Auf jeden Fall, ich geh so aufs Klo bei dieser The
Dome Show und auf einmal sehe ich diesen Hurensohn, diesen Meier
von Kennzeichen D. Ich so, du bist doch der Typ von Kennzeichen D.?
Du wolltest mich in die Scheiße reiten, oder? Ich schwör dir, der Typ
hat sich eingepisst vor mir. Der stand da und hat sich eingepisst, richtig

eingepisst. Ich hab nur mit dem Kopf geschüttelt. Dann hab ich ihm so zwei Papierhandtücher gegeben und hab gemeint, komm, wisch dich ab, aber wenn du das noch einmal machst, dann mach ich dich kalt. Verstanden?

Mann, Stefan. Was soll ich dir erzählen? Ich kann dir stundenlang erzählen von diesen Idioten. Das sind alles Hurensöhne, glaub mir. Alles voll die Flachpfeifen. Die sind wirklich Schmutz. Die sollte man abschieben, Stefan. Ich schwöre. DIE sollte man abschieben. DIE machen unsere Gesellschaft kaputt. Die lügen und betrügen. Das ist der Abschaum. Das ist der Abschaum von dieser Gesellschaft. Die sollte man abschieben, in den Osten, ins Lager, egal. Alle weg!

Ronald Kotsch stand vor dem Abschiebelager in der Teutonenstraße in Berlin-Lankwitz und schaute auf den Tumult. Gruppen von Asylanten hatten sich zusammengeschlossen und in den einzelnen Stockwerken verbarrikadiert. Die Nutten aus Osteuropa leisteten am heftigsten Widerstand. Kotsch schaute auf die Uhr. Es war zehn Minuten nach sechs und seit exakt acht Minuten lief die Aktion. Irgendjemand musste sie verpfiffen haben, denn die Bewohner der Abschiebeanstalt waren auf das Eintreffen der Einsatzkräfte vorbereitet gewesen. Allerdings musste man auch kein Hellseher sein, um zu wissen, dass die Rückführungsmaßnahme geplant war. Schließlich hatte Kotsch in mehreren Interviews angekündigt, dass eine solche Handlung bevorstand, und der Tag vor der Bundestagswahl war taktisch offensichtlich perfekt.

Kotsch schaute auf die Kamerateams, die müde ihre Sendestationen aufgebaut hatten. Seit Kohl in den frühen Neunzigern seinen Medienkonzern mit dem Ankauf mehrerer privater Fernsehstationen ausgebaut hatte und die Intendanzen der staatlichen Fernsehsender mit Parteisoldaten besetzt hatte, war die öffentliche Meinung fest in der Hand der Deutschen Union. Natürlich hatte es Beschwerden der europäischen Kartell-Kommission gegeben und Teile des Medienimperiums mussten an Strohmänner oder die Söhne des Parteipatriarchen abgegeben werden, aber im Grunde hatten sie die Medien auf Kurs, was ja auch im Sinne der EU war, die seit Jahren von den konservativen Kräften Europas geführt wurde.

Kotsch nahm seine Brille ab und strich sich über den Nasenrücken. Er war müde. Gegen halb fünf hatten sie die DDR-ler endlich auf Kurs gebracht. Letztlich hatte es doch ein wenig länger gedauert, weil Schnappauf plötzlich wahnsinnig sentimental geworden war und Kotsch das Gefühl hatte, dass der Mann aus dem Osten irgendwie einen persönlichen Bezug zu ihm herstellen wollte. Freundschaft. Geselligkeit. Vertrauen.

Kotsch war diese Art von Nähe unangenehm und er reagierte unbeholfen und distanziert. Er sah in die klebrigen Augen von Schnappauf und konnte mit den sich dort widerspiegelnden Gefühlen nichts anfangen. Schnappauf wird weich, dachte Kotsch. Der macht das nicht mehr lang. Der nimmt das alles viel zu persönlich und angewidert hatte er zugesehen, wie sich der verlebte SED-Funktionär traurig abwandte, noch einen Wodka in sich hineinschüttete und seine restliche Delegation zusammentrommelte. Dann stiegen sie in ihre Limousinen und fuhren Richtung Grenze am Brandenburger Tor. Schnappauf drehte sich sogar noch einmal um und winkte zu ihm hoch. Kotsch stand am Fenster und beobachtete den Konvoi, wie er langsam durch das frühmorgendliche Berlin fuhr und wandte seinen Blick erst ab, als die Rücklichter zwischen den Bäumen des Parks verschwunden waren. Dann duschte er. Rasierte sich. Zog sich ein frisches Hemd und einen frischen Anzug an, den die eilfertigen Bediensteten des Bundeskanzleramts bereitgelegt hatten. Studierte die Morgenzeitungen, die sich allesamt mit der morgigen Wahl und dem prognostizierten Sieg der DU beschäftigten und trank einen Kaffee. Um halb sechs meldete er sich bei Kohl, um ihm über die Ergebnisse der letzten Nacht zu berichten. Der greise Bundeskanzler saß wie ein dunkler Berg hinter seinem Schreibtisch und wieder hatte Kotsch das Gefühl, unter dessen Augen zum jungen Provinzpolitiker aus Hessen zu schrumpfen, der er gewesen war, als Kohl ihn damals entdeckt hatte. Egal welch geistige Schärfe er mittlerweile erreicht hatte. Egal welche rhetorische Brillanz ihm mittlerweile bescheinigt wurde, unter Kohls Augen war er immer noch ein Anfänger. Kotsch dachte kurz darüber nach, als er sich die Brille aufsetzte. Er kannte diesen eigenartigen Effekt, den der Chef auf ihn ausübte. Er hatte sich daran gewöhnt. Es war ein absolutes Unterlegenheitsgefühl, das er gleichzeitig fürchtete und auf eine absurde Weise auch genoss. Er wusste, dass er vom Wohlwollen des Alten abhängig war. Aufgehoben in dessen Machtanspruch. Aufgehoben in dessen Ränkespielen und Intrigen, auf die er keinen Einfluss hatte, auf die anscheinend niemand Einfluss hatte, zumindest kannte Kotsch keinen, der es geschafft hatte. Geisler, ein absolut fähiger Mann, einer der intelligentesten Köpfe der Partei, war daran gescheitert. Merz? Kaputt. Kohl hatte den Wirtschaftsexperten auflaufen lassen und abserviert. Späth, degradiert und als EU-Kommissar nach Brüssel abgeschoben. Er war der letzte Mann von Format, der im Umfeld des Kanzlers überlebt hatte und manchmal fragte er sich, wie lange er es noch schaffen würde. Zwar gab es diese Vereinbarung, dass Kotsch Parteivorsitz und Kanzlerschaft von Kohl übernehmen sollte, wenn die Zeit reif dafür sein würde, aber Kohl hatte diesen Zeitpunkt immer weiter hinausgezögert, sodass keiner mehr richtig daran glaubte. Außerdem war neues Personal aufgetaucht. Junge Parteisoldaten ohne Kontur und Profil. Willfährige junge Männer ohne Meinung und Gesicht. Effiziente Arbeiter und Vollstrecker.

Kotsch brauchte einen Erfolg. Er brauchte diese Abschiebung heute Morgen dringender als irgendjemand sonst und er musste beweisen, dass er immer noch der harte Hund am rechten Rand der DU war, der die Dinge regelte. Kotsch rückte die Brille zurecht und straffte sich. Seine hängenden Wangen bekamen einen harten Zug. Er lächelte. Grimmig. Kalt. Das Schicksal der Abschiebehäftlinge war ihm egal. Hier ging es um seinen Posten und diese Kakerlaken würden sowieso wiederkommen. Immer wieder. So sehr sie auch versuchten, die Grenzen dicht zu machen, diese Ratten fanden immer wieder Löcher, um hindurch zu schlüpfen. Damals, als die Ostler die Grenze noch dicht hielten, war es etwas anderes gewesen. Damals kam wirklich keiner durch, weil die alle erschossen hatten, die es versuchten, aber seit der Osten seine Bemühungen eingestellt hatte, die Leute im eigenen Land gefangen zu halten, seitdem kamen sie in Scharen und der Westen brauchte sie. Die billigen Arbeitskräfte. Die billigen Nutten. Die Illegalen, die man in konzertierten Aktionen abschieben konnte. Punktgenau, wenn man mal wieder eine Geschichte in der Presse brauchte, so wie heute Morgen.

In den Hinterzimmern der Wirtschaftsverbände war es ein offenes Geheimnis. Manche Branchen würden einfach zusammenbrechen, wenn sie nicht ständig mit illegalen Hilfsarbeitern versorgt würden, denen man einen Hungerlohn zahlte. Oder manchmal auch gar nichts. Moderne Sklavenarbeit und auch der Osten verdiente gut daran. Indem sie sich wie heute Nacht bereit erklärten, ein paar Hundert Illegale aufzunehmen und in die sogenannten sicheren Drittländer weiterzureichen, polsterten die Genossen die Staats- und ihre eigenen Kassen auf. In den meisten Fällen kamen die Flüchtlinge, Scheinasylanten, Huren und Illegalen schneller wieder frei, als man sie einsammeln konnte und nur ein paar Schwarzafrikaner pro Jahr wurden tatsächlich in ihre sogenannten Heimatländer zurückgeschickt. Der Rest kam wieder und wieder und Kotsch konnte nicht behaupten, dass er davon nichts wusste, geschweige denn, dass diese Wanderbewegungen von Ost nach West und Süd nach Nord nicht erwünscht wären. Dessen war er sich vollkommen bewusst, als er nun mit kaltem Siegerlächeln auf die Kameras zuging und mit ernster Miene und harter Stimme zur Bevölkerung sprach. Von der Bedrohung sprach er, von asozialen Elementen, Verbrechern, Drogendealern, Huren und vom Allgemeinwohl, das in Gefahr war. Er sprach von der Sicherheit der Bevölkerung, die ihm, der Deutschen Union und der Regierung, der er angehörte, am Herzen lag. Er sprach von der Gefahr der libanesischen Banden und von dem, was gerade hinter seinem Rücken passierte.

Eine Gruppe Schwarzafrikaner hatte sich im Block C des Abschiebeknastes verschanzt und Feuer drang aus dem oberen Stockwerk. Die Affen hatten sich selbst in Brand gesetzt. Ein paar libanesische Jugendliche hatten sich mit Dachlatten und Metallrohren bewaffnet und lieferten sich mit den vorrückenden Spezialkommandos einen heftigen Häuserkampf. Die Zigeuner aus Block A hielten Säuglinge und Kleinkinder aus dem Fenster und die Huren auf dem Dach des Küchenkomplexes schwenkten Schlüpfer und BHs und zeigten ihre blankrasierten Mösen in die Kameras, die das ganze Spektakel einfingen. In Kürze würde im südlichen Küchentrakt eine Bombe explodieren und bis dahin, so hoffte Kotsch, würden die Huren vom Dach geholt sein. Zumindest hatten seine Leute Anweisung, dass es so wenig Opfer wie möglich geben sollte. Tote zogen immer unangenehme Fragen nach sich und was er brauchte war ein schneller, sauberer Sieg. Leichen wären da nur hinderlich. So wie er es aber aus den Augenwinkeln beobachtete und was ihm die Einsatzleitung permanent über Funk mitteilte, ging alles genauso vor sich, wie es geplant war, und der von einer Sprengstoff-Spezialeinheit angebrachte Zündsatz würde tatsächlich nur den gewünschten Schockeffekt erzielen. Kotsch schaute ehrlich in die Kameras. Er wusste, dass er überzeugen konnte. Er moderierte das Geschehen, erstellte Analysen, kam vom Konkreten ins Allgemeine, benutzte jede Widerstandshandlung als Argument für sein hartes Durchgreifen.

»Sehen Sie, wie diese Jugendlichen auf unsere Einsatzkräfte zugehen. Da! Jetzt schlagen die Jugendlichen auf die friedlich, aber bestimmt agierenden Polizisten ein und deshalb muss Deutschland sich gegen diese Art von Anfeindung wehren. Aus diesem Grund gehen unsere Truppen nun auch mit der gebotenen Härte vor, meine Damen und Herren, schauen Sie sich diese Bilder an. Das ist ein Angriff. Zum Glück sind unsere Männer gut ausgebildet und geschützt, dennoch kann man da nicht tatenlos zusehen …«

Er beendete seinen Monolog mit einem aufmunternden Statement, als es hinter ihm krachte. Perfekt. Die letzten Nutten waren vor zwei Minuten vom Dach geangelt worden und die Explosion ließ jeden Widerstand in den anderen Teilen des Komplexes erlahmen. Alle dachten, nun würde schweres Geschütz eingesetzt, nur Kotsch selbst konnte nach einer Unterbrechung, in der er anscheinend neue Informationen von der Einsatzleitung bekam, die Bevölkerung beruhigen, dass es sich lediglich um eine Gasleitung gehandelt hatte, die von den Meuterern in Brand gesetzt worden war. Keine Verletzten. Keine Toten. Die Einsatzkräfte hätten alles im Griff, doch vor allem hatten die Einsatzkräfte nun freie Bahn und konnten so durchgreifen, wie es erwünscht war. Kotsch hatte alles auf seiner Seite. Die Abschiebehäftlinge waren gefährliche Irre, die man stoppen musste, und er war der ruhige, gewissenhafte Vollstrecker des Volkswillens. Als die ersten Frauen mit Koffern in seinem Rücken erschienen und die Fernsehkameras auf die aufgelösten und verstörten Gesichter hielten, wusste er, dass er gewonnen hatte. Es war zehn nach sieben und die Aktion war so gut wie beendet. Nun musste er nur noch am Bahnhof Friedrichstraße zusehen, wie dieser ganze Schmutz in Waggons verladen und in Richtung Osten abtransportiert wurde. Auch das würde gute Bilder liefern und eine gute Presse. Als er diesen Gedanken nachhing, stoppte plötzlich eine alte Zigeunerin und zeigte mit ihren knochigen Fingern auf ihn. In irgendeiner Sprache, die Kotsch nicht verstand, murmelte sie etwas und es klang, als würde sie ihn verfluchen. Kotsch schaute sie an. Ein sarkastisches Lächeln umspielte seine Lippen. Beschissene Hexe, dachte er, verpiss dich! Ein unsanfter Stoß eines der schwarz gekleideten Polizisten setzte sie wieder in Bewegung. Na also, dachte Kotsch, geht doch und er beobachtete die alte Vettel, wie sie mit ihrem Koffer in einen der bereitstehenden Busse stieg.

»Na, da wünschen wir doch eine gute Heimreise!«, sagte Kotsch gut gelaunt in die Kamera und das Letzte, was er von der Alten sah, war ihr Rücken, der im dunklen Bauch des Busses verschwand.

Das Letzte, was er von ihr sieht, ist ihr Rücken, der im Türrahmen verschwindet. Na dann, verpiss dich doch, denkt er und drückt auf die Fernbedienung. Fotze. Diese alte Fotze. Wer braucht dich schon. Du Hure. Du gottverdammte Hure. Ich mach dich kalt, du Nutte. Das wird sie mir büßen und Jedele springt auf, wild entschlossen, das Schlachtermesser aus der Küche zu holen und diese Fotze abzustechen. Doch noch bevor er richtig steht, rutscht er aus und landet keuchend auf dem schmierigen Laminat, zu langsam, um seinen Plan in die Tat umzusetzen. Zu fett. Er hört, wie die Tür ins Schloss fällt und ihre Schritte auf der Treppe verhallen. Glück gehabt, denkt Jedele, Glück gehabt, aber so viel Glück wirst du nicht jeden Tag haben, Madame! Er stürzt ans Fenster, um sie wenigstens noch zu bespucken, wenn sie unten aus der Haustür kommt, doch der Rotzeklumpen verfehlt sie fast um einen Meter, als sie ins Taxi steigt, das bereits auf sie gewartet hat. Scheiß Wind! Sie hat das geplant und sich noch nicht mal zu ihm umgedreht. Er will schreien, doch um ihr hinterherzubrüllen, fehlt ihm der Mut. Die Nachbarn! Was sollen die Nachbarn denken? Schließlich ist er Postler und auch wenn das heutzutage nicht mehr allzu viel Wert ist, man kennt ihn in der Gegend. Zu peinlich.

Als Jedele am frühen Morgen befleckt und verschwitzt im Fernsehsessel aufwachte, galt sein erster Griff der Fernbedienung. Mal gucken, was heute Morgen für eine Scheiße kommt. Vielleicht die Wiederholung eines Softcorestreifens. Tagsüber wurden die richtig harten Filme ja nicht ausgestrahlt, aber so ein paar Titten zum Aufwachen wären auch nicht schlecht, dachte er, wenn die eigene Kuh ihre Euter schon nicht freiwillig herzeigt, und er wischte sich über die Nase. Von draußen aus der Küche konnte er hören, wie die Schlampe das Frühstück machte. Sehr gut. Ein bisschen Frühstücksfernsehen vielleicht. Wär ja auch nicht schlecht. Lassen wir's mal normal angehen. Jedele klickte durch die Kanäle. Eigentlich kam auf allen Sendern das Gleiche. Nachrichten aus dem zerbombten Bagdad oder Kosovo oder Afghanistan. Orten, an denen seit ein paar Jahren auch Soldaten der Bundeswehr kämpften. Warum? Sollte man diese scheiß Kameltreiber doch sich selbst überlassen. Was haben unsere Jungs da unten zu suchen? Scheiß Friedensstifter. Natürlich ist er nicht dagegen gewesen, dass die Bundeswehr nun endlich auch wieder im Ausland aktiv wurde. Krieg war das Normalste der Welt und warum sollten ausgerechnet die Deutschen sich da raushalten? Die Juden hatten das deutsche Volk eh schon viel zu lange unter ihrer Knute gehalten und ausgepresst und klein gemacht. Ja. Zum Glück hatte sich das in den letzten Jahren etwas gebessert, aber noch immer hagelte es die ganze Zeit Vorwürfe. Böse. Böse. Böse. Mein Gott, das war siebzig Jahre her, da kann man es auch mal gut sein lassen.

Jedele hatte auf jeden Fall vollstes Verständnis dafür, dass die Deutschen wieder mitmachten. Als Kohl damals die Panzer an der innerdeutschen Grenze auffahren ließ, da wäre er gern dabei gewesen, schließlich war er damals gerade mal Anfang dreißig, aber in diesem beschissenen Westberlin von damals gab es ja keinen Wehrdienst. Das war ja entmilitarisierte Zone. Für Deutsche! Wohlgemerkt. Ausschließlich für Westdeutsche! Auf unserem eigenen Grund und Boden. Noch heute könnte er sich darüber ärgern. Er wäre ein guter Soldat gewesen. Davon ist er bis heute überzeugt, nur diese rot-grünen Arschlöcher hatten ihn daran gehindert. Diese Pissnelken. Gammler und Asoziale. Das war schon recht, dass sie

diese Wichser irgendwann mal verboten haben, da hatte man schon
die Richtigen erwischt. Auch aus dem Postdienst hatten sie damals
ein paar Kollegen entfernt und … es waren genau die Richtigen gewesen. Ewige Querulanten und solche, die immer alles besser wussten. Einen von denen hatte er wirklich nicht abgekonnt. So einen
schleimigen, liberalen Wichser. Da hatte damals ein Pole 14 Stunden
auf ein R-Gespräch gewartet. Da war das ganze Telefonnetz zusammengebrochen, aber was kümmerte ihn das? Sollten die Polacken
doch warten, die Schmarotzer, und da hatte dieser Schnösel dem
Polacken dann doch tatsächlich eine Tasse Kaffee gebracht. Vom
Kaffee, der im Pausenraum für die Mitarbeiter bereitstand. Da hat
er sofort eine Abmahnung bei seinem Chef veranlasst und das saß.
Das hat dieser sozialdemokratische Spinner garantiert nie wieder
gemacht und später haben sie den dann auch abgeholt. Der Staats-
schutz hat ihn einfach mitgenommen. Untergrundaktivitäten, hieß
es. Zu Recht! Das war schließlich ein Postamt und keine Armenspei-
sung. Arschloch, dreckiges, und noch einmal klickte er auf die Fernbedienung. Da erst bemerkt er, dass es sich bei den Bildern gar nicht
um Bagdad handelte. Das war eine Live-Reportage aus Berlin, aus
Marienfelde, wo dieser Kotsch wieder ein paar Asoziale nach drüben verschickte. Sonderberichterstattung auf allen Kanälen. Das
gefiel ihm. Das gefiel ihm gut und euphorisch schaute er auf den Tumult im Fernseher, sah, wie sich Gruppen junger Ausländer mit der
Polizei prügelten und wie ein paar Huren auf irgendeinem Dach ihre
Schlüpfer und BHs schwenkten. Immer alles schön in Nahaufnah-
me und zwischendrin Kotsch, der das Geschehen mit seiner sono-
ren Stimme kommentierte. Ruhig, dennoch mit der nötigen Härte,
da muss man nämlich richtig hart durchgreifen. Egal was diese Bat-
schaken da angestellt hatten oder nicht, irgendwas werden die schon
ausgefressen haben, umsonst werden die nicht abgeschoben und er
freute sich, als so ein langer Libanese von einem kleinen untersetz-
ten Polizisten einen Schlagstock quer übers Gesicht gezogen bekam.
Es sah so aus, als wäre die Nase des Libanesen gebrochen, zumindest
stand sie ihm jetzt quer übers Gesicht und Blut floss auf sein zerris-
senes T-Shirt. Mit theatralischer Pose stand er da, blutverschmiert,
den Arm erhoben und die Finger zum V-Zeichen emporgereckt,

bevor ihn ein Pulk schwarzer Uniformen umriss, ihn endlich festnahm und abführte. Jaja, das konnten sie gut, diese Schauspieler. Als wären sie alle Jesus und keiner von denen hat was getan. Wer's glaubt wird selig. Irgendwo explodierte etwas auf dem Gelände und für einen Augenblick waren alle etwas verwirrt. Selbst Kotsch ging in Deckung und die Kameras wackelten ein bisschen. Anscheinend hatten irgendwelche Idioten aus dem Lager ein Gasrohr angezündet, das nun explodiert war. Doch die Sicherheitskräfte würden die Lage in den Griff bekommen. Es gab sogar eine Helikopteraufnahme von oben und die Polizisten hatten die Sache jetzt so weit unter Kontrolle, dass sie das Lager räumen konnten. Endlich.

Dann sah Jedele aber noch etwas anderes. Etwas, das ihn richtig in Aufruhr versetzte. Am Rand der Veranstaltung gab es tatsächlich eine Gegendemonstration. Die Kameras versuchten das zwar auszublenden, aber er konnte ganz deutlich die Menschen sehen, die von einem dichten Polizeigürtel abgeschirmt waren und die alle dieses weiße X am Kragen hatten. Es waren nicht viele, aber immerhin so viele, dass sie im Fernsehen auftauchten. Jedele hatte schon von ihnen gehört. Der neue Widerstand, wurde gemunkelt. Die meisten versteckten sich irgendwo im Osten, wo die DDR-ler diese Dreckskerle beschützten. Aber anscheinend kamen die alle aus dem Westen. Widerstand? Wie sich das anhörte. Wie theatralisch. Wie pompös. Wie ehrenhaft. Asoziale Penner waren das. Terroristen. Abknallen sollte man die. In der B.Z. hatte er neulich einen kleinen Artikel über die gelesen, kalte Wut hatte ihn da gepackt und er hatte sich die Frage gestellt, warum da keiner was gegen die machte? Alle zu weich geworden. Die und die Ausländer, das waren doch die wirklichen Sargnägel dieser Gesellschaft. Dreckige Kommunisten. Er hatte sie schon früher nicht leiden können, diese Haschischraucher und Junkies. Damals in den Achtzigern, als Berlin wirklich noch dreckig war, aber in den letzten Jahren hatte er das Gefühl, dass das alles wieder in dieselbe Richtung ging. Zwar gab es ab und zu solche Aktionen wie diese Abschiebung heute Morgen, die Kotsch da durchzog, aber dass es diese Gegendemonstranten überhaupt gab, das versetzte Jedele in kalte Raserei. Das konnte nicht sein. Das war zu viel und er saß da mit angespanntem, vornübergebeugtem Ober-

körper, in Jogginghose und verwichstem T-Shirt und starrte voller
Wut auf den Fernseher, wo gerade eine alte Frau mit einem Koffer
ihre knochigen Finger auf Kotsch richtete, gerade so als wolle sie
ihn verfluchen. Verrecken soll sie, die alte Fotze, dachte Jedele, die
Fernbedienung so fest umklammert, dass seine Fingerknöchel weiß
hervortraten und er es zunächst gar nicht hörte.

»Ich gehe«, sagt sie mit leiser Stimme.

Was? Jedele starrt seine Frau an, die mit dem Koffer in der Hand
im Türrahmen steht. Traurig schaut sie ihn an. Was?

»Ich gehe«, wiederholt sie. »Frühstück ist fertig. Ich gehe.«

Er versteht nicht, weiß nicht, ob er brüllen oder lachen soll. Sie
sieht so komisch aus, wie sie da steht mit ihrem Koffer und dem entschlossenen Gesichtsausdruck. Er könnte sich ausschütten vor Lachen, was soll das jetzt schon wieder? Aber plötzlich dreht sie sich
um und verschwindet durch den Türrahmen in den dunklen Flur.
Jedele kann gar nicht reagieren, so überrascht ist er. Sie geht, denkt
er. Na gut, dann geh doch, lacht er brüllend. Verpiss dich doch, du
alte Fotze. Wer braucht dich schon, du gottverdammte Hure, und er
denkt, dass er sie kalt machen will, diese Nutte. Dass sie es ihm büßen soll und plötzlich springt er auf, in kalter Wut, das Schlachtermesser aus der Küche zu holen und diese Fotze abzustechen. Doch
noch bevor er richtig hoch kommt, rutscht er aus und landet keuchend auf dem schmierigen Laminat, zu langsam, um seinen Plan
in die Tat umzusetzen. Er hört, wie die Tür ins Schloss fällt und ihre
Schritte auf der Treppe. Glück gehabt, denkt Jedele, Glück gehabt
Madame, aber so viel Glück hast du nicht jeden Tag und das wirst
du mir büßen. Denn das, was du heute Morgen hier abgezogen hast,
das ist nicht gerecht, du Schlampe. Wahrlich. Das ist nicht gerecht.

Internationale Reaktionen auf das Massaker von Leipzig

Die Niederschlagung der Proteste schadete dem weltöffentlichen Ansehen der Regierung der →DDR. Als direkte Reaktion auf das »Massaker an der Runden Ecke« veranlasste der Regierungschef der Bundesrepublik Deutschland, Bundeskanzler →Helmut Kohl, die Verlegung des Panzerpionierbataillons 1 aus Holzminden an die Innerdeutsche Grenze im Harz. Am 10. Oktober erhielt die Panzerbrigade 12 aus Amberg den Befehl, in der Nähe des Grenzübergangs Rudolphstein Stellung zu beziehen. Die Truppen werden in Gefechtsbereitschaft versetzt. Weitere Panzerverbände sowie mehrere Infanterieregimente aus dem gesamten Bundesgebiet, unterstützt von französischen Einheiten, bekamen den Marschbefehl, die östliche Grenze der BRD gegen feindliche Übergriffe seitens der Truppen des Warschauer Pakts zu schützen.

Die USA, die nicht über das Vorgehen Frankreichs und des Westdeutschen Bündnispartners informiert worden waren, reagierten verärgert, boten in einem internen Schreiben aber trotzdem logistische Unterstützung an.

Die DDR-Führung verstand die westdeutschen Truppenbewegungen als Provokation und positionierte ihrerseits Streitkräfte im Harz und im südlichen Thüringen sowie am Berliner Grenzübergang Checkpoint Charlie, allerdings ohne Rückendeckung durch Sowjettruppen, weswegen die sogenannte »Deutschlandkrise« nie zu ähnlich großen, internationalen Verwicklungen führte wie die »Kubakrise« im Jahr 1962.

Am 12. Oktober 1989 fragte DDR-Staatschef Erich Honecker in einem Telefonat den Generalsekretär der UdSSR, wann Russland denn endlich eingreifen und die DDR verteidigen würde? Michail Gorbatschow antwortete darauf sinngemäß, dass er sich zuerst um die russischen Probleme kümmern müsse.

Kapitel 3

Ein neuer Tag bricht an –
nicht besser als der letzte.

Samstagvormittag

Weißt du, Stefan. Ich bin nicht bösartig. Nie. Ich bin ein friedlicher Mensch, aber ich bin gerecht. Wenn mich einer verarschen will, wenn einer einen anderen verarschen will, dann gehe ich hin und stelle ihn zur Rede. Wenn er recht hat, habe ich kein Problem damit. Dann hat er recht. Wenn er aber unrecht tut, dann Gnade ihm Gott.

Ich schwöre. Ich bin ein friedfertiger Mensch, aber wenn einer plant, jemanden abzuziehen, dann bringe ich ihn um. War schon immer so. Sogar in der Grundschule. Stefan, ich schwöre dir, die Lehrerin hat meine Mutter kommen lassen und sie hat gesagt, Frau Abou-Moham-med, ihr Sohn hat ein Problem mit Gerechtigkeit. Ich war zu gerecht. Das stand sogar in meinem Zeugnis: »Atakan hat einen ausgeprägten Gerechtigkeitssinn«, und deswegen habe ich immer Probleme gehabt, Stefan. Schon immer. Kannst du mir glauben.

Einmal war so ein Typ. Wir haben Geschäfte gemacht. Das war nix Großes. Das war so 50.000 Euro und wir mussten das Geld, was wir reingesteckt haben, teilen und danach noch mal den Gewinn. Ich bekomme dreißig Prozent. Er siebzig Prozent. Das war auch alles fair. War unterschrieben. Für mich war's cool. Ich war zufrieden. Plötzlich kommt dieser Wichser und meint, dass wir die Kosten Hälfte-Hälfte machen sollten. Ich so: Klar können wir die Kosten Hälfte-Hälfte machen, wenn wir den Gewinn auch Hälfte-Hälfte machen. Der Typ so: Nein, du bist ein Arschloch, das geht so nicht. Ich hätte nichts gemacht und würde die dreißig Prozent für Nixtun bekommen. Ich so, Junge, das ist so ausgemacht. Das ist unterschrieben. Du warst einverstanden bei der Unterschrift. Was ist los? Er so, gut, dann nehm ich dir was anderes dafür weg. Ich so, das kannst du nicht tun. Schick deinen Anwalt, wenn du Lust hast, und jetzt verpiss dich. Er so, blablabla.

Ich denk mir nichts dabei, weil der Typ sowieso ein Lauch ist. Der ist nix wert und mir auch egal. Ich hab einen Vertrag und so, denke ich mir. Paar Tage später hab ich ihm geschrieben und frage, wie es mit den Kosten aussieht. Er so, da sind noch ein paar Baukosten oben drauf gekommen. Ich so, zahl ich nicht, das sind Sachen, die danach euch gehören, da habe ich nix davon. Wie viel sind die Kosten, mach mal Aufstellung. Er so: Keine Antwort. Woche später. Ich frag noch mal nach. Gib mal die Aufstellung rüber. Er so: Keine Antwort. Von Freunden erfahr ich, er erzählt rum, dass ich ihn verarschen will, dass ich Sachen haben will, die mir nicht zustehen, dies und das. Ich so, o.k., jetzt reicht's. Ich bin am nächsten Tag in sein Büro. Er macht die Tür auf. Ich rein. Nebenan sitzt seine Assistentin. Ich so, guten Tag, ich habe gehört, dass du ein Problem mit der Auszahlung hast. Du erzählst, dass ich dich verarschen will. Er so, nein auf keinen Fall … Ich geb ihm eine Schelle. So eine richtige, schöne Schelle. Seine Assistentin guckt. Er hält sich die Wange und heult. Ich so, pass auf, mein Freund! Wenn du mich reinlegen willst, dann mach dich auf was gefasst. Ich schlitz dich auf. Ich mach dich richtig fertig und dich auch, sag ich zu seiner Assistentin. Hier geht es um sechstausend Eurodollar. Nicht mehr und nicht weniger, aber weil du dich blöde anstellst, machen wir jetzt das Doppelte draus. Ich hab die Schnauze voll von dir und deinen Faxen. Irgendwie kapierst du das nicht und jetzt machen wir eine Kostenaufstellung, du Idiot. Los setz dich hin. Er so, weint so und labert irgendwas von Polizei. Ich geb ihm noch mal eine. Bamm. Und wenn ich noch mal Polizei höre, dann wirst du nicht mehr froh. Guck weg, sage ich zu der Assistentin und sie guckt weg. Zuerst wollte sie noch was sagen, aber ich meine nur, schschsch. Ruhe jetzt. Ich nehm den Typ und setz ihn in seinen Stuhl. Mach Excel auf, du Idiot, und was denkst du? Am Schluss hatte ich richtig alles so, so wie ich es haben wollte. Ich hab nich mehr genommen, als mir zusteht. Ich hätte alles von ihm haben können. Er hätte alles unterschrieben, aber ich habe wirklich nur das genommen, was mir zusteht. Ich hab nix gestohlen. O.k. Die sechstausend extra, aber das habe ich nur genommen, weil er Faxen gemacht hat. Danach hat er dann noch mal versucht mit Anwalt und ich hätte ihn bedroht und geschlagen, aber er konnte nix beweisen. Ali hat noch mal mit der Assistentin geredet und die konnte sich auch an nix erinnern und die arbeitet jetzt bei mir, geile Schlampe, und der hat einfach brav gezahlt. Weißt du, manchmal muss man die Leute einfach zwingen. Die verstehen das nicht. Jeder Mensch hat Kreditpunkte, sag ich immer. Jeder Mensch hat so zehn Kreditpunkte und die kann er verspielen. Da gibt es aber Leute, weißt du, die schmeißen dir ihren ganzen Kredit auf einmal vor die Füße und dann muss man was machen. Das geht nicht. Wer so sein Kredit verschleudert, der muss bestraft werden. Die sind scheiße, solche Leute. Die sind dumm und … die sind gefährlich. Das sind gierige Leute und Gier ist eine Todsünde. Das weißt du. Das ist bei euch Christen auch so. Gott will das nicht und deshalb mache ich das.

Eine andere Geschichte war mit diesem Boxer, den ich so aus seinem Vertrag geholt habe. Der war bei so einer Promoterfirma und die haben den verarscht. Hamoudi hat den angeschleppt und irgendwann mal saß der bei uns im Café. Ich habe gesagt: Wer ist dieser Schwanz? Ehrlich, ich gebe das zu. So habe ich geredet, weil ich nix damit zu tun haben wollte. Showgeschäft. Boxgeschäft. Interessiert mich nicht. Ist mir scheißegal und ich hab gedacht, der Typ ist ein Idiot. Hamoudi fängt so an. Ja, das ist Blacky, der hat so Probleme mit seinem Boxpromoter und die wollen ihn reinlegen. Ich so zu Blacky, ist das wahr, was mein Bruder sagt? Ist das unrecht, was diese Leute dir da antun? Er so, ja Atakan, die wollen mich abziehen, die wollen mein Geld. Ich habe ihn erzählen lassen und ich habe mir die Sache angehört. Ich habe ihm gesagt, wenn du mich anlügst, dann mach ich dich kaputt. Wenn ich merke, dass du mir Scheiße erzählst, dann bring ich dich um. Er so, nein Atakan, ich lüge nicht. Ich so, gut, ich erkundige mich und dann habe ich nachgefragt. Ich habe den gefragt und den. Ich habe meine Kontakte spielen lassen und ich habe rausgefunden, der Junge hat recht! Der erzählt mir die Wahrheit. Die wollen ihn tatsächlich verarschen.

Dann habe ich ihn wiederkommen lassen und gesagt, ich komme mit. Als wir im Auto saßen und dorthin gefahren sind, meinte er plötzlich, wo sind deine Leute? Ich so, guck mich um. Leute, frage ich. Was für Leute? Er so, na wir brauchen doch Leute, wenn wir da hingehen. Die haben doch auch Leute und wir müssen doch da mit Leuten auftauchen. Ich so, guck ihn an und lache. Ich muss richtig lachen. Ich *lache so richtig laut, weil der gar nicht gewusst hat, mit wem er da im Auto sitzt und ich gebe ihm einen Nackenklatscher und dann meine ich, wir brauchen keine Leute, du Idiot. Wir haben das Recht auf unserer Seite. Wir gehen da hin. Wir haben recht und Gott wird uns helfen. Glaubst du an Gott, habe ich ihn gefragt. Glaubst du an Gott? Und er meinte nur so irgendwas, dass ja, irgendwas ist da und ich meinte nur so, solange du nicht an Gott glaubst, wird dir keiner helfen. Du solltest besser damit anfangen. Jetzt. Sofort.*

Wir kommen dann rein in das Büro und da saßen dann diese drei Typen. Ich so, guten Tag, ich hab gehört, ihr wollt den Jungen hier übervorteilen. Die erst mal so, wer bist du überhaupt? Was willst du eigentlich? Machen so auf cool und Business. Ich so, das ist egal, wer ich bin. Ihr drei Schwanzlutscher habt unrecht und der Junge hat recht. Ist das so? Er kriegt Geld von euch und ihr wollt es ihm nicht geben? Die so, ja, ist so. Aber wir haben Investitionen und Geld ausgegeben und blablabla. Ich so, davon hat der Junge nichts, sage ich. Die wieder, ist uns egal. Wir haben einen Deal und noch mal, wir müssen gar nicht mit dir sprechen, wer bist du eigentlich … dann hat's mir gereicht. Ich hab denen einfach eine Schelle gegeben. Eine richtige Schelle. Jedem von denen. Jedem habe ich eine Schelle gegeben und dann war Ruhe. Dann war richtig Ruhe. Dann haben die erst mal geschluckt und ich hab gesagt, o.k., wisst ihr jetzt, wer ich bin? Ich bin Atakan und das könnt ihr euch merken, ihr Schwanzlutscher. Ich bin Atakan und ich bin gekommen, um diesem Jungen zu helfen. Ich hab nichts davon, aber ihr habt einfach Scheiße gebaut und das lass ich nicht durchgehen. Passt auf! Ihr unterschreibt jetzt, dass ihr ihn gehen lasst und dass ihr ihm die Kohle auszahlt, die ihm zusteht. Jetzt sofort, sonst mache ich euch richtig platt. Wenn ich meine Brüder anrufe, dann seid ihr richtig im Arsch und dann seid ihr froh, wenn ihr morgen noch aufstehen könnt. Unterschreibt jetzt diesen Scheißvertrag und wir sind glückliche Menschen. Ihr seid glücklich. Ich bin glücklich. Er ist glücklich und wir können alle wieder wie normale Menschen auseinandergehen. Wenn ihr aber meint, dass ihr Faxen machen müsst, dann mach ich auch Faxen. Dann mach ich richtig Faxen und ich weiß nicht, ob ihr wisst, was das heißt. Ich geb euch jetzt eine halbe Stunde Zeit. Wir gehen spazieren. Einer von euch kommt mit. Die anderen machen in der Zeit die Papiere fertig. Wenn ihr irgendeine Scheiße baut, dann machen wir euch fertig. Kapiert? Habt ihr das verstanden, ihr Gesocks? Dann mach ich Hackfleisch aus euch.

Die haben nur genickt. So richtig, wie so richtige Opfers. Ich hab mir den einen von denen geschnappt und dann sind wir ins Café gegangen. Ich hab so gefragt, wie es seiner Familie geht? Seiner Frau? Der hat echt ne hübsche Frau und hab einfach so gelabert mit ihm. Der hat sofort verstanden. Der hatte richtig Angst, die ganze Zeit. Der hat richtig geschwitzt. War richtig weiß im Gesicht, obwohl ich sehr nett zu ihm war. Nach einer halben Stunde sind wir wieder zurück im Büro und guck, bam. Die Papiere waren fertig. Alles schön vorbereitet. Die waren alle ganz höflich. Alles war schön. Wir haben unterschrieben. Dann haben wir uns die Hand gegeben und das war's. Mehr war nicht. Ehrlich. Ich schwöre. Mann, Stefan, ich bin kein Arschloch. Wirklich nicht. Ich bin gerecht. Einfach nur gerecht und das will ich auch immer sein. Ich will kein Arschloch sein. Ich will einfach nur gerecht sein und Gott ist mein Zeuge.

Um neun kommt Christoph in die Bar. Sabine ist in der Zwischenzeit noch mehrmals auf Toilette gewesen und hat von Gerald oder Gerhard eine dieser MDMA-Pillen bekommen. Mit großen Augen steht sie nun auf der Tanzfläche und bewegt ihren Körper. Ob das Tanzen ist? Egal! So wie sie gerade ist, so will sie immer sein. Für immer. Geil.

Abfeiern, shaken, doch der Teich ist zu klein! Yeah. Koksen, Kotzen, Kommunismus. Diese ganze Scheiße hinter sich lassen. Stefan. Scheiß auf Stefan. Das Büro. Scheiß auf das Büro. Arbeit. Was ist das? Scheiß da drauf. Auf die Konzepte und die Projekte und jetzt müssen wir mal richtig Gas geben und So-wird's-gemacht-Geschwätz ihrer Bosse. Scheiß da drauf. All das Papier, das sie für den Mülleimer produziert. Keiner braucht diese Marketingscheiße. Kein Mensch braucht diese ganzen innovativen Scheißideen, diese Listen und Pressemitteilungen, die Donnerstag um Punkt 12 verschickt werden müssen. Und was passiert, wenn es 10 nach 12 ist? Katastrophe. Katastrophe. Dann wird man vom Chef auf den Pott gesetzt. Hahaha. Und niemand interessiert sich dafür. Liebe Medienpartner... Sabine lacht schrill auf, als sie an die Formulierung denkt. Liebe Medienpartner... Jeder Brief, den sie schreibt, beginnt mit dieser Anrede. Sie könnte kotzen. Vor ihr tanzt Gerald, sie ist sich fast sicher, dass er Gerald heißt und das Hemd hängt ihm aus der Hose und die Zigarette im Mundwinkel. An der Bar stehen Annika, Jenny, Katja und Luise, prosten sich gerade mit Jägermeister zu und Sabine ist glücklich dazuzugehören. Hier und jetzt, zu dieser Welt, die sich im Takt der elektronischen Musik bewegt und für die nächsten 24 Stunden wohl noch Bestand haben dürfte. Sabine bleibt stehen. Um sie herum tanzen die Menschen weiter, doch sie will kurz stehen bleiben, um die Situation in sich aufzunehmen. Die Menschen. Die Körper. Der Bass. Die Hitze. Der Schweiß. Die Drogen. Die Sehnsucht nach Liebe, die über den Köpfen schwebt. Den Typen mit den Locken und Augen, die ihm wie Tischtennisbälle aus dem Kopf treten. Das Pärchen, das drüben direkt auf dem Tresen kokst und das andere, dort hinten in der Ecke, das sich nur ganz sachte bewegt und trotzdem kann man sehen, dass er sie unter ihrem Rock fingert. Hier. Mitten vor allen Leuten. In diesem halbüberdachten Abenteuerspielplatz für junge Erwachsene. All diese Bilder will sie einsaugen und sie will sie nie wieder vergessen. Das ist ihre Jugend, irgendwann ist das alles hier vorbei und in diesem Moment wird ihr das bewusst. So intensiv bewusst, dass es in der Brust wehtut. Es ist neun Uhr morgens und Christoph betritt die Bar.

Christoph ist einer dieser Antifa-Türsteher, der manchmal auch hier arbeitet. Immer auf Randale. Immer auf Drogen, aber mit einem Herz aus Gold, sagt man. Christoph sieht ganz gut aus mit seinen dunklen, gewellten Haaren. Er ist schon älter, vielleicht so um die dreißig, und sie haben schon ein-, zweimal miteinander geredet. Er ist lustig und hat radikale Ansichten. Gehört zu den Westlern, die im Osten untergetaucht sind. Früher war das anscheinend eine ganz einfach Sache, mittlerweile arbeiten Stasi und Verfassungsschutz aber relativ eng zusammen und ein paar der untergetauchten Aktivisten wurden auch schon zurück in den Westen ausgeliefert. Von denen hört man dann nichts mehr, was nichts Gutes bedeutete. Es ist tatsächlich wieder gefährlicher geworden, auch wenn sich alle Welt nur mit den Abschiebeaktionen von West nach Ost beschäftigt und mit der wirtschaftlichen Annäherung. Was soll man sich da auch noch um Menschenrechte kümmern?

Christoph hat weit aufgerissene Augen und bestellt mit seinen Kumpels Wodka Red Bull. Sie sind aufgekratzt. Das weiße Kreuz aus Klebeband ist halb abgerissen. Es klebt an der Unterseite seines Jackenkragens, den er aufgestellt hat, so dass man es sehen kann. Poser, denkt Sabine, aber ein netter und sie stellt sich direkt neben ihn an die Bar.

»Na? Du bist aber spät dran. Woher kommst du denn?«

»Hey, du hier? Das ist schön. Wir kommen gerade aus dem Westen. Da war doch diese Abschiebung. Nix gehört davon?«

»Nee. Abschiebung? Wo denn?«

»Marienfelde. Die haben da dieses ganze Lager geräumt. War doch schon ein bisschen länger klar und heute Morgen haben die es dann gemacht. Wegen der Bundestagswahl morgen und so.«

»Und ihr habt demonstriert, oder was?«

»Ja. Wir haben demonstriert.«

Sabine starrt ihn an. Ihr Vater hatte demonstriert. Früher.

»Wie, demonstriert? Öffentlich? Unangemeldet?«

»Ja. Das war geil. Die Bullen waren total überfordert.«

Und Christoph erzählt ihr, dass sie von einem ehemaligen Kumpel, der jetzt bei den Bullen ist, den Tipp bekommen haben. Es gibt ja mittlerweile viele, die so ein bisschen anti sind, also dem System gegenüber, und im illegalen Internet breitet sich das Ganze relativ schnell aus. Der Verfassungsschutz hat das illegale Netz eigentlich ganz gut im Griff. Seit dieser Überwachungsfanatiker Schäuble dort Chef ist, haben die zumindest im digitalen Abwehrkampf ziemlich zugelegt, aber diesmal waren sie einfach zu langsam. Fünfzig Leute sind gekommen und das Ganze lief dann so flashmobmäßig ab. Handynachrichten, SMS, Facebook und plötzlich waren fünfzig Leute da, klappten ihren Kragen hoch, zeigten das weiße Kreuz und es ging ab. Christoph ist euphorisch.

»Fünfzig Leute. Das ist doch geil, oder? Und ich hab dem einen Bullen den Helm vom Kopf geschlagen. Die wollten zugreifen und ich so Baaamm und sein Helm flog weg. Wirklich, ich dachte, ich bin Supermann.«

Er lacht begeistert. Sabine strahlt ihn an. Vielleicht liegt es am MDMA, vielleicht am Koks, am Ketamin oder an was auch immer, sie strahlt ihn an und hört ihm zu und er erzählt ihr die Geschichte vom Tränengas: »Die Bullen haben Tränengas geschossen, wir waren schon wieder am Abhauen, ging ja alles ganz schnell, wir waren wirklich nur ganz kurz da. Auf jeden Fall schießen die mit Tränengasgranaten und eine trifft mich, guck!«, und er zeigt ihr seinen blauen Fleck auf dem Schienbein.

»Und die Granate liegt so vor mir und geht gerade auf. Die fängt an, sich zu drehen. Ich pack zu, nehm die, schmeiß die zurück – genau in eine Gruppe Bullen und genau als sie landet, explodiert sie und die Bullen stehen so richtig in einer Tränengaswolke. Und alle schreien hinter mir und grölen und jubeln. Das war richtig geil. Volltreffer. Dann sind wir abgehauen, bevor die da anfangen zu schießen oder so. Das wurde dann echt gefährlich, weil dann auch die Schwarzen kamen, die mit den schwarzen Uniformen, die kamen von hinten und dann sind wir schnell weg. Ist ja das Gute an solchen Aktionen. Keiner kennt keinen. Jeder ist mehr oder weniger allein unterwegs. Wir verpissen uns, machen unseren Telefonspeicher leer, lassen den Schredder drüber laufen und niemand hat irgendwas gesehen. War ne coole Aktion. Wirklich. Müsste man eigentlich öfter machen.«

Sabine hört ihm zu. Er ist so anders als Stefan, aber schöne Augen hat er und einen süßen Mund. Ihre Köpfe sind sich immer näher gekommen, die Musik ist ziemlich laut, und wie sie da so an der Bar stehen, kann sie die Wärme spüren, die von seiner Schulter ausgeht und manchmal berührt seine Nasenspitze ihre Wange beim Erzählen. Ganz nah kommen sie sich und für einen Moment ist ihr, als würde die Musik aussetzen, als einer seiner Kumpel ihm von hinten auf die Schulter haut.

»Hey-Ho-Geile-Aktion-undhastdudasgesehenmitdertränengasgranate-killeralter-beste-müssenwir-wiedermachen-lassnocheintrinken-hastdunochwasdabei-lassmaltoilettegehen-ichglaubedaskannstduauchhieramtresenmachendasistheutnachtegal, bitte entschuldige, hier bin ich wieder. Wo waren wir stehen geblieben?«, und Sabine beugt sich vor und küsst Christoph auf den Mund.

Christoph und seine Kumpels fühlen sich wie Sieger, von einem erfolgreichen Feldzug heimgekehrt. Mittlerweile sind auch noch ein paar andere Demoteilnehmer eingetroffen und wenn VS und Stasi schlau wären, dann würden sie einfach den Laden hochnehmen. Allerdings drängen sich in der Zwischenzeit auch an die zweitausend Leute auf dem Gelände der Bar und in dem Zustand, in dem sich die meisten hier befinden, würde eine Räumung im totalen Krieg enden. Sabine fragt sich, warum die Ostler den Laden überhaupt decken, aber anscheinend haben die Betreiber eine Sondererlaubnis bekommen und Christoph meint, dass es doch klar sei, warum die Behörden das dulden. Hier können sich alle den Kopf wegknallen, um dann am Montag wieder brav zur Arbeit dackeln. Alte kapitalistische Taktik.

»Religion ist das Opium fürs Volk. Neee. Opium ist das Opium fürs Volk und Alkohol und die ganze andere Scheiße. Deshalb Prost. Willst du noch ne Line?«, und Sabine zieht noch mal mit.

Eigentlich ist langsam genug und auch Christoph will demnächst nach Hause und sie tanzen noch ein bisschen, wie Nachtfalter und ab und zu berühren sich ihre Flügel in der Dunkelheit, heiß, nass und klebrig, im Darkroom. Dort sind mittlerweile eindeutige Aktionen auszumachen und der Bass rollt schwer und dunkel durch die Körper. Um zehn kommt dann das Ritual. Die Rollläden werden geöffnet. Für einen kurzen Moment flutet das Sonnenlicht herein und der ganze Laden brüllt. Die Menschen vibrieren. Über den Köpfen kann man die Energie förmlich wabern sehen und mit aufgerissenen Augen und erhobenen Händen begrüßt das tanzende und fickende Volk den neuen Tag. Alle starren in Richtung Fenster, so als wäre dies die letzte Verbindung zur realen Welt. Dann werden die Rollos wieder nach unten gefahren und es wird wieder dunkel und die Nacht wird kein Ende finden. Und wieder ist da nur noch Energie, Dunkelheit und Musik.

Plötzlich steht Christoph vor ihr, fährt mit seinem Finger über seinen Hals, als würde er ihn durchschneiden, deutet auf seine Uhr und brüllt durch die ohrenbetäubende Musik:

»Ich geh jetzt. Wenn du willst, kannst du gern mitkommen.«

Sabine hat ihm erzählt, dass sie nicht genau weiß, wo sie heute

Nacht schlafen soll und bei Gerald, Gerd oder Gernot hat sie keine Lust und Christoph hat ihr angeboten, dass sie das, ganz unverbindlich, bei ihm tun könne. Zwar glaubt sie nicht unbedingt dran, dass es so unverbindlich gemeint ist, aber vielleicht will sie das ja auch gar nicht. Natürlich will sie das nicht! Kurz denkt sie an Stefan und geht mit.

Als sie nach draußen stolpern, umfängt sie das gleißende Licht einer Zehn-Uhr-Dreißig-Morgensonne und beide setzen ihre Sonnenbrillen auf. Arm in Arm stöckeln sie los und zum Glück wohnt Christoph nicht allzu weit entfernt. Seine Wohnung ist klein und überraschend sauber. Sie besteht aus einer Küche und einem etwas größeren Schlaf- und Arbeitszimmer. In den letzten Jahren muss sie modernisiert worden sein, denn es gibt ein richtiges Bad mit Dusche, Badewanne und sogar einem Heizkörper. Ja, ja. Auch im Osten haben sie sich an den Weststandard gewöhnt und die Zeiten mit Kohleofen und Außentoilette sind auch hier vorbei. Ehrlich gesagt kennt Sabine diese Geschichten sowieso nur noch aus Erzählungen derjenigen, die vor der Olympiade nach Berlin gekommen sind. Geschichten aus dem Krieg. Sie setzt sich an den Küchentisch, während er Kaffee aufsetzt, oder willst du vielleicht lieber einen Tee, ich habe Kräuter, Pfefferminze, Rotbusch oder heiße Schokolade? Oder willst du vielleicht lieber eine Suppe? Ich kann dir Nudelsuppe machen. Ich hab Gemüsebrühe am Start. Ohne Fleisch. Garantiert. Du bist doch Vegetarierin? Er redet ohne Unterlass, ist dabei aber sehr zuvorkommend. Sie sitzt mit angezogenen Beinen auf seinem Küchenstuhl.

»Hey. Du bist so … *caring*. Das ist voll süß von dir. Dankeschön«, sagt sie und er schaut kurz hoch und ein Lächeln huscht über sein Gesicht. Sie lächelt auch.

Dann trinken sie Tee und Schokolade und Kaffee und essen Croissants, die Christoph aufgebacken hat, als er meint: »Ich hab leider nur ein Bett. Es ist breit, also du brauchst dir wirklich keine Sorgen machen. Ist Platz genug.«

»Keine Angst. Das wird gehen. Hast du ein T-Shirt für mich?«

Christoph gibt ihr ein übergroßes T-Shirt von sich, sie huscht ins Badezimmer und zieht sich um. Als sie zurück ins Schlafzimmer kommt, hat er die Rollläden heruntergelassen und liegt an der Außenkante des Bettes. Sie klettert über ihn hinweg und legt sich in seinen Rücken. Sie redet vor sich hin und versucht so, die nun etwas ungewohnte Situation zu überspielen. Irgendwie wartet sie doch darauf, dass er sich umdreht oder sie küsst oder sie anfasst, aber nichts passiert.

Sie fängt an, von ihren Erlebnissen in der Bar zu erzählen und wen sie alles getroffen hat und von Susi, die sich wieder unmöglich benommen hat, auch gestern schon in der Firma und … Irgendwann dreht er sich zu ihr um und meint: »Hey. Ich muss schlafen. Kannst du bitte mal die Klappe halten?«

Er dreht sich wieder weg. Sie muss lächeln. So etwas ist ihr noch nie passiert und dann fragt sie: »Darf ich mich an dich ankuscheln?«

Er rückt etwas näher, was sie als Einladung versteht, und sie legt ihre Arme um ihn, schiebt ihren Körper nah an ihn heran, spürt die Wärme, die von ihm ausgeht und so liegen beide eng aneinandergedrückt. Kurze Zeit später hört man nur noch das lange und tiefe Atmen zweier Körper, die im Gleichklang der chemischen Substanzen vor sich hinschlummern.

Schlafen! Wie gern hätte er jetzt geschlafen. Die Verladeaktion am Bahnhof Friedrichstraße war reibungslos verlaufen. Kotsch unterhielt sich mit den zuständigen Beamten auf ostdeutscher Seite, ließ sich medienwirksam dabei filmen, sprach in die Kameras der westdeutschen Sender von unerwarteten Schwierigkeiten, die noch der Klärung bedurften, und präsentierte nach spannungsgeladenen zwanzig Minuten eine Lösung, die er Stunden zuvor schon mit den bekoksten Staatsratsmitgliedern ausgehandelt hatte. Kotsch war ein Fuchs. Du bist ein Fuchs, Kotsch, dachte er, als er sich in die schweren, weichen Polster seiner Dienstlimousine gleiten ließ. Ronald, du bist genial. Das sollte ihm mal einer nachmachen. Fast im Alleingang hatte er die Aktion geplant und durchgeführt und erst gestern hatte er Kohl darüber informiert, der überraschend reserviert auf die Pläne seines designierten Nachfolgers reagierte. Wahrscheinlich hatte er nicht daran geglaubt, dass es wirklich so reibungslos funktionieren würde, dachte Kotsch, als er nun an das Gespräch mit dem Alten zurückdachte und sich zu erklären versuchte, warum der Kanzler nicht herzlicher auf seine Ideen eingegangen war. Früher war Kohl immer ganz begeistert gewesen, wenn Kotsch ihm Vorschläge gemacht hatte. Vorschläge, wie man zum Beispiel solche Idioten wie Geisler und Späth oder diese Rita Süßmuth aus dem Verkehr ziehen konnte. Das waren ja ganz ähnliche Settings. Da baute man ja auch Fallen auf, ließ diese Verblendeten hineintappen, machte den Sack zu und fertig. Danach sprach man ein bisschen treuherzig in eine Kamera und ein, zwei Monate später hatten alle den Schachzug vergessen und was zählte, war das Ergebnis. Natürlich war es gefährlich gewesen, was er sich für heute Morgen vorgenommen hatte. Das Verhandlungsergebnis in letzter Sekunde, die Bombe, dann diese Demonstranten, die völlig unerwartet aufgetaucht waren. Wo kamen die eigentlich her? Woher hatten die diese Informationen? Überhaupt, Demonstranten? Es war zwar nicht so, dass es gar keine Demos mehr gegeben hätte, in der Bundesrepublik, besonders kurz vor den Sommerspielen 2008 hatte es ja immer wieder Störversuche gegeben, aber die meisten Aktionen verliefen doch ein bisschen anders als heute Morgen. Er würde nachher mal mit seinem Stabschef, dem Innensenator und dem Polizeipräsidenten sprechen müssen. Solche Entwicklungen durfte man auf keinen Fall dulden. Kotsch legte die Stirn in Falten und fasste mit festem Griff zur Seite, packte die Hand der Frau, die neben ihm saß, und presste diese auf seinen halbsteifen Schwanz. Die Amphetamintabletten, die er kurz zuvor zu sich genommen hatte, begannen ihre Wirkung zu entfalten. Eigentlich hätte er jetzt gerne Kokain zu sich genommen, aber das war zu gefährlich. Es stellte sowieso schon immer ein Risiko dar, wenn er eine dieser Frauen zu sich ins Auto kommen ließ, aber in dieser Angelegenheit konnte er sich absolut auf seinen Mitarbeiter verlassen. Müller, der den Wagen auf Umwegen in Richtung Tiergarten lenkte, kannte Kotsch nun schon seit Jahren. Irgendwann hatte Kotsch ihm erklärt, dass er ab und zu gern den Genuss einer gewissen Art von Entspannung in seinen Dienstfahrzeugen erleben würde und der bullige Mann hatte wissend gegrinst. Beim nächsten Mal saßen ohne weitere Erklärungen zwei dünne vietnamesische Mädchen im Fond. Seit diesem Tag brauchte er Müller nur einmal kurz zuzunicken und der Chauffeur arrangierte alles Weitere. So wie heute Morgen. Im Halbdunkel suchte er ihr Gesicht. Osteuropäerin. Nicht schlecht. Müller hatte einen gewissen Sinn für Humor. Der Fahrer hatte in der Zwischenzeit die getönte Trennscheibe nach oben gefahren, so dass er mit der kleinen ukrainischen Nutte allein im hinteren Teil des Wagens saß. Geil. Da würde er auch ein bisschen härter zur Sache gehen dürfen. Kotsch war kein expliziter Anhänger sadomasochistischer Praktiken, aber ab und zu ließ er der Verachtung, die er gegenüber diesen kleinen osteuropäischen Flittchen empfand, freien Lauf. Natürlich gehörte das mit zum Spiel. Die Nutten wussten ja auch, worauf sie sich da einließen und dass die kleinen Demütigungen, Ohrfeigen und harter, tiefer Oralverkehr zum Programm gehörten, war ja auch so ausgemacht. Zumindest hatte er dies seinerzeit Müller zu verstehen gegeben und der vierschrötige Mann lieferte das entsprechende Material. Guter Mann, dachte Kotsch, als er die Frau hart am Nacken packte und ihr seine Zunge in den Hals schob. Die junge Frau wehrte sich ein wenig. Kotsch packte härter zu und öffnete seinen Mund noch ein bisschen weiter. Speichel tropfte der Kleinen über das Kinn, sie verkrampfte sich, aber genau das war es, was Kotsch mochte, und mit seiner linken Hand presste er sie hart in den Sitz und riss ihre Bluse kaputt, um ihre Titten zu betatschen. Perfekt! Er spürte, wie das Blut in seinen Schwanz schoss, und erregt flüsterte er ihr ins Ohr, na, das gefällt dir doch, du kleine geile Sau. Davon könnt ihr kleinen, geilen Russenschlampen doch gar nicht genug bekommen, oder? Darauf stehst du doch, du kleine Drecksau?

Mittlerweile hatte Kotsch auch seinen Schwanz aus der Hose befreit und legte ihn in die Hand der Hure. Heute würde es nicht lange dauern. Das würde eine kurze Nummer werden, aber Kotsch hatte auch keine Lust auf ein ausgedehntes Liebesspiel. Er wollte abspritzen. Kurz und schmerzlos. Am besten auf ihre Klamotten, auf dass er sie so richtig vollsaute. Das ganze durfte sowieso nicht zu lange dauern. In 15 Minuten stand die nächste Pressekonferenz an, und seine eigenen, abfälligen Sprüche brachten ihn schnell in Fahrt. Dieses kalte, herzlose Abgefuckte gefiel ihm. Heute war es genau das Richtige. Nach all dem Elend, den Flüchen, den Schreien und dem Dreck, den er sich heute Morgen schon wieder hatte ansehen müssen, war so ein kleiner, geiler, harter Fick genau das Richtige. Dabei wollte er sie gar nicht ficken. Er wollte sich an ihr reiben, seinen Schwanz an ihren schäbigen Klamotten reiben. Billig mussten sie aussehen. So als würde er sie sich immer und zu jeder Zeit kaufen können. Da war nichts mit Klasse. Von der Straße aufgesammelt und je widerwilliger desto besser. Kotsch war soweit. Mittlerweile hatte er den Kopf des ukrainischen Mädchens gepackt und über seinen Schwanz gestülpt. Die junge Frau musste würgen. Das gefiel ihm. Durch die zerrissene Bluse sah er ihre Titten. Er riss ihren Kopf hoch, gab ihr eine Ohrfeige und stülpte ihren Mund wieder über seinen Schwanz. Dann spritzte er ab. In ihr. Hielt ihren Kopf fest wie ein Schraubstock. Die Frau war offensichtlich zugedröhnt und nach anfänglichem Widerstand völlig passiv. Vollkommen unbeeindruckt ließ sie sich von Kotsch nun in den Mund spritzen. Genauso sollte es sein. Er hatte die Macht und die kleine dreckige Nutte sollte froh sein, dass sie heute Morgen nicht in einem dieser stinkenden, dreckigen Waggons der deutschen Reichsbahn gelandet und nun auf dem Weg in Richtung polnische Grenze war. Da gehörte sie zwar hin, dachte Kotsch, als er seinen Schwanz an ihrem dünnen Trenchcoat abwischte, aber so war es schließlich auch gut.

»Na, dir hat's doch auch gefallen?«

»Nicht gut deutsch sprechen.«

Ihre Augen waren glasig und blickten durch ihn hindurch.

»Ja klar. Seit wann bist du in Deutschland?«

Kotsch hatte plötzlich das Bedürfnis, sich zu unterhalten. Wenigstens noch ein paar Sätze mit ihr zu wechseln, bevor er sie rausschmiss.

Wieder antwortet das Mädchen: »Nicht gut deutsch sprechen.«

Kotsch ärgerte sich. Zeitverschwendung.

»Ja, ja. Klar.« Unwillig klopfte er an die Scheibe, die den Fahrgastraum vom Fahrer trennte. Müller ließ die Trennscheibe herunter.

»Schmeiß sie raus!«, gab Kotsch knapp Befehl. Seine Kleidung war ordentlich, der Aktenordner lag auf seinen Knien und das Mädchen versuchte, notdürftig mit den Papiertaschentüchern, die ihr Müller regungslos nach hinten gereicht hatte, das Gesicht zu reinigen.

Kotsch konzentrierte sich auf das Papier vor ihm. Er würde nachher noch einmal einen großen TV-Auftritt hinlegen und einen weiteren Coup in Sachen Ausländerpolitik landen. Die Stimmung dafür war gut. Die Menschen des Landes waren von tiefer Sorge um ihre Arbeitsplätze, ihre Sicherheit, ihren Status und ihre Identität erfüllt. Die Menschen hatten Angst vor allem und jedem, vor der Islamisierung Europas, vor der Überfremdung, davor, dass sie abrutschen könnten und davor, dass Deutschland als EU-Außengrenze demnächst von einem osteuropäischen Flüchtlingsstrom überrollt werden könnte. Themen, für die man prima die Kanaken, arabische Großfamilien und die Ausländer insgesamt verantwortlich machen konnte. Natürlich hatten die arabischen Großfamilien mit den Flüchtlingsströmen und der Weltwirtschaftskrise genauso wenig zu tun wie die Frau, die neben ihm saß, aber das konnte man ja auch ein bisschen verkürzter darstellen und niemand, NIEMAND würde ihm widersprechen, wenn er vor die Presse trat, um zu behaupten, dass Berlin ein Unterschichtenproblem hatte. Hatte es ja und er wusste, dass viele Leute einfach nur darauf warteten, dass es mal endlich wieder einer aussprach. War ja auch schrecklich geworden, seit dieser politisch korrekten Amnesty–International-Scheiße vor vier Jahren, als man die harten Parolen zurückfahren musste, weil anlässlich der Olympiade die ganze Welt auf Berlin schaute. Was für ein Dreck, dachte Kotsch angewidert und er würde davon sprechen, dass er sich eine konstante Produktion von neuen Kopftuchmädchen nicht gefallen lassen würde. Das würde sitzen und damit würde er genau den Nerv der Bevölkerung treffen. Die ersten Reaktionen auf heute Morgen, die langsam in seinem Blackberry eintrudelten und denen er sich jetzt widmete, waren auf jeden Fall euphorisch. Kotsch lächelte zufrieden. Der Wagen hielt. Müller bedeutete der Nutte auszusteigen. Die Gegend war wenig belebt, ein Industriegebiet, irgendein Bahngelände in Moabit. Die Frau stieg aus. Kotsch schaute nicht auf. Warum auch? Den Sex mit ihr hatte er schon vergessen und alles andere auch. Konzentriert starrte er auf seine Unterlagen und die eintreffenden Emails.

Mit einem satten Geräusch fiel die schwere Tür des Mercedes ins Schloss. Sanft fuhr der Wagen an.

Die Frau schaute dem sich entfernenden Auto hinterher. 200 Eurodollar. Immerhin. Aber lange würde sie das nicht mehr aushalten können.

Die Tür des Taxis fällt mit einem satten Geräusch ins Schloss und plötzlich wird ihm bewusst, dass sie tatsächlich weg ist. Regungslos starrt er dem sich entfernenden Mercedes hinterher. Ein Taxi? Woher weiß sie eigentlich, wie man ein Taxi bestellt? Sie ist tatsächlich weg. Er schließt das Fenster. Als hätte man ihm mit einem Hammer auf den Kopf geschlagen, steht er im Wohnzimmer. Er fühlt sich komisch an. Leer. Jedele starrt auf die umgekippte Schnapsflasche, die zusammengeknüllten Taschentücher. Die Kippen im Aschenbecher und auf den Fernseher, der immer noch läuft und wo man gerade sieht, wie die letzten Illegalen aus den Baracken getrieben werden. Die Hände über dem Kopf. Jedele schaltet den Fernseher aus. Stille und ein einzelner Gedanke betritt seinen Kopf. Sie ist schuld. Seit Jahren schon. Diese Hure. Sie wollte ihn kaputt machen, ja das wollte sie. Immer nur nörgeln. Immer diese Anspruchshaltung. Mehr Haushaltsgeld. Mehr dies. Mehr das. Die Kinder brauchen noch was zum Anziehen. Bin ich denn der Rothschild, hatte er sie angeschrien und die Sauferei. Das hat er doch alles nur von ihr. Sie ist doch die Alkoholikerin hier. Diese Hure braucht den Schnaps doch, um überhaupt irgendwas geregelt zu bekommen. Als sie dann anfing zu putzen, weil sie nichts anderes konnte, die dumme Sau, hat sie es tatsächlich geschafft, ihr eigenes Geld zu verdienen. Gut, hat er gesagt, dann brauchst du ja kein Haushaltsgeld mehr und er hat es ihr gestrichen. Er hat immer auf den Moment gewartet, dass sie wieder angekrochen kommt, um ihn um Geld zu bitten, aber sie hat tatsächlich durchgehalten, diese Schlampe. Diese zähe Schlampe. Wahrscheinlich ist sie die ganze Zeit nebenher auf den Strich gegangen, denkt er grimmig, und brauchte deshalb kein Geld mehr von ihm. Wahrscheinlich hat sie die ganze Zeit irgendwelche Schwänze gelutscht für Geld, diese Nutte, und deshalb durfte er sie seit Jahren schon nicht mehr ficken. Nicht dass er da gesteigertes Interesse dran gehabt hätte, aber genau so musste es sein. Genau! Und die Gedanken toben laut in Jedele. Jeder Gedanke will der Erste sein und es schreit und es brüllt in ihm und vor blinder Wut nimmt er den Tisch und schmeißt ihn um, den Fernsehsessel, die Schnapsflasche, und er brüllt, als die Schnapsflasche an der Wand zerschellt, egal was die Nachbarn denken, und Schnaps und Glassplitter verteilen sich im Raum und er will hineinfassen in tausend kleine Scherben, und er will sich das Gesicht damit zerschneiden in seiner blinden Wut mit all den Glassplittern, die überall sind. Töten. Er will etwas töten. Er muss etwas töten. Wie früher, die Eichhörnchen im Park, wenn er wieder mal Streit mit seiner Mutter hatte. Er hatte ihnen Fallen gestellt und ihnen das Fell abgezogen. Er stellte sich dabei seine Mutter vor, wie sie schrie, wenn er ihr die Haut abzöge. Später dann die Hunde. Als er schon die Waffe hatte. Und das Gefühl kommt wieder hoch in ihm, das Gefühl, wie es ist, wenn er einen Hund erschießt. Scheißviecher sowieso. Kacken alles zu. Er hatte sich extra einen Schalldämpfer besorgt und wenn die Hundebesitzer, starr vor Schreck und ungläubig, neben ihrem zusammengebrochenen Köter kauerten, dann beobachtete er das Ganze noch ein Weilchen aus der Ferne und ergötzte sich an dem Schauspiel. Macht hieß dieses Gefühl, mächtig kam er sich in solchen Momenten vor. Aber heute müsste es etwas anderes sein. Verdammte Schweine. Heute würde ein Köter nicht reichen. Kein Eichhörnchen. Keine Taube. Kein Vogel. Heute würde er zurückschlagen. Für alles, was sie ihm in den letzten Jahren angetan hatten. Diese Schweine. Diese korrupten Arschlöcher. Diese verfickten Sozialdemokraten und Kommunisten. Dieses Dreckspack. Seine Olle. Verlassen? Was verlassen? Wer pflanzt den Weibern nur solche Ideen in den Kopf? Gottloses Dreckspack. Im anderen Zimmer hört er seine Mutter rascheln. Oh Gott, wie er sie hasst. Und trotzdem ist er, dieser dicke, bärtige Junge, nie von ihr losgekommen. Blinde Wut kocht in ihm hoch. Seine Mutter. Diese alte, verbitterte, böse Frau und er geht zu dem abschließbaren Schränkchen, das in seinem Wohnzimmerregal versteckt ist.

Seine Waffe. Mit Schalldämpfer. Die ist noch aus den alten Wehrsportgruppen-Zeiten, damals in den Achtzigern. Da hatten sie sich öfter mal im Grunewald getroffen. Nazis. Richtige Nazis. Wehrsportgruppe Hoffmann Ableger. War verboten, aber genau darin hatte ja der Reiz gelegen. Ein Postkollege hatte ihn angesprochen und er hatte sich dann die Waffe gekauft. Beretta M9. Konnte man auf fünfzig Meter schießen. Er konnte ziemlich gut schießen, ziemlich genau. Das hatte ihn selbst überrascht und die anderen auch. Ansonsten konnte er ja nicht mithalten. Sport war nicht so sein Ding, deshalb war er dann auch nicht lange dabei geblieben, aber die Waffe hatte er behalten. Tiere töten. Wenn es ihm schlecht ging. Einfach draufhalten und losballern. Das Blut an den Händen. Zuerst ein unfassbarer Druck. Die Anspannung, die sich auf die Brust legt. Dann der Schuss. Das letzte Zucken und dann die Befreiung. Der Druck verschwindet einfach so und ein unheimlicher Friede überkommt ihn. Erst die Reinigung und dann die große Müdigkeit. Schlafen. Danach muss er immer schlafen.

Langsam packt er die Pistole aus. Sauber. Glänzend. Schön. Er mag die Waffe. Sie fühlt sich gut an in seiner Hand. Schwer. Gefährlich. Seine Mutter rumort in ihrem Zimmer. Er strafft sich. Jetzt wird er erst einmal frühstücken. Na klar. Das Frühstück hat sie ja angeblich noch gedeckt. Jedele lacht auf. Natürlich wird er frühstücken. Warum auch nicht? Ist doch nichts passiert, oder? Was soll denn schon passiert sein? Alles ganz normal und diese Drecksschlampe wird schon wieder kommen und dann Gnade ihr Gott. Er steckt sich die Waffe in den Bund seiner Jogginghose, geht in die Küche, setzt sich an den tatsächlich gedeckten Tisch, nimmt das Brötchen, beißt ab und es fühlt sich an wie Pappe. Sein Mund ist ausgetrocknet. Der Kaffee ist kalt. Er hört seine Mutter durch den Flur schlurfen, setzt ein Lächeln auf. Er hat keine Lust darüber zu sprechen. Seine Mutter. Diese alte Vettel. Seine Augen füllen sich mit Blut, aber er lächelt, als sie in der Küchentür erscheint. Wie sie ihn abschätzig mustert, mit diesen verkniffenen, nach unten gezogenen Mundwinkeln. Eisig starrt sie ihn mit ihren kleinen, harten Augen an: »Hab ich dir doch gleich gesagt, dass sie eine Schlampe ist. Jetzt siehst du, was du davon hast. Aber du wolltest ja nicht hören. Nie hörst du auf mich. Immer willst du recht haben, aber jetzt siehst du, was du davon hast.«

Das Brötchen in seinem Mund verwandelt sich in Staub. Er hustet. Er muss den Blick von ihr abwenden, zittert.

»Ach Mama. Die kommt schon wieder«, sagt er mit dieser kleinen, leisen Jungenstimme. Er hasst sich dafür. Und er hasst die Frau, die vor ihm steht, und er wünscht sich, dass sie geht und er wünscht sich, dass sie ihn lobt und er wünscht sich weit weg und er wünscht sich, etwas zu tun, was ihr gefällt, und er möchte, dass sie stolz auf ihn ist. Auf ihren Jungen. Sie aber murmelt immer noch Verwünschungen vor sich hin, was für ein Versager er doch sei.

Er tastet nach seiner Waffe. Er könnte die alte Frau töten. Er könnte ganz langsam dieses Stück Metall aus seiner fleckigen, verwaschenen, stinkenden Jogginghose ziehen und diese Waffe auf sie richten. Sie würde schreckensbleich werden, er würde den Hahn spannen und genau auf ihre Stirn zielen. Er schaut auf das Gesicht seiner Mutter. Ihr Mund bewegt sich immer noch. Er hört sie nicht. Seine Waffe im Hosenbund gibt ihm die Kraft, nicht zuzuhören. Ich muss dir nicht zuhören, Mutter. Nein. Ich habe hier eine Waffe und wenn ich wollte, könnte ich dich umbringen. Einfach so. Aber er wird sie nicht umbringen. Vielleicht wird er jemand anderen umbringen, aber nicht sie. Noch nicht. Vielleicht einen von diesen Typen mit dem X auf der Jacke. Einen von diesen Sozialschmarotzern, die er heute Morgen im Fernsehen gesehen hat. So ein jüdisches Bolschewistenarschloch. Warum hatten sie die 94 nicht einfach restlos ausgerottet? Die waren immer noch unterwegs, diese dreckigen, ungewaschenen Freaks. Einen von diesen würde er kalt machen. Oder vielleicht doch lieber so einen Muruk. Zack. Aus dem Hinterhalt. Genauso wie er die Hunde erschossen hat. Mit dem Schalldämpfer. Unbemerkt würde er beobachten, wie der Körper sich aufbäumt, zuckt und dann zusammenklappt. Und keiner würde wissen, dass er es gewesen ist. Dass er, Klaus Jedele, Herr über Leben und Tod ist. Er fühlt noch einmal nach dem Stahl in seinem Hosenbund. Ruhe und Kraft.

»Ja, Mama. Du hast recht, Mama«, und er lächelt. Jedele richtet sich auf. Er geht an seiner Mutter vorbei, die keift, wo er denn hinwolle, sie sei noch nicht fertig und überhaupt, doch er geht einfach weiter durch den Flur. Er weiß jetzt, was er zu tun hat. Hinter einem satten Vorhang aus Watte hört er seine Mutter, die in der Küche zurückbleibt und noch immer Verwünschungen ausstößt. Er geht in sein Schlafzimmer. In ihr gemeinsames Schlafzimmer. Die eine Hälfte des Schrankes ist leer. Sorgfältig schließt er ab. Er schaut auf das Ehebett, dessen eine Hälfte abgezogen und leer ist. Sie ist weg. Wahrscheinlich ins Frauenhaus. Gibt es ja jetzt. Seit den Olympischen Sommerspielen 2008 haben die sogenannten Demokraten ja wieder die Oberhand. Alles scheiße seitdem. Alles Dreck. Da sprechen sie im Fernsehen groß darüber, dass sie die Bevölkerung schützen, weil sie ein paar Kanaken abschieben, aber dann laufen die eigenen Frauen ins Frauenhaus, weil irgendwelche Arschlöcher aus der EU und irgendwelche amerikanischen Juden »demokratische Veränderungen« in Mitteleuropa durchsetzen wollen. Sollen sich die Amis doch um ihre eigene Scheiße kümmern, anstatt uns immer die Nazivergangenheit vorzuhalten. Jedele verkrampft sich. Das ist alles ein bisschen viel. Er öffnet die Augen. Das Zimmer sieht immer noch gleich aus. Sie ist weg. Jedele öffnet den Kleiderschrank und legt sich seine Klamotten zurecht. Mit steifen Knöcheln klopft seine Mutter an die Tür, er beachtet es nicht. Wahrscheinlich sucht sie den Schnaps. Er hasst sie dafür. Sie klopft weiter. Er zieht sich an. Ganz ruhig. Jeder Handgriff sitzt und er legt seine Kleidung an, als wäre er ein Soldat im Krieg. Diensthose. Unterhemd. Hemd. Krawatte. Die schwarze Jacke. Feste Schuhe. Die Pistole liegt auf dem Bett und glänzt. Der Schalldämpfer liegt daneben. Die Pistole passt in seine Jackentasche. Seine Mutter klopft noch immer. Jetzt schreit sie. Den Schalldämpfer in die andere Innentasche seiner Jacke. Zusammengeschraubt ist die Waffe ungefähr vierzig Zentimeter lang. Zu lang! Deshalb muss er die beiden Teile getrennt transportieren. Er kennt das. Mutter rüttelt an der Tür. Jedele sieht sich im Schlafzimmerspiegel. Er erinnert sich an *Taxi Driver*. Scheißfilm und Robert De Niro sah aus wie einer von diesen beschissenen Punkern bei der Demo heute Morgen. Wo war der Staat? Wo war die Sicherheit? Alles korrupte Arschlöcher. Wenn er durch Neukölln geht, dann sind da nur noch Schwarzköpfe und das nicht nur in den abgesperrten Gebieten. Nein, jetzt auch schon in seinem Stadtteil. Die breiten sich immer weiter aus. Dönerläden. Halloumi und dieser ganze Drecksfraß. Jüdischer Scheißdreck, das Ganze. Koscher, helal. Alles der gleiche Dreck. Die Schweizer hatten recht, als sie sich 2009 gegen den Bau von Minaretten aussprachen. Hier in Deutschland reden seit 2008 alle von mehr Toleranz. Zum

Glück ist es noch nicht so weit, aber durch die Osterweiterung ist alles ins Rutschen gekommen. Es reicht! Mutter schreit. Sie rüttelt an der Tür. »Klaus! Was machst du da drin?« Ihre Stimme überschlägt sich. »Mach endlich die Tür auf! Sofort!«

Jedele öffnet die Tür. Erschrocken schaut ihn seine Mutter an. Jedele ist verändert. Er hat sich angezogen. Seine Kleidung ist sauber.

»Klaus? Wo willst du hin?«, fragt sie mit zitternder Stimme und zum ersten Mal in seinem Leben kann er sie richtig anschauen.

»Ich gehe. Ich hab noch was zu erledigen.«

»Klaus, aber du machst doch keinen Blödsinn, oder? Oder, Klaus? Du machst doch keinen Blödsinn?«

»Nein, Mutter. Ich muss nur noch was erledigen. Es wird alles gut, Mutter. Alles ist gut. Du wirst stolz auf mich sein«, entgegnet er ruhig.

»Wo ist der Schnaps, Klaus? Ich brauch was zu trinken auf den Schreck. Jetzt, wo Gabi weg ist.«

Verächtlich schaut Jedele seine Mutter an. Eine Alkoholikerin ist sie, eine kleine, beschissene Alkoholikerin, und augenblicklich kriecht der Hass wieder in seinen Kopf. Eine rote Woge der Wut wälzt sich sein Rückgrat herauf, er kneift die Augen zusammen, er weiß, dass er töten wird und dass es dann vorbei sein wird. Er sieht die Hunde vor sich, wie sie zucken, die Eichhörnchen, die Vögel, die Leben, die er imstande ist auszulöschen. Er ist der Herr über Leben und Tod, er stellt sich vor, wie er seiner Mutter die Waffe … Er nickt in Richtung des geöffneten Wohnzimmerschranks, dort, wo die Waffe gelegen hat und wo noch eine Flasche Korn versteckt ist. Sie schlurft hastig ins Wohnzimmer.

»Pass auf die Glasscherben auf, Mama. Ich räum auf, wenn ich wiederkomme.«

Doch die alte Frau hört ihn nicht mehr. Er sieht, wie sie die Flasche öffnet und ansetzt. Schluckt. Absetzt. Noch einmal ansetzt. Er dreht sich um und geht.

Einer von diesen beschissenen Straßenkötern wird heute sterben.

Als ich aufwache, fühle ich mich wie ein überfahrener Straßenköter. Ich öffne die Augen und starre an die Decke. Ich bin bei Hamoudi. Gestern habe ich über Will Smith gelesen, dass er von jedem neuen

Tag glaubt, dass dieser besser werden würde, als der vorangegangene. Ich dagegen habe das Gefühl, dass heute genauso beschissen wird wie gestern. Es ist zum Kotzen. Dabei sollte ich doch froh sein. Ich habe mit Sabine Schluss gemacht, was längst überfällig war. Mann, in letzter Zeit war das doch wirklich nicht mehr so, wie ich es mir vorgestellt hatte. Es ging einfach nicht mehr. Und trotzdem vermisse ich sie. Scheiße. Das bringt doch nichts und ich versuche mich zu überzeugen. Das bringt doch alles nichts. Wir haben uns doch wirklich nicht mehr viel zu sagen gehabt in letzter Zeit. Ich meine, ich muss doch nicht mein Leben mit jemandem verbringen, der sich nicht für das interessiert, was mich interessiert.

Diese Abende, an denen man sich schweigend gegenübersitzt. Das ist doch Absturz. Das ist doch wirklich nicht das, was mir gefällt, und vor allem auch nicht das, was ich verdient habe. Sie wollte ja auch nicht mit. Wenn ich sie gefragt habe, dann war sie immer zu müde. *Boah, ich bin total fertig vom Büro heute* und so weiter. Ich frage mich, was die den ganzen Tag im Büro so macht, dass die immer sooo gestresst ist. Ich arbeite schließlich auch. Was soll denn dieses ewige Gejammer. Andere Frauen arbeiten doch auch. Teilweise über fünfzig Stunden die Woche mit Kind. Die beschweren sich auch nicht und ich werde sauer und ungerecht, und am liebsten würde ich Sabine jetzt anschreien und ich hasse sie dafür, dass sie ihre klebrigen Fäden um mich gesponnen hat und mich gefangen hält und ich gleichzeitig tief-, tieftraurig bin im Herzen. Komm, wir trennen uns. Das sagt sich so einfach, aber wenn ich daran denke, dass sie allein unterwegs ist und womöglich mit anderen … nein, das würde sie nicht machen. Ich will nicht, dass sie so etwas macht. Sie könnte mit mir ausgehen, sie könnte mit mir ficken, wo immer sie will. Will sie aber nicht. Wollte sie nicht. Ich drehe mich zur Seite, mein Kopf dröhnt und ich würde gern weiterschlafen, aber dieses beschissene Wodka-Red-Bull-Zeug lässt mich nicht. Man wacht auf, hat einen Kater und kann trotzdem nicht mehr pennen. Zu viel. Ich saufe eindeutig zu viel. Das waren mindestens zehn Drinks gestern Abend und ich rechne die Menge an Schnaps in normale Wassergläser um. Zwei volle Gläser und am liebsten würde ich kotzen, um das Zeug wieder loszuwerden. Mir ist elend.

Ich krümle harte Krusten aus meiner Nase und gedankenverloren rolle ich kleine Kugeln aus dem Nasenschleim-Koks-Gemisch. Dass ich überhaupt geschlafen habe … Ob man diese Kügelchen tatsächlich rauchen kann? Ich muss an einen Reim von Vollautomatik denken, einem Rapper, mit dem ich mal in einer Band gespielt habe: »Und du rauchst deine Popel, weil du denkst, es wäre Crack.« Das waren lustige Zeiten, damals in Gießen. In diesem Jugendkeller. Rapmusik kam zwar insgesamt nicht wirklich gut an bei den Lehrern und Erziehern und als die Jugendhäuser Mitte, Ende der Neunziger auch immer stärker unter Regierungskontrolle gerieten, wurde es teilweise echt schwierig, aber ein paar Jungs und ich haben doch immer wieder Rappartys veranstaltet. Die wurden dann auch regelmäßig von der Jungen Union gestürmt und wir haben uns mit denen geschlagen, aber das war ja alles noch Kinderkacke. Ist dann irgendwann mal eingeschlafen, was aber weniger am Druck der Polizei lag, als daran, dass wir alle mit dem Studium anfingen oder anderweitig Ausbildungen machten. Atakan kennt da noch ein paar Leute, die Rap machen. Richtige Stars mit staatlichen Lizenzen. Muss er mir bei Gelegenheit mal erzählen.

Mann, ich weiß doch auch nicht, ob das cool ist, mit denen rumzuhängen. Das sind auf jeden Fall echt interessante Typen und die respektieren mich auch. Ich glaube, die haben Vertrauen zu mir. Kann sein, dass die mich auch nur benutzen wollen, weil ich bei der B.Z. bin und ein paar Kontakte habe, aber die respektieren mich. Die sind schon so was wie meine Freunde. Sabine konnte die nie leiden und meinte immer, dass die mich nur ausnutzen. Mann, scheiß auf Sabine. Das hat echt genervt. Neeneenee. Atakan ist kein guter Umgang. Du hast dich verändert, seitdem du die kennengelernt hast. Du hast dies und das. Wer sind diese Leute. Was hast du davon, wenn du mit denen rumhängst usw. Na und?! Was hast du davon, wenn du mit deinen Werbefuzzies abhängst? Was hast du davon, wenn du dich mit deinen Rüdigers, Reiners, Ronalds oder wie die auch immer heißen in der Bar 25 abschießen gehst? In diesem Asischuppen? Und? Was hast DU davon? Meine Freunde sind wenigstens wichtig. Das sind Leute, die was zu sagen haben. Keiner traut sich, dich anzuquatschen, wenn du mit denen unterwegs bist. Das hat man davon. Sogar die Bullen lassen einen in Ruhe, wenn du mit denen unterwegs bist. Das habe ich davon und es ist mir egal, ob das billig ist und ob ich primitiv bin. Das macht einfach Spaß.

Ich habe es satt, immer nur das Opfer zu sein und die Fresse zu halten. Mir reicht's. Klar habe ich meine alten Klassenkameraden immer ausgelacht, wenn sie mir aufs Maul gegeben haben, weil ich wusste, dass sie dümmer sind als ich, aber jetzt haut mir eben keiner mehr aufs Maul. Das ist so. Und das fühlt sich gut an. Verdammt gut sogar. Außerdem muss man einfach nur diese Regeln akzeptieren und danach leben und dann ist das auch alles kein Problem. Kann sein, dass das Verbrecher sind. Na und? Alle hier in diesem Staat sind Verbrecher. Die Bullen. Die Grenzer. Die Funktionäre, hüben wie drüben. Die Politiker. Kohl. Kotsch. Alle! Atakan und seine Leute sind ganz einfach Menschen, die sich nichts sagen lassen. Die einfach so leben, wie sie gern leben wollen und keiner schreibt ihnen vor, was sie tun oder lassen sollen. Das habe ich von meinen Freunden und DAS finde ich auch faszinierend. Und das ist auch einfach was anderes als diese beschissenen, lahmarschigen und blutleeren Typen von der Werbeagentur. AAAHHH. Ich rege mich schon wieder auf und führe die Gespräche in meinem Kopf, die ich nie mit ihr geführt habe. Meine Antwort auf all ihre stillen Vorwürfe. Dabei will ich das gar nicht. Ich will nicht die ganze Zeit Gedanken in meinem Kopf haben, die ich eigentlich gern in ein Gesicht sagen würde. In ihr Gesicht. Aber all die Sachen, die ich ihr nicht gesagt habe, weil es sie einfach nicht interessiert hat, sind immer noch in mir und ich weiß nicht, wie ich sie loswerden kann.

Ich wache auf und denke. Ich schlafe ein und denke. Es kotzt mich an. Ich liege hier, mit Kopfschmerzen und diesem metallischen Geschmack im Mund und denke. Ich starre zur Decke und denke. Denke immer das Gleiche. Seit einem halben Jahr denke ich immer das Gleiche. Aber ich hab doch gestern Schluss gemacht. Eigentlich müsste es doch jetzt vorbei sein. Ich hätte gestern Kerstin ficken können oder Maria und Magdalena und ich hätte sie dabei noch nicht einmal mehr betrogen, weil ich es endlich geschafft habe, Schluss zu machen, aber stattdessen denke ich noch immer. Ich denke dieselbe Scheiße wie immer und neben mir liegt niemand und das Bett ist leer. Das ist doch bescheuert. Das ist doch richtig bescheuert.

Ich ziehe mir die Decke über den Kopf. Ich muss heute noch arbeiten gehen. Die Sonntagsausgabe muss noch gemacht werden. Ich kann nicht. Manchmal habe ich Tage, da habe ich einfach Angst. Ich weiß nicht, vor was. Ich denke, dass irgendetwas passieren wird. Irgendetwas Krasses. Ich weiß nicht was, und ich kann es nicht benennen, aber es fühlt sich so an, auf meiner Haut, in meinen Eingeweiden, so als würde jeden Augenblick eine Katastrophe eintreten, die mein Leben aus den Angeln hebt und für immer verändert. Manchmal versuche ich mich dazu zu überreden, dass ja auch etwas Großartiges passieren könnte. Ich könnte ja genauso gut meiner Traumfrau begegnen. Der Mutter meiner Kinder. Einfach so. Ich gehe raus und da steht sie. Ich sehe sie und sie ist perfekt und sie sieht mich und ich bin perfekt. Sabine? Nein. Nicht Sabine. Eben nicht. Scheiß auf Sabine. Aber das könnte doch sein.

Stattdessen habe ich das unbestimmte Gefühl, dass ich entlarvt werde. Dass da irgendjemand kommt und die feine Schutzhaut zerreißt, die mich umgibt, mich packt, ans Licht zerrt und allen anderen zeigt, dass ich gar nicht der bin, für den sie mich gehalten haben: »Schaut her. Der Versager. Was kann der schon? Nichts kann er. Ein Blender. Ein richtiger Blender. Schaut ihn euch an, dieses Opfer. Dieser Gernegroß. Dieser Hochstapler. Ein Nichts ist er. Ein Nichts – und der wollte euch erzählen, der sei etwas? Journalist?! Hahaha. Denker?! Philosoph?! Wenn er über seine eigene Bedeutungslosigkeit nachdenken würde, dann vielleicht. Aber zu mehr ist so einer wie er nicht zu gebrauchen.«

Und all die Leute, die mich geliebt und mir vertraut haben, müssten erkennen, dass sie sich in mir getäuscht hätten. Sie würden sich mit diesem traurigen, leeren Gesichtsausdruck von mir abwenden, sie würden kopfschüttelnd weggehen und ich könnte nichts dagegen tun. Hilflos müsste ich es mit ansehen. Kein Laut käme über meine Lippen und alle, mit denen ich jemals zu tun gehabt habe, würden sich zerstreuen und mich auf einem einsamen, windigen Marktplatz zurücklassen. Nackt und allein.

Ich fühle mich wund. Nicht nur meine Nase ist wund, mein Kopf ist offen und ich fühle mich, als würde sich ein riesiger Kristall hinter meiner Stirn wie wild um sich selbst drehen. Wie ein Motor im Leerlauf. Eine heiß gelaufene Maschine. Ich muss unbedingt noch ein paar Stunden schlafen. Ich muss eigentlich einen Blick auf meine Uhr werfen. Meine SMS lesen und meine Mailbox abhören, ich muss, ich muss, ich muss. Ich muss vor allem darüber nachdenken, wie ich eigentlich in diese Wohnung gekommen bin. Kein Plan. Das Letzte, was ich weiß, ist Taxi, Europacenter. Alles andere ist weg. Verflüchtigt, als wäre ich in einen tiefen Topf mit flüssigem Metall gefallen. Einen Augenblick treibe ich noch auf der Oberfläche, dann verschluckt mich die silbrige Masse mit einem sanften Blub und ich versinke. Luftdicht eingeschlossen. Kein Laut ist mehr zu hören.

Nationale Folgen der Deutschlandkrise für BRD und DDR

Infolge des entschlossenen Vorgehens des Deutschen Bundeskanzlers als Reaktion auf das →Massaker von Leipzig schnellen die Umfragewerte von Helmut Kohl in die Höhe. Ein Großteil der bundesrepublikanischen Deutschen ist der Meinung, dass der Kanzler richtig gehandelt hat.

Ganz im Gegensatz zur zögerlichen Haltung der →NATO, die von den meisten Bundesbürgern missbilligt wird. In einer vom Forschungsunternehmen Forsa in Auftrag gegeben Studie sprechen sich Anfang 1990 85 Prozent der Bundesbürger dafür aus, den Nordatlantikpakt zu verlassen.

Währenddessen kommt es ungeachtet der Vorkommnisse vom Oktober 1989 zu einer raschen Wiederannäherung einzelner Staaten der Europäischen Union und der DDR, wobei hier vor allem wirtschaftliche Überlegungen eine Rolle gespielt haben dürfen. Aufgrund der internationalen Isolation nach dem Massaker von Leipzig erlässt die DDR-Volkskammer im März 1990 erste Gesetze, die es westlichen Unternehmen ermöglichen sollen, in der DDR zu investieren. Infolgedessen wird das Stahlwerk in Eisenhüttenstadt vom britischen Stahlgiganten British Steel aufgekauft, zu diesem Zeitpunkt noch gegen den offiziellen Protest der Bundesregierung. Allerdings ist nach heutiger Quellenlage anzumerken, dass sich in geheimen Gesprächen auch der bundesrepublikanische Krupp-Konzern um eine Konzession für Eisenhüttenstadt beworben hat, was allerdings von der Staatsführung der DDR abgelehnt wurde.

Die Zustimmung für die offizielle harte Haltung Helmut Kohls gegenüber der DDR reißt im gesamten Jahr 1990 nicht ab und trägt mit dazu bei, dass die CDU bei den Bundestagswahlen im Dezember 1990 eine absolute Mehrheit von 76,8% der abgegebenen Stimmen erreichen kann. Zur gleichen Zeit wird immer offensichtlicher, dass die DDR wirtschaftlich ausgebrannt ist. Überalterte Produktionsanlagen und -verfahren belasten vielerorts in der DDR die Umwelt und die Gesundheit der Bevölkerung. Bei Schwefeldioxid- und Staubemissionen ist die DDR führend, bei vielen anderen Schadstoffen ebenfalls unter den Hauptemittenten. Ökologisch intakte Fließgewässer und Seen gibt es fast gar nicht mehr; für einen wirksameren Umweltschutz fehlen die Mittel. Bei entsprechenden äußeren Bedingungen werden etwa in der besonders belasteten →Region Leipzig-Halle-Bitterfeld über Lautsprecherwagen Hinweise verbreitet, Fenster und Türen geschlossen zu halten.

Unter diesen Voraussetzungen nimmt der Ausverkauf der DDR im Verlauf des Jahres 1991 an Fahrt auf. Nun beteiligen sich auch die ersten westdeutsche Firmen daran und investieren in die maroden Unternehmen der DDR, oft um lediglich das Tafelsilber zu verschleudern. Zum ersten Mal gibt es Arbeitslose in der DDR.

Während die DDR nach wie vor an den strengen Ausreiseregelungen für ihre eigenen Staatsbürger festhält, werden die Ein- und Ausreiseregelungen für Bundesbürger in die DDR schrittweise gelockert. So können bereits Mitte 1991 Bundesbürger speziell eingerichtete Grenzübergänge ohne die ansonsten üblichen langen Wartezeiten nutzen und sich auf dem Gebiet der DDR relativ frei bewegen.

Am 1. Oktober 1991 verkündet Michail Gorbatschow offiziell das Ende des Warschauer Pakts, was dazu führt, dass sich sämtliche ehemalige Mitgliedsstaaten ein mörderisches Rennen um die besten Wirtschaftsbeziehungen mit der westlichen Welt liefern.

Im November 1991 sagen sich zudem mehrere russische Teilrepubliken von der Sowjetunion los und erklären ihre Unabhängigkeit. Moskau versucht dies zwar mit Waffengewalt zu verhindern, die abtrünnigen Teilrepubliken werden aber vom Westen, namentlich den USA, unterstützt und können ihre Souveränität durchsetzen. Es folgt ein langwieriger, schmerzhafter Ausblutungsprozess des gesamten Ostblocks, der eine totale wirtschaftliche Abhängigkeit vom Westen nach sich zieht.

Kapitel 4

I am easy, easy like Sunday morning –
obwohl erst Samstag ist

Sabine wacht auf. So viel Zeit kann noch nicht vergangen sein, zumindest fühlt es sich nicht so an. Es ist heiß, ihr T-Shirt klebt an ihrem Körper, das wiederum am T-Shirt des Mannes klebt, der mit ihr im Bett liegt. Noch immer liegt sie eng an Christoph gedrückt und als sie merkt, dass er ebenfalls wach ist, murmelt sie leise: »Komisch. Ich hab geträumt, dass wir aus flüssigem Metall bestehen und dass wir miteinander verschmolzen sind. Aber es ist nur der Schweiß.«

Es entsteht eine kleine Pause. Dann dreht sich Christoph um und küsst sie. Ganz langsam. Ganz zart. Sie erwidert seinen Kuss, zärtlich öffnen sich ihre Lippen. Seine Zunge kitzelt, als er die ihre findet, und sachte drängt sie ihren Körper gegen seinen, der nun gar nicht mehr so unbeteiligt und abweisend ist. Sabine lächelt in sich hinein. Immerhin hat er sich ja bemüht, ein Gentleman zu sein, denkt sie. Das ist nun nicht mehr notwendig und jetzt will sie auch gar nicht mehr, dass er ein Gentleman ist, obwohl es ihr gefallen hat. Seine Zurückhaltung. Jetzt ist aber genug mit Zurückhaltung, jetzt möchte sie gern Dinge mit ihm anstellen. Sich ausstrecken. Seinen Körper fühlen. Dinge, die ihr gut tun werden. Sie will einen Wellnesstag einlegen und heute sehr wenig an Stefan denken. Christoph streichelt ihren Bauch und Sabine wird ganz weich, versinkt in einem neuen Kuss, noch länger, noch zarter und mit seiner Hand, die sich um ihren Arsch gelegt hat, zieht er sie an sich heran. Das ist o.k. Das ist mehr als o.k. Das ist gut. Ziemlich gut sogar.

Sie drängt sich ihm entgegen. Ihre Brüste. Ihre Titten. Sie will, dass er sie anfasst. Oh ja. Bitte, fass endlich meine Titten an, nachdem er schon so ausgiebig ihren Bauch, ihre Hüften, ihren Arsch gestreichelt hat. Doch er lässt sich Zeit. Seine Hände klettern langsam an ihren Rippen nach oben und als er den Ansatz ihrer Brüste streichelt, hält sie kurz den Atem an. Ihre Nippel sind hart. Die Brustwarzen kräuseln sich und werden knusprig. Wie kleine harte Himbeeren stehen sie ab. Sie kann es unter dem T-Shirt fühlen. Man kann es sehen. Sie hat Gänsehaut und ihre Nippel stechen hart durch den Stoff. Christoph streichelt wieder Richtung Bauch. Das ist gemein. Das ist nicht fair und sie zieht die Beine an und versucht, unter ihn zu rutschen. Noch näher. Noch enger. Fass mich an. Los, fass mich endlich an. Christoph aber lässt sich Zeit. Sie kann seinen steifen Schwanz spüren. Er lässt sie ihn spüren. Er drückt seine Hüften nach vorn, während er sie von hinten packt und an sich drückt. Dann lässt er sie los und gibt sie wieder frei und sie weiß nicht, was schöner ist. Sein Gewicht auf ihr oder dass sie sich unter ihm bewegen kann. Ihre Beine treffen sich, umschlingen sich. Die Nacktheit. Die Körper, trotz T-Shirt. Er riecht gut. Die Haare in ihrem Nacken stellen sich auf, als er sie halb auf die Seite dreht, sich über sie beugt und sie an dieser Stelle küsst, knapp hinter ihrem Ohr. Mit seiner Zunge fährt er sanft die Linie ihres Halses entlang. Er findet ihr Ohrläppchen. Sie erschauert. Sie will schreien oder wimmern. Sie stöhnt, seufzt. Seine Hand hält ihre Brust. Ganz natürlich ist sie plötzlich nach oben gerutscht und locker und leicht hält er ihre schwere Brust in seiner Hand. Da. Endlich. Seine Finger finden ihren Nippel. Sie erstarrt und hörbar saugt sie die Luft ein. Er lässt los, sie atmet aus. Zart streicht er über die zusammengezogene Brustwarze. Oh Gott, ist sie empfindlich. Warum ist sie nur so empfindlich? Es muss an den Drogen liegen. Und wieder nimmt er das gereizte Stück zarte Haut sanft zwischen seine Finger, streichelt darüber und wieder schnappt sie nach Luft. Fest hält er den abstehenden Nippel zwischen Daumen und Zeigefinger und langsam beginnt er, seine Finger ein klein wenig zu drehen. Sie drückt ihren Rücken durch, drückt ihren Arsch gegen seinen Schwanz und ganz tief aus ihrem Inneren löst sich ein Stöhnen. Oh ja. Das ist geil und sie fühlt, wie nass sie ist, und er hat sie an der Hüfte gepackt und drückt nun seinen steifen Schwanz gegen sie und unter dem festen Druck seiner Hände versucht sie, mit dem Hintern zu wackeln und noch mehr, noch mehr, noch mehr zu spüren. Jeder Zentimeter ihrer Haut will von diesen Händen gestreichelt werden. Von diesen Lippen. Bitte deck mich zu mit deiner Haut und obwohl seine Hände überall gleichzeitig zu sein scheinen, sind sie nicht genug. Es dürften ruhig noch mehr Hände sein. Noch viel mehr Hände und überall gleichzeitig sollten diese Hände sein, sie will gestreichelt werden, von innen und von außen, oh Gott, ist sie nass. So nass war sie schon lange nicht mehr. Noch nie. Das T-Shirt ist mittlerweile nach oben gerutscht und mit kräftigen Händen massiert er nun ihre Titten, die frei liegen. Sie windet sich unter seinen Berührungen, er aber hält sie fest, drückt, lässt los. Er beugt sich vor, saugt ihre Nippel ein. Nass. Feuchtigkeit bleibt auf ihren Brustwarzen zurück, die er wieder zwischen seine Finger klemmt, hin und her dreht. Hart und ganz zart, während sie ihren Kopf nach hinten beugt, um ihn küssen zu können, mit verdrehtem Hals, doch das ist gut so. Dann lässt er sie auf den Rücken fallen. Nur eine kleine Bewegung, aber so hat er endlich die Brüste vor seinem Gesicht und sanft fährt er mit seinem Atem darüber. Nimmt die steifen Brustwarzen in den Mund, drückt ihre Titten zusammen, so dass sich ein enges Tal bildet, fest in beide Hände, saugt. Tatsächlich will und kann sie gar nicht anders als ihre Beine zu spreizen, weiter und weiter. Schließlich liegt sie offen vor ihm. Sie muss klatschnass sein und als sich seine Hände zärtlich dazwischen tasten, vibriert sie. Ganz locker und trotzdem fest liegt seine Hand auf ihr. Er streichelt über die verbliebenen Härchen. Lächelt sie an. Liegt eng an ihrer Seite. Er leckt über ihre Nippel, die steif von ihrer prallen Brust abstehen. Es fühlt sich an, als wären ihre Titten geschwollen. Alles ist Fieber und als sie anfängt, mit ihrem Becken zu kreisen, da öffnen sich ihre Schamlippen und seine Finger, die ruhig und fest dort liegen, finden mühelos den Weg. Er muss nicht suchen, kein Druck – einfach so gleiten seine Finger in sie hinein. Sie stöhnt. Seine Finger blättern sie auf. Ihr Kitzler ist geschwollen. Seine Fingerkuppe tastet sanft darüber. Sie verspannt sich. Zieht die Beine an. Öffnet sich noch mehr. Mach sie noch ein bisschen weiter auf. Spreiz deine Beine noch ein bisschen weiter. Los. Noch ein ganz klein wenig und seine Hände drängen sie auseinander. Sie liegt nun ganz offen und er fickt sie mit seinen Fingern und sie will die Hand festhalten und noch tiefer in sich spüren. Noch stärker soll er ihren Kitzler reiben. Noch Fester! Sie stöhnt, als er zwei Finger tief in sie hineinschiebt, ganz tief, und sie von innen streichelt. Er hat sich fest eingehakt und sie ist ganz weich und weit und nass und sie wimmert, als er ihre Brustwarze tief in seinen Mund einsaugt. Sie will seinen Schwanz sehen. Sie will ihn spüren und bereitwillig dreht er sich so, dass sie ihn herausholen kann. Er fühlt sich gut an. Prall und steif liegt er in ihrer Hand. Die Adern zeichnen sich ab, deutlich kann sie es fühlen, die Eichel so zart und fest und auf der Spitze haben sich schon ein paar Tropfen gebildet. Sanft streichelt sie ihn. Mit den Fingerspitzen, vorsichtig, doch seine Hände sind noch immer tief in ihr und sie kann nicht anders. Sie muss zupacken. Fest umklammern ihre schlanken Hände nun seinen steifen, prallen, großen Schwanz und sie beginnt zu wichsen, während er über sie gebeugt ihre Titten massiert, sie küsst und leckt. Er beugt sich tiefer zu ihr herunter und plötzlich spürt sie, wie seine Zunge über ihren Kitzler gleitet. Sie vergisst zu wichsen. Sie hält ihn einfach nur noch fest. Drückt ihr Becken nach oben. Ihre Klit in seinen Mund. Fest presst er seine raue Zunge gegen ihren steifen Kitzler und während er sie von innen und außen gleichzeitig zu streicheln scheint, leckt seine Zunge über die Stelle, die nun ganz hart in ihrem weichen Fleisch hervorsteht, und endlich, endlich kommen die ersten Wellen und sie zuckt, schiebt ihr Becken nach vorn und tief in ihr drin löst sich ein Orgasmus. Sie kommt, sie hält seinen Schwanz fest, presst seinen Kopf gegen ihr zuckendes Becken, schreit und stöhnt, keucht unter seinem Gewicht und sie spürt seinen Schwanz pulsieren und wie das Sperma herausschießt. Es ist überall und das macht sie nur noch geiler. Seine Hände, seine Haare, seine Lippen, ihre Arme, ihre Beine, überall, und er spritzt auf ihre Titten, auf ihren Bauch, in ihr Gesicht. Nässe klebt an ihrem Arm. Seine Finger tief in ihr. Eine zweite Welle löst sich, sie kommt und kommt und endlich fällt die Spannung von ihr ab, sie verkrampft sich, alles zur selben Zeit und sie presst ihre Beine zusammen, krümmt sich, klemmt seine Hand fest zwischen ihre Schenkel, während er keuchend über ihr zusammenbricht, sie kann nicht mehr. Er hält sie fest. Oh Gott, war das schön. So schön, dass sie lachen muss, und sein Schwanz zuckt noch immer. Sie kann es an ihrem Rücken spüren. An ihrem Arsch. Alles ist nass und klebrig, alles riecht so unglaublich gut, nach ihr, nach ihm. Sie schwitzen. Keuchen. Schauen sich in die Augen. Lachen, küssen sich. Dann Pause. Dann.

»Das war gut. Verdammt gut. Und wir haben noch nicht mal miteinander geschlafen. Wahnsinn!«, sagt sie.

»Ich bin ein großer Petting-Fan!«, sagt er und sie müssen beide lachen. Dann.

»Ich habe Hunger.«

»Ich auch.«

Plötzlich bekommt Jedele Hunger. Er hasst sich dafür. Er hasst seinen fetten Bauch, seine Beine. Seinen Geruch. Seinen Bart. Sein alles. Er hasst sich und die ganze Welt und vor allem hasst er diese Schlampe, die ihn verlassen hat. Er stopft die Currywurst in sich hinein. Schluckt ohne zu kauen. Schlingt die Fetzen in sich hinein, würgt sie hinunter. Spült mit Cola nach. Wird einfach nicht satt. Dann die Pommes, Ketchup und Mayo tropfen von seinem Bart. Noch immer Hunger.

Es widert ihn an. Die Pommes waren kalt und ölig. Am Hermannplatz sollte man keine Pommes essen. Klar, hier sollte man Döner essen. Hier ist Dönerland. Kann man ja auch nicht erwarten, dass die hier vernünftige Currywurst machen. Deutsche Currywurst, so etwas können die hier nicht und er schmeißt die leeren Pappschalen weg und starrt in den Mülleimer. Er muss rülpsen. Tauben hacken auf den Überresten abgenagter Hähnchenskelette herum. Vögel fressen Vögel. Am liebsten würde er dem Imbissbesitzer die Scheiße direkt wieder vor die Füße kotzen. Sein Magen ist übersäuert. War er schon immer. Er stößt auf und der fade Geschmack der Wurst breitet sich in seinem Mund aus. Zwischen seinen Zähnen hängt noch ein Fleischrest. Er pult ihn mit zwei Fingern heraus, legt ihn auf die Zunge und schluckt. Tauben! Ihn packt der Ekel. Kannibalen! Luftratten! Früher hatte er auch auf Tauben geschossen, damals, als er mal auf einem Bauernhof Urlaub gemacht hatte. Er war damals schon fett gewesen und die anderen Kinder hatten ihn verarscht. Nur einer war nett zu ihm gewesen, Joachim. Der Sohn des Bauern. Ein dürrer Typ, vielleicht fünf Jahre älter als er, aber das hat man nicht gemerkt. Joachim war ein bisschen beschränkt. Jedele konnte den Dorfdeppen eigentlich nicht leiden, aber Joachim hatte ein Luftgewehr und er zeigte Jedele, wie man auf Mäuse schießt. In der Scheune. Die Mäuse liefen die Balken entlang und man musste ziemlich schnell sein, um eine zu erwischen. Die Tiere waren sehr klein und sehr schnell. Joachim war ganz gut, aber schon nach zwei Tagen war Jedele besser. Er hatte Talent und zum ersten Mal erlebte er, wie es ist, wenn man hier den Finger bewegt und dort etwas umfällt. Ha. Er hatte ein Leben im Griff. Es machte ihn geil. Er untersuchte die toten Mäuse und nahm sie in die Hand, wenn sie noch warm waren.

Irgendwann schoss er auch auf Tauben und andere Vögel. Egal was. Er schoss auf alles. Aus einiger Entfernung zielte er auch auf die Mädchen, wenn sie mit ihren Fahrrädern an ihm vorbeifuhren. Er stellte sich vor, wenn er jetzt seinen Zeigefinger krümmen würde, wie diese behinderte Jessica plötzlich, und keiner wusste weswegen, plötzlich, im schönsten Sonnenlicht vom Weg abkam. Wie das Fahrrad schlitterte und die Reifen wegrutschten und wie sie fiel und nur ein kleines Loch auf ihrer Stirn würde verraten, warum. Nur sehr, sehr wenig Blut würde austreten aus dieser Wunde, vielleicht ein Fingerhut voll, und ihre Augen würden brechen. Er drückte nicht ab, stattdessen schoss er auf die Vögel und einmal schoss er dann auch auf eine Katze. Ein Streuner, der übers Feld lief und nichts von den beiden Jungs hinter den Büschen ahnte. Sie selbst war gerade im Begriff den Tod zu bringen, als sie sich anschlich und duckte und völlig lautlos zum Sprung bereit machte, da ploppte das Luftgewehr. Die Katze in die Höhe gerissen, drehte sich um ihre eigene Achse und fiel lang ausgestreckt zu Boden. Wie ein nasser Sack. Damals hatte er sie gespürt, die Macht, und Jedele tastet nach seiner Waffe.

Jetzt würde er sie gern wiedersehen. Oh ja, jetzt wäre er genau in der richtigen Stimmung. Jetzt würde er sie gern wiedersehen und er würde sie zur Sau machen. Diese blöde, arschgefickte Hure. Er braucht sie gar nicht, denkt er, aber zu schön wäre es, wenn sie jetzt kommen würde und ihm sagen würde, dass es ihr leidtut. Ins Gesicht würde er ihr spucken. Er malt sich aus, dass er sie findet. Es geht um die Kinder. Er kommt mit zwei Polizisten und er nimmt ihr einfach das Sorgerecht für die Kinder weg. Genau. Er verhängt einfach ein Besuchsverbot und sie weint. Sie klammert sich an ihn und bittet ihn, ihr das Recht auf die Kinder zu lassen. Nein. Nein, keine Gnade. Du Schlampe bist gegangen und jetzt sollst du dafür bezahlen. Die Polizisten stehen daneben. Sie kniet vor ihm und fleht ihn an. Er schaut auf sie herab. Er lächelt. Das hast du dir selbst eingebrockt, du treuloses Stück Scheiße. Die Polizisten hören weg. Die Frau ist zerstört. Seine Frau ist zerstört und er wendet sich von ihr ab und geht und zeigt ihr, dass er sie nicht mehr braucht. Nie mehr braucht. Nur einmal soll sie sehen, dass er sie überhaupt nicht vermisst, ja, dass er sogar froh ist, dass sie endlich gegangen ist, und er denkt daran, dass sie bestimmt einen anderen hat. Seine Kiefermuskeln spannen sich an und er stellt sich vor, wie sie sich jetzt gerade, in diesem Moment, während er vor einem dreckigen Imbiss am Hermannplatz steht, von einem dicken Schwanz durchficken lässt. Wer will diese Kuh schon ficken, beruhigt er sich und erinnert sich aber daran, dass er sie selbst eigentlich immer ganz gern gefickt hat. Vor Jahren. Jedele ballt die Faust. Er braucht sie nicht. Er braucht diese Frau nicht und er spürt den Druck, der sich irgendwie entladen muss. Er steht hier und kann nichts tun. Nichts. Allein steht er hier unter all den anderen Menschen, den Kanaken, den Kopftüchern, den Schwarzköpfen und er kann nichts machen. Er ist allein. Es kotzt ihn an und vom Kleinen kommt er zum Großen. Diese scheiß Politiker, denkt Jedele, als er sich umsieht und erkennt, dass er tatsächlich der einzige Deutsche hier ist. Diese beschissenen Politiker. Kotsch mag vielleicht ein guter Mann sein, aber im Endeffekt sind die doch alle gleich, diese Politiker. Diese Schwanzlutscher und Speichellecker. Lassen einen allein mit diesem ganzen Gesindel hier. Wo ist denn der Kotsch jetzt? Heute Vormittag? Hier auf diesem Platz? In Neukölln? Nirgendwo ist er und ein junger Mann rempelt Jedele an, dreht sich noch nicht einmal um, entschuldigt sich nicht, geht einfach weiter und wirft achtlos etwas in die Mülltonne, die sowieso schon viel zu voll ist. Das Papier fällt zu Boden. Jedele starrt ihm hinterher. Einer von diesen jungen Typen, mit federndem Gang und Mike-Tyson-Haarschnitt. Einer von denen, die jeden Tag vor dem Postamt ihre Päckchen an die Junkies verkaufen und dann das Geld, das sie eingenommen haben, per Auslandspostanweisung in irgendwelche Länder am Hindukusch verschicken. Warum macht denn da keiner was? Warum verschließen diese arschgefickten Politiker denn davor die Augen, denkt Kotsch. Keiner von denen steht am Schalter und muss sich von diesen rotzfrechen Wichsern anmachen lassen. Keiner von den feinen Herren Politikern hat mit diesen Arschgeigen hier zu tun und muss sich anhören, dass diese Idioten, die keine Sprache richtig sprechen können und nicht mal die Überweisungsträger richtig ausfüllen können, NICHT von Frauen bedient werden wollen. Nicht dass Jedele ein Verfechter der Emanzipation wäre, beileibe nicht, aber so was geht ja wohl trotzdem nicht klar. Jedele konzentriert all seinen Hass auf den Jungen, der seine Arme angewinkelt hat, als hätte er Rasierklingen unter den Achseln und mit breitbeinigem Cowboyschritt in Richtung Hasenheide marschiert. Er hat ihn angerempelt, oder? Dieser Typ hat ihn angerempelt und Jedele setzt sich in Bewegung. Der Typ geht schnell, aber er scheint hier alle möglichen Leute zu kennen, da er immer wieder stehen bleibt, um ein paar Worte zu wechseln. Mit dem Friseur, dem Bäcker, dem Gemüsehändler. Seine Haare sind gegelt und die schwarzen Sportschuhe an seinen Füßen sehen viel zu schmal aus, im Gegensatz zu der massigen Kleidung, die er ansonsten trägt. Der Junge ist gerade mal 18, hat aber schon das Gehabe eines ganz Großen. Selbstgefällig lässt er sich ein Stück türkische Pizza geben und arrogant spricht er mit ein paar Mädchen, die ihn anhimmeln, kichern und bewundernd hinterherschauen, als er weitergeht.

Jedele beobachtet ihn. Es hat sich so ergeben. Der Typ hat Pech gehabt. Es ist Zufall, aber je länger Jedele ihn studiert, desto mehr ist Jedele davon überzeugt, dass er es verdient hat. Er hat ihn angerempelt und er ist auch sonst ein Arschloch. Definitiv. Sein ganzes Auftreten. Ein richtiges Arschloch. Endlich geht er weiter, am Checkpoint vorbei, kurze Ausweiskontrolle, am Huxleys vorbei, in der schon seit Jahrzehnten keine Veranstaltungen mehr stattfinden dürfen, die nicht von der Partei genehmigt wurden. Jedele ist das gleichgültig, er ist eh nie gern ausgegangen und lieber zu Hause geblieben. Satellitenschüssel aufs Dach und Fernsehen. Das war alles, was ihn jemals interessiert hat, was ging ihn das an, ob irgendwelche Konzerte genehmigt wurden oder nicht. Jedele führt ein Scheißleben, aber eines, das gerade mit einer Waffe einem anderen Scheißleben folgt, und er beobachtet, wie der junge Mann im Park verschwindet. Der Typ schaut sich um. Er kann Jedele nicht sehen, der ihm in einiger Entfernung hinter Bäumen versteckt folgt. Der Park ist menschenleer. Bei dem großen Kriegerdenkmal bleibt der andere stehen, checkt die Lage, dreht sich um, guckt, beschließt, dass die Luft rein ist und verschwindet hinter der Statue in den dichten immergrünen Büschen. Das Drogendepot, denkt Jedele, geschult von zahlreichen Fernsehdokumentationen. Auf jeden Fall. Dort hat der Wichser seine Drogen versteckt. Jedele löst sich aus seiner Deckung und geht auf das Denkmal zu. Es ist kalt und Nässe hängt in der Luft. Der Kies knirscht unter seinen Füßen und er zieht die Waffe aus seiner Jackentasche und schraubt mit einer fließenden Bewegung den Schalldämpfer auf den Lauf. Leise nähert er sich dem Gebüsch und plötzlich wird alles still, als hätte jemand den Ton abgedreht. Nicht einmal der Kies knirscht mehr. Jedele weiß nicht, wie er es macht, aber er sieht den Kopf des Dealers, wie er nach vorn gebeugt über etwas hockt, und er hebt seinen Arm. Es ist ganz leicht. Er nimmt den Nacken ins Visier. Er streckt seinen Arm. Sein Arm ist ganz lang. Mit dem Schalldämpfer verlängert sich sein Arm um fast vierzig Zentimeter. Die Waffe fühlt sich ganz leicht an. Er zielt. Mühelos drückt er ab. Es macht plopp. Ansonsten ist kein Geräusch zu hören. Nichts ist passiert und trotzdem fällt dort drüben, zwischen Büschen und Bäumen, in zwanzig Meter Entfernung ein Körper zu Boden. Aus der hockenden Gestalt entweicht jede Kraft. Der Körper erschlafft und kippt zur Seite. Als hätte man von einer Marionette alle Fäden abgeschnitten. Die Arme zucken spastisch, ein letztes Mal und der große, bullige Körper, der eben gerade noch voller Selbstzufriedenheit und vor Kraft strotzend sein Revier markierte, sackt in sich zusammen. Jedele schraubt den Schalldämpfer ab. Er steckt die Pistole in seine Jackentasche. Die Pistole ist warm. Er mag dieses Gefühl. Er ist glücklich, wenn er die warme Waffe fühlt. Es ist so einfach. So schnell könnte man das Problem lösen, liebe Politiker. So einfach. Nichts ist passiert. Niemand ist verletzt. Nur ein unwürdiges

Leben weniger. Jedele fühlt sich gut. Sehr gut. Ein unfassbar tiefes Gefühl durchflutet ihn. Jedele fühlt sich in diesem Moment wie ein Schwamm, der sich vollsaugt und er will ihn sehen. Er will sehen, wie er ihn getroffen hat und wo und ob es so exakt und präzise war, wie er es sich vorstellt. Langsam nähert er sich dem Leichnam. Erst jetzt erkennt er, dass der Typ seine Hose nach unten gezogen hatte und wohl gerade dabei war, sein Geschäft zu verrichten. Ein bestialischer Gestank nach Kacke breitet sich aus. Der Typ hat geschissen, denkt Jedele, der hat sich hier in die Büsche verkrochen, weil er scheißen musste. Das ist nicht wahr, denkt Jedele. Das ist doch nicht wahr, oder? Er begutachtet den Nacken des Jungen. Ein kleines Loch an der rechten Seite des Halses, aus dem eine winzige Blutspur sickert. Er hat exakt getroffen. Jedele starrt auf den Toten. Tot. Einfach so, durch seine Hand. Er hat es verdient, dessen ist sich Jedele hundert Prozent sicher. Auf jeden Fall. Er hat es verdient. Aber doch nicht beim Scheißen. Und plötzlich muss Jedele lachen und plötzlich hat er auch wieder Hunger. Richtigen Hunger. Warmen Hunger. Einen Hunger, den man stillen kann, den man mit einem guten Essen in den Griff kriegen würde. Jedele kennt jede Menge Restaurants, wo man für wenig Geld große Portionen bekommt. Gute Restaurants. Deutsche Restaurants. Manchmal fuhr er mit seiner Mutter und seiner Frau sonntags zu einem dieser Restaurants, wenn die mal wieder gerade ein Angebot hatten, »Nimm zwei, zahl eins.« oder so. So etwas macht ihm Spaß. Wenn er solche Schnäppchen rausfinden kann, dann verschickt er das auch mal an die Kolleginnen und Kollegen, genauso wie den ALDI-Newsletter. Solch ein Restaurant wird er jetzt aufsuchen. Er denkt an seine Mutter und an seine Frau. Er lacht noch immer. Er braucht keine von beiden. Er ist mächtig. Er hat Macht. Macht über Leben und Tod. Vor ihm liegt der lebende Beweis. Der tote Beweis. Jedele schaut noch einmal auf den toten Schisser und wendet sich ab. Der Typ ist tot und er wird jetzt erst mal richtig gut essen gehen. Richtig gut und deutsch. Es ist doch alles ganz einfach. Ganz, ganz einfach. Einfacher als gedacht.

Gutes Essen ist einfach, Stefan. Einfach, aber mit Liebe gemacht. Ich hätte dich gern mal zu meiner Mutter eingeladen. Meine Mutter kann gut kochen. Sehr gut sogar. Meine Mutter ist die beste Köchin der Welt. Und weißt du, was ihr Geheimnis ist? Sie kocht mit Liebe, Stefan, mit Liebe. Irgendwann hätte ich dich mitgenommen, mein Freund. Irgendwann. Du denkst, du kennst arabisches Essen, aber so lange du nicht das Essen von meiner Mutter kennst, kennst du auch kein arabisches Essen. Ich schwöre Stefan, das würde so sein wie ein Orgasmus in deinem Mund, Gott mag mir das bitte verzeihen, wenn ich so rede über das, wie meine Mutter kocht, aber ich schwöre, das ist Mundorgasmus.

Meine Mutter hat das noch im Libanon gelernt, bevor die dann abgehauen sind. Bürgerkrieg und so. Warst du schon mal im Libanon? Diese Idioten haben alles kaputt gemacht. Das ist das schönste Land der Welt und die Frauen, mein Freund, die Frauen. Die schönsten Frauen hast du im Libanon. Alles kaputt heute. Und die Russen und diese scheiß DDRler pumpen immer noch Waffen da rein und die Amis unterstützen die Juden. Stefan, ich sag dir eins. Atombombe rauf, dann wär endlich Ruhe.

Wir haben das immer so gemacht. Deshalb sind wir heute, hier und jetzt in Westberlin und in Westdeutschland am Drücker. Weil wir stark sind. Weil wir einander vertrauen können und weil wir gut essen. Stefan. Ohne Scheiß. Wir haben einfach gutes Essen.

Wir waren fünf Jungs zu Hause und meine Mutter hat immer gekocht. Das war nicht so wie bei den Deutschen, wo die Kinder sich ihr Essen aus der Mikrowelle machen müssen. Wenn du einen arabischen Imbiss siehst und der hat Mikrowelle, dann geh sofort wieder raus. Stefan. Ohne Witz. Das ist dann richtig scheiße. Das ist Haram. Weißt du, was Mikrowelle mit deinem Essen macht? Das verändert die Struktur. Das verändert die Struktur der Nahrung. Als ich das gelesen habe, dachte ich, ich muss kotzen. Das fand ich so eklig. Da verändern sich die Zellen und wie die so miteinander zusammenhängen. Man isst mutiertes Fleisch, Stefan. Stell dir das mal vor. Da musste ich echt kotzen, als ich das gehört habe. Deshalb niemals Mikrowelle. Meine Mutter hat das nicht gewusst, aber wir hatten trotzdem keine Mikrowelle. Wahrscheinlich spürt man so etwas, wenn man mit Essen gut umgehen kann. Und meine Mutter kann mit Essen umgehen. Ich schwöre. Manchmal denke ich, dass ihr Deutschen einfach zu wenig Liebe abbekommen habt.

Weißt du, ich habe ja auch deutsche Freunde, nicht viele, aber ein paar, so Geschäftsfreunde und ich gucke auch immer in der Wohnung, wenn ich bei denen bin. Ich gucke mir alles an und die haben da teilweise Küchen stehen, Alter, ich schwöre, das sind Küchen. Richtige Fernsehküchen und so Edelstahl und alles neu und alles glänzt und riesig. Die stehen mitten im Zimmer und sieht voll aus, als würden die ein Restaurant haben und dann stehen da Kochbücher. So Bücher von diesem englischen Schwuchtelkoch, Jamie Oliver, genau, Jamie Oliver heißt der und da stehen dann so drei, vier Kochbücher von dem rum und ich interessiere mich für Essen und dann lese ich die durch, immer. Da stehen auch gar nicht sooo schlechte Sachen drin. Kann man schon essen und dann frage ich die, was sie aus den Kochbüchern schon so gekocht haben und dann sagen die: »Nix«. Einfach gar nix. Die haben noch nie aus so einem Buch gekocht und können auch gar nicht kochen. Die wollen auch gar nicht kochen. Die können nix. Gar nix. Hat ihnen niemand beigebracht. Die Mama hat auch schon nicht gekocht. Aber da stehen Kochbücher. Da steht diese Küche und ich schwöre, diese Küchen kosten zehn Düsen oder so. Alles Edelstahl. Alles vom Feinsten. Alles Bling-Bling. Ich frage dann immer: »Was esst ihr dann?«, und dann sagen die, dass sie entweder im Restaurant essen oder sich so Fertiggerichte kaufen und in die Mikrowelle schieben. In diese Edelstahlmikrowelle.

Weißt du, Stefan, dass diese Lebensmittelverpackungsindustrie, diese Fertiggerichtscheiße die Industrie ist, die am schnellsten wächst in der westlichen Welt. Scheiß mal auf Drogen und Autos und Frauenhandel oder so. Nicht mal Waffen sind so ein großer Markt, Stefan. Fertiggerichte! Das ist der Shit, Alter. Da sollte man reinkommen. Den Leuten Gift verkaufen und dabei reich werden. Da kannst du hunderttausend Tonnen Koks verkaufen, da wirst du niemals so viel Schaden anrichten wie mit dieser Scheiße. Aber keinen stört's. Ist doch alles legal. Den Leuten Scheiße verkaufen und die bezahlen sogar noch dafür. Aber alle haben diese Kochbücher und diese Küchen und so. Völlig behindert. Aber so sind die Deutschen halt.

Guck mal, wir essen immer das Gleiche. Ein bisschen Fleisch, ein bisschen Reis, Bulgur oder Couscous, Gemüse, Gewürze, fertig. Und dann machen wir das mit dem Brot und das machen wir selbst. Alles frisch. Immer. Ich meine, das muss schon sein. Ich war ja mal mit einer Deutschen verheiratet, aber das klappt nicht, Stefan. Das klappt nicht und das fängt schon beim Essen an. Die hatte keine Lust auf Essen.

Wir sind mal so am Wochenende weggefahren. So nach Westdeutschland. Mit Sondererlaubnis, ich hab ja so Beziehungen. Das war so ein Ferienpark, irgendwo knapp hinter der Grenze. Wir sind so durch die DDR gefahren und ich habe eingekauft und alles dabei gehabt, das waren so Bungalows dort. Konnte man selbst kochen. Mir macht das Spaß. Ich kann gut kochen. Meine Mutter hat mir das beigebracht. Das ist auch nicht unmännlich oder so, das ist gut. Meine ganzen Brüder können auch kochen. Das ist keine Schande.

Wir fahren also so durch diesen scheiß Osten und ich hatte eingekauft und ich komme so aus dem Laden mit meinem Einkaufswagen, da meint sie so: »Willst du wieder das ganze Wochenende kochen? Da hab ich keinen Bock drauf.«

Stefan, das funktioniert nicht. Da wusste ich, dass das nicht funktioniert mit dieser Frau. Aber so sind die Deutschen eben. Die kapieren das nicht. Das ist denen nicht wichtig und dabei ist es wichtig. Gutes Essen ist so wichtig wie die Liebe.

Meine Mutter hat uns geliebt, einfach so. Sie hat uns geliebt, weil wir ihre Jungs waren. Wir mussten nichts dafür tun. Sie hat uns ihre Liebe geschenkt, einfach nur weil wir da waren und deshalb hat sie uns auch immer gutes Essen gemacht. Wenn ich euch Deutsche so ansehe und sehe, was eure Mütter so kochen, dann weiß ich nicht, ob eure Mütter euch wirklich lieben.

Hat deine Mutter dich geliebt, Stefan? Ernsthaft. Hat dich deine Mutter geliebt, einfach nur, weil du ihr Sohn warst? Einfach so, ohne was dafür zu verlangen? Das ist die Frage, Stefan, das ist die Frage.

Hat meine Mutter mich geliebt? Einfach so? Einfach nur, weil ich ihr Sohn war? Über diese Frage denke ich manchmal nach. Ich frage mich das auch, wenn ich auf der Straße einen Penner sehe und mir vorstelle, dass auch er mal ein Baby war. Hat seine Mutter ihn geliebt? Oder was ist mit dieser Nutte, die Youssef und Hamoudi gerade mitgebracht haben? Haben ihre Eltern sie geliebt? Einfach so?

Bedingungslos? Sie war doch auch einmal ein Baby, brauchte Windeln. Mutter oder Vater haben sie gewickelt und diese zarten kleinen Füßchen geküsst, ihren Bauch gestreichelt, ihr ins Gesicht gelacht. So muss es doch gewesen sein oder gibt es tatsächlich Kinder, die nie, nie, nie irgendeine liebevolle Hand spüren? Deren Leben vom allerersten Tag aus Schlägen, Hässlichkeit, Verachtung und Zurückweisung besteht? Sitzt sie deshalb jetzt drüben im anderen Zimmer bei Youssef und Hamoudi, voll auf Drogen, zieht eine Line Koks nach der nächsten und lässt sich in der nächsten halben Stunde von denen durchficken? Hat sie nie Eltern gehabt, die sie geliebt haben? Wo sind ihre Eltern heute? Was machen die heute? Hat sie keiner je lieb gehabt? Einfach nur, weil sie auf der Welt ist. Man kommt doch hilflos auf die Welt und ist auf die Liebe anderer angewiesen. Wir alle. Hat sie das nie bekommen. Was ist passiert?

Ich muss an die Pennerin denken, die ich in Berlin gesehen habe, als wir mal auf Klassenfahrt hier waren. Das war noch lange vor Olympia 2008. Damals konnte man noch ab und zu Obdachlose in den Straßen sehen, was danach ja völlig ausgemerzt war. Die Stadt wurde fein gemacht und alles, was nicht in Bild passte, wurde beiseite geschafft. Stadtverschönerung.

Damals war das noch anders und genau gegenüber von unserer Unterkunft war der Supermarkt, an dem sich jeden Morgen um acht die Alkis versammelt haben. Pünktlich, als würden sie einem Beruf nachgehen. Ich hatte so etwas noch nie gesehen. Bei uns in Gießen gab es das nicht, da war unter Kotsch als früherem Ministerpräsident schon länger alles sauber gemacht worden. Als er dann danach auch auf Bundesebene Karriere gemacht hat, hat er auch in der Hauptstadt aufgeräumt.

Die Frau saß also jeden Morgen vor dem Supermarkt auf einer niedrigen Sitzbank und einmal musste ich Brötchen holen gehen und genau in dem Moment, in dem ich an ihr vorbeiging, pisste sie sich einfach ein. Ihr Gesicht unbeweglich. Die Augen geschlossen. Vollkommen weggetreten. Ohne Reaktion. Nur der Fleck in ihrer Hose wurde immer größer, bis irgendwann der Stoff die Flüssigkeit nicht mehr aufnehmen konnte und die Pisse an ihren Beinen herablief und sie saß da, als hätte sie mit all dem nichts zu tun. Als würde sie gar nicht zu diesem Körper gehören. Sie ließ einfach laufen. Das hat mich fasziniert. Wie konnte man so weit von sich selbst entfernt sein?

Aus dem Nebenzimmer höre ich Geräusche. Mein Kopf dröhnt noch immer, aber ich gehe nach nebenan. Youssef und Hamoudi sitzen auf der Couch und die Nutte tanzt mit langsamen und rollenden Bewegungen vor ihnen. Youssef und Hamoudi starren das Mädchen mit glasigen Augen an, das sich mit lasziven Bewegungen über den Körper streichelt, mit halbgeschlossenen Lidern tanzt, als wäre sie in Trance und auf dem Glastisch vor der Couch liegt stilecht ein Häufchen Kokain. Wie viel Gramm müssen es sein, dass man tatsächlich einen kleinen Haufen aufschütten kann? Reichen fünf Gramm? Müssen es zehn sein? Bislang habe ich selbst immer nur die Briefchen mit einem Gramm gesehen. Das hier ist eine neue Dimension und Wodka und Champagner stehen auch bereit. Es ist später Vormittag oder so. Hamoudi sieht mich.

»Hey, Stefan, was los? Mach mit. Die Olle ist voll scharf.«

Was soll ich tun? Mitmachen oder nicht und mir fällt ein Spruch ein, in dem es heißt, dass man nur die Dinge bereut, die man nicht getan hat. Ich bin mir nicht sicher, ob das stimmt, aber da eh alles im Arsch ist – scheiß drauf. Ich habe nichts anderes vor und setze mich dazu. Hamoudi winkt mir zu.

»Komm. Jetzt sei mal nicht so deutsch. Jetzt zeigen wir dir mal, wie Araber feiern. Komm her!«, und er nimmt mit seiner Kreditkarte eine kleine Portion von dem Haufen, kratzt und scheuert. Klopft ab. Kratzt noch mal, hackt ein bisschen. Lächelt. Guckt das Mädchen an, wie sie tanzt. Vergisst das Hacken. Schaut mit offenem Mund. Erinnert sich. Kratzt weiter, legt vier lange dünne, hübsche Linien Kokain auf den Tisch und leckt die Karte ab. Alles original, wie in einem Film, den ich irgendwann schon mal gesehen habe.

Die Szenerie wirkt irreal. Schließlich ist draußen heller Tag. Ein Tag zum Kotzen. Ich ziehe die Line. Es ist ein bisschen wie auf dem Zehn-Meter-Brett stehen und plötzlich gibt man sich einen Ruck und dann springt man. Man kann nicht mehr zurück, hält den Atem an und dann ist man froh, wenn man unbeschadet und kerzengerade eintaucht. Oh, cool. Gut gegangen. Noch mal gut gegangen. Klar-

heit breitet sich in meinem Kopf aus und mit einem Mal habe ich
auch keine Kopfschmerzen mehr.

Die Nutte nähert sich auf allen vieren dem Glastisch. Sie hat nur
noch ihren BH und einen Slip an und ist ein bisschen zu dünn. So
von vorn kann ich ihre Titten sehen, die halb aus dem BH hervor-
schauen. Sie hat einen vollkommen verklärten Blick aber irgendwie sieht es doch geil aus. Hamoudi und Youssef neben mir lachen.
Das Mädchen streicht ihre Haare zurück, nimmt das bereitliegende
Röhrchen und langsam, während sie uns weiterhin anschaut, zieht
sie das Koks. Erst in das eine Nasenloch, dann in das andere. Dann
leckt sie ihren Finger ab, streicht über den verteilten Staub und reibt
sich den Rest ins Zahnfleisch. Hamoudi und Youssef halten die Luft
an. Ich auch. Irgendwie werde ich geil. Den anderen geht es genauso,
aber wer macht den Anfang? Ich war noch nie bei so etwas dabei.
Gangbang. Ich habe schon oft davon gehört. Die anderen erzählen ja
fast von nichts anderem, wenn Atakan nicht dabei ist. Der mag das
nicht, mit seinem komischen Ehrverständnis. Auch von den Drogen hält er nichts, was Hamoudi und Youssef aber nicht abhält, jetzt
selbst ihre Lines wegzuziehen. Zwischendurch immer aufschauend,
damit sie ja nichts von der Show verpassen, die uns das Mädchen
aus der Ukraine gerade liefert. Sie hat sich aufgesetzt. Ihr rechter
BH-Träger ist nach unten gerutscht und sie spielt sich gedankenverloren an ihrem Nippel, der sehr steif ist. Sie schaut uns an. Sie
ist vollkommen hinüber, aber anscheinend ist sie scharf. Wir lehnen
uns zurück und schenken noch mal Champagner nach und Wodka.
Zigaretten, Koks, Champagner und Wodka-Lemon. Die geschmack-
liche Kombination, wenn das Koks den Rachen runterrutscht. Das
ganze Ambiente. Das Häufchen auf dem Tisch. Die Situation. Die
Gefahr. Die Illegalität. Ich sitze hier mit richtigen Verbrechern. Ich
bin ein Teil von ihnen und vor mir sitzt ein recht hübsches Mädchen, das offensichtlich geil ist. Eine geile Schlampe, die gern fickt
und die uns zeigt, dass sie gern von uns gefickt werden will. Eine
Dreilochstute, denke ich, ein ekelhaftes Wort. Manchmal frage ich
mich, warum das reale Miterleben einer solchen Situation dann
doch noch was ganz anderes ist, als wenn man das im Internet in
irgendwelchen Filmchen zu sehen bekommt. Das ist dann wie Del-

phine im Zoo sehen oder im offenen Meer. Die Delphine im Zoo sind doch auch echt und real und trotzdem ist man ganz aufgeregt, wenn man auf einem Boot steht und die Tiere im offenen Meer zu sehen bekommt. Noch echter.

»Wie heißt du«, frage ich das Mädchen. »Jasminka«, antwortet Jasminka und streift dabei ihren BH vollständig ab. Ihre Brüste hängen ein bisschen, aber es sind schöne Brüste mit harten Warzen und ich höre, wie Hamoudi geräuschvoll die Luft einsaugt. Es geht los, denke ich mir. Es geht los. Jetzt.

Wir sitzen auf der Couch. Warten. Aufgereiht wie die Schuljungen.

Anscheinend soll ich die Eröffnung machen. Jasminka kriecht auf mich zu und wie eine Katze reibt sie ihren Kopf an meinen Knien, während sie aufreizend mit dem Arsch wackelt. Ihr Po ragt geil in die Luft und ich hätte gute Lust meine Hand darauf klatschen zu lassen. Noch mache ich es nicht. Später vielleicht, während sich Jasminka meinem Schritt nähert, mit ihrem Kopf. Sie schaut mir dabei in die Augen und leckt sich über die Lippen. Mein Penis ist steinhart. Mit geschickten Händen öffnet sie meine Hose. Jetzt wirkt sie geschäftig, so als würde sie sich auf das freuen, was sie gleich zu Gesicht bekommen wird. Sie ist ein Profi oder sie ist wirklich geil. Mein Penis springt ihr entgegen. Ich schaue verlegen zu Hamoudi und Youssef. Genau in diesem Moment werde ich mir bewusst, dass ich gerade mit steifem Schwanz vor zwei Männern sitze, die jetzt nicht unbedingt meine Sandkastenfreunde sind. Ich meine, jeder hat ja vielleicht mal so etwas wie Gruppenwichsen oder so veranstaltet und immer waren da ein oder zwei, die besonders kaltblütig waren und ihren Schwanz herausgeholt haben, als wäre nichts dabei, aber das hier sind nicht meine alten Schulfreunde und ich bin auch keine 16 mehr. Das hier sind Youssef und Hamoudi, die ich kaum kenne und die immerhin Verwandte von Atakan sind, den ich … den ich? Ja, was eigentlich? Auf jeden Fall will ich nicht, dass Atakan mich mit steifem Schwanz, zugekokst auf einer Couch sitzend sieht, wie ich gerade von einer ukrainischen Nutte einen geblasen bekomme und so zucke ich fast entschuldigend mit den Schultern und grinse Youssef und Hamoudi blöde an. Die starren mir aber unverwandt auf den Schwanz, weswegen ich da auch wieder hinschaue und Jasminka beobachte, die das Spiel perfekt spielt. Mit der ganzen Hand fährt sie mir über den steifen Schaft, so als würde sie ihn ein bisschen bewundern. Sie streichelt mich, umfasst ihn. Dreht ihn ein bisschen in der Hand, so als würde er sich unheimlich gut anfühlen und als würde sie das Vergnügen, ihn endlich in ihren Mund zu schieben, noch ein bisschen hinauszögern. Eine kleine, durchsichtige Perle bildet sich an der Spitze meiner Eichel. Ich bin sehr geil und mit einer katzenhaften Bewegung leckt sie den Tropfen weg und stülpt vorsichtig ihren Mund über meinen prallen Schwanz.

Es ist passiert. Ich springe. Ich falle. Ich bin vom Zehn-Meter-Brett gesprungen. Es gibt kein Zurück mehr. Ich halte die Luft an und hoffe, dass ich ganz sauber im Wasser aufkomme. Ich spanne meine Muskeln an und versuche, mich ganz gerade zu machen. Das ist alles, was ich tun kann.

Ich schiebe ihr meine Hüften entgegen. Jetzt will ich ganz in ihr drin sein. Ich will, dass die Schlampe schluckt. Ich will sie tief in den Mund ficken. Richtig tief und ich fasse ihren Kopf, während ich sie in den Hals ficke. Willig lässt sie es mit sich geschehen. Als ich sie endlich loslasse und sie keuchend hochkommt, hat sich ein langer Spuckefaden gebildet, der zwischen ihrem Mund und meinem Schwanz hängen bleibt und ganz langsam reißt. Atemlos schaut sie mir in die Augen. Mein Blick wird hart. Jetzt ist eine Grenze überschritten und jetzt spielen wir das Spiel eben so, wie es scheinbar gespielt werden soll. Da ist keine Liebe mehr. Da sind Koks, Champagner, Zigaretten und knallharter Sex.

Hamoudi und Youssef werden unruhig. Sie wollen mitmachen. Sie rutschen nach vorn, aber Jasminka hat alles im Griff. Sanft drückt sie Hamoudi, der neben mir sitzt, wieder zurück in die Sitzkissen.

»Warrte!«, sagt sie mit hartem russischen Akzent, aber bestimmt und während sie meinen Schwanz zum zweiten Mal bis zum Anschlag in ihrem Mund verschwinden lässt, öffnet sie mit ihrer linken Hand bereits die Hose von Hamoudi, um auch seinen Schwanz aus seinem engen Gefängnis zu befreien.

Als ihr das gelungen ist und sein beschnittener Schwanz fett und breit in ihrer zierlichen Hand liegt, taucht ihr Kopf wieder auf.

Spucke klebt an ihrem Kinn, ihre Augen sind verschleiert und ihre Hand fährt an meinem Schwanz auf und ab. Dann rutscht sie ein bisschen nach links und widmet sich Hamoudis Schwanz, der schon erwartungsvoll seine Hüften nach vorn und seine Hose nach unten geschoben hat. Auch sein Schwanz verschwindet in ihrem Mund, während sie mit der rechten Hand weiterhin den meinigen massiert. Es ist wie in einem Porno und ich bin live dabei.

Dann gelingt Jasminka ein echtes Kunststück. Noch während sie den Schwanz von Hamoudi im Mund hat und mit ihrer rechten Hand noch immer meinen steifen Prügel wichst, öffnet sie die Hose von Youssef und holt auch dessen Penis ans Tageslicht. Mit ausgestreckten Armen liegt sie nun vornübergebeugt auf Hamoudis Schwanz und bedient uns alle drei. Wir rutschen zusammen. Irgendwie fallen nun die letzten Hemmungen und ich habe nichts dagegen, dass mein Schwanz zusammen mit dem von Hamoudi in ihrem Mund verschwindet. Zwei Schwänze, ein Mund. Sie hat zwei Schwänze in ihrem Mund. Youssef grunzt: »Kannst du das auch mit deiner Fotze?«, doch statt einer Antwort hören wir nur ein würgendes Geräusch. Die Nutte hat einfach den Mund zu voll. Währenddessen kreist sie die ganze Zeit mit ihren Hüften. Ihre Möse juckt und jetzt ist der richtige Zeitpunkt gekommen, ihr auf die prallen Arschbacken zu schlagen. Ich beuge mich so gut es geht vor. Ich ziehe ihren Slip zur Seite, die Sau schwimmt tatsächlich im eigenen Saft. Ich schiebe ihr zwei Finger in ihre klatschnasse Fotze und sie lässt die Schwänze aus ihrem Mund fahren und stöhnt. Ich sehe alles nur noch schlaglichtartig. Ich denke mir, dass ich die Bilder abspeichern muss, für die Zukunft. Wenn ich mich daran erinnern will. Bilder. Alles, was ich will, ist Bilder sammeln und ich löse mich auf. Ich bin überall und ihre Hände sind überall, ihr Mund, ihre Fotze, ihre Titten, die Schwänze der anderen, die Hände, Tausende von Händen und Hamoudi sagt: »Die Alte ist richtig geil. Ich glaube, die will gefickt werden.«

Er versucht, sie herumzudrehen, doch noch während er sie an den Hüften packt, dreht sie sich schnell auf die Couch, hebt ihre Hände vor den Körper und sagt: »Wenn Ihrrr ficken, dann kostet zweihundert Eurodollarrr.«

Hamoudie stutzt. Youssef lacht. Ich bin überrascht.

»Zweihundert Eurodollar?«, fragt Hamoudi. Ich höre diesen gefährlichen Unterton in seiner Stimme. »Zweihundert Eurodollar?!«, wiederholt er und noch ehe einer von uns reagieren kann, schlägt er ihr mit seiner flachen Hand ins Gesicht. Hamoudi wütet: »Zweihundert Eurodollar, du dreckiges Stück Scheiße. Weißt du, wie viel dieses ganze Koks hier kostet, du dreckige Nutte? Weißt du, wie viel Koks du hier schon weggeballert hast, du beschissene Schlampe?«, und er packt ihren Kopf und drückt ihre Nase in den kleinen Berg auf dem gläsernen Tisch.

»Und dann willst du jetzt noch mal Kohle, wenn wir dich in deine ausgeleierten Löcher ficken? Du hast eine Macke, hast du.«

Hamoudi ist voll in Fahrt. Youssef lacht und grinst und beginnt neue Lines zu legen und ich schaue zu. Das Mädchen weint und zu meiner eigenen Überraschung klingen meine Einwände viel zu zaghaft und verhalten.

»Hamoudi«, sage ich leise, »Hamoudi, lass doch …«, aber auf der anderen Seite bin ich fasziniert von der Demonstration der Macht. Hamoudi steht vor der verängstigten Frau. Sein steifer Schwanz ist auf sie gerichtet und während er sie mit der linken Hand immer noch an den Haaren festhält, holt er mit der rechten aus und klatscht ihr noch mal eine ins Gesicht.

»Ich zeige dir, wer hier bezahlen muss, dass er gefickt wird. Du musst uns bezahlen, damit wir dich ficken, du beschissene kleine Hure«, und er wirft sie auf die Couch, reißt ihr den Slip runter, spreizt ihre Beine und setzt seinen Schwanz an ihrer leicht geöffneten Fotze an. Die Frau wehrt sich. Er schlägt ihr ins Gesicht. Er hält ihre Hände fest. Er vergewaltigt sie. Hamoudi vergewaltigt vor meinen Augen diese Frau und ich kann meinen Blick nicht abwenden, nein, noch viel schlimmer, mein Schwanz steht steif und fest und ich will, dass er ihn ihr ganz hineinschiebt, dass er sie richtig tief fickt. Bis zum Anschlag. Ich will es sehen, dass er sie ausfüllt, will sehen, wie sich ihr Gesicht vor Schmerz verzerrt. Ich will sehen, wie sie schreit, will es hören und ich bilde mir ein, dass es ihr doch gefallen muss, wenn sie so genommen wird, wie könnte man sich das schmatzende Geräusch ihrer tropfnassen Fotze sonst erklären.

Youssef stupst mich an. Die nächste Line Koks liegt bereit und anscheinend macht es ihm überhaupt nichts aus, was Hamoudi da gerade veranstaltet, außer dass er sich nun über die Frau kniet, eine Hand festhält und anfängt in Richtung ihres offenen, schreienden und keuchenden Mundes zu wichsen. Hamoudi grunzt. Youssef röhrt und ich ziehe schnell die Line weg, damit ich nichts verpasse. Als die beiden abgespritzt haben, lässt sich Hamoudi schwer auf das Mädchen fallen. Mein Schwanz schmerzt, so steif ist er. Hamoudi rollt von ihr runter und Youssef, der mit einer Hand noch immer ihre Arme festhält, winkt mich dazu. Das Gesicht des Mädchens ist verschmiert. Sie wimmert leise. Hamoudi rappelt sich auf und mit Gewalt spreizen er und Youssef jetzt die Beine des Mädchens weit auseinander. Sperma läuft aus ihrer triefnassen Fotze.

»Los. Jetzt du. Fick die Schlampe. Sie braucht es.«

Ich weiß nicht, wer das sagt, ich höre nur die Stimme, aber ich robbe zur Couch und setze meinen Schwanz an. Dann stoße ich zu. Wie gebannt starre ich auf meinen Penis, der unfassbar leicht in sie eindringt. Ich spüre fast keinen Widerstand, so leicht flutscht mein Schwanz in sie hinein.

Während ich sie in ihre vollgespritzte Möse ficke und Hamoudi und Youssef sie immer noch festhalten, schaut sie mich plötzlich an. Ihr Blick ist auf einmal klar. Überraschend klar und es liegt so viel Abscheu und Leere darin, dass ich mich erschrecke. Youssef klatscht ihr mit der flachen Hand ins Gesicht und sie wendet den Blick wieder ab. Ich hasse mich. Ich hasse diese Frau und wie verrückt hämmere ich meinen Schwanz in sie, damit ich endlich komme, aber ich kann meinen Schwanz kaum spüren. Nach einer halben Ewigkeit habe ich schließlich doch einen Orgasmus, aber es fühlt sich an, als würde ich einfach nur auslaufen. Das ist kein Höhepunkt. Das ist ein Leck und als könnte ich es nicht aufhalten, fließt das Sperma aus mir heraus. In dem Moment, in dem mein kalter Samen meinen Körper verlässt, öffnet sie noch einmal kurz ihre toten Augen. Ich denke, dass der Spruch doch nicht stimmt. Natürlich gibt es Dinge, die man bereut, weil man sie getan hat und ich merke, wie meine Körperspannung mich verlässt und ich die gerade Flugbahn beim Sprung ins Wasser nicht mehr halten kann. Mein Körper klatscht hart aus zehn Meter Höhe aufs Wasser. Mein Kopf wird herumgerissen, das Wasser schießt mir in Ohren, Nase und Mund. Ich habe die Kontrolle über meinen Sprung verloren und ich bin falsch gelandet. Ich bete, ich will, dass das nie passiert ist. Nur ein Augenblick der Schwäche. Bitte, lieber Gott, vergib mir.

Kotsch blickte kalt und kontrolliert auf das Papier vor ihm. Die Wirkung der Pille begann, ein wenig zu verblassen, deshalb nahm er schnell noch eine. Sein Herz weitete sich und er wartete auf das sanfte chemische Gefühl der Zuneigung. Zuneigung gegenüber seinem Land, seiner Partei und den Menschen. Manche behaupteten, er sei nur ein unbarmherziges Stück Fleisch der Macht und er würde alles aus Berechnung tun. Ganz Unrecht hatten sie nicht damit, aber dass er gefühlsarm war, das stimmte nicht. Alles, was er tat, tat er aus Liebe und deshalb hatte er auch nichts zu bereuen. Es mochte ja sein, dass auf seinem Weg der ein oder andere Gegner oder Freund unter die Räder gekommen war, aber wem passierte das nicht? Es gab immer Opfer. Die kleine ukrainische Nutte heute Morgen, die politischen Gefangenen, die Überwachung, die Abschiebungen und das Elend, das alles war vernachlässigbar, wenn es doch ums große Ganze ging. Deutschland. Die Zukunft. Ein Land im Herzen Europas. Geteilt und doch stark. Ein Garant der Stabilität zwischen den einstigen Machtblöcken. Deutschland. Souverän und stolz. Frei, so frei es eben ging und unabhängig. Als sie damals im Mai 2002 die Amis dazu gebracht hatten, ihre Soldaten endgültig aus Deutschland abzuziehen, wie hatten sie da gefeiert. Zwar saßen die Russen immer noch im Osten, aber ihr Einfluss war so verschwindend gering geworden, dass man sich schon seit Jahren kein Kopfzerbrechen mehr darüber machen musste. Sie hatten die Brüder im Osten einfach aufgekauft. Unterwandert mit Jakobs Kaffee und Südfrüchten. Die Trottel fraßen ihnen aus der Hand und im Osten wütete der Kapitalismus, dass selbst eingefleischte Liberale mahnend den Zeigefinger hoben. Alles Idioten, dachte Kotsch. Alles Idioten, die keine Ahnung hatten. Man musste eben Opfer bringen, wenn man das große Ganze betrachtete. Opfer und Liebe.

Kotsch bereitete sich auf seine Rede vor. Er wusste, dass viel von dieser Rede abhängen würde. Er musste die Bevölkerung aufrütteln. Es würde eine große Rede werden. Eine monumentale Rede. Normalerweise arbeitete er mit ein, zwei Redenschreibern zusammen, aber diesmal hatte er sich für einen Alleingang entschieden. Er wollte es dem Alten beweisen. Er wollte zeigen, dass er der richtige Mann war, um die Nachfolge anzutreten. Er wollte zeigen, dass kein anderer mit so viel Hingabe und Liebe für die Sache arbeitete. Er würde es alle wissen lassen, dass er die Rede allein geschrieben und kein anderer ihm reingepfuscht hatte. Er musste die Schreiber entlassen, weil er gespürt hatte, dass sie es nicht fühlten. Sie hatten es einfach nicht gefühlt. Die Flamme der Begeisterung war erloschen. Die Inbrunst. Die Aufopferungsbereitschaft. All das fehlte diesen jungen, glatten Arschlöchern, die sich auf irgendwelchen Journalistenschulen herumgetrieben hatten und jetzt dachten, sie könnten ihm was erzählen. Aufbau. Spannungskurve. Intonation. Modulation. Diese ganze Scheiße. Eine Rede musste hart sein. Sie musste direkt sein und direkt ins Herz der Menschen treffen. Er musste eine Rede halten, so wie damals, als er noch ein kleiner Minister in Hessen war. Damals im Herbst 89, als alles zu kippen drohte und die Truppen aufmarschierten. Die Delegierten seiner Partei hatten ihm stehende Ovationen gespendet, hatten getobt und gerast. Damals wurde er Kohls Liebling und seitdem hielt der große Vorsitzende seine schützende Hand über ihn. Die Hand, die Kotsch seit einiger Zeit so schmerzlich vermisste.

Er straffte sich. Für solche Gefühle hatte er jetzt keine Zeit. Kohl würde wissen, warum er sich gerade so verhielt. Vielleicht wollte der Alte ihn ganz einfach reizen. In letzter Zeit hatte auch er eine gewisse Müdigkeit an sich feststellen müssen. Das durfte nicht sein. Niemals durfte man sich gehen lassen oder unachtsam werden. Niemals durfte man den Gegnern auch nur die kleinste Menge an Luft lassen. Keine einzige Lücke durfte man ihnen bieten. Keine Schwäche zeigen. Das war gefährlich. Denn sie nutzten es sofort aus und schlugen dann zu. Er kannte die Gegenseite. Er kannte die finsteren Mächte, die ihn umgaben, bereit, seine Schwächen auszunutzen. Seine Müdigkeit. Seine Nachlässigkeit. Oh nein. Er würde nicht nachlässig werden. Er würde nicht schlafen. Er würde aufpassen. Seine

Behörde war wach. Immer. Zu jeder Zeit und er wusste genau, was der große Organismus der Bevölkerung tat und dachte. Er wusste genau, wann der große Körper schlief und träumte, wann er arbeitete oder wann er sich Sorgen machte. So wie jetzt gerade wieder. Die Angst vor der Zukunft beherrschte die Menschen und deshalb konnte er reagieren. Deshalb konnte er die notwendigen Schritte einleiten. Er wusste genau, wann es an der Zeit war zuzuschlagen, zu streicheln, zu beruhigen oder aufzurütteln. Und jetzt mussten sie aufgerüttelt werden. Seine Augen und Ohren waren überall. Sein Netzwerk hatte er so dicht geflochten, dagegen war die Stasi im Osten ein Pfadfindertrupp. Die Stasi? Er lachte. Schnappauf hielt so viel von seiner Stasi und dabei war der ganze Verein schon seit Jahren vom westdeutschen BND unterwandert. Kotsch nahm eine weitere Pille. Seit wie vielen Stunden hatte er nicht mehr geschlafen? Er wusste es nicht, doch er wusste, dass er vor morgen Abend nicht ins Bett kommen würde. Wenn alles gut ging, dann konnte er nach der Verkündung der vorläufigen Wahlergebnisse zu Bett gehen, aber wahrscheinlich würde er neben dem großen Vorsitzenden stehen und lächeln und er würde Hände schütteln und Glückwünsche entgegennehmen, denn schließlich würde die Deutsche Union wieder mal ein Rekordwahlergebnis feiern. Die internationale Staatengemeinschaft würde sich zwar wieder beschweren und die UNO-Wahlbeobachter würden von kleineren Manipulationen sprechen, aber was machte das schon? Für Freiheit und Frieden musste man eben Opfer bringen und diese Hampelmänner aus Den Haag, Brüssel und New York sollten sich mal ganz schnell verpissen, denn solange Deutschland der größte Beitragszahler in der Eurodollarzone war, hatten diese Hippies und Alt-68er überhaupt nichts zu melden. Hier zählten die Fakten und die Fakten waren ganz einfach, dass Westdeutschland das einzige Land der Europäischen Union war, in dem es stabile Verhältnisse gab. Die Franzosen mit ihren Kommunisten, die Spanier, die Niederländer. Alle hatten Probleme mit ihren Untergrundorganisationen und den diversen Weltverbesserern, nur die Deutschen hatten die Lage im Griff.

Natürlich hatte er Freunde dafür geopfert. Natürlich hatte er Gegner bestraft. Na und? Kotsch hatte sich nichts vorzuwerfen. Das musste getan werden und wenn er es nicht getan hätte, dann hätte es jemand anders gemacht. Jemand mit weit weniger Liebe und Zuneigung. Mit weniger Fürsorge und Zärtlichkeit. Hatte er das Land nicht immer behandelt wie ein liebevoller Vater seinen Sohn? Und hatte er sich nicht immer an das Bibelwort gehalten, das da hieß, wer seinen Sohn liebt, der züchtige ihn? Genau das hatte er getan. Er hatte ihn gezüchtigt. Manche sagten, zu hart, aber er wusste, dass dem nicht so war. Er hatte sich die Verhörräume angeschaut. Die Methoden geprüft. Er hatte gesehen, was viele seiner Parteikameraden nicht sehen wollten. Wovon sie nichts wissen wollten. Er hatte selbst Hand angelegt und er hatte die Schreie in den Kellern gehört. Manche sprachen von Folter. Hinter vorgehaltener Hand, aber so waren die Zeiten eben, damals, Mitte der neunziger Jahre, was hätten sie denn tun sollen? Das war keine Folter. Das waren verschärfte Verhörmethoden, um an Informationen zu kommen, die sonst andere bekommen hätten. Entweder sie oder wir. Entweder die Kommunisten oder die Freiheit. So war das damals und es stand auf Messers Schneide und schließlich war ja auch der Großteil der Bevölkerung dafür. Nur wissen wollten sie davon nichts. Brauchten sie ja auch nicht. Warum sollte man sie mit diesem Wissen belasten und ihnen den Appetit verderben? Seit damals herrschte Ruhe im Land. Wenn nur nicht die verfluchten Kanaken wären. Das war ein Fehler, dass sie da nicht genauso hart durchgegriffen hatten wie bei den Politischen. Zuzugsrecht und Familienzusammenführung. Da hätten sie aufpassen müssen und schon viel früher einen Riegel vorschieben sollen. Jetzt hatte sich die Lage zugespitzt, die Ausländer hatten sich zahlenmäßig stark vermehrt und wurden aufmüpfig, aber es war noch nicht zu spät. Sie würden das Problem in den Griff bekommen und mit dieser Rede würde er seinen Beitrag dazu leisten. Er würde das Feuer in den Herzen der Menschen entfachen und er würde Klartext sprechen. Er würde die Menschen überzeugen, mit der Wahrheit, den Fakten, den unumstößlichen Beweisen, die sein wachsames Auge gesammelt, seine nimmermüden Ohren aufgeschnappt hatten. Tausende von Gesprächsfetzen hatte er in seinem Apparat gesammelt. Er kannte jede Regung, fühlte, was andere sich mühsam beibringen mussten. Er war ein Teil dieses Volkskörpers, das spürte er mit jeder Faser und in solchen Momenten war er Gott nah. Er löste sich auf und er wusste, was das Volk wusste, er dachte, was das Volk dachte und er sprach, was das Volk sprach. Er schaute auf den Text vor sich. Er verschmolz mit dem Blatt. Er las die erste Zeile seiner Rede. Jeden Moment würde die Übertragung beginnen. Er hatte auf eine Live-Schaltung bestanden, obwohl dies ausdrücklich den Anweisungen des großen Vorsitzenden widersprach. Aber er musste es riskieren und seinen eigenen Weg gehen und der Alte würde ihn loben. Er würde wieder seine Hand über ihn halten und er würde ihn in die Arme schließen wie einen verlorenen Sohn.

Kotsch tauchte ein in das strahlende Weiß der Blätter in seiner Hand. Er versank im unendlichen Nichts, seine Lippen formten schon die ersten Worte. Er war der Mund eines ganzen Landes, eines ganzen Volkes. Er, Kotsch, würde Deutschland retten. Er, Kotsch, würde tun, was kein anderer getan hatte. Er tat es aus Liebe. So fühlte sich Liebe an und plötzlich flammte das rote Licht von Kamera 1 auf und eine Stimme rief »Achtung« und er begann zu sprechen:

»Liebe Mitbürgerinnen und Mitbürger. Liebe Deutsche. Ich wende mich in dieser Rede an die deutschen Bürgerinnen und Bürger unseres Landes …«

Die Medienlandschaft in Deutschland und Europa nach 1990

In einer gemeinsamen Untersuchung der Universität Yale und der Universität von Kalifornien in Los Angeles, heißt es über die Medienlandschaft Europas: »… Vor allem im Bereich der Fernsehsender hat sich im mittleren Europa eine einzigartige Verknüpfung politischer und medialer Macht herausgebildet. Vergleichbare Rollen spielen in diesem Zusammenhang Silvio Berlusconi in Italien, Helmut Kohl in Deutschland sowie Jacques Chirac und Nicolas Sarkozy in Frankreich, die das unter dem Namen ›Système Mitterand‹ bekannt gewordene Medien-Politik-Konstrukt von ihrem Vorgänger übernahmen und ausbauten. Dreh- und Angelpunkt in allen drei Ländern ist die wirtschaftliche Beteiligung der jeweiligen Regierungschefs an staatlichen sowie privaten Fernsehsendern und Verlagshäusern, die ihnen einen medialen Vorsprung vor eventuellen politischen Gegnern und die Meinungshoheit in der Bevölkerung garantieren. Abgesehen davon, dass oppositionelle Strömungen in allen drei Ländern ohnehin beinahe ausgeschaltet sind und von demokratischen Verhältnissen nur bedingt die Rede sein kann, so ist es den Regierungsparteien dennoch ein Leichtes, ihre Sicht der Dinge in die Welt zu tragen. So wird beispielsweise die Zuwanderungs- und Asyldebatte in der Bundesrepublik Deutschland Anfang der neunziger Jahre von den regierungsnahen Sendern derart angeheizt, dass es zu mehreren ausländerfeindlichen Pogromen kommt, die dann in einer Verschärfung der Zuwanderungsregelungen münden. Bemerkenswert ist in diesem Zusammenhang die zeitliche Korrelation vom Einstieg des Kanzlers in die Fernsehbranche und der Berichterstattung der Sender. Als Kohl 1992 fast dreißig Prozent der Aktien der Kirch-Springer-Gruppe kauft, wird er im selben Moment einer der mächtigsten Medienunternehmer Europas. Zur gleichen Zeit verschärfen die zur Kirch-Springer-Gruppe gehörenden Print- und TV-Medien ihre Be-

richterstattung über gefährliche Zuwanderer in Deutschland, was darauf hindeutet, dass sie dem Regierungsprogramm Folge leisten. Die Medien schaffen über Monate hinweg ein Klima der Angst unter der deutschstämmigen Bevölkerung. Als es dann schließlich zu einer drastische Verschärfung der Ausländergesetzgebung kommt, stößt diese auf breite Zustimmung quer durch alle Gesellschaftsschichten.«
(Aus »Analyse der Europäischen Medienlandschaft«, herausgegeben von den Universitäten Yale und UCLA, New Haven/Los Angeles 1998, Seite 2 ff.)

Kapitel 5

... und Volk steh' auf und Sturm brich los.

Samstagnachmittag

Christoph schaltet den Fernseher ein und es erscheint das Bild des Innenministers.

Nachdem sie so wundervoll miteinander gespielt haben, sind sie noch einmal eingeschlafen. Jetzt sind sie beide wach. Offensichtlich hält Kotsch seine letzte große Rede vor der Bundestagswahl und offensichtlich hat er irgendwas eingeworfen, denn sein Blick ist verwaschen und seine Stimme klingt auf eigenartige Weise monoton. Christoph setzt sich zu Sabine auf die Couch und fasziniert und angewidert verfolgen sie die Ansprache. Kotsch redet sich langsam in Fahrt:

»... am Vortag der Bundestagswahl 2012, in der ruhigen Gewissheit, dass die deutsche Bevölkerung, die Bevölkerung der Bundesrepublik Deutschland in den vergangenen Jahren ausreichend informiert und vorbereitet wurde, die volle Wahrheit dieser Worte zu vertragen.

Die deutsche Bevölkerung weiß sehr gut, wie schwierig es um die wirtschaftliche Lage der Bundesrepublik bestellt ist, wie sehr uns das Erbe der Überfremdung belastet, und wir, die Bundesregierung, wir als Deutsche Union wollen Sie dazu auffordern, aus diesen Schwierigkeiten die nötigen harten, ja auch härtesten Folgerungen zu ziehen.

Ich denke aber, dass die Bundesrepublik Deutschland gewappnet ist gegen Schwäche und Anfälligkeit, gegen Schläge und Unglücksfälle, gegen die Krisen der Weltwirtschaft und politische Verstrickungen und all das verleiht uns nur mehr Kraft, feste Entschlossenheit und eine seelische und erfolgsorientierte Aktivität, die bereit ist, alle Schwierigkeiten mit tatkräftigem Elan zu überwinden.«

Sabine kuschelt sich ein und schmiegt sich eng an Christoph. Es fühlt sich gut an. Seine Nähe, sein Körper, seine Wärme. Er hat noch mal Kaffee gemacht und die letzten Croissants gegessen. Es fühlt sich an, als würden sie sich schon ewig kennen. Frühstück, Kaffee, gemeinsam Fernsehen. So hat sie es sich schon immer gewünscht. Stefan hatte nie Lust auf so was. Sie lächelt. Wer ist Stefan? Komisch, dass er in diesem Moment schon so weit weg ist und dann spürt sie die Finger. Sachte und langsam streichelt Christoph über ihre Schulter. Geschickt fährt er über die Haut ihres Dekolletees. Statt einfach mit der Hand hineinzufassen, was sie gar nicht so schlecht gefunden hätte, zupft er nur ein wenig am Stoff herum und prüft, mit welcher Maßnahme er den Widerstand wohl überwinden kann. Seine Finger setzen den Weg energischer fort und sanft hebt sie ihren Brustkorb, um seiner Hand leichter Zugang zu gewähren. Sie spürt, wie ihre Nippel schon wieder steif werden und räkelt sich. Sie fühlt Schwäche und gleichzeitig tatkräftigen Elan. Sie hat tatsächlich schon wieder Lust. Wie ist das möglich?

»Es ist jetzt nicht der Augenblick, danach zu fragen, wie alles gekommen ist. Das wird einem späteren Rechenschaftsbericht überlassen bleiben, der in vollem Umfang und mit brutalstmöglicher Aufklärung erfolgen wird und den Bürgerinnen und Bürgern unseres Landes sowie der Weltöffentlichkeit zeigen wird, dass die Entwicklungen der letzten Wochen und die Maßnahmen, die wir ergreifen werden, von einer ausschlaggebenden, geschichtlichen Bedeutung sind und sein werden. Nichts ist umsonst. Nichts ist vergebens. Warum, das wird die Zukunft beweisen.«

Sabine denkt an die letzte Nacht, die so schrecklich begonnen hat. Jetzt ist es wunderschön und sie weiß, dass nichts umsonst war und wohl alles irgendwie einen Sinn ergibt. Ergeben muss. Irgendwie.

»Es ist verständlich, dass wir bei den großangelegten Tarnungs- und Bluffmanövern der ausländischen Medien, der linksliberalen Gutmenschen, der Grünen und ihrer Helfershelfer die drohende Gefahr der Überfremdung nicht richtig eingeschätzt haben. Eine große Zahl an

*Arabern und Türken in diesem Land, deren Anzahl durch falsche Po-
litik zugenommen hat, hat keine produktive Funktion, außer vielleicht
für den Obst- und Gemüsehandel, und es wird sich vermutlich auch
keine Perspektive entwickeln.«*

Auch wenn das alles keine Perspektive hat, jetzt gerade fühlt es sich
genau richtig an und für einen kurzen Moment stellt sie sich vor,
dass sie mit Christoph doch zusammen bleiben könnte. Für immer!
Heiraten, Zusammenleben, Kinder bekommen und Altwerden. Für
einen Augenblick breitet sich ein ganzes Leben vor ihr aus. Hofft
man nicht immer? Bei jedem Abenteuer? Bei jedem One-Night-
Stand? Bei jedem Kuss? Bei jeder neuen Bekanntschaft? Könnte das
nicht der Mensch fürs Leben sein? Steckt nicht in jedem Kennenler-
nen auch die Chance auf eine gemeinsame Zukunft? Für immer?!
Stellt man sich das, bei aller Lockerheit, nicht doch immer wieder
vor? Wünscht man es sich nicht auch immer? Wenigstens ein bisschen? Sabine streckt sich ihm entgegen und küsst ihn. Lang und tief.
Ihre Zungen umschmeicheln einander und da ist nichts Fremdes
oder Unangenehmes. Alles ist genau so, wie es sein soll. Sollte sich
die Liebe in ihrer ganzen wilden Größe offenbaren? Jetzt? Heute?
Noch nicht einmal 24 Stunden nach dem größten Schmerz? Ihre
Brustwarzen stechen steif unter dem T-Shirt hervor und sie ist
schon wieder offen und feucht. Oh Gott, ich laufe aus, denkt sie. Ich
laufe aus. Was für ein Dilemma.

*»Erst jetzt offenbart sich das ganze Dilemma in seiner ganzen wilden
Größe. Dementsprechend ist auch die Gefahr, die unsere Einsatzkräfte, unsere Behörden und Institutionen, unsere Polizei und unsere
Lehrer in naher Zukunft zu bestehen haben, über alle menschlichen
Vorstellungen hinaus hart, schwer und gefährlich. Es fordert die Aufbietung unserer ganzen nationalen Kraft. Hier ist eine Bedrohung unseres Staates, unserer freiheitlich-rechtlichen Grundordnung und der
gesamten christlich-europäischen Kultur gegeben, die alle bisherigen
Gefahren des Abendlandes weit in den Schatten stellt. Würden wir in
diesem Kampf versagen, so verspielten wir damit überhaupt unsere ge-
schichtliche Mission.«*

Verspielt streichelt Christoph ihren Nacken. Sie beugt ihren Kopf weit zurück und bietet ihm ihren Hals an. Er küsst und saugt, während sie ihre Beine noch mehr öffnet. Oh ja, sie will ihn spüren. Seine Finger. Mit der ganzen Hand streichelt er sie und alles, was sie bislang auf diesem Gebiet erlebt hat, verblasst angesichts dieser neuen Empfindungen. Das ist unglaublich. Einfach ganz und gar unglaublich.

»Alles, was wir bisher aufgebaut und geleistet haben, verblasst angesichts der gigantischen Aufgabe, die hier der Bundesrepublik Deutschland und der deutschen Bevölkerung unmittelbar bevorsteht. Das gilt auch für einen Teil der deutschen Unterschicht, die einmal in den subventionierten Betrieben Spulen gedreht oder Zigarettenmaschinen bedient hat. Diese Arbeiten gibt es nicht mehr. Die Bundesrepublik hat wirtschaftlich ein Problem mit der Größe der vorhandenen Bevölkerung.«

Ihr Kopf liegt in seinem Schoß und so kann sie spüren, wie groß er ist. Sein Schwanz ist unheimlich hübsch, von genau der richtigen Größe. Ein schöner großer Schwanz und sie wendet ihren Kopf, um ihn anschauen zu können, während sie seine ausgebeulten Boxershorts vorsichtig herunterzieht.

»Ich wende mich in meinen Ausführungen zuerst an die Weltöffentlichkeit und an die sogenannten politisch korrekten Gutmenschen und ich will ihnen gegenüber drei Thesen proklamieren, drei Thesen unseres Kampfes für die abendländische Kultur und gegen die verweichlichten Ansichten aus dem In- und Ausland.«

Sein Schwanz, der gerade noch weich und sanft in ihrer Hand gelegen hat, springt ihr nun steif und groß entgegen. Sie lächelt, als sie ihn sanft küsst.

»Die erste dieser Thesen lautet: Hätte die Bundesregierung der Bundesrepublik, hätte Bundeskanzler Helmut Kohl, damals im Herbst 1989, als die Führung der DDR auf ihre eigenen Bürger hat schießen lassen,

nicht so mutig und weise reagiert und wären die Truppen der Bundesrepublik Deutschland nicht schlagkräftig an den Grenzen der DDR aufmarschiert, so wäre Europa heute dem Kommunismus und endgültig dem Geist der Alt-68er verfallen.«

Wenn sie nicht aufpasst, dann wird sie diesem Schwanz verfallen. Sie muss irgendwelche emotionalen Vorkehrungen treffen, dass sie sich im Zweifelsfall noch retten kann.

»Die zweite dieser Thesen lautet. Die Bundesrepublik Deutschland allein befindet sich nach wie vor in der moralischen Lage und in der geistigen Verfassung, eine grundlegende Rettung vor der Bedrohung unserer althergebrachten Werte, unserer europäischen Werte durchzuführen.«

Doch auch wenn sie die Gefahr erkennt und die Bedrohung spürt – jetzt gerade will sie gar nicht gerettet werden. Sie will nicht denken. Sie will nicht zögern. Schnell und gründlich packt sie zu. Da ist nichts Moralisches mehr und keine Hemmungen. Es ist, als stiege sie in die Niederungen der Lust hinab. Sie lässt sich einfach fallen und es fühlt sich gut an. Eigentlich immer besser und sie stöhnt auf.

»Die dritte dieser Thesen lautet: Gefahr ist im Verzug. Es muss schnell und gründlich gehandelt werden, sonst ist es zu spät. Je niedriger die soziale Schicht, umso höher ist die Geburtenrate. Die Araber und Türken haben einen zwei- bis dreimal höheren Anteil an Geburten, als es ihrem Bevölkerungsanteil entspricht. Große Teile sind weder integrationswillig noch integrationsfähig. Die Lösung dieses Problems kann nur heißen: Geburtenkontrolle und kein Zuzug mehr! Ständig werden Bräute nachgeliefert: Das türkische Mädchen hier wird mit einem Anatolen verheiratet, der türkische Junge hier bekommt eine Braut aus einem anatolischen Dorf. Bei den Arabern ist es noch schlimmer.«

Das Ziehen zwischen ihren Beinen wird schlimmer und zwischen ihren Beinen wird es unglaublich heiß. Sie könnte schon wieder kommen. Das kann echt nicht sein. Nicht schon wieder.

»Ich spreche heute, am Vortag der Bundestagswahl, zu Ihnen, meine Damen und Herren. Ich spreche zu Ihnen, die Sie vielleicht im Polizeidienst arbeiten oder gearbeitet haben und in einem Ihrer Einsätze für die Bevölkerung verwundet oder verletzt wurden. Im Namen der Bürgerinnen und Bürger der Bundesrepublik Deutschland möchte ich Ihnen danken.«

Sie kann es nicht aufhalten. Sie kommt. Sie kommt, ohne dass er sie angefasst hat. Ohne, dass sie sich angefasst hat. Eine kleiner süßer Orgasmus, trotz allem verkrampft sie sich, umklammert seine Arme und sie stöhnt ein »Danke«. Danke, dass ich so etwas erleben darf.

»Ich spreche zu Ihnen, die sie vielleicht im Schuldienst gearbeitet haben und aus tagtäglicher Praxis erfahren haben, was es heißt, unsere Werte und Überzeugungen zu verteidigen und dafür verlacht und verspottet zu werden. Es ist ein Skandal, wenn türkische Jungen nicht auf weibliche Lehrer hören, weil ihre Kultur so ist. Integration ist eine Leistung dessen, der sich integriert.«

Er hört nicht auf. Skandal! Er fasst sie jetzt ganz tief an. Sie will sich verteidigen. Sie will aufhören und gleichzeitig spreizt sie ihre Beine noch weiter auseinander, damit er sie noch leichter streicheln kann. Sein Schwanz steht steif und hoch aufgerichtet direkt vor ihrem Gesicht und jetzt nimmt sie ihn in den Mund. Tief in den Mund. Er stöhnt und ihr ist es fast peinlich, wie geil sie ist.

»Ich spreche zu Ihnen, die Sie im öffentlichen Dienst arbeiten, bei Behörden und öffentlichen Ämtern, bei der Feuerwehr, bei der Post oder bei der Müllabfuhr. Bei den Verkehrsbetrieben, der Bahn oder in Krankenhäusern. All jene, die ihr Geld durch die Arbeit an der Gemeinschaft verdienen und so selten Dank erfahren. Ihnen möchte ich danken, persönlich und im Namen der Bevölkerung.«

Sein Schwanz steht hart und gerade in die Luft und sie beugt sich tief über ihn, um ihn vollständig in ihren Mund nehmen zu können und sie versteht nicht, dass ihr das früher anscheinend nicht gefallen hat. Sie nimmt ihre Hände zu Hilfe und streichelt seinen schönen langen Schwanz. Sie will, dass er ihr in den Mund spritzt. Noch nie zuvor hat ihr ein Mann in den Mund gespritzt, jetzt macht sie diese Vorstellung unglaublich an.

»Ich spreche zu Ihnen, die Sie in den Fabriken dieser Stadt und dieses Landes stehen, Arbeiter, Angestellte, Handwerkerinnen und Handwerker. Alle, die ihr Geld mit harter, ehrlicher Arbeit verdienen und nicht verstehen können, dass die Hälfte der integrationsunwilligen Ausländer von Transferleistungen lebt und für diese Gesellschaft unproduktiv ist.«

Sie dreht sich um. Christoph liegt unproduktiv auf dem Rücken, aber genauso will sie ihn jetzt haben. Sie kniet vor ihm und allein das Bild, wie sie diesen Schwanz ganz tief in ihrem Mund hat, macht sie noch geiler. Sie spürt seine Hände an ihrem Hinterkopf. Nimmt ihn in den Mund. Noch ein bisschen. Noch ein bisschen mehr. Nur noch ein kleines bisschen tiefer und mit der rechten Hand wird sie aktiv und beginnt, sich selbst zwischen den Beinen zu streicheln.

»Ich spreche zu Ihnen, die Sie in der Partei aktiv sind, zu Ihnen, die Sie sich in der Deutschen Union engagieren. Wir danken Ihnen für Ihre Unterstützung. Für Ihre unermüdliche Hilfe gerade in den Zeiten des Wahlkampfs und auch für Ihre aufopferungsvolle Hilfe in unseren Parteiorganisationen, die über die Jahre ein nicht wegzudenkendes Rückgrat der bundesrepublikanischen Gesellschaft geworden sind. Vielen herzlichen Dank.«

Unermüdlich bewegt sie ihren Kopf. Unermüdlich wichst ihre Hand zwischen ihren Beinen. Christoph beugt sich vor und streichelt sacht über ihren Rücken, das Rückgrat entlang. Sie stöhnt und Christoph steuert unaufhaltsam auf seinen Höhepunkt zu. Halt durch, ich will mit dir zusammen kommen, denkt sie, schaut ihn aus großen Augen an und genießt das Wunder seiner Lust, wie er seinen Kopf in den

Nacken gelegt hat, sein Geist scheinbar in anderen Sphären, und wie sein Stöhnen aus seinem tiefsten Inneren zu kommen scheint. Das ist Kunst, das gefällt ihr, das macht sie an.

»Und ich wende mich an Sie, die Sie in Wissenschaft und Forschung tätig sind, in Kunst und Handel, wir brauchen Sie, wir brauchen Ihre Wunder des Geistes und Ihr menschliches Genie, um aus Deutschland wieder die wichtigste Führungs- und Bildungsnation zu machen, die Europa und nicht nur Europa, sondern die ganze Welt aus dieser Krise herausführen wird.«

Das ist die richtige Therapie, um eine solche Krise zu überwinden, denkt sie und dass jeder Mensch mit Liebeskummer ein solches Programm spendiert bekommen sollte. Man braucht kein Wissenschaftler oder Forscher zu sein um festzustellen, dass genau solch eine Behandlung gut tut. Ob sie auf Dauer dadurch den Schmerz und die Trauer vergessen kann? Egal! Wenn Stefan sie jetzt so sehen könnte, mit diesem dicken Schwanz im Mund. Sie stöhnt unwillkürlich auf. Was für dreckige Gedanken. Oh ja, genau das soll er sehen, sie hier auf allen vieren mit diesem unglaublich dicken Schwanz in ihrem Mund.

»Ich spreche zu Ihnen allen, zur Bevölkerung dieses Landes. Zur deutschen Bevölkerung dieses Landes. Sie alle repräsentieren in diesem Augenblick unsere Nation und an Sie will ich deshalb zehn Fragen richten, die Sie bitte vor sich selbst, aber auch vor den notorischen Nörglern und Bremsern, diesen feigen Mahnern und moralischen Besserwissern, beantworten mögen. Zehn Fragen, die Sie in Ihrem Herzen beantworten sollen. Vollkommen ehrlich, ohne jede Scham und vor allem ohne jede falsche Furcht. Seien Sie mutig!«

Es ist, als würde alle Scham von ihr abfallen. Alle Furcht. Alle Erziehung, alle Moral und jeglicher Anstand. Sie besteht nur noch aus Nässe und Geilheit und ihre Hand wichst schneller und schneller und mittlerweile hat sie drei Finger in sich und das Gefühl, noch immer nicht vollständig ausgefüllt zu sein. Mehr …

»Erstens. Die Mahner und Nörgler, die Ewig-Gestrigen und Alt-68er, die sich ins Ausland geflüchtet haben, und auch die ausländischen Medien behaupten, die Bevölkerung der Bundesrepublik Deutschland habe den Glauben an die moralische Überlegenheit der christlich-abendländischen Kultur verloren. Ich frage Sie: Glauben Sie mit der Bundesregierung, glauben Sie mit Bundeskanzler Helmut Kohl an die endgültige Überlegenheit des Abendlandes? Ich frage Sie: Sind Sie entschlossen und bereit, der Bundesregierung in der Erkämpfung des Erfolges durch dick und dünn und unter Aufnahme auch schwerster persönlicher Belastungen zu folgen?«

Sie fühlt ihn. Dick und total ausgefüllt, dennoch hat sie das Gefühl, dass er noch weiter anschwillt, noch dicker, noch praller wird und seine Hände drücken ihren Kopf noch tiefer. Jetzt wird sie ihn ganz nehmen, noch tiefer, noch mehr und alles ist nass, von ihren Säften, ihrer Spucke, ihrer Lust.

»Zweitens: Die Menschenrechtler und Besserwisser behaupten, die Bevölkerung der Bundesrepublik Deutschland sei des Kampfes der Kulturen müde. Ich frage Sie: Sind Sie bereit, mit Bundeskanzler Helmut Kohl und der Deutschen Union diesen Kampf mit wilder Entschlossenheit und unbeirrt fortzusetzen, bis der Sieg in unseren Händen ist?«

Sie ist wild entschlossen. Sie wird es zulassen. Er soll in ihren Mund spritzen. In ihr Gesicht. Er soll sie richtig einsauen. Sie ist so geil, dass sie wissen will, wie er schmeckt. Sie will wissen, wie es sich anfühlt, wenn sich sein Schwanz aufbäumt, zu zucken beginnt und er soll sie vollspritzen. In den Mund, auf die Titten, zwischen ihre weit gespreizten Beine, auf ihren Arsch. Oh ja, ihr Arsch, an dem sie seinen Finger spürt, der dort ihre Nässe verteilt. Oh ja, bitte. Mach es, ich komme gleich.

»Drittens: Die Grünen und Kommunisten aus dem Ausland, die ausländische Presse und sogar die Sozialdemokraten behaupten, die Bevölkerung der Bundesrepublik Deutschland habe keine Lust mehr, sich der Anstrengung der Verteidigung der eigenen Werte zu unter-

ziehen. Ich frage Sie: Sind Sie und ist die Bevölkerung der Bundesrepublik Deutschland entschlossen, wenn die Bundesregierung unter der Führung von Dr. Helmut Kohl Sie darum bittet, sich zehn, zwölf und – wenn nötig – vierzehn oder sechzehn Stunden täglich für diese Ziele einzusetzen?«

Oh, ist das geil. Es fühlt sich unglaublich gut an, als er seinen Finger in ihren Arsch schiebt. Ganz leicht. Alles an ihr ist nass. Nie hätte sie gedacht, dass es so einfach geht und sein Schwanz beginnt zu zucken. Ihre Finger gleiten zwischen ihren weit geöffneten Schamlippen hin und her, ihr Kitzler ist ganz hart und in dem Moment, in dem sie die erste Ladung Sperma in ihrem Mund spürt, staut sich eine heiße Welle in ihrem Unterleib an und plötzlich brechen die Dämme. Sie gibt ihn frei und schreit. Auf allen vieren kniend umklammert sie den spritzenden Schwanz, der sich vor ihr aufbäumt. Sie streckt ihm ihre Zunge entgegen. Er spritzt ihr ins Gesicht. Sie schluckt. Sie will ihn ganz. Überall. Sie zuckt und schreit, stöhnt und wimmert und überlässt sich ganz den Wellen, die sich immer wieder von Neuem ausbreiten. Sie kann nicht mehr. Das ist zu viel. Das ist zu groß. Zu radikal. Das ist der totale Orgasmus. Mehr geht nicht.

»Viertens: Die Vertreter der sogenannten Political Correctness behaupten, die Bevölkerung der Bundesrepublik Deutschland wehre sich gegen die radikalen und totalen Maßnahmen der Bundesregierung. Sie wollen nicht die totale Beseitigung der fremden Kulturen, sondern sie wollen eine sogenannte Multikulti-Gesellschaft. Aber jemanden, der nichts tut, müssen wir auch nicht anerkennen. Wir müssen niemanden anerkennen, der vom Staat lebt, diesen Staat aber ablehnt, für die Ausbildung seiner Kinder nicht vernünftig sorgt und ständig neue kleine Kopftuchmädchen produziert. Das gilt für siebzig Prozent der türkischen und für neunzig Prozent der arabischen Bevölkerung in der Bundesrepublik. Viele von ihnen wollen keine Integration, sondern einfach nur ihren Stiefel leben, ihre Mentalität pflegen, die allgemein aggressiv und atavistisch ist. Das müssen wir nicht akzeptieren und das werden wir auch nicht akzeptieren. Ich frage Sie: Wollen Sie die totale Abschiebung

Jaaaaaaa! Auf einmal dringt die Stimme aus dem Fernseher wieder zu ihr durch. Eine Stimme, die sich nun fast überschlägt. Kotsch scheint beim Höhepunkt seiner Rede angekommen zu sein und erst jetzt fällt ihr auf, dass der Fernseher wohl die ganze Zeit gebrüllt haben muss. Unglaublich, denkt sie. Wie die einzelnen Sinne aussetzen können, wenn man guten Sex hat. Richtig guten Sex und sie ist Christoph dankbar, als er aufsteht und den Fernseher ausschaltet. Ruhe. Mit tropfendem Schwanz steht er vor ihr und lächelt sie an. Er räkelt sich. Grinst und gibt einen entspannten Laut des Wohlbehagens von sich. Er beugt sich zu ihr herunter und gibt ihr einen langen, liebevollen und unglaublich zärtlichen Kuss. Boah, was für ein Orgasmus. Was für ein Typ. Den will sie behalten. Eine Welle der Zuneigung durchflutet sie. Sie wird sich doch nicht in ihn verlieben? Er lächelt.

»Wow!«, sagt er. Einfach nur: »Wow!«

Jedele sitzt an einem Tisch. Die Gaststätte ist eingerichtet wie ein bayerischer Gasthof, obwohl sie im Erdgeschoss eines modernen Plattenbaus untergebracht ist. Britz. Gropiusstadt. Er kennt das Lokal schon länger. Schlachteplatte für sieben Eurodollar. Schweinskopfsülze mit Bratkartoffeln für drei Dollar fünfzig und ein ganzes Eisbein mit Sauerkraut, Erbspüree und gekochten Kartoffeln für acht. Wird auch im Berliner Fenster in der U-Bahn beworben. Darauf achtet Jedele. Deshalb kennt er die Kneipe. Jedele nimmt das Eisbein. Keine Kanaken hier. Hier gibt es Schweinefleisch. Viel Schweinefleisch. Viele Deutsche wohnen noch in der Gegend. Vielleicht sollte er doch nach Britz ziehen. Der Fernseher läuft und – Ironie des Schicksals – Kotsch hält gerade seine große Wahlkampfrede, in der sich alles um dieses Ausländerpack dreht. Ha! Wenn Kotsch wüsste, was er heute getan hat. Radikaler geht's gar nicht. Totaler auch nicht und auch wenn er immer noch glaubt, dass alle Politiker dreckige und verhurte Arschlöcher sind, dieser Kotsch ist ein guter Mann.

Sehr gut, sogar. Kotsch ist gerade dabei, zehn Fragen an das deutsche Volk zu stellen, die Jedele bislang alle mit einem eindeutigen Ja beantworten konnte. Das Eisbein kommt. Er genehmigt sich ein Bier dazu. Und Schnaps. Einmal Herrengedeck bitte. Jedele ist zufrieden mit sich. Frage Nummer fünf bitte.

»Fünftens: Die aus dem Ausland unkende Opposition behauptet, die Bevölkerung der Bundesrepublik Deutschland habe ihr Vertrauen in die Bundesregierung und namentlich in Bundeskanzler Dr. Helmut Kohl verloren. Ich frage Sie: Ist Ihr Vertrauen in den Bundeskanzler der Stärke und des Muts, ist Ihr Vertrauen in Dr. Helmut Kohl heute größer, gläubiger und unerschütterlicher denn je? Ist Ihre Bereitschaft, der Politik der Bundesregierung und der Deutschen Union auf all ihren Wegen zu folgen, uneingeschränkt und sind Sie bereit, alles dafür zu tun, was nötig ist, um dieser Politik zum Erfolg zu verhelfen?«

Nein. Den Arschlöchern vertrauen, das nicht. Kotsch, Kotsch, Kotsch, denkt sich Jedele als er die Schwarte seines Eisbeins anschneidet. Viele Leute essen die Schwarte ja nicht mit. Verweichlichte, moderne Scheißer die meisten oder die Frauen aus der Verwaltung, die immer nur Salat essen. Denken wohl, sie sind was Besseres, aber wenn Kotsch antreten würde – als Bundeskanzler. Dem würde er schon eher vertrauen. Kohl ist alt. Der muss endlich weg. Aber Kotsch. Der Mann ist gut, auf jeden Fall.

»Ich frage Sie sechstens: Sind Sie bereit, von nun ab Ihre ganze Kraft und Ihr Engagement einzusetzen und die dafür eingesetzten Organe in ihrer notwendigen Tätigkeit zu unterstützten, notfalls auch mit einer Sonderabgabe, die wir zur Erreichung dieser Ziele erheben müssen, um dem feigen Gutmenschentum und der Wohlstandslethargie einen tödlichen Schlag zu versetzen?«

Ha, Geld wollen sie also haben. Na klar, immer höhere Steuern, diese Schweine. Aber egal, wenn es für die Sache ist, natürlich bin ich bereit. War ich schon immer, denkt Jedele. Aber wer dankt es einem? Niemand. Da hat mal so ein junger Spinner im Postamt gearbeitet.

Sonntagsdienst. Das hatten sich die da oben einfallen lassen, Schüler und Studenten an den Schalter zu lassen. Frechheit sondergleichen, immerhin war das ein Ausbildungsberuf und er hatte drei Jahre dafür lernen müssen. Da standen also diese Arschlöcher hinterm Schalter und machten dieselbe Arbeit wie er. Natürlich konnten sie es nicht und natürlich hatten sie auch immer Kassenfehlbeträge. Manchmal hatte er auch nachgeholfen und sich ein bisschen Geld aus der Kasse genommen. Diese Wichser. Geflogen sind sie trotzdem nicht. Nein, natürlich nicht, da wurde großzügig drüber hinweggesehen, aber wehe, wenn bei ihm mal was nicht stimmte. Dann gab es aber Donnerwetter und Belehrung. Einmal war es ihm zu bunt geworden mit diesen Vögeln. Die ließen ihre schwulen Freunde in der Schalterhalle rumlungern und da hat er eine Eingabe gemacht. Die saßen wie die Filmsternchen auf dem Regal mit den Telefonbüchern und haben geschrien: »Hörr Jöööödölöööö, wollen Sie nicht auch mal mit mir ausgehn? Sie sind so ein attraktiver Mann und so staaark.«

Mitten im Publikumsverkehr. Jedele hatte sich über dieses Verhalten beschwert, aber sein Chef, auch so ein politisch Korrekter, hatte ihn danach nur schief angeguckt. Da, lieber Herr Kotsch, da sollten Sie mal ansetzen, statt große Reden zu schwingen, und Jedele schneidet wütend das Fleisch vom Knochen, spießt sich einen großen Brocken auf die Gabel, packt Senf, Erbspüree und Sauerkraut mit auf die Ladung und stopft sich das Ganze in den Mund. Er kaut.

»Ich frage Sie siebtens: Geloben Sie mit einem ehrlichen Versprechen, dass Sie, die bundesdeutschen Haushalte, mit starker Moral hinter den zukünftigen Maßnahmen stehen werden, um einen solchen Strukturwandel und Wandel im Geiste umzusetzen? Manche unserer Mitbürgerinnen und Mitbürger sind immer noch mit zwei Komponenten belastet: der 68er-Tradition und einem grünen Schlamp-Faktor, den ein Teil der ausländischen Presse immer noch als Allheilmittel propagiert. Diesen Tendenzen müssen wir entgegentreten, mit aller Entschlossenheit und mit aller Kraft.«

Ja, natürlich, Kotsch. Natürlich würde ich das tun. Aber wo seid ihr, wenn man euch braucht? Meine Frau ist abgehauen, wahrscheinlich in irgend so ein Frauenhaus und warum gibt es das? Weil irgendwann mal ein paar grüne Alt-68er diese Scheiße aufgebaut haben, oder? Wegen Olympia 2008 und diesen weichgespülten, politisch korrekten Nazis aus Amerika, die so eine Scheiße umgesetzt sehen wollten? Die Rechte der Frauen stärken und so einen Dreck. Jedele denkt sich in Fahrt. Er zermalmt sein Eisbein. Zerhackt die Schwarte. Stopft sich riesige Klumpen in den Schlund, starrt wütend auf den Fernseher und kippt seinen Schnaps. Wo seid ihr denn, ihr Wichser, wenn man euch braucht? Meine Frau ist weg und ihr redet irgendeine Scheiße von Moral. Halt doch einfach dein Maul.

»Ich frage Sie achtens: Wollen Sie, dass wir für diesen Wandel alle Gesellschaftsschichten einbeziehen, insbesondere auch die Frauen? Die Türken und Araber erobern Deutschland genauso wie die Kosovaren das Kosovo erobert haben: durch eine höhere Geburtenrate. Das werden wir nicht zulassen und dagegen werden wir uns zur Wehr setzen. Doch dazu brauchen wir auch Ihre Unterstützung und vor allem brauchen wir die Unterstützung der Frauen, der gut ausgebildeten und hochqualifizierten Frauen. Die Bundesregierung unter der Führung der Deutschen Union wird auch in Zukunft für eine familienfreundliche, deutsche Politik sorgen.«

Na siehst du. Die Frauen! Meine ist weg, du Arschloch, und keiner macht was dagegen! Jedele vergisst das Essen. Den Kiefer vorgeschoben wie ein Bullterrier sitzt er am Tisch. Was soll dieses Geschwätz über familienfreundliche Politik, wenn in Wirklichkeit doch alles schiefläuft und den Bach runtergeht? Immer nur reden, reden, reden.

»Ich frage Sie neuntens: Billigen Sie, wenn nötig, die radikalsten Maßnahmen gegen einen kleinen Kreis von Moralaposteln und Besserwissern, die mitten in diesem Kampf der Kulturen und Werte Frieden spielen wollen, die ihre kriminellen Geschäfte weiterverfolgen und unser Land mit mafiösen Strukturen unterwandern? Sind Sie damit einverstanden, dass die Bundesregierung und ihre ausführenden Organe mit der ganzen Härte des Gesetzes gegen all jene vorgehen, die dem

Gemeinwohl der Bundesrepublik Deutschland, der freiheitlich rechtlichen Grundordnung und unserem Werteverständnis entgegenstehen?«

Ja, Kollege, radikaler als ich kannst du gar nicht mehr werden. Ob ich radikale und radikalste Maßnahmen billige? Jedele ist voller Inbrunst. So radikal kannst du dir das gar nicht vorstellen mit deinen Politikerhändchen, du Sesselfurzer. Jedele wendet sich wieder seinem Eisbein zu. Er nimmt ein Stück schwabbelige Schwarte und tunkt sie in den Senf. Sein Mund klappt auf und wieder zu. Mit der Zunge zerdrückt er das pure Fett am Gaumen und genießt, wie sich die weiche Masse im Mund verteilt und sich mit der angenehmen Schärfe des Senfes vermischt. Ein Schluck Bier hinterher. Ah, das ist gut. Ja, billige ich. Letzte Frage bitte.

»Ich frage Sie zehntens und zuletzt: Wollen Sie, dass, wie das Wahlprogramm der Deutschen Union es gebietet, gerade in dieser Auseinandersetzung, in dieser Zeit des Umbruchs und wirtschaftlichen Krise gleiche Rechte und gleiche Pflichten vorherrschen, dass jede Bürgerin und jeder Bürger die schweren Belastungen solidarisch auf ihre oder seine Schultern nimmt und dass sie für alle Einkommensschichten, für den Mittelstand genauso wie für Besserverdiener und Transferleistungsempfänger in gleicher Weise verteilt werden? Damit diese Menschen endlich wieder zu einer Arbeit kommen? Zu einer vernünftigen und würdigen Arbeit von Deutschen für Deutsche und eben zuerst für Deutsche!«

Natürlich ist Jedele für Arbeit. Arbeit zuerst für Deutsche, sowieso, aber was soll das schon wieder mit den Belastungen? Kaum reden die von Arbeit und Maßnahmen, vernünftigen Maßnahmen, kommen die auch schon wieder mit Belastungen. Sollen die doch mal ihre Diäten kürzen, die Penner. Belastungen, Belastungen. Wenn er das schon hört. Alles Räuber und Schmarotzer, denkt Jedele, das Eisbein hier für acht Eurodollar, das kann ich mir leisten. Aber vielleicht möchte ich auch mal in was Teureres und Feineres gehen? Was dann? So viel verdient er ja dann auch nicht bei der Post. Auch wenn es immer noch Frontstadtzulage gibt. Mehr Belastungen? Wo kommen wir denn da hin? Sollen die doch mal bei sich selbst anfangen und er lehnt sich zurück. Nimmt noch einen Schluck Bier. Bestellt noch einen Schnaps und beginnt, sich mit einem Zahnstocher die Fleischreste aus den Zähnen zu pulen.

»Ich habe Sie gefragt und Sie haben sich diese Fragen beantwortet. Wenn Sie ehrlich zu sich und gegenüber unserem Land waren, so haben Sie die meisten Fragen mit einem klaren Ja beantwortet. Dieses Ja rufen wir all jenen zu, die an unserer Politik zweifeln. All jenen, die nörgeln, bremsen und mahnen. Machen Sie sich keine Illusionen, meine Damen und Herren von der politisch korrekten Front. Wir werden, unter Einhaltung der Menschenrechte wohlgemerkt, die notwendigen Schritte veranlassen und hart durchgreifen. Wir haben in Berlin vierzig Prozent Unterschichtgeburten und die füllen die Schulen und Klassen, darunter viele Kinder von Alleinerziehenden. Wir müssen in der Familienpolitik völlig umdenken: Weg von Geldleistungen, vor allem bei der Unterschicht.«

Richtig so. Warum sollte er für diese Arschlöcher bezahlen? Schließlich geht Jedele ja nicht dafür arbeiten, dass sich die anderen auf die faule Haut legen können. Wie hatte er sich im Sommer geärgert, wenn er von der Arbeit kam und all die Schwarzköpfe sehen musste, wie sie auf den Grünflächen und sogar auf den Verkehrsinseln ihre Grillfeste abhielten. Diese Schmarotzer.

»Ich erinnere an die zwanzig Tonnen Hammelreste der türkischen und arabischen Grillfeste, die allein in Berlin jeden Montagmorgen aus dem Tiergarten beseitigt werden müssen. Ich erinnere an die Araberfrau, die ihr sechstes Kind bekommt, weil sie durch unser Sozialhilfesystem damit Anspruch auf eine größere Wohnung hat. Von diesen Strukturen müssen wir uns verabschieden. Der Weg, den wir augenblicklich gehen, führt dazu, dass der Anteil der intelligenten Leistungsträger aus demographischen Gründen kontinuierlich fällt. So kann man keine nachhaltige Gesellschaft aufbauen und deshalb müssen wir handeln.«

Aber bei der Intelligenz, da müssten die Herren Politiker durchaus mal bei sich selbst anfangen, denkt Jedele. Aber ist ja nichts Neues. Die meisten Menschen um ihn herum sind einfach nur dumm. Er weiß Bescheid, aber ihn fragt ja keiner. Jedele lacht in sich hinein, als er daran denkt, wie einfach es heute war, das Richtige zu tun.

»Die Bevölkerung der Bundesrepublik Deutschland hat morgen die Wahl. Sie, meine Damen und Herren, liebe Mitbürgerinnen und Mitbürger haben die Wahl, morgen an den Wahlurnen. Ich bin mir sicher, dass Sie das Richtige tun werden.«

Wahl. Ha. Wir haben keine Wahl. Gestern hatte er noch einmal die Ermahnung seines Vorgesetzten bekommen, dass gerade für die Beamten und Angestellten im öffentlichen Dienst Anwesenheitspflicht bei der Wahl herrsche und dass geschlossen DU zu wählen sei. Der Vorgesetzte hatte durchblicken lassen, dass man Mittel und Wege habe, genauestens zu überprüfen, wer wie wählen würde. Nun. Ein Querulant war Jedele ja noch nie gewesen und natürlich würde er DU wählen. Was auch sonst? Aber Wahl kann man das nicht wirklich nennen, auch wenn Jedele fest davon überzeugt ist, dass die meisten Menschen sowieso keine freien Wahlen verdient haben. So blöd wie die sind. Und alles in allem war er ja immer schon einverstanden gewesen mit der Politik der DU, auch als sie noch CDU hieß. Zwar hatte er damals noch die Republikaner und einmal sogar NPD gewählt, aber diese Parteien wurden ja alle in die DU eingegliedert. Ein bisschen härter durchgreifen könnten sie, denkt Jedele und verschlingt den letzten Rest Fleisch, Schwarte, Sauerkraut und Erbspüree. Fein säuberlich hat er darauf geachtet, dass zum Schluss genau gleich viel von allem übrig geblieben ist. Jetzt braucht er auch keinen Senf dazu und er genießt die fein abgestimmte Komposition der Speise. Das ist deutsche Küche. Das ist die Küche seiner Mutter, auch wenn die schon ewig nicht mehr selbst kocht. Das ist futtern wie bei Muttern und trotz seiner Wut, seines unerschöpflichen Ärgers, kaut er zufrieden den letzten Bissen und spült mit Bier nach. So könnte es jeden Tag sein.

»Wenn wir jemals fester an den Erfolg des Umbruchs, an die geistig
moralische Wende geglaubt haben, dann in dieser Stunde der Besin-
nung auf unsere bundesrepublikanischen Werte und der inneren Auf-
richtung. Wir sehen ihn greifbar nahe vor uns liegen, wir müssen nur
zufassen. Der Erfolg hängt von unserer Entschlusskraft ab, alles andere
seinem Dienst unterzuordnen. Das ist das Gebot der Stunde. Und darum lautet unsere Losung: Für ein besseres Deutschland. Ein Deutschland der Zukunft. Für ein Deutschland 2012!«

Jajaja. Zukunft. Jedele denkt an seine eigene Zukunft und an die
Hure, die ihn verlassen hat, und an seine Mutter und die dreckige,
verkeimte Wohnung. Zukunft? Er rülpst. Zahlen, bitte. Zukunft sieht
wahrscheinlich so aus wie im Fernsehen. Die Rede ist zu Ende und
sofort kommt Werbung und es erscheinen die Plastikmenschen
mit ihrem Zahnpastalächeln. Dann kommen die »News um 3« mit
den ekelhaft geklonten Moderatoren. Er hasst sie alle. Die Kellnerin
kommt mit der Rechnung, elf Eurodollar fünfzig. Er gibt ihr zwölf
und verzichtet auf Wechselgeld. Er will ja nicht kleinlich sein. Nicht
an einem solchen Tag. Mit halbem Ohr bekommt er die Nachrichten
mit.

»… wurde vor zwei Stunden im Volkspark Hasenheide im Bezirk Neukölln ein Mann tot aufgefunden. Anscheinend handelt es sich bei dem
erst 17-jährigen Mahmout Abou-M. um einen Angehörigen einer sogenannten arabischen Großfamilie. Anwohner verständigten die Ord-
nungskräfte, da sie aufgrund eines penetranten Gestanks eine gebrochene Abwasser- oder Gasleitung vermuteten. Es scheint aber, als hätte
der junge Mann kurz vor der Tat lediglich seine Notdurft verrichtet.
    Wie ein Sprecher der Polizei bekannt gab, vermuten die Ermittler,
dass der Mann Opfer einer Bandenstreitigkeit geworden ist. Die Familie Abou-M. spielt in der Berliner Unterwelt offenbar eine bedeutende
Rolle und liegt mit mehreren anderen kriminellen arabischen Großfamilien im Streit. Wie der Sprecher weiter mitteilte …«

Schnell zieht Jedele seine Jacke an. Er ist zufrieden. Sehr zufrieden.
Er hat genau den Richtigen erwischt. Da, Kotsch! Das sind die ra-

dikalsten Maßnahmen, die du haben kannst. Jedele steht noch kurz vor dem Fernseher und plötzlich fühlt er sich groß. Er sieht, wie die Fernsehkamera über das Gelände in der Hasenheide filmt. Die Polizei und das Absperrband. Sein Werk. Und er geht nach draußen in den kalten, schon dämmrigen Nachmittag. Er, der Radikalste und Totalste von allen. Er, Jedele.

Wir sitzen da, leer und kalt. Ich muss kurz geschlafen haben und fühle mich jetzt wie ausgekotzt. Der Rausch ist vorbei und ich habe einen Kater. Vielleicht sollte ich einfach weiterkoksen, aber schon beim Gedanken daran wird mir schlecht.

Die Frau ist weg. Zum Glück. Als irgendwann alles vorbei war, lag sie mit angezogenen Beinen in einer Ecke. Auf ihrer weißen Haut zeichneten sich blaue Flecken ab. Am Oberschenkel und an den Rippen. Sie heulte leise vor sich hin. Hamoudi stand vor ihr und tippte sie mit der Fußspitze an. Sie reagierte nicht. Er packte sie an den Haaren und zog sie hoch. Sie reagierte nicht und wollte wieder in sich zusammenfallen. Er aber hielt sie mit eisernem Griff fest.

»Nutte«, zischte er sie an. »Du ziehst dich jetzt an und gehst nach Hause. Einfach so, als wär nix passiert. Verstanden?«

Er hielt ihr zweihundert Eurodollar vor die Nase, die sie nicht nehmen wollte, also packte er sie in ihre Handtasche und zwei Gramm Koks in Briefchen noch dazu. Er wusste, dass er Scheiße gebaut hatte, alle wissen wir, dass wir Scheiße gebaut haben, und wir können nur hoffen, dass die Olle keinen Zuhälter hat und dass nicht in einer halben Stunde die Russen hier aufkreuzen. Eigentlich müsste man sie umbringen, meinte Youssef, aber davon wollte Hamoudi nichts wissen und weil er der Bruder von Atakan ist, hat er das Sagen. Ich war froh. Eine Leiche? Jemanden töten? Hamoudi bestellte ein Taxi und Youssef brachte die Frau unter Drohungen und Flüchen nach unten. Die schaute kein einziges Mal auf. Ihre Schminke war zerlaufen. Sie sah schrecklich aus, so schrecklich wie ich mich fühle.

Danach wusste keiner genau, was er sagen sollte, wir sind eingeschlafen und jetzt sitze ich hier und friere. Die beiden anderen liegen langgestreckt auf der Couch. Hamoudi schnarcht. Überall sind Flaschen. Das Koks noch immer auf dem Tisch. Der Haufen ist allerdings beträchtlich kleiner geworden. Ich muss kotzen und mein Herz rast. Es klingelt. Ich schrecke auf. Die Russen. Scheiße, Scheiße die Russen. Aber die würden nicht klingeln, oder? Ein Schlüssel schiebt sich ins Schloss. Es ist so ruhig und kalt und leer in dieser Wohnung, dass ich jedes Geräusch doppelt und dreifach so laut höre wie normal. Die Russen haben einen Schlüssel? Ich habe Panik. Mit nacktem Oberkörper sitze ich hier. Nur die Hose habe ich mir wieder angezogen. Nachdem alles vorbei war, kam ich mir seltsam vor, so nackt vor den anderen beiden. Hamoudi liegt mit Boxershorts und Unterhemd auf der Couch. Youssef zusammengekauert unter einer Decke. Ich glaube, er ist als Einziger vollständig angezogen. Er hat das Mädchen ja nach unten gebracht. Ich husche zu ihm und rüttle ihn wach.

»Youssef! Da kommt jemand!«

Er schreckt hoch und greift nach seiner Jacke. Ich weiß, dass er eine Knarre dabei hat, und jetzt bin ich froh darüber. Die Tür schwingt auf. Youssef zieht die Pistole aus der inneren Jackentasche und zielt auf den Schatten, der in der Tür auftaucht. In was für eine Scheiße bin ich da bloß hineingeraten?

»Ho, ho, ho«, tönt es von der Tür und Atakan erscheint in der kleinen Diele. Atakan! Youssef lässt die Knarre sinken. Irgendwie bin ich erleichtert. Hamoudi grunzt. Er schläft immer noch und wälzt sich auf die andere Seite.

Atakan steht nun vor uns. Er erkennt genau, was hier abgeht, oder besser gesagt, was abgegangen ist, und es gefällt ihm überhaupt nicht.

»Wow. Wow. Wow. Was ist denn hier los?«

Er ist ganz in seinem Element. Das ist eine Mischung aus *Scarface* und *Sopranos*. Das ist die große Familienoberhaupt-Mafia-Pose. Ich ziehe mich auf meinen Sessel zurück und halte mich an einem Kissen fest. Atakan sagt etwas Unfreundliches auf Arabisch und Youssef klettert umständlich zu Hamoudi rüber. Atakan sieht sich betont langsam in der Wohnung um. Sein Blick fällt auf mich und er schüttelt den Kopf.

»Stefan, Stefan, Stefan«, sagt er, wie ein Lehrer, der seinen Lieblingsschüler beim Rauchen auf der Toilette erwischt hat. »Von dir hätte ich das nicht gedacht.«

Hamoudi wacht mühsam auf und kratzt sich den Kopf. Schlecht gelaunt starrt er seinen älteren Bruder an, der mit einem Satz bei ihm ist, ihm ansatzlos zwei Ohrfeigen gibt und ihn anschreit. Zwar steht Hamoudi in der Hierarchie unter Atakan, so dass er ihn nicht zurückhauen darf, aber Hamoudi schreit zurück und ein lautstarker Streit entbrennt, von dem ich nur die Hälfte verstehe. Youssef versucht, sich einzumischen, aber Atakan schreit auch ihn an, woraufhin Youssef schweigt. Schließlich muss auch Hamoudi klein beigeben, er senkt den Kopf und hält die Fresse. Er beginnt zu schluchzen. Auch Youssef schluchzt. Was ist passiert?

Atakan dreht sich zu mir: »Jetzt zu dir. Ich hoffe, es ist euch allen klar, was für eine Scheiße ihr gebaut habt. Die Russen haben mich gerade angerufen und mir gedroht, dass sie heute Abend ein paar Clubs von uns besuchen. Das Mädchen, das ihr vergewaltigt habt, bedient normalerweise Topkunden. Das ist eine Politikernutte. Versteht ihr, was ich meine. Das ist Top-Ware und ihr habt sie kaputt gemacht. Ich habe gesagt, dass ich mich um die Angelegenheit kümmere, aber das wird teuer. Das wird sehr teuer und ich frage mich, warum ihr die Nutte nicht einfach ganz normal bezahlt habt.«

»Haben wir doch!«, sagt Hamoudi, aber Atakan schnauzt ihn an, dass er die Fresse halten soll.

»Du weißt genau, was ich meine, du Idiot. Vorher! Und das, was ausgemacht war und nicht vergewaltigen, du Hund.«

Atakan ist stinksauer und fast tritt er nach dem Tisch mit dem Koks, aber im letzten Moment kann er sich doch noch beherrschen. Da liegt einfach zu viel Geld drauf. Atakan dreht sich wütend um, zeigt auf den Tisch und brüllt: »Und das alles nur wegen dieser Scheiße hier. Wie oft habe ich gesagt, dass ihr die Finger von Koks lassen sollt? Wie oft? Verkauft es. Lasst es andere verkaufen, aber nehmt es nicht, ihr Idioten. Wie oft soll ich euch das noch erklären?«

Eine dicke Ader zeichnet sich auf seiner Stirn ab, während seine Augen vor Wut fast aus den Höhlen quellen. Keiner redet. Wir schauen alle auf den Boden. Das läuft nicht gut. Das ist alles nicht so, wie ich mir das vorgestellt habe. Atakan dreht sich wieder zu mir.

»Aber das ist nicht das Schlimmste. Das ist nicht das Schlimmste«, und seine Augen füllen sich mit Tränen.

»Unser Cousin ist tot«, kommt es so leise aus dem Mund des kräftigen Mannes, dass ich ihn kaum verstehen kann. »Jemand hat unseren kleinen Cousin erschossen.« Er flüstert es fast: »Unser kleiner Cousin ist tot.«

Hinter mir höre ich, wie Hamoudi wieder zu schluchzen beginnt und Youssef sich in einem Heulkrampf schüttelt. Ich sitze wie gelähmt in meinem Stuhl. Das Kissen fest an mich gepresst. Warum haben sie jetzt Atakans kleinen Cousin erschossen? Wegen uns?

»Die Russen? Wegen der Nutte?«, frage ich.

»Nein«, Atakan schüttelt den Kopf. »Das war schon davor. Irgendjemand hat ihn von hinten erschossen. Ins Genick geschossen, mit einer Pistole. Hasenheide. Er war Hasenheide und da hat ihn irgendwer umgebracht. Ich habe versucht, euch zu erreichen, aber das Handy war aus. Alle Handys waren aus und deshalb bin ich hergekommen. Sein Bruder stirbt«, er zeigt auf Youssef, »und der Bastard geht nicht ran, weil er den Kopf voll von diesem Scheißzeug hat und irgendeine dreckige Nutte vergewaltigen muss.«

Youssef murmelt eine Entschuldigung auf Arabisch. Genervt wischt Atakan sie beiseite.

»Wir sind alle schon unterwegs. Die ganze Familie. Neukölln brennt. Kreuzberg auch. Räumt die Scheiße hier weg und wir treffen uns unten. In zehn Minuten seid ihr da. Sonst seid ihr tot. Kapiert? Du auch, Stefan. Ich brauche dich.« Und mit einer arabischen Verwünschung dreht er sich um und geht. Die Tür lässt er offen.

Hamoudi fängt sich als Erster. Wild fluchend packt er den Haufen Kokain in eine Plastiktüte. Ich suche nach meinem Hemd und meiner Jacke. Mir ist furchtbar kalt. Ich gehe ins Badezimmer und verreibe ein bisschen Zahnpasta auf meinen Zähnen, doch der Drogengeschmack bleibt. Ich schaue in den Spiegel und sehe einen Mann, den ich nicht kenne. Von draußen ruft Youssef meinen Namen. Wir müssen uns beeilen.

Stefan, ich hab dir immer gesagt, lass die Finger von den Drogen! Ich hab noch nie was mit Drogen zu tun gehabt. Wollte ich nicht. Wollte ich noch nie.

Einmal kam so ein Typ zu mir. Der meinte: »Atakan, du bist doch bekannt. Du hast doch Einfluss. Ich will dir ein Geschäft vorschlagen. Schau mal. Ich gebe dir zweitausend Euro in der Woche, damit du mich unterstützt. Ich brauch nur ab und zu mal einen Rat und vielleicht musst du hin und wieder mal bei mir vorbeischauen, damit die richtigen Leute mitkriegen, dass wir Partner sind. Zweitausend pro Woche. Das ist echt nicht viel Arbeit. Wie sieht's aus?« Ich meinte, das klingt gut, wer will das nicht? Zwei Mille, jede Woche. Bar auf die Hand und dann auch noch steuerfrei. Stefan, ich bin doch nicht blöd, oder? Natürlich habe ich gesagt, dass das interessant ist. Auf jeden Fall. Das ist Jackpot. Aber dann habe ich gefragt, was das für Geld ist und er hat so weggeschaut. Ich habe noch mal gefragt, was das für Geld ist und er meinte Drogen. Da habe ich ihm eine Backpfeife gegeben und habe gesagt: »Raus! Raus hier aus meinem Büro und ich will dich nie wieder sehen!« Mit so etwas mache ich mir nicht die Finger schmutzig. Gott weiß, dass ich viele schlimme Sachen gemacht habe. Wirklich viele schlimme Dinge, aber mit Drogen wollte ich noch nie was zu tun haben. Niemals. Ich habe ihn rausgeschmissen und ich habe ihm gesagt: »Ich scheiß auf dein Geld. Das ist dreckiges Geld, du Hundesohn, und es ist Haram, dass du es mir überhaupt anbietest. Geh und such dir irgendwen, der dich unterstützt. Bei mir bist du falsch und wenn ich dich irgendwo erwische, dann puste ich dir den Kopf weg.« Ich scheiße auf das. Ehrlich, Stefan. Ich scheiße darauf. Zweitausend pro Woche hin oder her. Ich mach das nicht.

Meinen Bruder haben sie angeklagt, wegen Prostitution. Alles Lüge. Das machen wir nicht. Haben wir nix damit zu tun. Die anderen Familien machen das vielleicht. Die Scharabis oder die El-Zafinas. Die kennen da nix. Die Russen sowieso. Denen ist das scheißegal, aber ich schwöre dir, Stefan, wir wollen damit nichts zu tun haben. Unsere Mutter würde uns töten, wenn wir Frauen verkaufen würden. Ich schwöre dir. Die würde uns mit dem Kochlöffel erschlagen und mein Vater würde seinen Gürtel aus der Hose ziehen und uns kaputtschlagen. Meinen Bruder haben sie im Café Graffiti am Kudamm verhaftet, aber ich frage dich, Stefan, warum war mein Bruder nach zwei Stunden wieder frei? Ganz einfach, weil wir so etwas nicht machen. So was solltet ihr mal schreiben in euren Zeitungen.

Stattdessen hetzt ihr gegen uns Ausländer und macht Werbespots für Abschiebung und so. Sollten sie mal lieber die deutschen Penner von der Straße wegholen oder ihre ganzen beschissenen Beamten, die rumsitzen und nix machen. Wir machen Geschäfte. Wir halten das alles hier am Laufen. Ohne uns würde der ganze Ost-West-Handel gar nicht funktionieren und dann wollen sie uns weghaben? Ich lach mich tot, Stefan. Die kapieren es einfach nicht.

Wenn wir wirklich was mit Frauenhandel und so zu tun hätten, dann könnte ich das verstehen, aber ich sag's dir ganz ehrlich: Ich hasse Nutten. Ich gehe nicht zu Nutten. Ich will mit der ganzen Scheiße nix zu tun haben. Warum sollte ich zu Nutten gehen? Es gibt genug Mädchen, die sich ficken lassen, wenn du denen einen Drink ausgibst. Das ist so, Stefan. Das ist wirklich so. Ich habe noch nie für einen Fick bezahlt, noch nie in meinem ganzen Leben. Klar gibt es Leute von uns, die in den Puff gehen. Ich hab da auch nix dagegen, aber ich habe so etwas nicht nötig.

Ich habe Respekt vor den Frauen, wenn sie Ehre haben. Viele Frauen haben aber keine Ehre und dann sind sie Nutten und dann kann man sie auch wie Nutten behandeln. Die brauchen nicht mal richtige Nutten sein, um sich wie Nutten zu verhalten. Lassen sich für einen Drink ficken. Das ist doch ehrlos. Das ist gegen die Ehre, mein Freund, und meine Ehre ist mir heilig. Ich verstehe das nicht, dass ihr gebildeten Deutschen keine Ehre habt. Ist euch nicht wichtig, oder? Wenn deine Schwester rumfickt, ist dir egal, oder? Verstehe ich nicht. Kann ich nicht nachvollziehen.

Dann regt ihr euch auf über Ehrenmorde. Ich sag dir eins, Stefan. Wenn die Mädchen nicht hier leben würden und nicht die ganze Zeit mit so komischen Vorstellungen von Selbstbestimmung und ich such mir meinen Mann selbst aus zugequatscht werden würden, dann bräuchten wir auch keine Ehrenmorde. Wenn ihr uns einfach in Ruhe lassen würdet und wir einfach unsere Frauen so erziehen dürften, wie wir das schon immer gemacht haben, dann gäbe es auch keine Probleme. Ich meine das ernst, Stefan. Ich hab nix gegen Bildung. Meine zwei Mädchen gehen aufs Gymnasium. Ich würde die sogar nach Dahlem aufs Gymnasium schicken, wenn wir dürften. Ganz ehrlich. Ich will nicht, dass die irgendwo im Ghetto aufwachsen. Ich will, dass die ganz normal gebildete Frauen werden, aber ich werde es nicht zulassen, dass die mit dieser komischen Vorstellung von Sex und so aufwachsen.

Ich werde die Ehre meiner Töchter verteidigen. Jeder macht das. Jeder arabische Mann in diesem Land würde das tun. Das ist auch keine Sache, über die man reden kann. Das ist auch keine Sache, die der deutsche Staat mit uns diskutieren muss. Nein. Da hat der deutsche Staat nix damit zu tun. Das ist einfach Sache der Familien. Ist so. Punkt. Da gibt es keine Diskussion und wenn ihr das nicht versteht, Stefan, dann gibt es Krieg. Da mache ich keinen Spaß.

Wir haben unsere eigenen Regeln und warum haben wir unsere eigenen Regeln? Weil eure Regeln für uns nicht passen. Ihr habt die Checkpoints gemacht. Wir dürfen nicht mehr auf dieselben Schulen gehen. Ihr habt uns in ein Ghetto abgeschoben, wie die Juden, das passt einfach nicht. Ihr versteht uns nicht. Ihr wollt uns nicht. Wir haben unsere eigenen Regeln und wenn ihr uns die wegnehmen wollt, dann gibt es Krieg. Unsere Ehre ist alles, was wir haben. Ihr habt das Geld und die Macht, wir haben unsere Ehre.

»Herr Kotsch, Herr Innenminister. Wachen Sie auf. Wachen Sie auf. In Neukölln herrscht Krieg. Auf dem Hermannplatz befinden sich ungefähr zweitausend Menschen und die Nebenstraßen sind auch schon voll. Kreuzberg brennt. Wachen Sie endlich auf. Am Kottbusser Tor fangen sie auch schon an. Es gibt Barrikaden und unsere Leute sind total überfordert. Irgendwas ist da falsch gelaufen, Herr Minister. Kommen Sie schnell. Sie werden erwartet. Leute vom BND und Verfassungsschutz sind da und der Chef hat sich gemeldet. Kommen Sie schnell. Ein Krisenstab wird eingerichtet. Herr Minister. Herr Minister! Hören Sie mich? Hören Sie mich, Herr Kotsch?« Kotsch schlug die Augen auf. Vor ihm stand sein persönlicher Berater, ein 21-jähriger Jurastudent von der FU. Moritz oder Felix. Er konnte sich den Namen einfach nicht merken. Kotsch lächelte. Da, wo er sich befand, war es warm und weich und die dichte Watte wollte ihn einfach nicht freigeben.

Nach seiner Rede hatte er sich erschöpft in den Regieraum des Senders zurückgezogen, um noch eine Pille zu schlucken. Mit einem großen Schluck Whisky hatte er sie hinuntergespült. Nun schaute Kotsch verschwommen auf die Flasche. Halb leer? Hatte er das alles getrunken? Wann? Er hatte diese Rede gehalten. Diese eine Rede und er war sich sicher gewesen, dass er das Land mit dieser Rede vor dem drohenden Untergang gerettet und die morgige Wahl schon so gut wie gewonnen hatte. Seine Rede war großartig gewesen. Es war die beste Rede seines Lebens gewesen und nachdem das letzte Wort verklungen war, hatte er sich umgesehen. Die Umstehenden hatten die Luft angehalten und als die Scheinwerfer abgeschaltet wurden, hatten sie alle geklatscht. Erst langsam und verhalten, dann immer lauter und lauter. Vom Kameramann bis zum Regieassistenten. Er hatte es gespürt. Diese Rede würde Geschichte schreiben. Doch plötzlich hatte ihn eine unfassbare Müdigkeit überfallen. Eine unmenschliche Müdigkeit und er hatte sich zurückgezogen, um noch einmal nachzuhelfen. Das war vor frühestens, spätestens einer Viertelstunde gewesen oder nicht und was wollte nun dieser Moritzfelixmoritz von ihm? Er begriff das nicht. Was wollte der gelackte Schnösel von ihm? Dieses Geschwätz, dass irgendetwas schief gelaufen wäre, was sollte das? Kotsch lächelte wieder. Was sollte schon schief gelaufen sein? Randalierer auf dem Hermannplatz? Hervorragend! Alles nach Plan! Er wollte schlafen und dennoch kämpfte er gegen die unfassbare Müdigkeit in seinem Kopf an.

Irgendetwas war schief gelaufen. Die euphorisierende Wirkung der kleinen Muntermacher hatte ihn wohl zusammen mit dem Alkohol in einen eigenartigen, hypersensiblen und doch vernebelten Aufmerksamkeitszustand katapultiert. Er hörte und hörte nicht. Er sah alles glasklar und verstand einfach nicht, wovon dieser Mensch vor ihm redete. Er sah, wie sich der Mund von Felixmoritzfelix bewegte. Er hörte Töne und Frequenzen, konnte sogar die einzelnen Schallwellen spüren, aber er verstand nicht, worum es ging. Kreuzberg brannte? Neukölln, Krieg? Massen auf dem Hermannplatz? Barrikaden in Cottbus? Was ging ihn Cottbus an? Cottbus lag im Osten. Der Bundesnachrichtendienst ist hier? Verfassungsschutz? Der Chef persönlich? Kohl? So schnell? Viel zu schnell? Jetzt?

Mit einem Mal war Kotsch wach. Er richtete sich auf und starrte auf die große Uhr im Regieraum, die eine unwirkliche Zeit anzeigte. Innerhalb von Sekunden überschlug er die Situation. Scheiße! Knapp und präzise gab er Anweisung: »Teilen Sie den Herrschaften mit, dass ich in fünf Minuten da sein werde.«

Seine Stimme klang schneidig. Viel schneidiger als er sich eigentlich fühlte, aber er funktionierte wieder. Endlich. Es hatte Klick gemacht, er war wieder im Geschäftsmodus und er sah, wie der junge Mann aufatmete, sichtlich erleichtert, dass sein Chef wieder zu sich gefunden hatte, denn nichts ist so erschreckend, wie eine Organisation ohne Führung, ein Apparat ohne klare Anweisungen, ein Insekt, dem plötzlich der Kopf fehlt und das orientierungslos weiterläuft.

Die Tür klackte ins Schloss, als sein Assistent verschwand und Kotsch sah sein Spiegelbild in der Scheibe des Regieraums. Schemenhaft und undeutlich. Das blonde, schüttere Haare etwas unordentlich und wirr. Sein aufgedunsenes Gesicht mit den hängenden Backen, die starren Augen hinter den dicken Brillengläsern. Er richtete sich auf. Er musste seine Kleider ordnen. Seine Haare kämmen. Beim Aufstehen stolperte er leicht. Er riss sich zusammen.

»Reiß dich zusammen, Ronald«, und ihm war klar, dass er viel mehr unter dem Einfluss der Droge stand, als ihm lieb war. Scheiße. Er straffte sich. Im Spiegelbild richtete er sein Jackett und strich sich fahrig über die Haare. Er nickte sich zu.

Als er aus dem Regieraum heraustrat, schaute er in die verängstigten Gesichter der Redakteure, die sich vor der großen Fernsehwand versammelt hatten. Alle starrten ihn an. Auf den Monitoren liefen die Bilder der staatlichen Sender und der parteieigenen Privatsender, aber auch jene, die von den mobilen Kcamerateams eingefangen und noch nicht öffentlich gezeigt wurden. Die Schaltzentrale der Macht. Er wusste, dass er etwas sagen musste. Er sah Polizeiautos hin und her rasen, Polizisten in Kampfmontur, die Blaulichter und er sah die Sirenen brüllen, denn hören konnte er sie nicht. Vor der großen Wand herrschte absolute Ruhe. Die Redakteure starrten ihn an, während hinter ihnen wütende Gesichter flackerten, eine Kamera von einer Hand nach unten gedrückt wurde und man nur noch wirre Aufnahmen vom Boden erkennen konnte. Kotsch wandte sich an den Chef vom Dienst: »Ich brauche ein Glas Wasser! Schnell!«, krächzte er und mit einem Mal hatte er das Gefühl, dass alles von diesem Glas Wasser abhing. Nur dieses eine Glas Wasser und sofort würde alles wieder gut werden.

»Wasser!«, röchelte er. »Kann ich bitte ein Glas Wasser haben?«

Der Chefredakteur zögerte. Er begriff nicht. Irgendwie hatte er erwartet, dass Kotsch etwas anderes sagen würde. Sagen müsste. Dann endlich reagierte er: »Ein Glas Wasser für den Minister, bitte. Schnell!« Kotsch riss sich zusammen, deutete auf die Bildschirme und fragte laut und vernehmlich:

»Werden diese Bilder gesendet?«

»Nein. Noch nicht. Wir warten die Anweisungen des Krisenstabs ab«, antwortete der Chefredakteur.

»Warum haben Sie mich nicht informiert?«

»Herr Minister. Wir haben mehrmals versucht, Sie zu erreichen, aber Sie waren … äh, Sie haben … nun, Ihr Assistent teilte uns mit, dass Sie nicht zu sprechen sind … nun ja. So.«

Kotsch erblasste. Wie lange hatte er in diesem Raum gesessen? Wie lange lief das hier schon? Was war alles passiert? Wie viele Stunden hatte er in diesem Raum zugebracht? Nach seiner Wahrnehmung konnte höchstens eine halbe Stunde seit dem Ende seiner Rede verstrichen sein. Das kann doch nicht wahr sein und ruckartig wandte er sich wieder der großen Uhr zu, die immer noch eine vollkommen absurde Zeit anzeigte. Vier Stunden? Vier Stunden waren vergangen? Kotsch war schockiert. Seine Nackenhaare sträubten sich. War er ohnmächtig gewesen? Er fühlte die Blicke der Anwesenden auf sich. Tonnenschwer. Was war passiert? Das Glas Wasser wurde ihm gereicht. Kotsch bemerkte es nicht. Entgeistert starrte er auf das Zifferblatt und die Zeiger, die sich unaufhörlich nach vorne bewegten. Er wollte sie anhalten. Zurückdrehen. Er keuchte und es entstand eine unangenehme Pause. Erst nach mehrmaligem Räuspern des Assistenten, der das Wasser gebracht hatte, richtete Kotsch sich ruckartig auf, griff nach dem Glas und stürzte es mechanisch in sich hinein. Er hustete. Das war eine Katastrophe. Vier Stunden! Was war passiert?

Er hatte einen Fehler gemacht. Einen richtigen Fehler. Einen Fehler, den er nicht mehr ausbügeln konnte. Wieso ausgerechnet jetzt? Die Zeit war verstrichen und er war nicht da gewesen. Er kam zu spät. Alles konnte man ausbessern oder vertuschen, außer wenn man zu spät kam. Da konnte selbst er nichts machen. Selbst er, der allgewaltige Minister des Innern war hier machtlos. Er, der Beherrscher der Netze und Kommunikationswege. Der Mann, der alles wusste. Mister Stasi 2.0 nannten sie ihn – in diesem Moment war er einfach nur ein Mensch, der zu spät kam.

»Seit wann geht das so?«, fragte er mit leiser Stimme.

»Direkt nach Ihrer Rede haben sich die ersten Menschen versammelt. Ein unglücklicher Zufall …«, stammelte der Mann. »Kurz zuvor wurde ein arabisches Bandenmitglied erschossen und die Leute waren sehr aufgebracht. Und dann dazu Ihre Rede …« Der Chefredakteur verstummte.

Das hätte ihm nicht passieren dürfen. Nicht jetzt. Er fühlte sich wie ein Ertrinkender, dem das eiskalte Wasser in die Lungen läuft. Kotsch stand still. Langsam gab er das Glas zurück und noch immer fühlte er die ängstlichen Blicke der Redakteure auf ihm. Blickten sie überrascht? Hämisch? Amüsiert? Ängstlich? Sie waren verwirrt. Er hatte einen Fehler gemacht. Er hatte noch nie einen Fehler gemacht. Das musste sie verwirren. Nun gut. JA, er hatte einen Fehler gemacht. JA, er war in der Klemme und der Chef hatte sich nicht bei ihm gemeldet. Zumindest nicht persönlich. Nicht der Chef hatte ihn mit einer zärtlichen Handbewegung aus dem Dämmerschlaf zurück unter die Lebenden geholt, sondern dieser geleckte Moritzfelix, und Kotsch überkam eine unglaubliche Traurigkeit und Wut bei diesem Gedanken. Wie sehr hatte er sich gewünscht, dass Kohl ihm persönlich die Hand schütteln und ihm danken würde. Für diese Rede. Für sein Feuer. Für seine Liebe. Stattdessen Chaos. Er war allein. Vollkommen allein. Irgendwo hier tagte schon ein Krisenstab, der ohne ihn einberufen worden war. Er hatte einen Fehler gemacht. Nur einen einzigen, beschissenen Fehler, aber es war eben ein Fehler im Zeitkontinuum und auch wenn die moderne Quantenphysik behauptete, dass rein theoretisch alles gleichzeitig passieren würde … in diesem Moment war er allein.

Kotsch räusperte sich. Ruckartig wandte er sich von den Bildschirmen ab und ging mit forschen Schritten auf den Raum zu, in dem sich der Krisenstab versammelt hatte. Der Boden unter ihm schwankte, trotzdem ging er gerade. Er hatte sich im Griff. Er würde die Sache regeln.

Schmuggelaktivitäten als Folge des Gesetzes zur Wohnraumüberwachung

Im Zuge einer immer restriktiveren Ausländerpolitik in der Bundesrepublik Deutschland verabschiedet der Bundestag am 24. Oktober 2000 das Gesetz zur Wohnraumüberwachung. In diesem Gesetz heißt es, dass Bürger nicht-deutscher Herkunft spezielle Wohnquartiere zugewiesen bekommen sollen. Außerdem beschließt der Bundestag mit der absoluten Mehrheit der Fraktion der Deutschen Union das Gesetz zur speziellen Förderung nicht-deutscher Schüler und Schülerinnen, das besagt, dass Kinder aus nicht-deutschen Familien Schulen in ihrem Wohngebiet zugewiesen werden. De facto handelt es sich hierbei um angewandte Segregation. Als nicht-deutsch gelten alle Staatsbürger, die nicht deutschen Blutes sind und somit nicht zur Volksgemeinschaft gehören. Damit vertritt Deutschland nach wie vor das »Jus Sanguinis«, das ab 1998 zusätzlich noch so ausgelegt wird, dass beide Elternteile Deutscher Herkunft sein müssen. Kinder aus Mischehen gelten als nicht-deutsch und werden als solche behandelt.

Als Reaktion auf die zunehmende Ausgrenzung und Abschiebung in speziell eingerichtete und überwachte Wohnbezirke entsteht nach der Jahrtausendwende ein reges Schmuggelnetzwerk zwischen den deutschen und ausländischen Wohnbezirken innerhalb der Städte. Vor allem in Berlin, wo zudem noch ein reger illegaler Handel mit dem Ostteil der Stadt betrieben wird, etablieren sich mit der Zeit Schmuggelbanden, die zu beträchtlichem Wohlstand gelangen. Meist dominiert von arabischen Großfamilien, nutzen die Mitglieder Tunnel der Kanalisation, ehemalige oder nicht genutzte U-Bahnschächte, sowie Kellerdurchbrüche zwischen Wohnhäusern, die eine Verbindung über die Demarkationslinien darstellen. In vereinzelten Fällen werden nach 2002 auch Tunnel zwischen den Stadtteilen gegraben, die vor allem in den Zeiten der totalen Abriegelung das Überleben der Ghettobewohner sicherstellen.

Nachdem im Jahr 2008, kurz vor der Ausrichtung der Olympischen Sommerspiele das Gesetz zur Wohnraumüberwachung soweit gelockert wird, dass wieder ein freier und offener Handel zwischen den Stadtbezirken möglich ist, verlieren die illegalen Schmuggelwege an Bedeutung. Die wirtschaftliche Macht der großen Schmugglerfamilien bleibt aber ungebrochen, da diese ihre guten Kontakte und Erfahrungen nun vornehmlich im Rahmen ihrer Geschäfte mit der DDR, insbesondere Ostberlin, zu nutzen wissen. Auch stellt der illegale Handel noch heute (Stand 2013) einen wesentlichen Wirtschaftsfaktor innerhalb der ausländisch dominierten Wohnbezirke dar.

Kapitel 6

Alles ist im Flow und das Leben gerät ins Rutschen.

Samstag, früher Abend

»Schau mal«, sagt Christoph auf dem Rücken liegend, die Zigarette über ihm schwebend, »wenn man davon ausgeht, dass alles gleichzeitig passiert, dann kann man doch theoretisch alles zu jedem Zeitpunkt seines Lebens sein. Das ganze Unglück eines Menschen hat doch immer irgendwo etwas mit der Zeit zu tun. Meistens liegt es doch einfach nur daran, dass gerade in diesem Moment etwas nicht zusammenpasst, dass man zu spät kommt oder zu früh. Zwei Menschen lieben sich, aber zu unterschiedlichen Zeiten. Der eine ist in den anderen verliebt, während der andere jemand anderen liebt, und wenn sich dann der zweite in den ersten verliebt, ist der erste nicht mehr daran interessiert. Beide sind permanent unglücklich und das nur, weil sie sich auf der Zeitachse nicht treffen. Verstehst du? Jeder für sich fühlt zwar das Gleiche, aber zu unterschiedlichen Zeitpunkten. Eigentlich lieben sie sich. Zeitlich verschoben zwar, aber sie lieben sich. Im Grunde lieben sie sich und keiner bräuchte unglücklich zu sein, oder?« Christoph sieht Sabine fragend an, die rauchend zustimmt. Nicht unbedingt logisch, aber so weit kann sie folgen.

»Wenn ich morgen zum Beispiel reich werde, wovon ich fest überzeugt bin, warum sollte ich mich dann heute schlecht fühlen? Könnte ich mich nicht heute schon so fühlen und verhalten wie in der Zukunft, in der ich reich sein werde? Genauso wie ich immer wieder ein Gefühl aus der Vergangenheit heraufbeschwören kann, könnte man sich doch auch nach vorne erinnern, oder nicht? Wo ist der Unterschied? Beide Zustände, weder die Vergangenheit noch die Zukunft, sind gerade real. Die Zukunft ist noch nicht existent. Die

Vergangenheit nicht mehr. Unser jetziger Zustand, die Gegenwart, beruht auf unseren Erfahrungen, die vom Gehirn zusammengesetzt werden. Die sogenannte Realität ist eine permanente Rekonstruktion aus dem, was wir sowieso schon wissen. Aber genauso gut könnten wir sie doch auch aus unseren Träumen und Wünschen zusammensetzen.

Du bist JETZT traurig darüber, dass dich dein Freund verlassen hat, aber du weißt, und das weißt du hundert Pro, dass du irgendwann wieder glücklich sein wirst. Also könntest du doch die Zukunft ins Jetzt holen und schon jetzt glücklich sein, oder?« Sabine nickt. Eigentlich würde sie gern sagen, dass sie tatsächlich schon jetzt ziemlich glücklich ist, aber das ist vielleicht zu viel. Es ist so angenehm, hier zu liegen und seiner Stimme zuzuhören.

»Was hat sich verändert im Vergleich zum Zustand von vor drei Monaten?«, fragt Christoph, auf seinen Ellenbogen gestützt, und beantwortet die Frage gleich selbst. »Nur dein Denken. Was wird sich in drei Monaten verändert haben? Nur die Gedanken in deinem Kopf werden sich verändert haben, sonst nichts.«

Sabine denkt darüber nach. So einfach ist das nicht. Sie schaut an die Decke.

»Gewisse Synapsen werden sich noch nicht gebildet haben«, erwidert sie. »Biologisch werde ich in drei Monaten ein anderer Mensch sein. Körperzellen werden sich ausgetauscht haben. Meine Haut wird sich, glaube ich, komplett erneuert haben. Meine Haare und meine Fingernägel werden in drei Monaten ganz neu sein. Den Fingernagel, den du hier siehst, wird es in drei Monaten nicht mehr geben. Vielleicht werden sich auch meine Gehirnzellen bis dahin komplett ausgetauscht haben. Zelle für Zelle wird absterben und aus meinem Körper heraustransportiert und neue Zellen werden sich bilden. Schon allein deshalb werde ich mich in drei Monaten anders fühlen.«

»Dann könnte man sich ja theoretisch immer wieder vollkommen neu erfinden. Dann könnte man alle drei Monate immer wieder ein neuer Mensch werden. Warum aber gibt es dann Menschen, die in drei Monaten genauso unglücklich sein werden wie heute? Die in drei Monaten genau die gleiche Scheiße machen wie heute?

Selbst wenn ein Junkie heute aufhört zu drücken und nächste Woche schon alles Gift aus seinem Körper abgebaut sein wird, so wird er in drei Monaten trotzdem wieder rückfällig, weil er sich an das geile Gefühle erinnert und er immer noch drin ist. Außerdem. Was passiert mit deinen Fingernägeln? Wo gehen sie hin? Wo kommen sie her? Wie entstehen sie und was passiert mit ihnen, wenn du sie schneidest und in den Mülleimer geworfen hast?«

Sabine zuckt mit den Schultern. Sie liegen nackt auf Christophs Bett und rauchen und quatschen. Es ist schön.

Sie hört, wie die Zigarette knistert, wenn sie daran zieht. Sie liebt dieses Geräusch. »Ich glaube, dass die Welt ein großer Organismus ist und ein Gedächtnis hat und jeder Mensch kann auf dieses Gedächtnis zugreifen. Glaubst du an das ewige Leben?«, fragt Christoph und Sabine denkt an den evangelischen Religionsunterricht, den sie damals in der Grundschule noch hatte. Ab Mitte der Neunziger hatte die CDU das C aus ihrem Namen gestrichen und danach war Religion eher verpönt. Auch der Religionsunterricht wurde nicht mehr gefördert, ihr Vater hatte allerdings darauf bestanden. Er wünschte sich, dass seine Tochter mit christlichen Werten aufwuchs. Über ein Leben nach dem Tod hatte sie sich trotzdem nie Gedanken gemacht. Irgendwie glaubte sie schon daran, genauso wie sie an Gott glaubte, irgendwie. Irgendein höheres Wesen musste es ja schließlich geben, aber so richtig? Das, was sie von der Kirche mitbekommen hatte, waren die selbstgestrickten Pullis und die leisen, subversiven Treffen im Untergrund. Opposition, huhuuu. Damals hatte sie das nicht so richtig begriffen. Als ihr Jugendleiter dann verhaftet wurde, kurz nach der Jahrtausendwende, ist das schon so ein kleiner Skandal gewesen. Der nette Herr Thomas … und die Nachbarn tuschelten hinter vorgehaltener Hand: »Na, irgendwas wird er schon angestellt haben. Grundlos werden sie ihn nicht geholt haben.«

Sie fröstelt, als sie daran denkt. Sie hat Herrn Thomas nie wiedergesehen. Irgendwann hat sie ihn einfach vergessen. Jetzt muss sie an ihn denken und mit einem Schlag wird ihr klar, dass er wahrscheinlich nicht mehr lebt. Er war einer der Menschen, die damals einfach verschwanden. Von einem Tag auf den anderen war er nicht mehr da. Es gab Gerüchte über große Gefangenenlager, aber niemand wusste etwas Genaues. Mann. Was war das damals eigentlich für eine Zeit, Ende der neunziger Jahre? Sabine ärgert sich über sich selbst. Über ihre Unbedarftheit. Ihre Dummheit. Wenn sie jetzt darüber nachdenkt, dann wird ihr einiges klar. Das Verschwinden von Herrn Thomas. Die heimlichen Treffen. Die Wut ihres Vaters. Das Getuschel und die Heimlichtuerei und die allgegenwärtige Präsenz der Partei und der Schläger von der Jungen Union. Was ist aus dem netten Herrn Thomas geworden? Ist er tot? Gibt es das ewige Leben? Wo war Herr Thomas?

»Ich habe gerade an meinen ehemaligen Jugendgruppenleiter aus der evangelischen Gemeinde gedacht«, sagt sie. »Sie haben ihn geholt. Ich war noch ziemlich jung. Gerade eben, als du so erzählt hast, da habe ich daran denken müssen. Ich habe das bis gerade eben gar nicht verstanden, dass er …, dass er …, dass sie ihn damals wirklich eingebuchtet haben, weil er uns was von der menschlichen Freiheit und der Würde des Menschen erzählt hat. Gerade eben ist es mir eingefallen und ich habe … ich habe … ich hatte ihn vergessen!« Sabine drückt sich eng an Christoph und hofft, dass er sie beschützt. Vor der Scham. Vor der Erkenntnis. Vor der Schuld. Natürlich hätte sie damals nichts tun können. Keiner hätte etwas machen können. Auch nicht ihr Vater. Aber warum hat sie diesen Mann vergessen? Wie konnte sie einen Menschen vergessen, der auf einmal aus ihrem Leben verschwunden war? Keiner hat mehr darüber gesprochen. Nie mehr. Einfach weg? Das war nicht wieder gutzumachen.

Lange liegen sie im Bett. In Sabines Kopf kreisen die Gedanken. Christoph liegt mit den Augen starr zur Decke gerichtet. Vielleicht hat er eine ähnliche Geschichte erlebt. Vielleicht kennt jeder in diesem Land eine ähnliche Geschichte. Na ja. Irgendwas werden sie ja schon angestellt haben. So ohne Grund holen sie keinen ab. Und wenn doch? Sabine war völlig aufgelöst.

»Was war jetzt mit dem ewigen Leben?«, sagt sie gereizt, denn über irgendetwas müssen sie ja reden. Sie dreht sich auf den Bauch und zündet sich eine weitere Zigarette an.

»Ach«, sagt Christoph, der gar keine Lust mehr hat, darüber zu sprechen. »Nichts Wichtiges. Ich habe mir nur überlegt, dass es so etwas wie ein Weltbewusstsein gibt. Die große Ursuppe, in die wir wieder zurückfallen. Wenn dein Fingernagel wächst und irgendwo im Müll landet, sich auflöst und irgendwann wieder zu Erde wird, dann kann es doch deinen Gedanken und Gefühlen nicht anders gehen. Es wäre doch eine unglaubliche Verschwendung von Ressourcen, wenn alles, was du bislang gedacht und erlebt hast, all deine Gedanken, deine spirituelle Entwicklung, wenn sich das alles einfach im großen Nichts auflösen würde. Ich glaube, dass sich die Menschheit weiterentwickelt und zwar dadurch, dass sich jeder Einzelne weiterentwickelt und dass diese Entwicklungen irgendwo gespeichert werden. Das passiert nicht linear. Das geht auch nicht immer nur aufwärts, aber das, was irgendwann mal von irgendwem gedacht und entwickelt wurde, das steht eben der gesamten Menschheit zur Verfügung. Selbst wenn es nicht aufgeschrieben oder dokumentiert wurde. Das geht eben alles ein in den großen Speicher und wenn wir eine Möglichkeit hätten, dieses Wissen anzuzapfen, dann könnten wir auch darauf zugreifen.«

Sie denkt darüber nach. Sie denkt an Herrn Thomas, dessen Ideen und Gedanken vielleicht irgendwo im Raum herumschwirren und zur Verfügung stehen. Sie müssten nur einen Weg finden, mit ihnen Kontakt aufzunehmen, sie einzufangen.

»Du meinst so was wie Wiedergeburt?«, fragt sie.

»Ja. Aber nicht so, wie sich die meisten das vorstellen. Nicht so, dass du als Mozart wiedergeboren werden kannst oder als Jesus Christus oder so. Sondern eher, dass du mit einer unterschiedlichen Fülle von Eigenschaften wiedergeboren werden kannst, die diese Menschen entwickelt haben, plus den Eigenschaften und Ideen, die andere entwickelt haben. Wenn man die einzelnen Teile eines Menschen zusammensetzen würde und man könnte alles miteinander verbinden, dann würde der Mensch trotzdem nicht leben, oder? Also, wenn man so frankensteinmäßig einen Menschen zusammenbaut, dann kriegt man am Ende eben doch kein Lebewesen zustande. Etwas Entscheidendes fehlt. Etwas, was wir Menschen nicht hervorbringen können. Den Atem Gottes. Die Lebenskraft. Das Qi. Wie auch immer. Eine geheime Kraft erhält den Menschen am Leben. Wenn diese Kraft aus dem Körper entweicht, dann ist der Körper tot. Es gab ja auch so Versuche, dass man Menschen kurz vor ihrem

Tod gewogen hat und kurz nach ihrem Tod und nach dem Tod waren die Körper tatsächlich leichter. Deshalb hat dann irgendjemand auch mal behauptet, die Seele würde 250 Gramm wiegen. Was auch immer es ist, diese Kraft kann sich doch nicht einfach in Luft auflösen? Die muss doch erhalten bleiben. In einem geschlossenen System muss diese Kraft doch erhalten bleiben.«

»Wieso denn das? Warum soll die Erde ein geschlossenes System sein? Vielleicht verpufft das alles im Weltraum.«

»Ja, aber dann frage ich mich, wieso sich die Menschheit tatsächlich immer weiterentwickelt. Wieso haben dann plötzlich mehrere Menschen zu einem ganz bestimmten Zeitpunkt dieselbe Idee? Die Dampfmaschine, zum Beispiel, wurde doch an verschiedenen Orten auf der Welt zu ungefähr der gleichen Zeit erfunden. Ich glaube schon, dass da dann irgendwie ein Tor aufgeht oder dass sich an mehreren Punkten auf der Welt so Schleusen öffnen und die Ideen rauslassen, die einfach auf der Hand liegen und dass ...«

Das Telefon klingelt. Christoph schaut kurz aufs Display und es scheint wichtig zu sein. Mit einem unwilligen »Ja« nimmt er ab. Eine aufgeregte Männerstimme meldet sich am anderen Ende. Christoph hört zu. Die andere Stimme spricht kurz und intensiv auf Christoph ein, fast kann Sabine ihn verstehen und Christoph beendet das Gespräch mit einem knappen: »O.k. Wir kommen.« Dann legt er auf.

»Kreuzberg brennt. Es gibt riesige Demonstrationen und Krawalle. Anscheinend flippen die Ausländer total aus auf diese Rede von Kotsch und irgendein arabisches Bandenmitglied wurde erschossen, in der Hasenheide. Die Leute drehen total durch. Unsere Gruppe ist auch am Start. Wir treffen uns in einer Stunde am Schlesischen Tor. Willst du mitkommen?« Jetzt? Heute? So schnell?

»Auf jeden Fall«, antwortet sie und drückt sich an ihn. Ihre Brustwarzen richten sich wieder auf, sie fühlt, dass sie schon wieder feucht wird.

»Aber vorher will ich, dass du mit mir schläfst«, flüstert sie ihm ins Ohr und sie ist warm und weich und voll, als sie ihn erwartet.

»Ah, Kotsch. Gut, dass Sie auch endlich kommen. Wir haben Sie schon erwartet. Setzen Sie sich doch«, begrüßte ihn Freiherr zu Gu-

tenberg. Natürlich. Wer auch sonst? Kotsch stand in der Tür und
starrte auf den sonnengebräunten, glatt gegelten Mann mit der kleinen runden Brille und der jugendlichen Attitüde. Am liebsten hätte er sofort losgekotzt. Zu Gutenberg. Sein schlimmster Albtraum.
Junger, dynamischer Hoffnungsträger der DU und der neue Star
am Polithimmel. Noch nichts geleistet, aber schon in aller Munde.
Ein eingebildetes, borniertes Arschloch aus bayerischem Landadel,
der bislang nichts anderes getan hatte, als den Besitz seiner Familie zu verwalten und ein bisschen Vorstandschef von irgendeinem
Energiekonsortium zu spielen. Ein Mann zum Reinschlagen. Kotsch
hatte schon davon gehört, dass zu Gutenberg der neue Liebling von
Kohl sein sollte. Ihn aber jetzt hier, direkt vor sich sitzen zu haben,
überraschte ihn dann doch.

Kotsch lächelte: »Herr Doktor zu Gutenberg?! Sie hier? Welch
Freude. Das ist ja eine angenehme Überraschung.«

Und mit einer weit ausholenden Bewegung ging er auf den jüngeren Mann zu, nahm ihn freundschaftlich in die Arme, nachdem
dieser aufgestanden war, und hätte er ein Messer gehabt, er hätte es
zu Gutenberg ohne zu zögern in den Rücken gerammt. So klopfte
Kotsch ihm nur ein-, zweimal auf die Schulter. Zu Gutenberg war
über die Herzlichkeit und Souveränität von Kotsch ein wenig irritiert und murmelte, dass man auf die Formalitäten doch verzichten
könne.

»Lassen Sie den Doktor ruhig weg«, sagte er betont jovial und
strahlte Kotsch an. Eigentlich hatte er damit gerechnet, dass er den
Innenminister ein wenig mehr auf dem falschen Fuß erwischen
würde, aber Kotsch wäre ja nicht Teflon-Kotsch, wenn er sich in einer derartigen Situation nicht zurechtfinden würde.

Der Innenminister hingegen registrierte durchaus, wie aufmerk-
sam die übrigen Mitarbeiter am Tisch die Begrüßung der beiden
Männer verfolgten, und sein politischer Instinkt sagte ihm, dass zu
Gutenberg nicht umsonst und zufällig hierher geschickt worden war.

Kotsch drehte sich um: »Meine Herren. Die Dame.« Kotsch machte eine knappe Verbeugung in Richtung der einzigen Frau, die am
großen Konferenztisch des Senders saß. Mit bestimmter Stimme
versuchte er augenblicklich, Oberwasser zu bekommen: »Wie ich

gehört habe, hat meine Rede zu einer etwas unerwarteten Reaktion seitens der Bevölkerung nichtdeutscher Herkunft in der Hauptstadt geführt und ich habe diesen Krisenstab einberufen, um mit Ihnen über diese Situation zu sprechen.«

Jeder an diesem Tisch wusste, dass Kotsch diesen Krisenstab nicht einberufen hatte, aber Kotsch war ein alter Hase auf dem politischen Parkett und er hatte nicht vor, sich das Heft des Handelns aus der Hand nehmen zu lassen; deshalb fuhr er unbeirrt fort: »Wie ich sehe, sind die Dame und die Herren vom Verfassungsschutz, vom Bundesnachrichtendienst und von der Berliner Polizei anwesend, vielleicht beginnen Sie mit einem aktuellen Lagebericht.«

Zu Gutenberg lächelte: »Verzeihen Sie, Herr Innenminister, wenn ich Sie unterbreche, aber der Herr Bundeskanzler, der diese Sitzung einberufen hat, ist gerade in der Leitung und möchte sich kurz per Videokonferenz zu uns schalten. Wenn Sie sich bitte dort auf Ihren Platz setzen würden, dann würde ich die Leitung nun herstellen.«

Eins zu null für zu Gutenberg. Er hatte ihn auflaufen lassen. Ganz klassisch und Kotsch würde ein bisschen arbeiten müssen, wenn er diesen Vorsprung wieder aufholen wollte. Schon allein die Tatsache, dass dieser Schnösel ihm den Platz zuwies, war ein Affront. Zwar hatten sie ihm standesgemäß den Platz am Kopfende frei gehalten, aber … Kotsch ärgerte sich trotzdem. Es half nichts. Kohl tauchte auf den Monitoren auf und er schien verstimmt.

»Guten Abend, meine Dame, meine Herren! Ich will hier jetzt gar nicht lange um den heißen Brei herumreden, die Rede unseres Innenministers heute Nachmittag war nicht im Sinne der Partei und war ganz klar nicht mit unserer Führung und speziell nicht mit mir abgesprochen. Herr Kotsch hat auf eigene Initiative gehandelt und so sehr wir die Vorgehensweise von heute Morgen und die Erstürmung des Abschiebegefängnisses begrüßen … mit dieser Rede haben Sie, Kotsch, der Partei keinen guten Dienst erwiesen. Das wird auch noch Konsequenzen haben, aber zunächst ist es wichtig, dass wir die Situation wieder unter Kontrolle bekommen. Anlässlich der morgigen Wahl haben wir Tausende von Beobachtern in der Stadt und wir können uns auf gar keinen Fall Krawalle oder Ausschreitungen leisten. Aus diesem Grund haben wir Kontakt zu Vertretern der arabischen Gemeinde aufgenommen und zum Oberhaupt der Familie des toten Jungen, der gleichzeitig einer der führenden Klanchefs von Berlin ist. Ich möchte, dass Sie, Herr Kotsch, die Situation bereinigen. Sie haben uns das Ganze zu einem nicht unwesentlichen Teil eingebrockt und nun sorgen Sie auch bitteschön dafür, dass sie gelöst wird. Ist das klar? Habe ich mich klar und deutlich ausgedrückt? Ich möchte am morgigen Wahlsonntag keine weitere Störung erleben. Ich wünsche mir einen friedlichen Wahlverlauf. Die Wahlbeobachter der Vereinten Nationen haben sowieso schon ihre Augen und Ohren überall und ich will keine internationalen Irritationen. Haben Sie mich verstanden? Ja? Ich bin sauer, stinksauer, und ich habe kein Interesse daran, dass irgendwelche Neger aus Zimbabwe oder Südafrika kommen und uns erklären, dass unsere Wahlen undemokratisch verlaufen sind. Beenden Sie die Krawalle bis morgen früh, treffen Sie sich mit diesem Atakan und stellen Sie den Frieden wieder her. Ich hoffe, das war deutlich genug. Bitte machen Sie weiter, Herr zu Gutenberg. Dankeschön.« Das Bild des großen Vorsitzenden erlosch.

Steif saß Kotsch am Kopfende des Tisches. Zu Gutenberg lächelte. Nach einer kleinen Pause machte er mit samtweicher Stimme einen Vorschlag: »Nun, Herr Minister. Wenn Sie nichts dagegen haben, dann würde ich jetzt vorschlagen, dass wir die Lageberichte der einzelnen Dienste anhören.«

Kotsch reagierte nicht. Er wusste, dass er etwas tun musste, aber er konnte es nicht. Er starrte auf den grauen Bildschirm. Er blinzelte.

»Herr Minister?«, lächelte zu Gutenberg und Kotsch zwang sich. Irgendeine Bewegung. Irgendeine Geste. Irgendwas. Er schüttelte die Hand. Es war schwer genug.

»Ja, bitte«, krächzte er. »Bitte.«

Es war jetzt sowieso alles egal.

»Herr Müller vom Bundesnachrichtendienst. Wenn Sie bitte beginnen würden«, eröffnete zu Gutenberg mit einer generösen Handbewegung den Reigen und deutete auf einen grauen Mann, der ebenso fahl und farblos war wie die Frau vom Verfassungsschutz. Ebenfalls anwesend war Dieter Glietsch, Berlins widerlicher Polizeipräsident, der seine Freude, mit in diesem Gremium sitzen zu dürfen, kaum verhehlen konnte. Ein Dorfpolizist, der ansonsten keine Gelegenheit hatte, einer derartigen Runde beizuwohnen und sich fühlte, als sei nun endlich seine große Stunde gekommen. Der Berliner Innensenator war natürlich auch dabei, auch so ein Provinzpolitiker. Ein alberner Hampelmann, der nichts zu sagen hatte. Kotsch blickte von einem zum anderen. Er hasste sie alle.

Umständlich begann Müller vom Bundesnachrichtendienst mit monotoner Stimme zu erklären, welche ausländischen Beobachter sich in welchen Hotels aufhielten und wie die internationale Lage einzuschätzen sei. Kotsch wusste genau, was die internationalen Beobachter hier in der Stadt machten. Die meisten von ihnen ließen sich in ihren Hotels zulaufen und bestellten sich Nutten aufs Zimmer. Kotsch kannte sie alle, er hatte sie oft genug betreut und immer gute Arbeit geleistet. Obwohl die Zeiten damals um die Jahrtausendwende in der BRD tatsächlich ein wenig hart gewesen waren mit den Verhaftungen, den Lagern und dem Vorgehen gegen die Opposition – über eine offizielle Protestnote vor den Vereinten Nationen gingen die internationalen Beschwerden nie hinaus und auch die Wahlen waren letztlich von der internationalen Gemeinschaft abgesegnet worden. Und damals hatte die DU wirklich viel manipuliert. Dass dann trotzdem alles so glatt verlaufen war, lag zum größten Teil an ihm und seinem Service. Er hatte dafür gesorgt, dass die Beobachter sich im Land wohlfühlten und eben nicht allzu genau hinschauten.

Als Müller seinen Vortrag endlich beendet hatte, kam die Frau vom Verfassungsschutz zum Einsatz. Eine kleine, geschäftige Person. Kotsch kannte Frau Berthold schon seit Jahren und hatte sie selbst für diese Stelle vorgeschlagen. Er überlegte, ob all diese Menschen, die durch seine Hand groß geworden waren, alle, die er persönlich gefördert hatte, ob all diese Menschen in der Stunde der Not auch zu ihm halten würden. Frau Berthold schaute nicht auf und als der Innenminister sie mit seinem Blick zu fixieren versuchte, wich sie ihm aus. Wohl doch nicht und wahrscheinlich würden ihn auch die anderen verraten. Seine alten Freunde aus der Anden-Connection. Er müsste heute Abend mal wieder mit Wolf sprechen und den Dingen auf den Grund gehen. So einfach würde er sich nicht geschlagen geben. Auf keinen Fall. Berthold las vor, was auf dem Laptop vor ihr stand. Anscheinend trafen dort minütlich neue Lageberichte ein.

»Nach derzeitigem Stand der Lage haben unsere Mitarbeiter herausgefunden, dass heute Nachmittag zwischen 14 und 16 Uhr ein junger Mann in der Hasenheide erschossen wurde. Mahmout Abou-Mohammed gehörte einem der Berliner Großklans von arabischen Familien an, die im Umfeld der organisierten Kriminalität tätig sind. Zur Stunde versuchen unsere Mitarbeiter, wie Sie ja bereits von unserem Vorsitzenden gehört haben, den Anführer des Klans, Atakan Abou-Mohammed, ausfindig zu machen, er ist der Cousin des Ermordeten. Atakan Abou-Mohammed hat großen Einfluss auf die Familien in Kreuzberg und Neukölln und genießt innerhalb der Ausländerquartiere ein nicht zu unterschätzendes Ansehen. Nach unseren Erkenntnissen befinden sich mehrere Tausend Personen im Umfeld dieser Familien, sei es, dass sie direkt Geld von diesen bekommen, kriminelle Geschäfte für diese abwickeln oder eine rechtsstaatliche bürgerliche Fassade für diese Familien aufrecht erhalten, sprich Geldwäsche betreiben. Atakan ...«

»Frau Berthold. Verzeihen Sie mir die Unterbrechung, aber die Anwesenden kennen die Struktur und die Tätigkeiten der Neuköllner Mafia und sind mit den Grundlagen vertraut.«

Kotsch sah zumindest eine kleine Chance, seine Autorität wiederherzustellen, und wenn sich Berthold schon nicht loyal zeigte, warum sollte er sich dann ihr gegenüber loyal verhalten? Diese kleine Schlampe würde er auch noch in die Knie zwingen. Aber er hatte nicht mit zu Gutenberg gerechnet. Der aalglatte Wichser fuhr ihm auch diesmal in die Parade: »Mit Verlaub, Herr Innenminister, aber ich denke schon, dass wir zum jetzigen Zeitpunkt noch einmal alle grundlegenden Informationen zusammentragen sollten, denn so, wie ich das sehe, haben wir es mit einem äußerst komplexen und fragilen Konstrukt zu tun, bei dem wir alle Möglichkeiten in Betracht ziehen müssen. Nichtsdestotrotz, Frau Berthold, würden Sie zum Punkt ihrer Ausführungen kommen?«

»Mehrere Punkte. Erstens, da es sich bei dem ermordeten jungen Mann um den Cousin von Atakan Abou-Mohammed handelt, haben wir ein ganz persönliches und familiäres Ereignis, auf das wir reagieren müssen. Zweitens haben wir mit Atakan Abou-

Mohammed eine Person, die unserer Meinung nach sehr schnell die Aufstände in Kreuzberg und Neukölln beenden könnte. Das ist wahrscheinlich eine Frage des Preises und der politischen Mitbestimmung.

Und drittens müssen wir auch noch eine weitere Gruppe im Auge behalten, die sich nach Erkenntnissen unserer Mitarbeiter gerade eben am Schlesischen Tor versammelt. Es handelt sich hierbei um einen relativ losen Zusammenschluss von jungen Menschen, die sich keinen festen Namen gegeben haben und hauptsächlich aus dem Osten agieren. Das heißt es sind bundesrepublikanische Bürger, die in der DDR ihren Wohnsitz haben und so ungehindert zwischen den Sektoren wechseln können. Es handelt sich hierbei im Übrigen mit hoher Wahrscheinlichkeit auch um dieselbe Gruppierung, die heute Morgen am Rande der Abschiebeaktion in Marienfelde in Erscheinung getreten ist.

Dieses spontane und lose Auftreten ist übrigens typisch für diese Gruppe. Sie haben keine feste Struktur, sind nach unseren Erkenntnissen aber sehr gut untereinander vernetzt. Bislang konnten wir keine Leute von ihnen abwerben oder eigene Mitarbeiter von uns einschleusen. Auch können wir zum jetzigen Zeitpunkt über Ausrichtung und Intention der Gruppierung nur sagen, was uns die Kollegen vom Ministerium für Staatssicherheit der DDR über sie mitgeteilt haben, und das ist eher wenig. Anscheinend handelt es sich um eine antimilitaristische und antikapitalistische Gruppierung mit einem ideologischen Hintergrund, wie es sie bei den späten Grünen, der Spaßguerilla oder auch der 68er Bewegung gab. Antirassistisch und Antifaschistisch. Sie sind gegen den Überwachungsstaat und bewegen sich in einem partyorientierten Umfeld mit sehr hohem Drogenkonsum. Ihr Lieblingstreffpunkt ist anscheinend die Bar 25 in der Ostberliner Holzmarktstraße und ihr Erkennungszeichen ist ein weißes Kreuz aus Klebeband, das aber nach Bedarf abgemacht werden kann. Gern wird das Kreuz auch unter dem Kragen getragen, so dass man diesen nur hoch- oder herunterklappen muss. Also ein eher vages Erkennungszeichen.

Nichtsdestotrotz haben sich nun einige Dutzend Menschen aus diesem Umfeld am U-Bahnhof Schlesisches Tor versammelt, die sich mit Sprechchören und improvisierten Plakaten mit den Randalierern in Neukölln solidarisieren und gerade in Richtung Kottbusser Tor marschieren. Aber dazu kann uns vielleicht Herr Glietsch mehr erzählen.«

Die junge Frau deutete auf den Berliner Polizeipräsidenten, der nun das Wort ergriff. Auch er schaute zwischenzeitlich immer wieder auf den Laptop vor ihm, wo ununterbrochen neue Meldungen eintrafen und es war offensichtlich, dass er sich unglaublich wichtig vorkam.

»Nun, also nach unseren Angaben begannen heute Nachmittag kurz nach 16 Uhr die Proteste in Neukölln. Gegen 16 Uhr 8 versammelten sich ungefähr zwei Dutzend Menschen auf dem Hermannplatz, die alle aus dem direkten Umfeld der Familie Abou-Mohammed stammen. Zuvor war gegen 14 Uhr Mahmout Abou-Mohammed in der Hasenheide in Neukölln von einer bisher unbekannten Person durch einen gezielten Kopfschuss getötet worden. Die Polizei wurde durch Anwohner verständigt, die ein Gasleck vermuteten, da sich ein unangenehmer Geruch vom Tatort aus verbreitete. Wie ein Mitarbeiter der Gaswerke allerdings berichtete, stammte der Geruch von einem Haufen Exkremente, den der Tote anscheinend kurz vor seiner Erschießung abgesondert hatte.«

Alle lachten bei dieser Bemerkung. Wegen eines Haufens Scheiße wurden die Gaswerke alarmiert? Selbst Kotsch musste bei dieser Vorstellung grinsen.

»Nun ja. Das ist der witzige Aspekt dieser Angelegenheit«, fuhr der Polizeipräsident fort. »Der Rest ist bedeutend ernster und für die Sicherheitslage alles andere als komisch. Da die Polizei den Tatort weitgehend absperrte, kam es dadurch zu Handgreiflichkeiten zwischen den Sicherheitskräften und mehreren männlichen Mitgliedern der Familie Abou-Mohammed. Zwei Personen wurden in diesem Zusammenhang festgenommen. Daraufhin versammelten sich wie gesagt gegen 16 Uhr mehrere Dutzend Familienangehörige des Klans, die sich offensichtlich per Handy über den Mord verständigt hatten. Zu diesem Zeitpunkt berichtete aber auch schon das Fernsehen über die Tötung und die Rede des Innenministers wurde auf allen TV-Sendern übertragen. Dadurch aufgeputscht entstand eine Atmosphäre der Gewalttätigkeit und die Menschenmenge auf dem Hermannplatz wuchs innerhalb einer halben Stunde auf mehrere Hundert Personen an. Der Einsatzleiter der Polizei, die an der Hasenheide die Tatortsicherung vorzunehmen hatten, ordnete daraufhin an, gegen die Menge auf dem Hermannplatz vorzugehen. Dies muss zum jetzigen Zeitpunkt allerdings als Fehleinschätzung bewertet werden, da schon allein die zahlenmäßige Unterlegenheit der Polizeibeamten nicht ausreichte, die Menge zu zerstreuen. Stattdessen wurden die Einsatzkräfte mit Steinen und Flaschen beworfen und mit unverhältnismäßig offener Aggression empfangen. Die meist ausländischen Personen auf dem Hermannplatz bauten in Richtung Hasenheide aus Müllcontainern und Autoreifen Barrikaden, die gegen 17 Uhr 15 in Brand gesteckt wurden. Die angeforderte Verstärkung der Berliner Polizei versuchte, von der Urbanstraße sowie von der Hermannstraße aus den Hermannplatz zu erreichen, da zu diesem Zeitpunkt auch der Kottbusser Damm in Richtung Kottbusser Tor schon von einer großen Menschenmenge besetzt worden war. Zurzeit strömen nach wie vor Menschen aus Kreuzberg in Richtung Kottbusser Damm und Kottbusser Tor sowie aus dem südlichen Kreuzberg und aus Neukölln in Richtung Hermannplatz. Während es unseren Einsatztruppen gelungen ist, entlang der Demarkationslinie die Urbanstraße, die Hasenheide und die Hermannstraße abzuriegeln sowie am Kottbusser Tor die Adalbertstraße und die Skalitzerstraße zu schließen, sind die Zugangswege vom Osten her, sprich Sonnenallee, Karl–Marx-Straße, das Gebiet um den Görlitzer Park und die Skalitzerstraße in Richtung Schlesisches Tor offen. Die Hasenheide ist ebenfalls nicht vollständig zu kontrollieren, so dass wir beobachten können, dass Menschen aus Kreuzberg 61 und vereinzelt sogar aus Schöneberg über diesen Umweg nach Neukölln gelangen, wobei es sich hier größtenteils um deutsche Staatsangehörige handelt. Wir haben zwar mit den DDR-Behörden gesprochen, aber bislang konnten wir diese noch nicht davon überzeugen, die Oberbaumbrücke zu schließen, so dass sich auch hier noch nach wie vor mehrere hundert Menschen in Richtung Schlesisches Tor bewegen, um von dort in Richtung Kottbusser Tor oder Görlitzer Park vorzudringen. Gerade eben erhalte ich die Meldung, dass der Supermarkt Bolle an der Ecke Wiener Straße in Brand gesteckt wurde und die Feuerwehr am Vorrücken gehindert wird. Anscheinend blockiert eine größere Menschenmenge die Feuerwehrausfahrt der Feuerwache Kreuzberg in der Wiener Straße, so dass die Kollegen nicht ausrücken können. Auch Einsatzkräfte der Polizei können zum jetzigen Zeitpunkt nicht in dieses Gebiet vordringen. Ein Streifenwagen, der sich unglücklicherweise in der Nähe des Görlitzer Bahnhofs befand, wurde von der Menschenmenge angehalten und angezündet. Die Kollegen wurden angegriffen, konnten sich aber mit sehr viel Glück in die Räume der Feuerwache retten, die aber ebenfalls belagert wird. So viel dazu.«

Zu Gutenberg lächelte. Fast sah es so aus, als würde er sich freuen, setzte dann aber schnell einen betont sorgenvollen Gesichtsausdruck auf.

»Vielen Dank, Herr Glietsch, für die ausführlichen Ausführungen und Details. Nun, meine Herren, die Lage ist ernst und wie Sie gehört haben, ist weder die Bundesregierung noch die Führung der Deutschen Union über die aktuelle Entwicklung erfreut. Mit anderen Worten: Wir können uns diese Sauerei nicht leisten. Herr Kotsch«, seine Stimme gewann an Schärfe, »wie Sie gehört haben, haben wir mit Atakan Abou-Mohammed einen sehr einflussreichen Mann in diesen Bezirken kontaktiert und arbeiten gerade an einer Lösungsstrategie. Nach ersten Rückmeldungen ist er an einer Zusammenarbeit interessiert. Die Parteiführung hat aus diesem Grund beschlossen, dass Sie sich mit dem Mann treffen und über eine Lösungsstrategie mit ihm verhandeln. Wir wollen, dass die Unruhen bis morgen Früh acht Uhr beendet sind.«

Er blickte Kotsch direkt an.

»Herr Kotsch, tun Sie alles, was in Ihrer Macht steht, damit diese Kanaken Ruhe geben«, er machte eine gefährliche Pause. «Was haben Sie sich bei dieser Rede eigentlich gedacht, verdammt noch mal? Der Herr Bundeskanzler hat geschäumt vor Wut, das brauche ich Ihnen nicht zu sagen und ihr Verschwinden kurz nach Ihrem Auftritt hat nicht zu einer Entspannung beigetragen. Machen Sie sich in die Spur und klären Sie das. Ich hoffe für Sie, dass Sie die Sache schnell und effektiv erledigen. Ansonsten sind Sie die längste Zeit Innenminister gewesen. Ist das klar?«

Kotsch starrte ungläubig in das harte, sonnengebräunte Gesicht, das vor Dynamik, Energie und Tatkraft nur so strotzte. Er kam sich in diesem Moment alt und verbraucht vor. Das konnte alles nicht wahr sein. Das durfte nicht wahr sein. Das war alles nur ein böser Traum und er würde gleich aufwachen. Die Worte trafen ihn wie Ohrfeigen, doch er wollte einfach nicht aufwachen.

Die Backpfeife kommt aus dem Nichts. Atakan wartet auf dem Treppenabsatz auf seinen Bruder und seinen Cousin und verabreicht beiden noch einmal ein paar Schellen. Mich straft er mit einem verächtlichen Blick. Die nächste halbe Stunde kommt mir an diesem unwirklichen Tag noch unwirklicher vor als all das, was ich vorher schon erlebt habe. Es wird immer absurder und schneller und es dreht sich immer weiter abwärts, als wäre ich in einem irren Albtraum gefangen, aber ich wache einfach nicht auf. Ich schaue aus dem Fenster.

Atakan fährt und telefoniert gleichzeitig. Wir fahren ab Moabit in Richtung Osten zum Grenzübergang Chausseestraße. Natürlich besitzt Atakan einen Passierschein und während wir noch auf die Grenze zusteuern, höre ich ihn ins Telefon knurren: »… und was habe ich damit zu tun? … Interessant, jetzt, wo Ihnen die Scheiße bis zum Hals steht, kommen Sie auf uns zurück, jetzt erinnern Sie sich an uns … Woher haben Sie überhaupt meine Nummer? … Gut. Bevor wir hier weiterquatschen, will ich erst mal, dass Sie sich bei uns entschuldigen! Dafür, dass Sie uns seit fünfzig Jahren unten halten und dafür, dass Sie, seit die ersten Gastarbeiter hierhergekommen sind, niemals wollten, dass wir überhaupt ein Teil dieser Gesellschaft werden. Ganz einfach. Ich will eine Entschuldigung für Ihre beschissene Politik … doch, genau darum geht es. Ohne Erinnerung keine Verhandlungen … Wollen Sie mir drohen? … Sie haben in Neukölln keine Macht. Das wissen Sie genauso gut wie ich und wenn ich gehe, dann gibt es tausend andere kleine Atakans, die genau dasselbe machen wie ich … Das ist doch Ihre Schuld. Da brauchen Sie sich nicht zu wundern, wenn Ihr Innenminister diese Rede hält und die Bullen unsere Leute nicht durchlassen, weil die zu meinem toten Cousin wollen … das bringt ihn auch nicht mehr zurück … Nein, das glaube ich Ihnen nicht, dass Sie das richtig untersuchen werden, und wenn ich ehrlich bin, scheiße ich auch auf Ihre Untersuchungen, wir werden das allein regeln … Gerechte Strafe? Ich glaube nicht an gerechte Strafen hier in Deutschland … Wer will mit mir sprechen? Kotsch? Kotsch persönlich will sich mit mir treffen? … Warum sollte ich mich mit ihm treffen? … Wie viel? … Zu wenig! Dafür müssten Sie mir mindestens das Dreifache anbieten … Wenn Sie das sagen … Sagen Sie ihm, ich erwarte ihn im Café … Sie wissen doch, wo das Café ist, wenn Sie mich so gut kennen … Natürlich werden Sie das. Da bin ich ganz sicher. In einer Stunde … Auf jeden Fall. Sie können sich auf uns verlassen. Auf Wiederhören.«

Ohne Schwierigkeiten passieren wir die Grenzanlagen und fahren auf der Chausseestraße nun nach Süden. Wir werden einfach so durchgewunken und ich sehe Ostberlin an mir vorbeifliegen. Kurz vor Olympia 2008 wurde der Osten noch einmal auf Hochglanz poliert, aber ich weiß ja, wie es in den Hinterhöfen aussieht. Mit Sabine und ihren, in Anführungszeichen, Freunden, waren wir ja oft genug im Osten. Ich mag den Osten nicht und ich mag Sabines Freunde nicht. Sabine? Komisch. Es kommt mir vor, als würde uns ein halbes Leben trennen, dabei war es erst gestern Abend. Mein Leben ist im Arsch, das merke ich jetzt überdeutlich und ich sehne mich nach einem Bett und nach der Wärme eines anderen Körpers. Stattdessen fällt mir auf, dass wir nicht in Richtung Checkpoint Charlie fahren, sondern links auf die fast leere Torstraße abbiegen. Im Osten gibt es nach wie vor kaum Verkehr auf den Straßen, weil es immer noch keine Autos fürs Volk gibt. So etwas kennt man sonst nur noch aus Nordkorea. Wie die Leute das bloß aushalten? Aber nicht mehr lang, dann wird die ganze Scheiße hier explodieren, dann werden die Leute hier aufstehen und randalieren.

Atakan will anscheinend zum Übergang Heinrich-Heine-Straße und über den Moritzplatz fahren. Hamoudi fragt ihn, mit wem er eigentlich telefoniert hat. Atakan antwortet: »Das war eine Frau Berthold vom Verfassungsschutz. Kotsch will mit mir reden.«

»Kotsch?«, frage ich erstaunt. »Der Innenminister?«

»Genau der.«

Wir fahren über den Alexanderplatz und auf der extra abgesperrten Transitstrecke für Fahrzeuge aus Westberlin kommen wir schnell voran. Hier herrscht ein bisschen mehr Verkehr.

Jedes Mal, wenn ich im Osten war, habe ich mich gefragt, ob es den Leuten nicht schon allein auf den Straßen auffällt, dass sie verarscht werden. Da quälen sie sich mit ihren beschissenen Kleinwagen auf zwei bis drei überfüllten Spuren und neben ihnen stehen ganze Autobahnen frei, für Westberliner, die genug Devisen abdrücken, um mit Vollgas durch den Osten fahren zu dürfen. Mann, diese Kommunisten haben echt nur Scheiße im Kopf. Aber warum will sich der Innenminister mit Atakan treffen? Mühsam klaube ich meine Gedanken zusammen. Das Koks, der Alk, die Augen des Mädchens. Ich schüttle mich. Irgendwo muss doch noch mein Gehirn und meine Stimme herumliegen.

»Warum will sich Kotsch mit dir treffen?«

»Das zeige ich euch gleich«, sagt Atakan und steuert den Wagen in Richtung Jannowitzbrücke zum Grenzübergang. Wenn man hier links abbiegen würde, käme man zu dieser Bar 25, wo Sabine so gern hingeht. Beschissene Hippie-Scheiße. Irgendein Bretterdorf, wo Erwachsene Ferienlager spielen. Mit Lagerfeuer und Ringelpietz mit Anfassen. Ich habe es nie verstanden, warum sie es ausgerechnet dort so geil findet. Zwei- oder dreimal war ich dabei. Drogenkonsumierende Werbeagenturarschlöcher, Kreative, in Anführungszeichen, die sich wegballern und von Exzessen träumen, die sowieso nie stattfinden. Einfach nur traurig.

Ja, ich nehme auch Drogen. Ich schreibe auch und bin Journalist, aber ich habe einen Job. Was ist ein Journalist, der nicht als Journalist arbeitet? Nichts. Was ist ein Schriftsteller, der nicht schreibt? Ein arbeitsloser Penner. Und wenn er für eine Werbeagentur arbeitet und eigentlich Schriftsteller ist, so wie sie alle eigentlich Künstler oder Musiker sind, dann sind sie in Wirklichkeit nur willige Hilfsarbeiter, die sich selbst verarschen und billig in irgendwelchen Ostberliner Hinterhofwohnungen wohnen, weil sie mit den Eurodollar, die sie mit ihren beschissenen Jobs verdienen, im Osten immer noch bessere Wohnungen haben können, als im Westen. Machen einen auf Einheitssozialisten, diese Pseudoarschlöcher.

Ich hasse diese Menschen und wenn ich daran denke, dass Sabine mit denen abhängt, dann hasse ich sie einfach noch mehr und wir erreichen die riesigen Sperranlagen.

Weil hier ein Teil des Postverkehrs von und nach dem Osten abgewickelt wurde, früher, in Zeiten, wo man sich noch Briefe geschrieben hat, ist das eine der größten Grenzanlagen überhaupt. Wir fahren durch die Slalomstrecke aus Betonblöcken, die sie hier aufgebaut haben, weil es Ostler gab, die den beschissenen Osten satt hatten und an dieser Stelle schon zweimal mit einem Laster durchbrechen wollten. Zwei Ostler haben hier in den 1960er Jahren andere Ostler erschossen. Lange vor meiner Geburt, aber wenn man für Springer arbeiten will, dann muss man das wissen. Wir stoppen. Stau.

Was machen denn die ganzen Leute hier? Der Übergang für die Fußgänger ist heillos verstopft. Westdeutsche Bürger, die zurück in den Westen wollen. Die ganzen Zecken, die hier im Osten wohnen. Warum wollen die jetzt alle auf einmal wieder zurück in den Westen? Die Grenzer schütteln den Kopf. Die Leute wedeln mit ihren roten Pässen. Es gibt ein Geschiebe und Gedränge. Wir fahren im Schritttempo auf den Schlagbaum zu und ein Junge kontrolliert mit verkniffenem Gesichtsausdruck unsere Papiere und vergleicht das Nummernschild mit dem Passierschein.

»Sie wüssen, dass Sie durrt vurne ni rischtisch wäider kumm?«, fragt der dünne Mann in Uniform und ich frage mich, ob sie die Grenzer mit Absicht aus dem tiefsten Sachsen hierher importieren.

»Entschuldigen Sie bitte, ich habe Sie nicht verstanden«, sagt Atakan höflich. Der Grenzer zuckt unwillig mit den Mundwinkeln. Man sieht ihm an, dass er etwas sagen möchte, aber nach einem weiteren Blick auf die Dokumente wedelt er nur unfreundlich mit der Hand und winkt uns durch. Auf der anderen Seite kurz vor dem Moritzplatz sehen wir es dann. Alles voller Bullen. Hundertschaften. Überall Blaulicht und die Wannen stehen dicht an dicht. Riesige Scheinwerfer haben sie aufgestellt, die in der einsetzenden Dämmerung ein surreales Licht verbreiten, wie in einem Fußballstadion. Direkt auf dem Moritzplatz steht ein Hubschrauber, dessen Flügel gerade anfangen zu rotieren und einen unglaublichen Lärm machen. Was ist hier los? So viele Bullen habe ich noch nie auf einem Haufen gesehen. Der ganze Moritzplatz ist blau so viele Bullen sind da.

»Was ist denn hier los?«

»Das«, sagt Atakan, »das wollte ich euch zeigen. Kreuzberg ist im Aufstand. Die haben hier alles abgesperrt. Stefan, das ist jetzt deine Aufgabe. Du hast deinen Presseausweis dabei. Führ uns hier durch. Von hier bis runter zur Hasenheide ist alles abgesperrt. In Kreuzberg ist Krieg und am Hermannplatz haben sie angefangen, Barrikaden zu bauen. Heute Nachmittag hat Kotsch, diese Drecksau, eine Rede gehalten, gegen uns. Eine Rede gegen Ausländer in Berlin und Deutschland und die Leute sind ausgetickt. Meinen Cousin haben sie in der Hasenheide erschossen und als meine Mutter und meine Onkels hinwollten, das durften sie nicht. Tante hat dann noch mehr Cousins und Onkels geholt und dann ging alles sehr schnell. Ich war nicht da. Sie haben mir das alles am Telefon erzählt. Ich musste ja meinen Bruder und meinen Cousin holen.« Er schaut voller Verachtung auf seinen Bruder, der neben ihm sitzt.

»Egal. Es wurden auf jeden Fall ziemlich schnell ziemlich viele und jetzt haben sie Kreuzberg und Neukölln abgeriegelt. Anscheinend machen die Ostler die Grenzübergänge auch dicht, so dass die Leute nicht nach Osten rauskommen. Es sieht so aus, als wollten sie unsere Leute jetzt tatsächlich einsperren. Ich meine, wir haben keine Angst, aber es könnte sein, dass die, wenn die hier jetzt mit Soldaten kommen, dann …«, und in diesem Moment sehe ich sie. Rechts auf der Oranienstraße in Richtung Springerhochhaus stehen sie aufgereiht. Panzer! Panzer der Bundeswehr. Wo hatten sie die so schnell her? Oben in Wedding gibt es Kasernen, das weiß ich und in Reinickendorf und unten in Dahlem auch. Da sind die Deutschen eingezogen, nachdem die Amis und die Franzosen weg waren, aber wie hatten sie jetzt so schnell die Panzer hierher bekommen? Das müssen die ja innerhalb von zwei Stunden gemacht haben und ich betrachte durch die Scheibe das bläulich blinkende Szenario und hinter uns startet der Hubschrauber, erhebt sich wie eine schwerfällige Libelle, schaltet seinen Suchscheinwerfer ein und dreht mit lautem Dröhnen in Richtung Oranienplatz ab. Soldaten! Da stehen richtige Soldaten mit Maschinengewehren und Stahlhelmen. Ich bin fassungslos.

»Stefan. Bring uns hier durch. Kotsch will sich mit mir treffen. Er will anscheinend darüber sprechen, dass ich die Menschen beruhige oder so. Du weißt, ich helfe, wenn ich kann. Ich helfe jedem. Ich bin ein ehrenvoller Mann. Deshalb habe ich auch gesagt, dass ich mich mit ihm treffe. Im Café. Aber wir müssen hier durch. Zeig deinen Presseausweis.«

Ein aufgeregt wirkender Polizist steuert auf uns zu und rudert abwehrend mit den Armen. Ich gebe Atakan den Presseausweis und nach kurzer Verhandlung dürfen wir dann doch weiterfahren. Wir kommen nur langsam voran. Alle paar Meter müssen wir den Ausweis vorzeigen und die gesamte Prinzenstraße runter stehen Polizei und Bundeswehreinheiten. Als wir an der Ecke Ritterstraße stehen, kann ich am Kottbusser Tor eine Rauchwolke erkennen. Irgendetwas brennt da. Etwas Großes. Wir sehen den Widerschein der Flammen und heranziehende Rauchschwaden verbreiten einen beißenden Geruch von brennendem Plastik. Ich frage mich, wie lange das schon so geht? Wenn Atakan uns nicht aus dieser Wohnung geholt hätte, dann hätte ich vielleicht gar nichts davon mitbekommen? Deutschlands aufgewecktester Nachwuchsjournalist liegt besoffen und zugekokst in einer Wohnung in Moabit, neben ihm geht die Welt unter und er kriegt es gar nicht mit. Warum hat mich die Zeitung eigentlich nicht angerufen. Ich schaue auf mein Handy. Lautlos. 18 Anrufe in Abwesenheit. Ach du Scheiße. So wie es aussieht, liegt die gesamte Stadt im Krieg der Kulturen und ich habe es verschlafen.

An der Ritterstraße werden wir dann endgültig abgedrängt. Kein Durchkommen mehr, auch nicht mit Presseausweis. Richtung U-Bahnhof Prinzenstraße haben die Bullen das Gebiet vollständig abgeriegelt, Sonderkommandos fahren an uns vorbei, mit Blaulicht und Martinshorn und aus der Ferne hören wir Lautsprecher brüllen. Der Hubschrauber kreist oben am einsetzenden Nachthimmel über den Köpfen der Menge, Mannschaftswagen rasen die Straße entlang, stoppen und Polizisten springen ab, in ihren gepanzerten Rüstungen, bewaffnet mit Schlagstöcken. Die Truppen machen sich bereit für die Schlacht. Hundertschaften rennen die Straße entlang, während andere neben ihren vergitterten Fahrzeugen stehen und rauchen. Irgendwo weiter vorn formiert sich ein Block von Polizisten, die rhythmisch auf ihre Schilde Schlagen. Es klingt wie eine Totentrommel. Es herrscht ein unglaublicher Lärm und wir müssen nach rechts in die Ritterstraße ausweichen. Auch hier stehen große Sattelschlepper, von denen gerade Panzer abgeladen werden. Ich drehe mich um und schaue zurück. Zwischen den blinkenden Lichtern sehe ich hinten am Kottbusser Tor eine hohe Stichflamme. Zwanzig Meter. Bestimmt. Das Kottbusser Tor brennt. Kreuzberg versinkt im Chaos. Auf Umwegen gelangen wir zum Café.

Als Jedele aus der U-Bahn steigt, steht er mitten im Chaos. Überall rennen Kanaken herum und alles, was er sieht, sind Kopftücher und schwarze Haare. Irgendwo brüllen BVG-Männer, die versuchen die Menschenmassen zu beruhigen. Ein Lautsprecher verkündet, dass der Zugverkehr bis auf Weiteres eingestellt wird. Ha. Da hat er ja noch mal Glück gehabt. Wenigstens bin ich noch angekommen, denkt Jedele. Alter Verwalter, wie er Neukölln hasst. Früher hatte das hier alles noch eine gewisse Ordnung. Arbeiterbezirk. Nicht reich, nicht schön, aber korrekt. Seit den achtziger Jahren wurde es immer schlimmer. Immer mehr von diesen Schmarotzern hatten sich hier in der Gegend angesiedelt und die deutschen Familien wurden immer weniger. Die da oben hatten sie einfach im Stich gelassen und selbst in den Neunziger Jahren und zur Jahrtausendwende, wo es doch eigentlich hieß, »Deutsche zuerst!«, war es nicht wirklich besser geworden. O.k., gut. Ein paar Sachen wurden durchgesetzt. Dass diese Dreckskinder nicht mehr mit Deutschen auf eine Schule gehen durften oder dass sie sich nicht mehr überall niederlassen durften, sich immer melden mussten bei den Bullen und die Ausweiskontrollen an den Checkpoints. Aber hier in der Gegend haben sie uns mit diesen Kameltreibern und Hammelfressern allein gelassen. Scheiß Kopftuchträger. Kümmeltürken. Schwarzköpfe. Ausländerpack. Eselficker. Dreckspack. Knoblauchfresser. Am liebsten hätte er jetzt mit einer einzigen Handbewegung alle weggewischt. Einfach mal so anrennen gegen zehn von denen, wie sie da gerade am Bahnsteig stehen und wild diskutieren und rumfuchteln. Einfach mal dagegen rennen, wenn so ein Zug einfährt. Ein paar von ihnen würde es schon erwischen und dann könnten sie mal sehen, zu was so ein

Deutscher alles fähig ist. Rotzfrech diese Kanaken. Arbeitsscheu und faul. Keiner von denen geht arbeiten und trotzdem fahren sie hier mit ihren Mercedeskarossen herum. Seit vierzig Jahren arbeite ich jetzt bei der Post, denkt Jedele. Jeden Tag gehe ich arbeiten und mach mir den Buckel krumm für diese Pisser, die von meinen Steuergeldern leben. Jedele steht eingekeilt zwischen den aufgebrachten Molukken und das Gedränge schiebt ihn langsam in Richtung Ausgang. Scheiß drauf, dass ihr Araber seid. Scheiß drauf, dass ihr mehr seid, da scheiß ich drauf. Eine unfassbare Wut kocht in Jedele. Er braucht Platz. Platz. Platz. Er erträgt sie nicht, diese Gerüche, diese öligen, ekligen, stinkenden und schwitzenden Pimmellutscher. Aber Jedele hält die Fresse. Jedele hält immer die Fresse. Jedele schluckt seine Wut hinunter. Wie immer. Nur zu hause bei seiner Frau hat er herumgeschrien. Da war er der Boss. Aber das musste auch sein. Sollte er sich auch noch von seiner Ollen zu Hause was sagen lassen, nachdem er schon den ganzen Tag auf der Arbeit den Diener hat machen müssen?

Überstunden. Umstrukturierung. Die Post muss freundlicher werden. Kundenorientierter. Früher waren die Rollen noch klar verteilt. Da hatte er eine Uniform und er hatte Macht. Er konnte Leute abweisen, die ihm nicht passten, die nicht richtig Deutsch konnten oder ihm anderweitig krumm kamen. Heute kann er nur noch die Ausländerpolizei holen, wenn es ganz schlimm wird, ansonsten muss er arschkriechen und freundlich sein und lächeln, lächeln, lächeln.

Am Arsch. Alles am Arsch. Irgendwann dann der Börsengang. Die Post wird Volksaktie und der ganze Scheiß. Was die sich da oben immer ausdenken. An uns denken sie auf jeden Fall als Allerletztes, diese Drecksäcke, und da soll er sich auch noch zu Hause vollnölen lassen? Auf gar keinen Fall. Zu Hause hat er das Sagen. Seine Frau hat zu spuren, die alte Schlampe. Jetzt ist sie sowieso weg, die Fotze.

Jedele wird geschubst und ein Strom von Menschen drängt ihn hinaus aus dem U-Bahnschacht, würgt ihn nach oben und wälzt ihn direkt auf den Hermannplatz. Auch hier. Alles voll.

Was ist denn hier los? Hat er irgendeinen molukkischen Feiertag übersehen? Ist Ostern oder Zuckerfest oder was diese Typen ohne Vorhaut halt so feiern? Jedeles Gesicht versteinert sich. Er spürt die Waffe in seiner Jacke. Immer wieder, wenn eine von diesen Pissnelken gegen ihn stößt, ihn anrempelt oder er im Gedränge gegen den Vordermann gedrückt wird, spürt er sie. Sie fühlt sich gut an. Sie gibt ihm ein gutes Gefühl. Ein schönes Gefühl. Ein Gefühl der Stärke und Macht. Er ist nicht ganz allein, hier inmitten dieser Menschen mit dieser fremden Kultur. Kultur? Dass ich nicht lache. Kultur? Jedele lacht. Kultur nennen diese Scheißer das. Das ist doch keine Kultur. Nur weil sie uns die Zahlen gebracht haben, haben die noch lange keine Kultur und Jedele fühlt noch einmal nach seiner Waffe. Was also ist hier los?

Drüben bei Karstadt qualmt etwas. Es sieht so aus, als wären dort Erdhügel aufgeschichtet worden, denn etwas erhöht sieht er Menschen, die darauf herumlaufen. Barrikaden? Sie haben Barrikaden errichtet, denkt Jedele. Warum errichten die Barrikaden und plötzlich bekommt er es mit der Angst zu tun. Die Menschen sind aufgebracht und in der Ferne hört er die Lautsprecher der Polizei. Weit oben am Himmel kreist ein Hubschrauber, bleibt stehen, schaut und fliegt weiter. Jetzt erkennt er das Geräusch und ihm fällt auf, dass der Hubschrauber schon die ganze Zeit am Himmel kreist und sich langsam in ihre Richtung bewegt. Na, immerhin schicken sie diesmal einen Hubschrauber, denkt er. Normalerweise setzen sie ja nur noch Drohnen ein über den sozialen Brennpunkten und den Ghettos und die hört man nicht mal mehr. Weit oben steht die Ordnungsmacht und schaut mit kalten Augen auf die Welt. In Jedele macht sich Panik breit. Wie komme ich hier wieder raus? Nach links ist zu, da steht Polizei. Zur anderen Seite raus. Richtung Friedelstraße. Hoffentlich schaffe ich es noch nach Hause. Drüben bei McDonald's, da könnte es gehen, dort ist noch ein bisschen Platz, da könnte er sich an der Wand entlang rausschleichen aus der ganzen Scheiße, aus dem Dreck und dem Gewühl und langsam kämpft er sich vor.

Plötzlich sieht er vor sich im Gedränge zwei Jugendliche, die sich mit Flaschen, Lappen und einem Benzinkanister bepackt wie Fische durch den dichten Menschenstrom bewegen. Jedele hat lange genug in der Wehrsportgruppe mitgemacht, um zu wissen, dass die beiden etwas vorhaben. Molotowcocktails wollen sie basteln, diese Bastarde und Jedele kann sich auch leicht ausmalen, gegen wen die Brandsätze eingesetzt werden sollen. Die wollen die Bullen angreifen, denkt Jedele und wieder fühlt er den Ärger in sich aufsteigen. Das aggressive Jucken, das sich über sein Rückgrat zu seinem Nacken hin ausbreitet. Die heiße, rote Welle der Wut, die ihm im Angesicht dieser respektlosen und verkommenen Kinder durch seinen Kopf bis über die Augen schwappt. Sich ausbreitet. Abschaum, brüllt es in ihm. Dreckiger Abschaum.

Eigentlich geht es mich nichts an, denkt Jedele. Eigentlich müsste es mir scheißegal sein, was mit diesem Drecksstaat passiert, genauso wie es den Herren da oben scheißegal ist, was mit uns hier unten passiert. Aber es ist mir eben nicht egal. Ich kümmere mich. Ich werde nicht zulassen, dass diese Pisser Brandsätze auf deutsche Polizisten werfen. Ich werde das nicht zulassen, dass irgendwelche Kanakenkinder deutsche Polizisten verletzen. Ich nicht, und als die beiden Jungs in einem Hauseingang verschwinden, folgt ihnen Jedele unbemerkt. Jedele huscht durch die Tür in die Einfahrt, in der ein weiteres Tor zum Innenhof führt. Jedele ist vorsichtig. Für sein Gewicht bewegt er sich erstaunlich leise und er zieht die Waffe aus seiner Jackentasche. Von draußen hört er den Lärm der Menge. Der Hubschrauber dröhnt und vorsichtig schraubt er den Schalldämpfer auf den Lauf der Pistole.

Drinnen im Hof hört er die beiden Jungs fluchen.

Er versteht nicht viel, doch er hört, wie sie sich als Spast und Opfer beschimpfen. Ja, das könnt ihr, denkt Jedele. Euch gegenseitig und andere beleidigen. Wie oft musste er selbst schon solche Beschimpfungen schlucken. Jetzt wird er es ihnen heimzahlen, diesen Pissbacken, ich hasse sie und selbst wenn es nur zwei armselige Jungs sind. Scheißegal. Diese Brut muss weg und vielleicht steuert das Ganze sowieso auf den Endkampf zu. Der Kampf der Kulturen und er würde dabei sein. Er, Jedele, wird auf jeden Fall dabei sein und er wird für Deutschland kämpfen, auch wenn dieses Deutschland einen Scheiß auf ihn gibt. Ein paar Gerechte gibt es ja vielleicht noch, für die es sich zu kämpfen lohnt. Deutschland zuerst und Jedele betritt den Hof.

Die Jungs sind sehr beschäftigt. Tief vornüber gebeugt versuchen sie, das Benzin-Öl-Gemisch in Flaschen zu füllen und bemerken gar nicht, wie der große fette Typ mit Bart plötzlich aus der Dunkelheit in der Hofdurchfahrt auftaucht. Ohne seine Schritte zu verlangsamen, eröffnet Jedele das Feuer. Unspektakulär macht die Pistole plopp und schon sackt der Erste in sich zusammen. Mit einem ungläubigen Staunen in den Augen schaut der andere auf. Ein zweites Plopp und das Letzte, was der Junge sieht, ist ein blasses, schlaffes Gesicht. Das Gesicht eines richtigen Fettsacks, den er zusammen mit seinen Freunden verarscht hätte, wenn er ihn auf offener Straße gesehen hätte.

»Guck mal, die Kartoffel da. Voll der Opfer.«

Schlaff und ebenso lautlos sackt auch der zweite Körper in sich zusammen und genauso schnell wie er gekommen ist, dreht sich der Fettsack um und geht. Mit einem Mal hört er auch wieder den Hubschrauber und die Geräusche vom Platz her. Jetzt ist alles wieder da und das Blut dröhnt in seinen Ohren.

Im Hausflur schraubt Jedele den Schalldämpfer ab. Seine Hände zittern nicht. Er fühlt sich professionell. Er zählt die Patronen und mit einer raschen Bewegung entsichert er das Magazin und legt drei Kugeln nach. Er ist ein Profi. Er kann das. Dreimal hat er heute getötet und es ist nichts passiert. Weder hat die Erde aufgehört, sich zu drehen, noch ist der Himmel eingestürzt. Drei Menschen sind tot und nichts hat sich verändert. Jedele gluckst amüsiert vor sich hin.

Nachdem er die Waffe und den Schalldämpfer wieder verstaut hat, ordnet er seine Kleider. Töten. So einfach ist das also. Töten! Warum eigentlich nicht öfter? Und mit einem erhebenden Gefühl öffnet er die Tür, um sich wieder auf den Platz zu begeben.

Draußen scheint sich die Menge in der Zwischenzeit verdoppelt zu haben. Scheiße. Wie soll er hier nur wieder rauskommen? Zurück in den Hausflur kann er allerdings auch nicht mehr. In Kürze wird irgendjemand die zwei Jungs entdecken und dann hätten sie ihn am Arsch. Sind doch alle nur Kanaken, die hier leben, wenn er sich die Klingelschilder am Eingang so anschaut. Es hilft nichts, er muss hier irgendwie raus und wenn er sich zur Sonnenallee durchschlagen könnte, dann hätte er es schon fast geschafft. Kurz bevor

Jedele diese allerdings erreicht, kommt noch mehr Bewegung in die Menge. Von oben gesehen gleicht die Menschenmasse einem wilden Fluss, wie sie sich hin und her wälzt. Ein Strom, der auf Hindernisse stößt, Verwirbelungen und Strudel bildet, plötzlich stockt und dann sturzbachartig weiterfließt. An manchen Stellen reißt die Masse auf, es entstehen Löcher, in denen man Einzelne straucheln sieht, an anderen Stellen entsteht ein Rückstau, in dem die Menschen fast zerquetscht werden. Wer nicht schnell genug auf den Beinen ist, der geht unter. Immer wieder kann man sehen, wie Personen in diesem Meer aus Menschen verschluckt werden. Ein kurzes Aufbäumen. Ein Arm, der hilflos in die Luft gestreckt wird, ein Stolpern und plötzlich sind sie weg. Ab und zu fallen Schüsse, doch trotz des Lärms herrscht eine fast gespenstische Stille.

Forscher haben erst kürzlich herausgefunden, dass Massenpaniken in absoluter Ruhe verlaufen. Nach den Auswertungen von Überwachungskameras in einem indischen Kino, in dem ein Feuer ausgebrochen war und mehr als Fünfhundert zu Tode gekommen waren, kamen die Wissenschaftler zu dem überraschenden Ergebnis, dass die Menschen vollkommen ruhig in ihren Tod gegangen sind. Es gab keine unkontrollierten Bewegungen, niemand rastete aus. Die Masse steuerte einfach auf die vorhandenen Ausgänge zu, geriet dort ins Stocken, verkeilte sich, manche stürzten und blockierten so den Ausweg für die Nachrückenden, die sich langsam und beharrlich selbst zu Tode quetschten. Und genauso ist es hier.

Jedele befindet sich inmitten eines einzigen großen Körpers, der sich langsam selbst die Gedärme ausreißt. Ab und zu hört man einzelne spitze und verzweifelte Schreie. Die Szenerie wird hin und wieder vom dumpfen Hämmern der Räumfahrzeuge, die gegen die Barrikaden anfahren, und den Lautsprecherdurchsagen der Polizei übertönt. Der Hubschrauber kreist mittlerweile fast genau über den Hausdächern und sein strahlendes Licht ergießt sich gleißend über der Menge. Von der Sonnenallee her drängen immer noch Menschen in Richtung Hermannplatz, während die Menschen auf dem Platz in die genau entgegengesetzte Richtung zu gelangen versuchen. Oben auf den Barrikaden stehen Spezialeinsatzkräfte der Polizei in schwarzen Uniformen. Sie haben die Befestigung erst kurz zuvor erobert und feuern nun mit ihren Waffen in die Luft. Vereinzelt sind Sprechchöre zu hören und plötzlich wendet sich die gesamte Menge wieder gegen die Barrikaden und einige mutige junge Männer versuchen, sie zu erklimmen. Eine brennende Flasche wird geworfen und zerschellt unter dem Jubel der Menge auf dem Bauwerk aus Mülltonnen und Autoreifen. Sofort geht das Öl-Benzin-Gemisch in Flammen auf und breitet sich aus. Einer der schwarz gekleideten Polizisten fängt Feuer, ein zweiter löscht ihn mit einem Feuerlöscher, während andere ihre entsicherten Waffen auf die Menge richten. Chaos. Wild gewordene Kanaken, die Straßenschlacht spielen wollen. Dass dort oben Deutsche Polizisten stehen, die auf mich zielen, das ist falsch, denkt Jedele. Ich muss hier raus. Ich muss mich ihnen zu erkennen geben. Ich gehöre doch zu ihnen. Ich lass mich doch nicht abknallen, zwischen all diesen Pissern hier, die ihre private Revolution feiern. Ich habe mit dieser ganzen Scheiße nichts zu tun. Ich bin Deutscher und habe mit dieser Scheiße hier nichts zu tun. Sollen sie doch ihren Krieg im Gazastreifen führen. Sollen sie doch kämpfen, wo sie wollen, aber nicht hier und wie er diese Gedanken hat, holt er seine Pistole aus der Jacke und feuert blindlings in die Menge vor ihm. Er sieht den Ersten stürzen, einen Blutfleck, der sich rasend schnell auf einer Jacke ausbreitet, ein Zweiter fällt und wie auf ein geheimes Zeichen hin teilt sich die Masse vor ihm und bildet eine Gasse. Und Mose erhob seinen Stab und das Meer teilte sich. Ein kleiner Kreis, der rasch größer wird, bildet sich um ihn. Irgendein Verrückter stürmt auf ihn zu und versucht, ihn zu schlagen. Jedele schießt ihm mitten ins Gesicht. Er steht jetzt im Mittelpunkt der Masse, die ihn mit hasserfüllten Augen umstellt hat. Mit lang gestreckten Armen hält er die Waffe im Anschlag. Vorsichtig, sich um sich selbst drehend, nähert er sich der Barrikade. Keiner greift ihn jetzt mehr an. Keiner von diesen Muruks hat jetzt noch die Eier, mit ihm zu ficken. Jedele hält sie in Schach. Hinter ihm hört er, wie Polizisten Befehle brüllen. Eine Lautsprecherstimme fordert die Menge auf, sich zu zerstreuen.

»Bitte verlassen Sie den Hermannplatz und gehen Sie nach Hause. Dies ist die letzte Aufforderung. Es ist jetzt 20 Uhr 31. Dies ist die letzte Aufforderung. Bitte gehen Sie nach Hause. Unsere Einsatzkräfte werden in drei Minuten den Platz räumen«, und Jedele spürt, wie er von hinten gepackt und nach oben gezogen wird.

Weißt du, Stefan. Hier in Deutschland ist es egal, ob du einen Tag hier bist oder zwanzig Jahre oder ob du sogar hier geboren bist. Sie wollen immer, dass du zurück nach Hause gehst. Du bist immer Ausländer und wirst immer Ausländer bleiben. Da kannst du gar nichts dagegen machen. Große Nase. Schwarze Haare. Ausländer. So wie damals die Juden. Einmal Jude, immer Jude. Es gab ja sogar Juden, die im Ersten Weltkrieg für Deutschland gekämpft haben. Erster Weltkrieg. Da waren richtige Juden dabei und dann? Dann wurden sie trotzdem von den Nazis abgeschlachtet. Die Deutschen sind so. Ich bin hier in Deutschland geboren und habe trotzdem keinen deutschen Pass. Ich muss diese Ausweiskarte tragen, wo schwarz auf weiß steht, dass ich nicht-deutscher Herkunft bin. NDH. Glaub mir, Stefan, wenn ich irgendwann in meinem Leben die Möglichkeit gehabt hätte, nach Libanon zurückzugehen. Ich wäre gegangen.

Dieses Land will mich nicht, obwohl es meine Heimat ist. Wir kontrollieren Neukölln, aber trotzdem. Ich kriege nie das Gefühl, dass ich zu Hause bin. Ist so. Kann ich nix dagegen machen. Glaub mir.

Schon als Kind hieß es, scheiß Kanake. Ausländer raus! Ich war 16 oder 17, vor der Disko. Schwarze Haare? Keine Chance. Ich war 19 und suchte Lehrstelle. Vergiss es. Neunte Klasse, fertig. Hauptschule und tschüss. Was willst du dann machen? Keiner will dich. Keiner hat Bock auf dich. Dann kam die Segregation. Vielleicht ist das sogar besser, weil dann sagen sie dir ins Gesicht, dass du nicht erwünscht bist. Als ich eine Ausbildung wollte, da haben sie ja nicht direkt gesagt: Atakan, du bist ein Stück Scheiße, geh nach Hause! Verpiss dich aus unserem Land! Da hieß es ja immer nur so: Herr Abou-Mohammed, zurzeit ist das etwas schwierig mit den Lehrstellen. Leider haben wir dafür zurzeit nicht die richtige Kapazität, aber wir bemühen uns und wenn wir was Passendes für Sie gefunden haben, dann melden wir uns auf jeden Fall bei Ihnen zurück. Versprochen Herr Abou-Mohammed. Mehr können wir jetzt gerade leider nicht für Sie tun. Wichser. Da war die konkrete Trennung, die sie eingeführt haben, wirklich besser, weil ab da war die Sache klar und wir konnten uns wenigstens untereinander helfen.

Gemeint haben sie aber schon vorher das gleiche: Verpiss dich, du Hammelfresser, geh dahin zurück, wo du herkommst, und lass dich hier nie wieder blicken. Das ist das, was sie einem immer zu verstehen gegeben haben. Immer.

Guck mal. Ich kam mal so zum Unterricht. Wir hatten Sport und ich war zu spät. Nicht viel, aber ich kam zu spät. Ein, zwei Minuten. Da kam Frau Müller. Die stand in der Eingangstür zur Sporthalle. Die hat mir so den Weg versperrt und meinte, wo willst du hin. Ich so: Zum Sport. Das ist unmöglich, hat sie losgebrüllt. Hat gleich losgebrüllt. Kommst halbe Stunde zu spät und blablabla. Ich so, das ist voll übertrieben, ich bin keine halbe Stunde zu spät. Ich überleg noch so, ob ich mein Handy rausholen soll, um ihr zu zeigen, dass ich wirklich nur fünf Minuten zu spät bin. Handys waren aber verboten an der Schule. Ich wollte jetzt auch nicht unhöflich sein. Ich wollte sie wirklich nicht provozieren, aber ich guck so auf ihre Armbanduhr und ich seh, wirklich nur zwei Minuten. Sie schreit mich an wegen zwei Minuten! Ich wollte nicht diskutieren und geh einfach so weiter. Ich geh weiter und lass sie stehen.

Da kommt plötzlich dieser Herr Schrader. Das war mein Sportlehrer. Der war eigentlich immer ganz o.k. Der kommt so und ich hör schon, wie ihm Frau Müller irgendwas erzählt, und ich denk schon, die erzählt jetzt voll die Kacke über mich. Schrader sagt dann, dass ich mal herkommen soll. Ich sag, was ist los? Er sagt, hör mal. Nur weil in deiner Kultur und in deiner Erziehung Frauen nichts zu sagen haben, brauchst du nicht glauben, dass du das hier genauso machen kannst. Ich mein so, Moment mal. Sie können mir hier sagen, dass ich zu spät gekommen bin und wenn ich was Unhöfliches zu Frau Müller gesagt habe, dann können Sie mir das auch sagen. Aber Sie können mir hier nix über meine Kultur und schon gar nichts über meine Erziehung sagen.

Das ging dann so hin und her, aber im Endeffekt meinte er doch damit nur, dass er mich hier gar nicht akzeptiert und dass er gar nicht will, dass ich hier bin, oder? Was anderes wollte er doch gar nicht damit sagen.

Und Schrader war nicht mal der Schlimmste. Da gab es noch ganz andere. Die haben richtig gegen Ausländer gehetzt. Das ist einfach nicht so, dass du willkommen bist in Deutschland. Klar gibt es bei uns Leute, die nicht auf Frauen hören und so. Klar gibt's die. Aber ehrlich. Die gibt es überall. Schau mal so eine Sendung an wie Frauentausch. Schau's dir mal an. Jede Woche irgendwelche deutschen Typen, die sagen: »Ick lass mir gar nüscht von meiner Frau sagen. Meine Frau macht, wat ick sage. Ick lass mir doch nich von meiner Ollen vollnölen.« Ist doch so. Ist doch bei euch Deutschen genauso und dann sind wir schuld oder was? Ich kenn genug Deutsche, die auf ihre Frauen scheißen und ihre Kinder schlagen, ehrlich. Das ist nix Neues.

Ein Kumpel von mir, ein Deutscher, hat mal Praktikum bei der Polizei gemacht und irgendwann kam dann so ein Funkspruch, »Gazastreifen 89« irgendwas passiert. Weißt du, was die mit Gazastreifen gemeint haben? Sonnenallee! Sonnenallee haben sie damit gemeint. So redet die deutsche Polizei. Aber weißt du, das ist ja witzig. So was ist eher witzig. Gazastreifen. Sagen wir ja manchmal sogar selbst.

Asylkompromiss

Asylkompromiss nennt man die von CDU/CSU und SPD am →6. Dezember 1992 vereinbarte und am 26. Mai 1993 durch den →Deutschen Bundestag beschlossene Neuregelung des Asylrechts unter der Regierung des →vierten Kabinetts Helmut Kohl durch die Regierungskoalition aus →CDU und →CSU mit Zustimmung der →SPD-Opposition. Zwar hätte es einer Zustimmung durch die SPD gar nicht mehr bedurft, da die Regierungskoalition ohnehin über eine verfassungsändernde Zweidrittelmehrheit verfügte, aber um die breite gesellschaftliche Zustimmung für die Gesetzesänderung darzustellen, bemühte man sich trotzdem um eine Einbindung der Opposition. Durch die Änderung des →Grundgesetzes und des →Asylverfahrensgesetzes wurden die Möglichkeiten eingeschränkt, sich erfolgreich auf das →Grundrecht auf Asyl zu berufen. Weitere Bestandteile des Asylkompromisses sind die Einführung des →Asylbewerberleistungsgesetzes sowie die Schaffung eines eigenständigen Kriegsflüchtlingsstatus (§ 32a →Ausländer-

gesetz). Dem Asylkompromiss ging mit der →Asyldebatte eine der schärfsten, polemischsten und folgenreichsten Auseinandersetzungen der deutschen Nachkriegsgeschichte voraus.

Die Diskussion entwickelt sich aus einer zunächst vorwiegend auf die sogenannten →Gastarbeiter bezogenen, Ende der 1970er einsetzenden Debatte um die deutsche →Ausländerpolitik. Aufgrund steigender →Asylbewerberzahlen und zunehmender Versuche von →Wirtschaftsflüchtlingen, unter Berufung auf das →deutsche Asylrecht in die Bundesrepublik einzureisen, verselbständigte sich die Asyldebatte ab Mitte der 1980er Jahre. 1986 starten die →Unionsparteien CDU und CSU eine Kampagne gegen einen →Missbrauch des Asylrechts, die maßgeblich von der →Bildzeitung und der →Welt am Sonntag mitgetragen wurde. Politikern und Medien wird vorgeworfen, durch die zum Teil →populistische Asyldebatte die Stimmung gegen Ausländer angeheizt zu haben.

Kapitel 7

Über mir leuchten die Sterne.

Samstag, gegen 22 Uhr

Als sich die Menge in Bewegung setzt, rennen Sabine und Christoph einfach mit. Blind und ohne Orientierung mit. Das Schlimme an den Bildern, die sie jetzt zu sehen bekommen, ist, dass man solche Aufnahmen eigentlich nur aus dem Fernsehen kennt. Aus Ländern, wo die Straßen staubig und die Häuser aus Lehm sind. Irak. Afghanistan. Somalia. Gazastreifen. Doch das hier ist Kreuzberg. Das ist Mitteleuropa. Einmal, Anfang der neunziger Jahre, als es im ehemaligen Jugoslawien zum Bürgerkrieg gekommen war, hatte sie ein ähnliches Erlebnis gehabt. Damals war sie noch sehr klein gewesen. Auf dem Weg zum Meer mussten sie durch einen Landstrich fahren, der kurz zuvor von den Kroaten zurückerobert worden war. Zuerst waren die Serben dort einmarschiert, die dann von den Kroaten wieder vertrieben worden waren. Am Schluss wohnte gar niemand mehr dort und auf den Feldern lag das tote Vieh herum und die Ernte verdorrte. Überall waren Militärposten, aber es sah eben nicht so aus wie in irgendeinem Krisenherd dieser Welt. Es sah aus wie in der Steiermark. Es sah aus wie Österreich. Dieselbe Landschaft. Derselbe Baustil. Die gleichen Häuser – nur dass die Häuser ausgebrannt waren. Entkernt. Niemand lebte mehr dort und anstelle von Fenstern starrten leer Höhlen in die öde Landschaft. Alles war still und nur vereinzelt kreisten pechschwarze Raben am blassgrauen Himmel. Halbverhungerte Katzen und Hunde schlichen durch die Dörfer und als sie in eine kleine Stadt kamen, schleppte sich eine steinalte, schwarzgekleidete Frau über eine zerbombte Brücke. Die Hälfte der Häuser war in sich zusammengefallen und schwarzverkohlte Dachbalken ragten starr in die Luft, wie Ertrinkende, die im

Dächermeer untergingen. Die gleichen Ortschaften hätte man auch im Schwarzwald finden können. Damals war der Krieg so nah bei uns gewesen wie schon lange nicht mehr.

Doch wer sagt, dass wir sicher sind? Wer behauptet, dass uns das nicht auch irgendwann wieder passieren könnte? Ein paar Jahre vor dem Zerfall Jugoslawiens standen westdeutsche Panzer im bayerischen Vogtland den ostdeutschen Panzerverbänden gegenüber und es hätte nicht viel gefehlt und die Truppen der beiden Deutschländer hätten sich über die tiefe Senke bei Frankental hinweg beschossen.

Dem vorausgegangen war das Massaker auf dem Innenstadtring von Leipzig. Damit hat es angefangen und Sabine denkt mit Schrecken an die Bilder der Toten, die sie im Fernsehen gesehen hatte, wie sie auf der Straße lagen, die Panzer auf dem Platz vor dem Leipziger Gewandhaus und auf dem Georgiring. Die gleichen Bilder sieht sie nun hier, ganz nah, ganz live, nicht im Fernseher.

Als die ersten Schüsse fallen, startet die Menge durch. Alle laufen. Schreien. Manche verlieren ihre Schuhe. Plötzlich dröhnt die Luft vom Gebrüll der Dieselmotoren und die Panzerketten rasseln über den Asphalt. Als die ersten Panzer rollen, liegen schon ein paar Menschenkörper auf den Straßen. Einige ducken sich. Ein Panzer dreht sich wie verrückt im Kreis. Ab und zu verlässt eine Rauchwolke das Kanonenrohr und einige hundert Schritt entfernt schlägt ein Geschoss ein. Die Schüsse sind gar nicht so laut und durchdringend, wie man es sich immer vorstellt. Sie sind kurz, knapp und trocken. Sie entweichen aus Gewehrläufen und Kanonenrohren. Abgeschossen von schattenhaften Wesen unter Helmen, in Uniform. Monoton rattert ab und zu ein Maschinengewehr und wieder taucht eine Menschentraube auf, die sich in Sicherheit bringen will. Wieder fallen ein, zwei Demonstranten auf den harten Asphalt, niedergestreckt von einer Macht, die sich in sicherer Entfernung hinter Brustpanzer und Helm versteckt. Sabine schreit und ist außer sich.

Krankenwagen heulen durch die Straßen. Sabine und Christoph schleppen Verwundete zu Seite und versuchen, sich selbst in Sicherheit zu bringen. Die Staatsmacht jagt ihre Greiftrupps durch die Menge und später wird der Polizeipräsident von Berlin, Hermann Glietsch, von der Blutwurst-Taktik sprechen, so als würde er einen besonders gelungenen Witz machen. Mit Hilfe der ostdeutschen Grenztruppen riegelt die Westberliner Polizei am späten Abend das östliche Ende der Kreuzberger Straßen ab, um dann die westlichen Straßen dicht zu machen und sich danach von beiden Enden her durch die Menge zu prügeln. Beide Enden zu, dazwischen Blut und Knüppel. Schüsse und Panzer. Eine echte Blutwurst eben und wer dann noch steht, wird abtransportiert. So einfach.

Ungefähr eine halbe Stunde nachdem Christoph mit seinem Kumpel telefoniert hat und sie sich auf den Weg gemacht haben, haben sie sich mit den anderen am Schlesischen Tor getroffen. Die Stimmung war gut. Ausgelassen. Alle hatten das Gefühl, an etwas Besonderem teilzunehmen. Jemand hat vom Spätkauf ein paar Flaschen Wodka mitgebracht. Ein guter Tag für die Kioskbesitzer. Volksfeststimmung. Nur ein bisschen aggressiver. Sabine hat sich noch auf dem Vietnamesenmarkt vor dem Ostberliner Hauptbahnhof für zehn Eurodollar ein paar gefälschte Adidas besorgt. In ihren hochhackigen Schuhen hätte sie ja schlecht zur Demo gehen können und Christoph hat ihr eine Jogginghose geliehen.

Sie haben sich Mut angetrunken. Die Nervosität weggetrunken. Und auf die Brüderschaft getrunken, auf das Geheime, die Verschwörung. Nach und nach kamen immer mehr Leute, vielleicht so um die siebzig bis achtzig, und alle trugen sie das weiße Kreuz auf ihren Jacken aufgeklebt. Um sie herum brodelte es. Gruppen junger Ausländer kamen von überall her und alle hatten dieses Leuchten im Gesicht. Es geht los. Endlich. Endlich passiert mal was in diesem totalüberwachten, kontrollierten, eingeschlafenen Staat.

Sabine war völlig euphorisch. Alle waren euphorisch, mit einer gewissen Ernsthaftigkeit und immer wieder sickerten neue Nachrichten zu ihnen durch. Am Hermannplatz seien fünfzigtausend Menschen. Ganz Kreuzberg sei abgeriegelt worden. Die Ostler machten die Grenzen dicht. Überall Menschen. Auf der Straße. Am Kottbusser Tor. Die Skalitzerstraße abgesperrt. Ritterstraße, Urbanstraße, Hasenheide. Alles dicht. Von Westen her kein Durchkommen mehr. Die BVG habe den Zugverkehr eingestellt. Spezialeinsatzkräfte kontrollierten die Tunnel und die Gleisanlagen. Trotzdem hätten weiter vorn einige damit begonnen, am U-Bahnhof Kottbusser Tor auf der

Hochbahn die Gleise aufzuhacken. Da müssen wir hin, haben sie sich gesagt. Warten wir auf die anderen? Nee. Die kommen nicht mehr. Wir sind schon viele. Lass aufbrechen. Los!

Sie gehen los. Als sie auf der Höhe Skalitzer Ecke Wiener Straße ankommen, sehen sie das Inferno. Ein wütender Mob belagert die Feuerwache und schleudert Molotowcocktails gegen das Gebäude. Bolle, der Supermarkt auf der Ecke, ist ausgebrannt und geplündert worden und Sabine muss an die Erzählungen ihres Vaters denken, der damals in den 1980er Jahren in Berlin war und die Maikrawalle miterlebt hatte. Das muss so ähnlich gewesen sein und lustig schwappt es in ihrem Kopf, in dem sich das Adrenalin mit dem Wodka vermischt hat. Sie laufen weiter. Halten an. Rennen, bis sie außer Atem sind. Überall ist etwas los und alles fühlt sich an wie ein riesengroßer Spaß, bis zu dem Moment, an dem alles kippt. Als sie die nächste Ecke erreichen, kommen ihnen die ersten Menschen entgegen und sie sehen die Angst in ihren Augen. Polizisten schwingen ihre Knüppel wie Dreschflegel. Mit einem Mal ist überall Blut und dann, dann kommen sie. Zuerst ist nur ein fernes Dröhnen und Rasseln zu hören. Dann tauchen sie auf. Panzer.

Die Menge verstummt und hält den Atem an. Sie kommen aus Richtung Oranienstraße, eine lange Kette von Fahrzeugen, dicht hintereinander. Kampfpanzer und daneben im Laufschritt die Panzergrenadiere, Soldaten der Bundeswehr, die wahllos in die Menge feuern.

Plötzlich schreien alle. Jeder versucht sich in Deckung zu bringen. Irak, Afghanistan, Somalia, Gazastreifen, alles auf einmal und Krankenwagen jagen durch die Menge. Überall Lärm, überall Blaulicht, überall Chaos. Menschen fallen, Sabine und Christoph schleppen Verwundete zur Seite und versuchen sich selbst in Sicherheit zu bringen. Zurück! Zurück! Zurück zum Schlesischen Tor! Schnell! Lass uns versuchen, in den Osten abzuhauen! Der Osten ist zu, schreien andere und später werden sie herausfinden, dass Truppen der Bundeswehr sogar über den Osten umgeleitet wurden und von dort aus operieren durften. Deutsch-Deutsche Bruderhilfe. Alle Auswege blockiert. Aus dem Görlitzer Park kommen Menschen herausgelaufen, gejagt von weißbehelmten Polizisten, die auf alles einschlagen, was nicht schnell genug wieder auf die Beine kommt. Scheiße. Sie sind eingeschlossen.

Man kann sich sein Schicksal nicht aussuchen, denke ich, als wir das Café betreten. Manche Menschen bleiben einfach liegen und kommen nicht wieder auf die Beine, dabei ist das Hinfallen selbst ja keine Schande – Liegenbleiben dagegen schon. Diese Sprüche habe ich meinem Vater zu verdanken, der Tonnen davon auf Lager hatte. Mein Vater der Wand-Kalender und jeden Tag gab's eine Weisheit. Das Dumme ist nur, dass diese Sprüche ja trotzdem irgendwie nachwirken und vielleicht bin ich deshalb so begeistert von Atakan und seiner Welt, weil Atakan ein Kämpfer ist und sich nie unterkriegen lässt. Als ich angefangen habe, bei Springer zu arbeiten und gleichzeitig diese Jungs hier kennenlernte, habe ich mir gedacht, dass man diese beiden Welten unbedingt zusammenbringen müsste.

Genauso wie andere, vor allem die Jüngeren in der Deutschen Union, bin auch ich der Meinung, dass Deutschland in dieser Beziehung eine beträchtliche Wirtschaftskraft verloren geht, wenn wir die sogenannten Ausländer weiterhin ausgrenzen. Schließlich kann man schon seit Jahren beobachten, wie die arabische Mafia fast die kompletten Schwarzmarktgeschäfte mit dem Osten kontrolliert, wohlgemerkt nicht ohne die westdeutschen Geheimdienste davon profitieren zu lassen.

Die öffentlichen Aktionen gegen diese Bevölkerungsgruppe, die ältere Parteiobere wie Kotsch, Oettinger, Wolf und Rüttgers betrieben haben, sind einfach nicht mehr zeitgemäß. Man müsste einen Dialog herstellen, einen ernsthaften Dialog, einen Dialog, der noch nie wirklich geführt worden ist. Die Ausländer wurden in den 1950er und 60er Jahren nach Deutschland geholt, immer mit der Maßgabe, dass sie als Gastarbeiter nach getaner Arbeit wieder zurück in ihre Heimatländer gehen würden. Aber diese Menschen bekamen Kinder, Kinder die hier geboren wurden und hier aufgewachsen sind und spätestens dann hätte man eine andere Politik einläuten müssen. Spätestens in den neunziger Jahren hätte man da etwas ändern müssen, doch nach Kohls spektakulärem Vorgehen in der Krise von '89 und dem Verbot der Grünen und der ganzen anderen linken Splittergruppen, war die Chance verpasst und die Verhältnisse verschärften sich.

Ich bin kein genereller Gegner von Abschiebungen und auch die Segregation, die Trennung von deutschen und Ausländerkindern in der Schule und in anderen gesellschaftlichen Bereichen halte ich prinzipiell für richtig, aber die undifferenzierte Politik eines Ronald Kotsch ist einfach nicht mehr up to date. Die Checkpoints und die Demarkationslinien sollten restlos abgeschafft werden, das ist nicht menschenwürdig und die Ghettos müssten aufgelöst werden. Hinter dem Checkpoint Hermannplatz ist man ja wirklich in einer anderen Welt und nicht umsonst gab es zwischenzeitlich Reiseveranstalter, die sich darauf spezialisiert hatten, Ghettosafaris anzubieten. Mit vergitterten Bussen und bewaffneten Begleitfahrzeugen durch die Viertel von Neukölln Nord. Erst als kürzlich ein Bus mit einer Panzerfaust beschossen wurde, erließ der Berliner Senat ein Verbot für diese Rundfahrten und sie wurden eingestellt.

Die Zeitungen sind voll von diesen Geschichten, nicht zuletzt auch deshalb, weil sie noch immer gut zur offiziellen Regierungspolitik passen und Kohl auf diese Weise sein Medienimperium immer weiter ausbaut, denn solche Storys sind beliebt. Vor allem unsere Springerblätter, traditionell eng verbunden mit der DU, leben gut davon. Aber auch dort hat sich einiges getan und hinter vorgehaltener Hand wird getuschelt, dass auch im Regierungslager über einen Kurswechsel nachgedacht wird und so schlimm wie früher ist Springer auch wieder nicht. Natürlich kommt man dort nur unter, wenn man eine gewisse Weltanschauung teilt. Als ordentliches Parteimitglied und Leiter einer Schülerzeitung der Jungen Schüler-Union in Gießen hatte ich genau den richtigen Lebenslauf. Meine Eltern sind bis heute immer unpolitisch gewesen. Einfache Leute, die sich generell rausgehalten haben und einfach nur wollten, dass aus ihrem Sohn was wird.

Natürlich sind sie stolz darauf, dass ihr Sohn jetzt nach Berlin gegangen ist und gleich einen Job bei Springer bekommen hat, auch wenn sie gar nicht einordnen können, was das bedeutet und mit was für Menschen ich hier zu tun habe.

Die meisten meiner Kollegen sind eigentlich ganz in Ordnung, vielleicht ein bisschen abgewichst, aber im Grunde wissen die ganz gut Bescheid, was in diesem Land passiert. Die meisten in der Redaktion bewahren sich eine gesunde, kritische Distanz und üben sich in Zynismus. Die schreiben halt, was die Leute oder die Parteibonzen lesen wollen, und oft lachen wir über die Schlagzeilen in der B.Z. und der Bild und machen Witze darüber.

Als ich Steinmeier, dem leitenden Chef vom Dienst, meinen Vorschlag unterbreitet habe, ich hätte die Möglichkeit mit einem Araberklanchef, einem echten Mafioso, abzuhängen und vielleicht auch aus dem inneren Kreis berichten zu können, war er Feuer und Flamme. Bislang konnte ich zwar noch keine wirkliche Geschichte abliefern, aber im Verlagshochhaus gelte ich seit einiger Zeit als Experte für den Bereich organisierte Kriminalität und ich höre von Dingen, die man ansonsten nicht unbedingt mitbekommt. Neulich erst haben sie einen arabischen Jungen in Kreuzberg totgeprügelt, das stand in keiner Zeitung. Die Bullen sind rein, haben eine Wohnung gestürmt und den Jungen so verprügelt, dass er gestorben ist. Darüber liest man in den staatlich kontrollierten Blättern nichts und seit es diese neue Internetzensur gibt, die pikanterweise für beide deutschen Staaten dieselbe ist, ist es schwierig, an solche Informationen überhaupt ranzukommen. Ich kriege das mit, weil ich an der Quelle sitze, und ich rede regelmäßig mit Steinmeier darüber. Für uns ist vor allem die Perspektive der deutschen Bevölkerung wichtig, klar und als damals ein Polizist bei der Erstürmung einer Wohnung in Neukölln erschossen wurde, war die Presse voll mit Berichten. Damals hat Springer die großen Abschiebewellen medial begleitet und war aktiv an der Verbreitung des Gerüchts beteiligt, dass es Viertel gebe, in denen die Polizei keine Kontrolle mehr hätte. Auch darüber habe ich mit Steinmeier gesprochen, das ist ein Witz. Die Bullen kontrollieren nach wie vor alles. Die sind überall und wenn es nicht die Bullen sind, dann sind es ihre Spitzel. Seit ich bei der Zeitung bin, habe ich Sachen gesehen, dagegen sind die Horrorgeschichten, die sie in diesen alternativen Kirchen-Jugendgruppen geschildert haben, die reinsten Kindermärchen. Sabine hat mir mal davon erzählt, dass sie Mitglied bei so was war und dass der Gruppenleiter dann irgendwann verschwunden ist. Sie vermutet, dass er in ein Lager gekommen ist. Mir persönlich sind solche Rest-68er immer unangenehm gewesen und ich bin froh, dass sich meine Eltern aus so was immer rausgehalten hatten. Sabines Eltern sind ja so. Immer gegen den Staat und so verkappt links-alternativ. Ich habe mich nie richtig mit denen verstanden.

Es stimmt natürlich, unser Staat ist nicht zimperlich im Umgang mit der Opposition oder anderen Bevölkerungsgruppen, aber was ist die Alternative? Im Osten herrschte jahrzehntelang der Kommunismus und es ging ganz einfach um die Frage: wir oder die? Wir haben gewonnen, so wie es aussieht und wir haben sie aufgekauft, aber die Gefahr, dass irgendwelche Spinner hier Revolution spielen wollen, ist nach wie vor nicht gebannt. Mittlerweile ist ja sogar Amerika gegen uns, mit ihrem Nigger als Präsident. Ich meine, ich habe ja nichts gegen Schwarze, aber Präsident ist ein bisschen viel, oder?

Der Staat muss hart sein und der Erfolg gibt ihm ja auch Recht. Immerhin ist Kohl nun fast 25 Jahre an der Macht. Irgendwas wird er schon richtig gemacht haben. Atakan setzt sich. Gerade eben hat er mir erklärt, dass ich sein persönlicher Pressereferent bin und er hat mich aufgefordert, meinen Chef anzurufen. Das mache ich jetzt. Hätte ich sowieso schon längst tun müssen. Steinmeier ist ganz aufgeregt und ich erkläre ihm kurz die Lage, wie und wo ich mich befinde, was passiert ist und was gleich passieren wird.

»Und Sie sind mittendrin? Mittendrin?«, brüllt er immer wieder in den Hörer, er kann es kaum fassen.

»Das ist eine Sensation«, schreit Steinmeier, denn auch wenn die Partei die Presse dirigiert, Steinmeier ist eine alte Journalistensau, der alles für eine gute Story geben würde. Wahrscheinlich sieht er vor seinem geistigen Auge schon die Überschrift: »B.Z.-Reporter bei Friedensverhandlungen dabei.«

Steinmeier unterrichtet mich dann noch über die Krawalle und dass es wohl auch Tote und Verletzte gegeben haben soll. Das klingt fast wie Bürgerkrieg und sogar die Bundeswehr sei im Einsatz und nach neusten Erkenntnissen würden auch im Osten Truppen zusammengezogen. Anscheinend befürchtet die DDR-Führung ein Übergreifen der Revolte auf den Ostteil der Stadt und alle Grenzübergänge seien mittlerweile geschlossen. Ich muss Schluss machen, denn in wenigen Minuten wird Kotsch auftauchen. Steinmeier versteht und ermahnt mich unbedingt am Ball zu bleiben. Sowieso.

Das Café ist genauso eingerichtet wie jedes x-beliebige andere Ausländercafé auch. Billige Plastiktische. Kahle, grün gestrichene Wände und Neonlicht. Cafés, die man als Deutscher nie betreten würde. Ich habe mich immer gefragt, woher diese Vorliebe für Neonlicht kommt. Das ist doch ungemütlich. Liegt es daran, dass die erste Einwanderergeneration immer nur in Fabriken gearbeitet hat, wo es auch nur Neonlicht gab? Ich weiß es nicht.

Atakan winkt mich zu sich: »Kotsch ist in zwei Minuten da. Wir werden uns anhören, was er zu sagen hat. Wir lassen uns erst mal auf nichts ein. Du bist hier und wirst danach einen Bericht abfassen, der in deiner Zeitung erscheinen wird. Ich verlass mich auf dich, Stefan. Du bist ein guter Junge, egal was heute Nachmittag passiert ist.«

Ich zucke zusammen und denke an den stumpfen Blick des Mädchens. Ich schüttle mich. Dafür habe ich jetzt keine Zeit. Aufstehen, wieder auf die Beine kommen, nicht liegen bleiben. Ich muss aufstehen und präsent sein.

»Ich hab dich durchschaut«, murmelt Atakan mir zu, als ich mich neben ihn setze. »Du bist ein Guter. Du hast Eier. Du bist nicht so wie die anderen Deutschen, die ich kennengelernt habe. Du hast Charakter. Die anderen pissen sich immer ein vor uns, du warst immer korrekt. Ich mochte dich von Anfang an und deshalb bist du hier. Heute machen wir Geschichte. Du bleibst bei mir und du wirst darüber berichten. Das ist deine Chance. Das ist unsere Chance.«

Und er klopft mir mit seiner schweren Hand auf die Schulter und ich kann nicht beschreiben, wie stolz ich in diesem Augenblick bin. Achtung, Vertrauen, Dankbarkeit. Das, was ich mir immer von meinem Vater gewünscht habe?

Am liebsten würde ich diesen Mann umarmen. Direkt vor seinen Leuten und fast hätte ich es getan, als Ahmet, der an der Tür steht, das Kommando gibt: »Er kommt.«

Ich richte mein Jackett. Atakan zündet sich seine Wasserpfeife an, vollkommen unbeteiligt. Keine Spur von Nervosität. Das ist seine

Welt. Alles ist bereit. Ronald Kotsch, der Innenminister der Bundesrepublik Deutschland betritt das Café.

Als Kotsch in der Tür des Cafés erschien, blieb er kurz angewidert
stehen und zögerte. Warum sollte er sich auf diese Scheiße einlassen,
dachte er und am liebsten hätte er dieser Fotze vom Verfassungsschutz die Rosette geweitet und ihr seinen dicken Schwanz in den
Arsch gerammt. Hatte er sie nicht auf diesen Posten gesetzt? War
sie nicht von seinen Gnaden so weit nach oben kommen? Das würde ein Nachspiel haben. Was bildeten sich diese Emporkömmlinge
überhaupt ein? Diese zu Gutenbergs und Bertholds und wie sie alle
hießen. Diese Aktion hier im Türkencafé war doch der letzte Scheiß
und sie hatten sich das doch nur ausgedacht, um ihn zu demütigen.
Da saß dieser fette, arabische Irgendwas an einem Plastiktisch und
machte weder Anstalten, ihn zu begrüßen, noch hörte er auf, an seiner stinkenden Wasserpfeife zu saugen. Wenn er mit der ganzen Sache hier fertig war, dann würde er dieses Café mal genauer unter die
Lupe nehmen lassen. Ausräuchern würde er die ganze Bande und sie
hochnehmen lassen, diese asozialen, dreckfressenden Kameltreiber.
Mal schauen, ob die überhaupt eine ordentliche Konzession hatten.
Irgendwas ließe sich auf jeden Fall finden, dessen war sich Kotsch
sicher. Ganz sicher.

Als seine Leibwächter wie üblich die Räumlichkeiten sichern
wollten, kam es zu einer kleinen Konfrontation mit den Affen von
diesem Provinzfürsten. Kotschs Leute wollten die Bodyguards von
Atakan untersuchen, doch die ließen sich nicht anfassen und es kam
zu einer kleinen Schubserei. Kotsch befahl den Polizisten mit einer
Handbewegung, sich zurückzuhalten. Die Halbstarken von Atakan
grinsten. Atakan schaute schließlich auf und tat, als hätte er das alles
gar nicht bemerkt. Mit einem übertriebenen Lächeln stand er von
seinem Sitzkissen auf, breite seine Arme aus und begrüßte den Innenminister: »Herr Kotsch. Herzlich willkommen. Das freut mich,
dass Sie sich die Zeit genommen haben, mich in dieser schweren
Stunde zu besuchen. Bitte seien Sie mein Gast.«

Atakan spielte das komplette Programm der orientalischen Gastfreundschaft aus. Kotsch setzte seine geschliffenen Umgangsformen

dagegen und reagierte genau so, wie es von ihm erwartet wurde.

»Vielen Dank für Ihre Gastfreundschaft, Herr Abou-Mohammed, und lassen Sie mich im Namen der Bundesregierung und auch von mir persönlich mein herzlichstes Beileid aussprechen. Das mit Ihrem Cousin tut mir leid.«

»Wir sind sehr traurig. Die ganze Familie ist traurig. Aber was gerade passiert, ist noch viel trauriger, und deshalb sind Sie hier. Ich will jetzt auch nicht lange rumquatschen. Lassen Sie uns zur Sache kommen. Was wollen Sie von uns?«

Kotsch, der eine so direkte Vorgehensweise nicht gewohnt war, reagierte leicht irritiert. Er zögerte kurz, entschied sich aber dann, genauso schnell konkret zu werden wie sein Gegenüber: »Herr Abou-Mohammed. Wir haben Informationen, wonach Sie eine führende Rolle in den Bezirken Neukölln und Kreuzberg einnehmen sollen. Man spricht davon, dass Sie einen gewissen Einfluss auf die Menschen dort haben. Sie kennen die jetzige Situation und wissen vielleicht, dass wir Panzer und Bundeswehreinheiten in Stellung gebracht haben. Offenbar gibt es zur Stunde auch schon Tote und Verwundete. Wir als Bundesregierung wollen weiteres Blutvergießen verhindern und bitten Sie deshalb, uns zu helfen.«

Atakans Freunde lachten. Der schaute sich um und das Lachen erstarb. Natürlich dachte Kotsch in diesem Moment weniger an die Menschen, die über den Haufen geschossen wurden, als an die knapp achthundert internationalen Wahlbeobachter und die schlechte Presse im Ausland. Diese plus die internationalen Handelsbeziehungen plus sein eigener Arsch, das waren die Dinge, die ihn interessierten. Die Menschen? Ich bitte Sie, wen interessieren die Menschen?

Atakan schwieg. Schaute zu Boden. Legte seine Hände auf die Brust, machte eine gewichtige Pause und begann dann zu sprechen: »Herr Kotsch. Vielen Dank, dass Sie denken, dass ich etwas machen könnte. Aber ich bin nix Besonderes. Ehrlich gesagt bin ich ein normaler Geschäftsmann. Es kann sein, dass ein paar Leute auf mich hören, aber ich weiß nicht, wie ich Ihnen helfen könnte. Nach der Rede von heute Nachmittag …«

Er schaute sich fragend nach seinen Männern um und hob dann

bedauernd die Arme: »Nach dieser Rede wird das sehr schwer. Sehr schwer.«

In diesem Moment wurde Kotsch das gesamte Ausmaß dessen klar, was ihm seine Parteifreunde hier angetan hatten. Er sollte auf den Knien nach Canossa rutschen. Er sollte sich bei diesem Schmalspurgangster entschuldigen und sich vor ihm in den Staub werfen. Kotsch tobte innerlich vor Wut, die er kaum unterdrücken konnte, als er Atakan anherrschte: »Herr Abou-Mohammed. Ich als Innenminister dieses Landes habe sehr viel Geduld mit Ihresgleichen gehabt. Ich weiß nicht, ob Ihnen klar ist, mit wem Sie hier reden. Ich weiß auch nicht, ob Ihnen klar ist, dass wir Sie und Ihre Freunde in diesem Moment allesamt festnehmen lassen könnten und Sie morgen Vormittag in Schönefeld in einer Passagiermaschine nach Beirut sitzen könnten. Also lassen wir die Spielereien und kommen zum Geschäftlichen. Wie viel?«

In diesem Moment änderte sich die Körpersprache von Atakan und aus dem jovialen, orientalischen Onkel wurde der knallharte Gangsterboss oder das, was man sich darunter vorstellt. Vielleicht hatte Atakan auch einfach nur zu viel *Scarface* geguckt, nichtsdestotrotz wurde die Atmosphäre im Raum von einer Sekunde auf die andere eisig und auch Atakans Männer nahmen eine andere Haltung ein. Aufmerksam beobachteten sie den Innenminister und seine Leibwächter.

»Ich weiß nicht, Herr Kotsch, ob Ihnen klar ist, mit wem *Sie* hier reden. Ich weiß nur, dass Ihre beschissene Bundesregierung, Ihre Bullen und Ihre beschissene Privatarmee, die Sie anscheinend besitzen, hier in Neukölln und in Kreuzberg nix zu sagen haben. Absolut gar nichts. Nada. Es ist mir scheißegal, ob du mir drohst oder ob du mich hops nehmen lässt. Das ist mir so was von scheißegal, das glaubst du gar nicht, du Tunte. Ich weiß Sachen über dich, die willst du gar nicht wissen. Also halt deine Fresse, kapiert? Du kommst hier rein in meinen Laden und machst den Affen. Du hast hier nix zu sagen. Gar nichts. Kapiert, du Vogel?

Du willst etwas von mir. Das kannst du haben. Einen dicken fetten Araberschwanz kannst du haben. Was mich interessiert, ist, dass meine Leute abgeknallt werden, jetzt gerade. Wenn wir könnten, würden wir zurückschießen. Können wir aber nicht und das ist euer Glück. Das können wir nicht. Aber ihr könnt uns nicht alle umbringen. Ihr könnt uns nicht alle verhaften oder abschieben. Und wenn ihr einen von uns abschiebt oder umbringt, dann kommen zehn nach. Wenn du mich einbuchten lässt, dann kommen morgen zehn neue kleine Atakans aus ihren Löchern und ihr habt dasselbe verfickte Problem.

Ihr habt das nie verstanden. Nie. Seit sechzig Jahren machen wir die Drecksarbeit für euch. Seit sechzig Jahren behandelt ihr uns wie die letzten Idioten. Du und deine Partei, ihr seid schuld daran, dass meine Eltern hier immer noch Angst haben, dass sie morgen zurückgeschickt werden. Ich spucke auf euch. Ich spucke auf dich. Ich hab deine Rede gehört, Herr Innenminister. Ich hab sie mir angehört und ich muss sagen, dass du einfach nur eine dreckige Rassistensau bist.«

In diesem Moment bewegte sich einer der Leibwächter von Kotsch und Hamoudi zog blitzschnell seinen Revolver. Kotsch bedeutete seinem Mann, Ruhe zu bewahren, und Atakan erteilte Hamoudi auf Arabisch den Befehl, die Waffe wieder wegzustecken.

»Ich bin ein gerechter Mann, Herr Innenminister«, fuhr Atakan fort und sein Auftritt war an Melodramatik fast nicht mehr zu überbieten.

»Ich bin ein gerechter Mensch und Gott ist mein Zeuge. Ich werde Ihnen helfen, Herr Innenminister. Ich werde dafür sorgen, dass kein unschuldiges Blut mehr vergossen wird, aber dafür müssen Sie bezahlen. Dafür müssen Sie zahlen.«

Kotsch, der die ganze Zeit über unbeweglich in der Mitte des Raumes gestanden und mit versteinerter Miene dem Ausbruch Atakans zugehört hatte, bewegte sich auch jetzt nicht, als er mit eisiger Stimme fragte: »Und was ist der Preis? Wie viel wollen Sie kassieren, dass Sie das Blutvergießen unter Ihren Landsleuten beenden?«

»Nichts.«

Kotsch zuckte bei dieser Antwort zusammen.

»Halten Sie mich für eine Hure, Herr Innenminister? Glaubst du, dass ich eine Nutte bin, die man für Geld kaufen kann, damit ich deine beschissen Politik rette? Deinen Arsch? Weißt du, was ich will, du verdammter Hurensohn?«, und diesmal zuckte keiner der Männer des Ministers, »weißt du, was ich von dir verlange? Ich verlange, dass du morgen eine Pressekonferenz mit mir abhältst und dass du vor laufender Kamera sagst, dass es dir leid tut, was du heute in deiner Rede gefaselt hast. Ich will, dass du dich entschuldigst für alles, was du in den letzten Jahren an Scheiße gebaut hast und dass du dich dafür entschuldigst, was ihr für eine miese Politik mit uns betrieben habt. Kapiert?«

»Ich bin nicht hier, um mit Ihnen über die Vergangenheit zu diskutieren.«

»Tja. Ich hab's deiner Tante da vom Verfassungsschutz oder was auch immer schon gesagt. Der hab ich das schon mal gesagt und ich sag's auch dir: Ohne Erinnerung, keine Verhandlungen. Du kannst es dir ja noch mal überlegen, aber das sind meine Bedingungen.«

Und mit diesen Worten drehte Atakan sich um, setzte sich auf sein Sitzkissen, steckte sich das Mundstück seiner Wasserpfeife in den Mund und begann, wieder genüsslich zu rauchen.

Für einen Augenblick stand Kotsch immer noch unbeweglich im Raum. Dann gab er sich einen Ruck und sagte knapp: »Sie werden von mir hören«, drehte sich abrupt um und verließ das Café. Mit abschätzigem Blick folgten ihm seine Leibwächter und Hamoudi konnte es nicht lassen. Mit einem lauten »Buuuh« machte er einen Satz nach vorne und tat so, als würde er angreifen. Kotschs Leibwächter zuckten zusammen und fingerten erschreckt nach ihren Waffen. Laut lachten die Männer von Atakan und gedemütigt trotteten die Zwei-Meter-Schränke ihrem Chef hinterher, wie Schafe, die ihrem Hirten folgten.

»Der HERR ist mein Hirte; mir wird nichts mangeln. Er weidet mich auf grüner Aue und führet mich zum frischen Wasser. Er erquicket meine Seele; er führet mich auf rechter Straße um seines Namens willen.« Kennst du das, Stefan? Das ist Psalm 23. Kennt eigentlich jeder. Das ist aus der Bibel. Weißt du, Stefan, für uns Moslems ist die Bibel genauso heilig wie der Koran und ich habe alles gelesen. Ich habe den Koran gelesen. Ich habe die Bibel gelesen und ich habe sogar die Tora gelesen.

Psalm 23 mochte ich immer am liebsten. Ich weiß auch nicht warum. Gefällt mir einfach. Muss ich immer dran denken, wenn ich was Schwieriges vor mir habe. Entscheidungen oder wenn ich jemanden vor mir habe, der mit mir kämpfen will. Dann denke ich an Psalm 23 und weiß, mir wird nichts passieren. Geht gar nicht. Gott ist da und beschützt mich. Das glaube ich. Ich glaube, dass man seine Chancen nutzen muss. Ist ganz einfach. Da ist eine Chance und du greifst danach. Das ist deine verdammte Pflicht als Mensch. Is so. Wenn du sie nicht erwischst, dann ist das eine andere Sache, aber du musst es zumindest versuchen, ansonsten ist es eine Sünde.

Guck mal. Ich bin so aufgewachsen und mein Vater hat mir immer gesagt: »Junge, wenn du eine Möglichkeit hast, dann nutze sie! Wenn du sie nicht nutzt, dann komm niemals zu mir und beschwer dich. Dann schlage ich dich windelweich.« Mein Vater hat immer gesagt, dass man sich nicht beschweren darf und man darf sich nicht fürchten. Ich wollte immer so sein wie mein Vater und dass er stolz auf mich ist. Und das ist er.

Einmal war ich bei so einer Backstageparty und da war dann eine von Germany's Next Top Model. Ich hab mit der geredet, ganz normal und plötzlich rempelt mich so ein Russe an und geht weiter. Der Typ ist bestimmt zwei Meter groß und ich denke mir so: Was will der denn? Ich geh ihm also hinterher und pack ihn an der Schulter. Er dreht sich um. Ich so: »Entschuldigung, mein Freund. Ich stehe gerade da und unterhalte mich mit dieser Dame dort drüben und du hast mich angerempelt. Darf ich fragen, warum du das gemacht hast?« Ich meine, ich bin ein höflicher Mensch, Stefan, und ich will auch keinen Ärger, aber so was geht echt nicht klar. Aber weil ich höflich bin, dachte ich mir, frag erst mal, vielleicht gibt es ja einen Grund oder er entschuldigt sich oder irgendsowas. Der Typ schaut mich an. So von oben herab. Ich meine, der ist zwei Meter groß. Der ist richtig groß und ich schaue ihn an, so von unten. Er meint dann so in seinem komischen Russenakzent: »Ich glaube, du weiß nicht, werrrr ich bin«, und schaut noch behinderter auf mich runter. Ich steh so vor ihm, fass mir ans Kinn und meine zu ihm: »Doch, ich glaube, ich weiß, wer du bist.« Und dann schaue ich ihm in die Augen. Direkt in die Augen und dann sage ich zu ihm: »Du bist ein Hund!«, und in diesem Moment gebe ich ihm so eine Schelle, dass er zwei Schritte zurückfällt. Ich knalle ihm einfach mit der Hand in seine verfickte Hackfresse und dieser Zwei-Meter-Typ steht dann vor mir und jammert und ruft nach den Türstehern. Die haben mich dann rausgeschmissen, aber ehrlich gesagt, Stefan, das war's mir wert. Das war mir so was von scheißegal, ich schwöre dir. Das war auf jeden Fall das Beste an dem ganzen Abend und ich hätte mich geärgert, wenn ich die Chance verpasst hätte, dem eine mitzugeben.

Manchmal muss man auch schnell sein, so wie wenn man Geschäfte macht. Manchmal macht man dann auch Fehler, aber das ist kein Problem. Fehler macht jeder und man darf einfach keine Angst haben vor Fehlern. Wenn ich aber daran denke, dass ich immer auf dem richtigen Weg bin, dann kann ich keine Fehler machen. Wenn ich daran denke, dass Gott da ist, immer, den ganzen Tag, die ganze Nacht, egal wann, dann kann man keine Fehler machen.

Guck mal, du kannst dir gar nicht vorstellen, wie oft mich die Bullen verhaftet haben. Seit ich 14 bin haben die mich im Visier und ich meine, wir kennen die alle. Schweinebacke und Triefauge waren zwei von den Bullen, die ständig auf uns angesetzt waren und manchmal haben wir die Bullen sogar selbst observiert. Dann haben wir die anderen angerufen und die gewarnt, dass Schweinebacke und Triefauge wieder da sind. Wir haben bestimmt viel Scheiße gebaut und auch ein paar echt schlimme Sachen, aber trotzdem habe ich immer geglaubt, dass Gott bei mir ist und mich beschützt. Vor ein paar Jahren war das ja auch schon mal so schlimm mit den Abschiebungen, so um 2000 rum. Damals wollten sie uns ja alle raus haben, die Deutschen mit ihrer beschissenen Partei. Das hat erst aufgehört, als die sich für Olympia beworben haben und dann Druck aus Amerika kam, da wurde es dann ein bisschen ruhiger, aber jetzt, die letzten vier Jahre nach Olympia, drehen sie ja wieder komplett durch und damals genauso. Ich war in Haft, wegen irgendeiner Kleinigkeit, und plötzlich kommen die in meine Zelle und setzen mich in einen Bus. Damals ging das noch über Tegel, da war das noch nicht mit dem Osten, dass alle Abschiebungen immer über den Osten laufen, damals wurde man noch über Tegel abgeschoben. Die stecken mich also in den Bus, der mich nach Tegel bringen soll. Ich hatte Handschellen an und saß hinten drinne, mit

Kräftige Hände schleifen Jedele über den Asphalt. Sein Kopf wird
nach unten gedrückt und man zerrt ihn vor einen Bus, wo er fotografiert wird. Brutal nimmt man ihm die Fingerabdrücke ab und
er bekommt Handschellen angelegt. Hart gehen die Polizisten mit
ihm um und je mehr er sich wehrt, desto grober wird er behandelt.
Jedele versteht die Welt nicht mehr. Hat er nicht eben die Bullen vor
einem Anschlag beschützt? Er steht doch auf ihrer Seite. Merken
die das denn nicht? Doch als er sich erklären will, schlägt ihm ein
junger Polizeianwärter mitten ins Gesicht und brüllt ihn an, dass er
die Schnauze halten soll. Die Polizisten sind wahnsinnig angespannt
und als er sich mit seinem ganzen Körpergewicht aus den Griffen
herauswinden will, schlägt ihm einer mit dem kurzen Ende seines
Schlagstocks gegen die Schläfe. Mit Handschellen an die Seitenwand
gekettet, kommt er im Innern eines Polizeitransporters wieder zu
sich. Die Tür ist geschlossen und er ist allein. Sein ganzer Körper
schmerzt. Jedele rappelt sich hoch und durch die vergitterten Fenster sieht er, wie auch in die anderen Transporter Menschen verladen werden. Unter Schlägen werden die Wagen vollgestopft. Nur in
seinen bringen sie keinen mehr. Er bleibt allein. Über sich hört er
wieder den Hubschrauber kreisen und die monotone Stimme der
Lautsprecherdurchsagen. Schüsse fallen, Menschen kreischen und
immer mehr Gefangene werden in die umliegenden Busse verteilt.
Jedele ist froh, dass sie keinen zu ihm stecken. Schließlich sind all

die anderen, die jetzt verhaftet werden, Kanaken und er will sich gar nicht vorstellen, was die mit ihm anstellen würden, wenn sie ihn erkennen würden. Jedele hat panische Angst, ihm wird schlecht und dann spürt er, wie etwas Warmes an seinen Beinen herunterrinnt und vollkommen entgeistert starrt er auf den sich ausbreitenden Fleck. Er hat sich tatsächlich eingepisst. Das darf doch nicht wahr sein. Bitte nicht. Aber die Kälte kriecht augenblicklich hinterher und die Hose wird klamm. Es ist wahr.

Jedele schämt sich. Da seine Hände fixiert sind, hat er keine Möglichkeit, sich zu bedecken. Verzweifelt schaut er sich um. Er sucht einen Ausweg, doch die ersten Busse setzen sich schon in Bewegung. Plötzlich wird die Tür aufgerissen und zwei junge Bereitschaftspolizisten springen zu ihm ins Wageninnere.

»Bäh«, schreit der eine, »die Sau hat sich eingepisst«, und der andere gibt Jedele eine Ohrfeige, dass dieser mit dem Kopf gegen die Seitenwand klatscht.

»Bitte«, keucht Jedele, »ich hab doch gar nichts gemacht. Ich wollte euch doch bloß beschützen«, aber die beiden machen ihn los, geben ihm einen Lappen in die Hand und schreien ihn an: »Los wisch auf, du Schwein!«

Jedele wischt auf, so gut er kann, halb benommen von den Schlägen und der Angst. Dabei hat er doch gar nichts Böses getan. Er hat doch nur ein paar Kanaken um die Ecke gebracht und was anderes machen die Jungs da oben auf den Barrikaden doch auch nicht. Tränen laufen ihm über die schlaffen Wangen, verfangen sich in seinem Bart, er wischt so gut es geht und hofft, dass sie ihn nicht noch mal schlagen. Als der Wagen ruckartig anfährt, knallt er mit seinem Kopf gegen die Sitzbank und die beiden Polizisten lachen, ziehen ihn an den Haaren nach oben und ketten ihn wieder fest.

Die ganze Fahrt über drückt einer der beiden Jedeles Kopf nach unten. Anscheinend wollen die Polizisten nicht, dass er weiß, wohin sie ihn bringen, und nach einiger Zeit gibt Jedele auf, die Kreuzungen und Abzweigungen zu zählen. Er ist vollkommen orientierungslos. In seiner Brusttasche spürt er noch den Schalldämpfer. Richtig gründlich untersucht haben sie ihn anscheinend nicht, aber die Waffe haben sie ihm abgenommen. Ein etwas dicklicher Typ hat sie draußen vor dem Auto in einen Plastiksack fallen lassen. Hat eine Nummer drauf geklebt und sie einem Polizisten, der offensichtlich höher im Rang stand, gegeben, denn der Dickliche salutierte und der andere erwiderte den Gruß nicht. Seinen Personalausweis hatten sie auch gefunden. Name: Jedele. Vorname: Klaus. Geburtstag: 26.09.1961, wohnhaft: Friedelstraße 27, Berlin Neukölln. Ein Deutscher unter Ausländern. Was macht der dicke, teigige Typ unter all den Kanaken, haben sie sich gefragt und nichts Gutes als Antwort gefunden. Trotzdem haben sie ihn nicht mit den anderen zusammengesteckt und befördern ihn nun gesondert.

Plötzlich wird es hell. Taghell. Grelles Licht dringt durch die vergitterten Fenster. Der Wagen hält. Jedele hört, wie sich ein Metalltor öffnet, dann rumpelt der Wagen in den Innenhof einer riesigen Kaserne, der von gleißenden Scheinwerfern beleuchtet wird. Die beiden Polizisten öffnen die Tür des Wagens und unter Tritten und Schlägen zerren sie ihn nach draußen.

Der Kasernenhof ist voller Menschen, die mit erhobenen Händen in Reih und Glied stehen. Das Gesicht den roten Backsteinmauern zugewandt, patrouilieren dazwischen Polizisten mit Schlagstöcken, die immer wieder blindlings zuschlagen. Jedele ergeht es nicht besser. Ein Schlagstock trifft ihn hart an der rechten Schulter und als er wütend herumfährt, trifft ihn ein weiterer Schlag mitten auf die rechte Wange. Er kann spüren, wie der Knochen bricht. Er taumelt, keucht, klappt zusammen. Ihm wird schwarz vor Augen, er rutscht aus und klatscht mit dem Kopf auf den harten, nassen, kalten Boden.

Als er wieder aufwacht, liegt er in einem Krankenbett und alles ist warm und weich. An seinem Bett sitzen zwei Männer, die auffallend unauffällig aussehen und ihn ruhig beobachten. Die grauen Herren sind da, denkt Jedele und ihm fällt dieses Buch aus den siebziger Jahren ein, das sie in der Schule lesen mussten. Schon damals hatte er diese beschissene Hippiescheiße gehasst und diese selbstgestrickte Lehrerin, Frau Schmidt-Rühl, mit ihrem beschissenen Doppelnamen und ihren selbstgebatikten Wallekleidern. Sein Vater hatte ihm immer gesagt, dass er sich von der Schlampe nichts zu sagen lassen brauchte und daran hatte er sich auch gehalten. Wahrscheinlich war sie später in irgendeinem Lager verreckt, vollkommen zu Recht. Schon allein dafür, dass sie die ganze Zeit mit diesem Momo-Buch angeschissen kam, hatte sie das verdient. Die war ja fast schon fanatisch damit gewesen, als wäre es die Bibel oder so was, und er hatte es gehasst. Schon als Jugendlicher hatte er durchschaut, dass das gequirlte Kacke war, was in diesem Buch stand, und an einen Satz kann er sich noch heute erinnern: »Und dann feierten sie ein Fest, wie es nur arme Leute zu feiern verstehen.« Noch heute muss er kotzen bei diesem Satz und er hätte diesen beschissenen Schreiber gern mal zu sich in den Kiez eingeladen, um ihm zu zeigen, wie arme Leute tatsächlich feierten, mit Vollsuff und Kinderschlagen. Aber das konnte Frau Schmidt-Rühl aus ihrer Einfamilienhaus-Lehrer-Welt in Schmargendorf ja nicht wissen. Diese Fotze. Nur gut, dass das Buch dann irgendwann verboten wurde. Aber wer sind die Männer an seinem Bett? Etwas wabert in seinem Kopf hin und her. Vielleicht ist es sein Gehirn. Graue Herren, denkt er und muss lachen, als er wieder zurück in die Watte kippt. Seine Augen wollen einfach nicht offen bleiben. Seine Gedanken werden verschluckt von dieser großen, weißen Watte. Graue Herren, tsss …

Aus einem geheimen Bericht des Einsatzführungskommandos der Bundeswehr in Berlin an das Verteidigungsministerium, vom 05. Oktober 2012:

Das Einsatzführungskommando befiehlt die Verlegung weiterer Truppenkontingente von Dahlem und Reinickendorf in die Berliner Stadtteile Kreuzberg und Schöneberg. Das EinsFüKdoBw weist darauf hin, dass bei den Transporten von schwerem Gerät möglichst unauffällig und neutral vorgegangen werden soll, um die Zivilbevölkerung nicht zu verunsichern. Das EinsFüKdoBW empfiehlt zu diesem Zweck die Nutzung von LKW-Aufbauten für Schwertransporte, die mit den Firmenbeschriftungen herkömmlicher Logistikunternehmen bedruckt sind und erst am Einsatzort abgebaut werden können. Außerdem ersucht das EinsFüKdoBw das Außenministerium der BRD, das Ministerium für Staatssicherheit der DDR zu bitten, eine Möglichkeit in Betracht zu ziehen, den Korridor zwischen den Grenzübergängen Chausseestraße und Heinrich-Heine-Straße für Truppentransporte der Bundeswehr zu nutzen. Das Bundesverteidigungsministerium reagiert positiv auf die vorgeschlagenen Maßnahmen und bestätigt den positiven Bescheid des Ministeriums der Staatssicherheit der DDR. Ein Truppentransport auf dem Gebiet der Deutschen Demokratischen Republik ist möglich.

Kapitel 8

... und Rauch stieg aus den Trümmern.

Nacht von Samstag auf Sonntag

Sabine und Christoph sitzen im Krankenhaus. Ihnen gegenüber eine graugesichtige Frau neben einem noch graugesichtigeren Mann. Die beiden sehen nicht gesund aus und keiner weiß, wer von beiden der Patient und wer der Besucher ist. Die Frau hustet und es klingt, als müsste sie Teile ihrer Lunge auswerfen. Sie stinkt nach kaltem Rauch. Sabine fragt sich, ob sie auch mal so aussehen wird? Mit all den Drogen, Drinks und Kippen wäre das immerhin möglich und fasziniert beobachtet sie das Paar. Er sitzt zusammengesunken im Rollstuhl, sie kauert vornüber gebeugt neben ihm. Sabine mag keine Krankenhäuser, aber Christophs Platzwunde muss genäht werden. An der rechten Stirn hat ihn ein Gummigeschoss getroffen und Sabine musste Christoph von der Straße wegschleppen, weil er kurz die Orientierung verloren hatte und weil genau in diesem Moment eine Hundertschaft auf sie zugerannt kam. Danach wurde es richtig schlimm. Die Bullen stürzten sich auf die Demonstranten und schlugen alles kurz und klein. Christoph blutete stark. Die Bullen schlugen zu, um sich dann wieder zurückzuziehen. Dann wurde erneut geschossen. Sabine und Christoph versuchten noch, einen tödlich getroffenen Freund in einen Hauseingang zu zerren, aber da war alles schon zu spät. Zu viel Chaos. Zu viel Durcheinander. Weg! Da wollten sie nur noch weg. Über Hinterhöfe und Querstraßen flohen sie. Durch Hauseingänge, über Treppen und Dächer. Überall waren Menschen. Alle waren auf der Flucht, genau wie sie, und immer wieder trafen sie auf Sturmtrupps, die sich durch die Straßen wälzten, prügelten und schossen.

Bislang war Sabine immer der Meinung, dass irgendetwas nicht stimmt in diesem Staat, aber so schlimm, wie manchmal gesagt wird, ist es doch auch nicht. Man kann hier doch sicher und ruhig leben, oder? Man kann sich frei bewegen, hat immer zu essen. Man lebt halt so vor sich hin. O.k., manche Sachen sind vielleicht nicht wirklich gut, aber wo bitteschön auf der Welt, stimmt schon alles? Im Großen und Ganzen läuft es doch einigermaßen. Und jetzt? Sabine hat das dringende Bedürfnis zu schreien und sich die Hände gegen den Kopf zu schlagen bis es blutet. Sie will ausrasten, doch man hat ihnen geraten, ruhig zu bleiben. Draußen sind noch immer die Sirenen der Einsatzkräfte zu hören. Es ist noch nicht zu Ende.

Sie fragt sich, wie sie es dann doch geschafft haben, durch die Polizeiketten zu kommen und sich bis ins Urbankrankenhaus durchzuschlagen. Nach Friedrichshain konnten sie nicht, der Osten war ja abgeriegelt, obwohl sie mittlerweile auch gehört haben, dass einige von ihnen schon in den Osten transportiert wurden, weil die Kreuzberger und Neuköllner Krankenhäuser überfüllt sind. Die haben dann allerdings Pech, denn dort befinden sie sich in den Händen der Staatssicherheit, die nichts Eiligeres zu tun hat, als sie den westdeutschen Behörden zu übergeben.

Das Handynetz ist über weite Teile zusammengebrochen. Sichere Infos gibt es schon lange nicht mehr und die weißen Kreuze, die sie sich am Anfang des Abends noch provokativ und groß und stolz auf ihre Jacken geklebt haben, sind schon lange abgerissen.

Gerüchten zufolge hat man auch schon Polizei und Militär in den Westberliner Krankenhäusern gesehen, um Verdächtige zu verhaften, aber bislang ist hier noch keiner aufgetaucht. Zum Glück. Überall auf den Fluren und Bänken, in den Wartezimmern und selbst im Eingangsbereich sitzen Menschen, die sich ihre von Knüppeln zertrümmerten Gliedmaßen und Gesichter halten. Ärzte rennen hin und her. Schwestern werden zu Sonderschichten einberufen. Opfer mit Schussverletzungen werden vorrangig behandelt. Es sieht aus wie in einem Flüchtlingscamp der Dritten Welt. Verletzte werden auf dem blanken Boden behandelt. Ein Vater trägt sein lebloses Kind durch die Menge und schreit. Das kann doch nicht wahr sein. Macht dieser Staat denn vor gar nichts halt?

Christoph hält sich den Kopf. Es ist nur eine Platzwunde und fast schämen sie sich, überhaupt hier zu sitzen. Trotzdem muss das Ding genäht werden, denn der Riss ist tief und lang. Christoph versucht zu lächeln, Sabine auch, es wird ein schiefes Grinsen. Ihr Vater hat recht gehabt, immer schon, und Herr Thomas und die ganzen anderen auch. Dieser Staat ist ein Scheißstaat und Sabine fühlt eine Wut in sich aufsteigen, die sie noch nie zuvor gespürt hat, und Ohnmacht und wilden Stolz, dass sie hier ist, dass Christoph hier ist und dass sie … irgendwie, irgendwas machen … dagegen.

Jetzt hustet der graue Mann neben ihnen. Er ist kein Opfer der Ordnungsmacht. Er ist einfach so hier. Die Augen der grauen Frau starren leer aus ihrem eingefallenen Gesicht, als der Mann zu sprechen beginnt: »Sterben tut man immer alleene.«

Die Frau sagt nichts.

»Wenn du gehst, dann gehst du ganz alleene«, krächzt der Mann unbeirrt weiter.

»Da is niemand da, der dir helfen tut. Niemand. Wenn du vor den Schöpfer trittst, dann bist du ganz alleene uff dich alleen gestellt. So is dit.«

Die Frau schweigt und glotzt vor sich hin. Dann seufzt der Mann und sagt: »Ja, ja, so is dit«, und dann sagen beide nichts mehr.

Sabine denkt nach. Über das Leben. Über das elende Häufchen Leben, das dieser Mensch mit Hilfe der Krankenhausärzte gegen den Tod verteidigt. Warum? Für was? Dafür, dass er hier in diesem kahlen Krankenhausflur sitzt, mit einer Frau, die ihn anschweigt? Für die Zigaretten auf der Raucherinsel des Krankenhauses?

Das bleibt also übrig, wenn man nicht aufpasst, denkt sich Sabine. So sieht das also aus, wenn man nicht achtgibt und die Dinge schleifen lässt. Wenn man den Absprung nicht schafft und sein Leben verschwendet. Auch Stefan hat sie in letzter Zeit nicht mehr allzu viel zu sagen gehabt und sie denkt an das bleierne Schweigen da wird Christoph aufgerufen und sie begleitet ihn in das Behandlungszimmer. Warum werden sie in ein Behandlungszimmer gerufen und nicht auf dem Flur versorgt, wie all die anderen hier? Christoph zieht eine Karte aus seinem Portemonnaie und gibt sie der Krankenschwester. Sabine meint zu sehen, dass diese sich leicht verbeugt und zwei Minuten später steht ein Arzt vor ihnen, der Christoph mit ausgesuchter Höflichkeit behandelt. Als der Arzt kurz aus dem Zimmer muss, fragt sie ihn: »Was war das für eine Karte?«

Christoph lächelt verlegen.

»Also, ich …«, stammelt er.

Sabine begreift nicht.

»Ich kann nichts dafür …«, versucht Christoph zu erklären.

Sabine weicht zurück. Langsam, ganz langsam beginnt sie zu verstehen. Sie hat davon gehört. Sie hat von diesen Karten gehört, diesen Premiumversichertenkarten, und sie hat auch gehört, dass nur hochrangige Parteifunktionäre diese Karten bekommen.

»Mein Vater …«, setzt Christoph von Neuem an, aber Sabine will nichts mehr hören. Sie ist schockiert. Christoph hat sie belogen. Christoph ist der Sohn eines Parteibonzen. Christoph ist der Sohn von einem Mann, der diese ganze Scheiße heute Abend mit zu verantworten hat. Sabine schaut sich um. Sie will raus. Die Gedanken purzeln in ihrem Kopf durcheinander. Christoph schaut sie gequält an.

»Du Schwein«, platzt es aus ihr heraus, »du hast mich verarscht«, und als der junge, dynamische Arzt zurückkommt, dreht sie sich um und rennt aus dem Zimmer. Sie rennt an den Aufgebahrten und Verletzten vorbei. Rennt durch die Flure, die Treppen nach unten, durch das Foyer und stürmt in die Dunkelheit, die erfüllt ist vom Klang der Sirenen. Sie will weg, einfach nur weg. Wie konnte Christoph sie nur so verarschen und Sabine rennt durch die Nacht.

»Mann, Stefan verarscht sich doch selbst. Der ist doch voll der Idiot.«

Ich bleibe stehen, als ich diese Worte höre. Hamoudi hat es gesagt und ich höre, wie er mit seiner Kreditkarte auf dem Tisch rumhackt. Ich komme gerade von draußen, weil ich eben noch mal mit Steinmeier telefoniert und ihm von der Unterredung »Kotsch trifft Atakan« erzählt habe. Leider habe ich keine Fotos machen können, aber Steinmeier meinte, dass ihm das egal sei und er nach meinen Angaben einen Zeichner dransetzen würde, der die Situation nachzeichnet. Das sei überhaupt kein Problem.

Steinmeier ist sehr zufrieden mit mir und nachdem ich das Gespräch beendet habe, stand ich noch kurz draußen vor dem Café, um einen Blick in den Nachthimmel zu werfen. Ich konnte den Widerschein der Feuer sehen und ich hatte das Gefühl, an einer historischen Mission teilzunehmen.

Als ich wieder nach drinnen kam, waren die anderen nicht zu sehen und ich vermutete, dass sie sich in das private Hinterzimmer zurückgezogen haben. Also ging ich den langen, schmalen Gang entlang, an den Toiletten vorbei, wie ich es schon so oft machen durfte – schließlich hat hier nicht jeder Zutritt. Ich war immer stolz auf dieses Privileg, ging weiter und nun stehe ich hier und höre diesen Satz. Jemand antwortet auf Arabisch. Hamoudi sagt auch etwas, worauf Atakan ärgerlich antwortet: »Mann, Hamoudi, du kannst noch nicht mal richtig Arabisch. Du bist echt ein Opfer und du willst mein Bruder sein? Mann, verpiss dich!«

Das Klopfen und Hacken auf der Tischplatte hört auf und ich vernehme deutlich, wie eine ziemlich große Menge Kokain weggezogen wird. Jemand lacht.

Dann höre ich wieder Atakan: »Aber stimmt schon. Stefan ist ein Opfer. Ja. Der Typ will so gern Kanake sein, das ist schon fast ein bisschen peinlich. Aber wir brauchen ihn, Jungs. Auf jeden Fall, wir brauchen den. Habt ihr Fotos gemacht?«

»Von was?«, fragt Hamoudi, mit einer Stimme, als würde er sich die Nase zuhalten.

»Von der Geschichte heute Nachmittag natürlich, du Idiot«, herrscht Atakan ihn an, worauf Youssef einen arabischen Fluch ausstößt und Hamoudi dreckig lacht.

»Natürlich haben wir Fotos gemacht, was denkst du denn?«, geht Hamoudi nun zum Gegenangriff über.

»Die Kleine hat richtig Bombe mitgespielt. Die war richtig gut. Das war genau die Richtige für so eine Vergewaltigungsaction und ich glaube, Stefan hatte richtig Schiss vor den Russen. Der hat sich fast eingepisst vor Angst«, und ich höre, wie die drei Männer lachen und wie wieder Koks zerkleinert wird. Schaben, hacken, schichten, klopfen.

Ich schaue auf die Tür, durch die ich eben noch gehen wollte, zu meinen Freunden. Zu den Menschen, die ich für meine Freunde gehalten habe. Ich bin wie betäubt. Warum steht die Tür offen? War-

um sprechen sie deutsch? Warum muss ich das hören? Meine Beine werden schwach. Mein Magen rutscht mir in die Knie. Ich fühle
mich schwach. Möchte mich setzen. Ich bin kalkweiß im Gesicht.
Ich muss mich anlehnen. Tak, tak, tak. Scht, scht, scht. Tok, tok. Hacken, hacken, schichten, klopfen.

»Tja, das war ja auch nicht geplant, dass ich da reinplatze. Da hat
der richtig Schiss gekriegt, wa?«, lacht Atakan und Youssef pflichtet
ihm bei.

Ich habe das schon oft miterlebt, wie sie über andere herziehen
und sich lustig machen. Jeder, der schwach und opfermäßig rüber-
kommt, wird kaputt gemacht. Jeder. Das ist die Regel. Keine Schwächen zeigen. Immer cool sein. Das ist Pflicht. Ich dachte nur immer
… Ich dachte … Ich dachte, über mich würden sie nicht so reden.
Ich dachte, sie hätten Respekt vor mir.

»Vom Koksen haben wir auch ein paar Bilder«, sagt Youssef jetzt,
»die haben wir aber zusammen gemacht.«

»Koksen ist nichts wert«, erwidert Atakan, »das macht jeder. Obwohl …« und er macht eine kleine Pause, »obwohl, bei seiner Zeitung kommt das bestimmt nicht so gut an. Ich glaube zwar nicht,
dass Stefan Probleme macht, aber ist gut, wenn wir die Sachen haben. Der Typ ist voll auf dem Gangsterfilm hängengeblieben. Der
macht auf jeden Fall noch ein paar Sachen mit. Mann, Mann, Mann.
Ich versteh das nicht. Der Junge hat studiert und dann geht der so
auf diese Gangsterscheiße ab, aber das habe ich bei vielen Kartoffeln
schon gesehen. Die wollen immer cool sein. Könnt ihr euch noch an
Andi erinnern? Der mit dem Messer. Messer-Andi. Immer wenn's
Stress gab, war der weg, und dann haben wir ihn immer verarscht
deswegen. Irgendwann hat er dann diesen Rentner da abgestochen.
Das war ein Vogel. Mann, Mann, Mann.«

»Das ist das Koks«, sagt Youssef, der jetzt offenbar auch eine mör-
derische Line wegzieht.

»Der Typ ist ein Koksjunkie. Der kann nicht aufhören.«

»Du bist selbst ein Koksjunkie und ich hab euch schon tausend
mal gesagt, dass ihr aufhören sollt mit der Scheiße.«

In meinen Ohren rauscht es. Undeutlich höre ich wieder Atakans
Stimme: »… jaja, heute noch, nur noch heute. Das behauptet ihr im-

mer, ihr Opfer. Heute noch, heute noch. Heute müssen wir diesen Frieden da machen. Ich habe mit der Ollen vom Verfassungsschutz gesprochen. Sie zahlt uns eine Million.«

»Und was ist mit Kotsch?«, fragt Youssef.

»Scheiß auf Kotsch. Der Typ ist voll die Blamage. Das war nur Show. Der hat gar nix mehr zu sagen, der Idiot, hat mir zumindest die Olle da erzählt. Egal. Auf jeden Fall machen wir Frieden heute Nacht und morgen gibt es diese Pressekonferenz. Da ist Stefan auf jeden Fall wichtig. Der muss die ganze Pressearbeit machen und so. Wo ist der Idiot eigentlich? Was macht der so lange? Wir müssen das jetzt alles mal besprechen und du räumst jetzt endlich die ganze Scheiße hier weg. Wenn ich wiederkomme, will ich nix mehr sehen, verstanden? Los, mach jetzt!«

Wieder höre ich arabische Flüche. Stühle werden gerückt. Ich taumle durch den engen Flur nach vorn ins Lokal. Die anderen sitzen noch um ihre Wasserpfeifen und ich lasse mich erschöpft auf eines der Sitzkissen fallen. Hassan kommt: »Ist dir nicht gut, Bruder?«, fragt er und wenn ich es nicht besser wüsste, dann würde ich sagen, seine Stimme klingt tatsächlich besorgt. Ich bin traurig und schaue mich in dem Café um, in dem ich so oft war. Alles weg. Nichts mehr wert. Sie haben mich nie akzeptiert. Sie haben mich nie ernst genommen. Ich bin ein Idiot. So einfach. Ein echter Idiot. Sie haben mich verarscht und sie haben Material gesammelt gegen mich, damit sie mich ausnutzen können. Mir wird schlecht bei diesen Gedanken. Hassan bringt mir ein Glas Wasser. Fahrig bedanke ich mich. Ich starre vor mich hin.

»Du musst was trinken«, sagt Hassan und ich gehorche.

Atakan kommt aus dem Hinterzimmer. Ich will ihn nicht sehen. Ich will ihn nicht anschauen müssen. Hassan murmelt ihm etwas zu. Atakan gibt eine Anweisung und setzt sich zu mir: »Stefan, mein Bruder. Alles o.k. bei dir?« Ich schaue ihn an, diesen Mann, der mir plötzlich so fremd ist. Ich hebe meinen Daumen: »Alles o.k. Geht schon wieder.«

»Cool«, sagt er, »ist alles ein bisschen viel gerade, oder? Aber das kriegen wir hin.«

Ich nicke und murmle: »Ich weiß nicht, ob ich das alles schaffe.

Ich habe gerade mit der Zeitung gesprochen. Das wird alles eine Riesengeschichte. Kein Plan, ob ich das schaffe.«

»Ach, das schaffst du schon. Das schaffst du. Du hast ein bisschen Schiss jetzt. Das ist ganz normal, aber du bist ein cooler Typ und ich glaube an dich. Du hast das drauf, auf jeden Fall. Glaub mir. Das schaffst du. Du musst einfach nur du selbst sein, das ist das Beste, ich schwöre dir. Als ich dich das erste Mal gesehen habe, wusste ich, dass du cool bist. Sei einfach nur du selbst und dann läuft das. Glaub mir, ich weiß Bescheid.«

Wie gern würde ich ihm glauben und wie gern würde ich, während ich seinen Worten lausche, nicht wissen, dass er mich so mühelos anlügt. Ich nicke tapfer und versuche zu lächeln, aber es gelingt mir nicht.

Du musst einfach nur du selbst sein, Stefan, das habe ich dir schon mal gesagt, das ist auf jeden Fall das Beste. Nicht so Schickimicki irgendwas, wie die ganzen anderen Affen in diesem Zirkus. Einfach nur du selbst sein. Weißt du, warum das bei mir immer funktioniert hat? Ich war immer real. Ich habe nie jemanden verarscht oder abgezogen. Wirklich nicht. Ich war immer ich. Natürlich wollte ich früher auch immer anders sein. Rambo Mambo, Jean Claude Van Damme. Ich wollte groß und stark sein, ich wollte Leute umhauen und so, auch wenn ich nie groß war. Aber das ist egal, ich hab trotzdem Leute umgeboxt und die Leute wussten, dass ich mich wehre.

Als ich elf war, wollten andere, so Größere aus der Nachbarschaft, die wollten meine Kette klauen. Ich so: Nein, ich geb euch meine Kette nicht. Die haben mich geschlagen, ich hab zurückgeschlagen. Die haben mir zwar die Kette weggenommen, aber ich hab mich gewehrt. Ich bin nach Hause und hab mein Vater erzählt. Er meinte, hast du gut gemacht, mein Sohn. Hast du alles richtig gemacht und er hat mir die Kette zurückgeholt. Man darf nicht kampflos zugucken, sonst machen die mit dir, was sie wollen, ich schwöre. Wenn du ein Opfer bist, dann bist du ein Opfer. Dann kommst du nie mehr da raus. Heute grüßt man sich, wenn ich die sehe. Ich meine, wir kennen uns ja alle untereinander, wir sind ja zusammen aufgewachsen und heute grüße ich die Hurensöhne und die kommen dann und sagen Atakan-Abi und so. Hurensöhne, aber da siehst du. Man muss sich immer wehren und man muss wissen, wer man ist. Man muss immer Respekt haben. Verstehst du. Wenn man Sachen macht, die nicht zu einem passen, dann ist das nicht gut. Ich habe nie Sachen gemacht, die nicht gepasst haben für mich. Nie. Ich habe immer nur das gemacht, was richtig war für mich. Sobald ich selbst denken konnte, habe ich immer nur so gemacht, wie ich wollte.

Ich hatte einen Kumpel, der war Türke. Der wollte in die Gastronomie gehen und hat sich da voll angestrengt. Der hat sogar in Charlottenburg oder so einen Job bekommen, Lehrstelle und das alles. Der hat Leute bedient und an der Bar gearbeitet und ich war ein-, zweimal da und ich glaube, der war auch richtig gut mit dem, was er gemacht hat, aber ich habe ihn gesehen und gemeint: »Bruder. Das bist doch nicht du. Das ist nicht echt, was du da machst.« Und er meint: »Doch. Auf jeden Fall, Bruder. Genau das will ich machen.« Ich so: »Auf keinen Fall«, und ich hab mir gedacht, der wird das schon noch merken.

Dann hat der da gearbeitet und Überstunden gemacht und all das und der konnte wirklich gut mit Leuten umgehen, das hat der von der Straße gelernt, vom Verkaufen auf der Straße, der war ja Ticker gewesen vorher. Der wollte das wirklich schaffen, das mit Gastronomie und so. War ja dann nicht mehr so einfach, als sie diesen Segregationsscheiß da gemacht haben, dieses Gesetz da, aber der wollte das. Irgendwann ging es dem Laden dann schlecht und da waren dann ein paar Mädchen, die viel später als er angefangen hatten, dort zu arbeiten. Die wurden dann genommen, die durften bleiben und er musste gehen. Warum? Weil er Türke war, deshalb musste er gehen. War ja klar.

Ich meinte nur: »Siehst du, Bruder. Das ist so. Die wollen dich nicht. Die wollen nicht, dass du dich veränderst, und warum auch. Das passt nicht zu dir. Du bist ein Ticker. Du bist kein Kellner oder Barmann oder Tom Cruise oder so. Du bist ein Ticker und du bleibst ein Ticker«, und er ist wieder auf die Straße gegangen und hat gedealt. Das ist so, Stefan. Man kann da nicht raus.

Man muss sich selbst treu bleiben. Die wollten mich schon zu so viel zwingen. Weißt du, wie oft ich schon von der Polizei angesprochen wurde? Einmal steh ich so Görlitzer Bahnhof. Ich bin nur kurz raus, weil ich mit jemand ein Geschäft besprechen wollte. Als ich auf den zulaufe, merk ich schon so, da ist irgendwas falsch. Ich dreh mich um und sehe Zivis. Wir kennen die ja alle, Görlitzer, Skalitzer und so, da fahren die die ganze Zeit rum. Ging aber nicht anders. Wir mussten das dort machen. Ich so zu den Bullen: »Was los, Kollegen? Nix zu tun?« Die steigen so aus. Labern mich voll, von wegen nicht so frech werden und so, ich meine nur: »Ich hab doch gar nix gesagt, oder?« Die machen Ausweiskontrolle, Datenabgleich und so weiter, dauert alles voll lang, Geschäft konnten wir sowieso vergessen, mussten wir verschieben, voll die Schikane. So wie immer halt. Egal. Irgendwann meint der eine dann zu mir, komm mal mit und nimmt mich so zur Seite. Er meint dann zu mir, du bist doch ein schlauer Typ und er hätte da ein paar Sachen gegen mich in der Hand und ob ich nicht mit ihnen zusammen arbeiten will. Ich guck ihn so an und ich muss lachen. Ich schwöre dir, Stefan, ich muss voll loslachen. Ich meine zu ihm: »Das ist jetzt nicht Ihr ernst, oder? Ich soll für die Bullen arbeiten?«, sag ich und er guckt so und meint, er könnte mich zwingen. Ich zu ihm: »Wisst ihr, was ihr mich könnt? Ihr könnt mich gar nix. Ihr könnt mich nicht zwingen, ihr könnt mich nicht unter Druck setzen. Die Leute hier sind meine Brüder und ich verrate niemanden. Ich verrate meine Familie nicht. Kapiert?«, und er guckt so und meint: »Na, mal sehen.« Ich so: »Nix, mal sehen. Das ist keine Diskussion und tschüss.« Verstehst du, Stefan, die wollten mich zwingen, aber ich lass mich nicht zwingen. Niemand von uns lässt sich zwingen. Natürlich gibt es Leute, die einen verarschen und für Hafterleichterung oder so was aussagen, aber ich lass mich nicht zwingen und wenn ich zwanzig Jahre in Knast gehe oder abgeschoben werde - ist mir egal. Ich lass mich nicht zwingen. Ich bleibe so wie ich bin. Ich verrate niemanden. Ich bleibe ehrlich. Kapiert?

»Aufrecht und ehrlich!«, so hatte es auf seinen Wahlplakaten gestanden. Kotsch wand sich bei dem Gedanken an die Unterredung mit Atakan unbehaglich hin und her. Es tat ihm fast körperlich weh bei der Vorstellung, in ein paar Stunden mit diesem Schmalspurganoven vor die Presse treten zu müssen, um den ausgehandelten Frieden zu verkünden. Gerade so, als wären dieser Atakan und seine Mannschaft ein anderer Staat und man hätte ein bilaterales Abkommen geschlossen. Da stimmte doch was nicht. Da war doch grundlegend was nicht richtig, oder?

Kotsch hoffte immer noch, Kohl würde schlussendlich doch noch zur Vernunft kommen und ein Machtwort sprechen, aber Kohl hatte sich seit dieser unseligen Sitzung im Sender nicht mehr bei ihm gemeldet. Stattdessen war dieser widerliche Freiherr zu Gutenberg bei ihm im Büro aufgetaucht und hatte ihm einen Aufgabenkatalog vorgelegt. Mit den besten Wünschen des großen Vorsitzenden, »der hocherfreut darüber wäre, wenn Sie die Verantwortung in dieser Affäre übernehmen würden.« Kotsch blickte starr auf den Stapel Papiere. Er hätte kotzen können, wenn er an zu Gutenberg dachte, der so aalglatt, nichtssagend und windelweich war, dass es ihm den Magen umdrehte. Er hätte zurücktreten sollen, damals als es noch möglich gewesen wäre. Damals im Mai 2010 hatte er die Gelegenheit dazu gehabt, doch er hatte sie nicht genutzt. Schon nach der Wahl 2007, zu der seit langer Zeit mal wieder drei Parteien zugelassen worden waren, wäre er gern Außenminister und Vizekanzler geworden, aber Kohl hatte ihn weiterhin für das Innenministerium vorgesehen. Außenminister wurde der altersschwache ehemalige Generalsekretär der Partei, Wolfgang Schäuble, der in der Folgezeit immer hinfälliger wurde. Als Innenminister war Kotsch zwar maßgeblich für die Ausrichtung der Olympischen Spiele verantwortlich gewesen und seine Popularität erreichte Spitzenwerte in der Bevölkerung, aber so richtig zufrieden war er trotzdem nicht damit. Zwar befand er sich damals auf der Höhe seiner Macht und den Verfassungsschutz hatte er so weit ausgebaut, dass dieser fast ausschließlich seinem Befehl unterstand, aber Kotsch wollte mehr. Sein hartes Vorgehen gegenüber kriminellen Ausländern fand viel Beifall bei den Wählern, doch Kotsch wünschte sich nichts sehnlicher als die Anerkennung seines Chefs. Er wollte die offizielle Bestätigung des Königs: »Seht her! Das ist mein Nachfolger!« Aber Kohl ließ ihn zappeln und er wusste bis heute nicht, warum. Waren sie nicht wie Blutsbrüder gewesen? Wie Winnetou und Old Shatterhand, die sich einer für den anderen aufgeopfert, die ihr Leben für den anderen hergegeben hätten? Hatte er nicht all die Jahre als Parteisoldat gedient? Hatte er nicht seinen Mann gestanden, den Vorsitzenden, die Partei und Deutschland verteidigt? Auch wenn ihm die Presse in früheren Jahren oft vorgeworfen hatte, dass er, wenn es drauf ankam, nie wirklich die Verantwortung übernommen und er sich aus allen Affären immer geschickt herausgewunden hatte. Natürlich hatte er Verantwortung übernommen. Immer! Aber er war eben auch nicht so dumm wie manch andere gewesen, dass er Verantwortung mit politischem Selbstmord verwechselt hätte. Nein, so dumm war er nie.

Natürlich hatte er auch schon so manchen politischen Winkelzug gemacht. Teflon-Kotsch, der Name kam nicht von ungefähr. Natürlich hatte er auch schon so manchen politischen Freund geopfert, wie bei dieser Parteispendenaffäre, damals, in den frühen Neunzigern. Da mussten andere gehen und die Schuld auf sich nehmen – Bauernopfer. So ist das nun mal in der Politik. Was sollte man machen? Der Beruf eines Politikers ist nun einmal schmutzig und die Grünen und die Sozis hatten damals getobt. Da durften sie noch, da waren sie im Landtag ja noch vertreten. Auf Bundesebene spielten diese Kakerlaken ja schon damals keine Rolle mehr, nachdem Kohl die Wahl 1990 mit 75 Prozent gewonnen hatte. Der »neue starke Mann«, wie sie ihn nannten und wahrscheinlich wussten diese Spinner schon, dass ihnen bald ein anderer Wind ins Gesicht wehen würde. Schließlich hatte Kohl 92 ja schon eine Reihe von Sondergesetzen auf den Weg gebracht, die seine Herrschaft für die nächsten Jahrzehnte zementieren würden, aber im Landtag durften die Grünen und die Sozialdemokraten damals noch mitsprechen. Sie sollten es bitter bereuen.

Man muss zustechen, bevor es der andere tut, aber niemals, niemals hat er dabei seine Grundsätze verraten. Selbst Kanther, dem ehemaligen Parteivorsitzenden der damaligen Hessen-CDU konnte er heute noch die Hand geben und ihm ins Gesicht sehen, weil Kanther genau wusste, dass Kotsch gar nicht anders hätte handeln können. Kotsch musste Kanther preisgeben, um sein eigenes politisches Überleben zu sichern, und da Kotsch jünger war und eine großartige Zukunft noch vor sich hatte, entschied sich das Rudel, den alten Anführer totzubeißen. So war das. Nicht anders.

Außerdem hatte Kotsch, auch in Kanthers Namen, bittere Rache an ihren politischen Feinden verübt. Die Sozis hatten sie auf einen bedauernswerten Haufen zurechtgestutzt und die Grünen 1996 endlich ganz verboten, nachdem diese schon jahrelang vom Verfassungsschutz beobachtet worden waren. Später hatte er angeordnet, dass einige aus der ehemaligen hessischen Fraktion in die Wiedereingliederungslager geschickt wurden, und keiner seiner direkten Widersacher von 92 hatte diese Zeit überlebt. Keiner! Dafür hatte er persönlich Sorge getragen, im wahrsten Sinne des Wortes. Er war dabei gewesen in dieser Zeit. Er hatte Hand angelegt, auch wenn er sich im Hintergrund gehalten und keine Spuren hinterlassen hatte, aber er war dabei gewesen und die Leute hatten Angst vor ihm. Natürlich konnte man ihm nichts beweisen – Teflon-Kotsch eben, selbst wenn er namentlich im Jahresbericht von Amnesty International aufgetaucht war. Das waren wilde Jahre gewesen. Manche sprachen sogar von Terrorjahren, aber hatten sie in dieser Zeit nicht auch den Umzug der Bundesregierung nach Berlin vorbereitet? Hatten sie in dieser Zeit, zusammen mit Frankreich, Europa nicht zu einer uneinnehmbaren Festung ausgebaut, sei es aus wirtschaftspolitischer Sicht, sei es die Flüchtlingsfrage betreffend? Selbstverständlich hatten sie sich die Hände schmutzig gemacht. Natürlich! Aber war danach nicht alles besser geworden?

Kotsch nahm noch einen Schluck Whisky und seine Gedanken verhaspelten sich, drehten eine Schleife und kamen wieder bei Kanther an, den er unehrenhaft aus der Partei hatte entlassen müssen. Aber auch Kanther hatte später im Stillen davon profitiert. Zwar konnte der Ruf des ehemaligen hessischen Parteivorsitzenden nie mehr ganz rehabilitiert werden und nach außen hin musste er deutlich zurücktreten und ganz bescheiden einen VW-Golf fahren, aber Kanther lebte nicht schlecht. Öffentlich blieb er eine Persona non grata, aber immerhin eine sehr wohlhabende Persona non grata und auch dafür hatte Kotsch persönlich gesorgt. Und deshalb konnte er Kanther immer noch in die Augen schauen. Darauf war Kotsch stolz. Rückgrat. Aufrichtigkeit. Loyalität. Aufrecht und ehrlich, das war ihm immer wichtig gewesen – und nun das?

Was sollte er jetzt mit diesem aufgeblasenen Kanaken anfangen? Wie sollte er diese Pressekonferenz, diesen »Friedensschluss« seinen

Wählern, den Wählern der Deutschen Union und dem deutschen Volk überhaupt erklären? Diese Schmierenkomödie wäre sein sicherer, politischer Tod und plötzlich überkam ihn ein überwältigendes Gefühl der Resignation und er überlegte ernsthaft, ob er es mal wieder tun sollte. Er hatte es schon lange nicht mehr getan, aber heute wäre es vielleicht sowieso egal und er zog die Schreibtischschublade auf und neben einigen Büroutensilien und seiner Dienstwaffe zog er ein kleines weißes Briefchen und ein goldenes Röhrchen hervor.

Kotsch legte sich eine Linie auf den Schreibtisch und zog das weiße Pulver mit dem Röhrchen durch die Nase. Michelle Friedberg hatte es ihm irgendwann einmal mit einem Augenzwinkern zugesteckt. Man hatte sich verstanden. Er hatte es lange nicht mehr benutzt, das war ihm ab einem bestimmten Punkt seiner Karriere immer zu heikel gewesen, aber heute war sowieso alles egal. Er würde eine Rede halten müssen, die er nicht halten wollte, er würde sich der Presse erklären müssen und er würde Lügen verbreiten müssen. Lügen, die in eine vollkommen falsche Richtung führten.

Er war immer ein treuer Soldat gewesen, der Aufräumer, so hatten sie ihn genannt. Der Vollstrecker. Er war der Architekt von Kohls Alleinherrschaft. Die Sondergesetze 92. Das Verbot der Grünen, nachdem die CDU 1994 auf sechzig Prozent der Stimmen abgesackt war und die Republik wieder nach links abzurutschen drohte. Die Einschüchterung der Sozialdemokraten. Das Verbot der anderen Parteien. Die Wiedereingliederungslager, der Wahlsieg während der Weltwirtschaftskrise 1998. Die Vergabe der Olympischen Spiele am 13.07.2001 an West- und Ostberlin und das, obwohl es erhebliche internationale Proteste dagegen gegeben hatte. Die Jugendabteilungen der Jungen Union, die wegen ihrer Gewaltexzesse berüchtigt waren, aber unheimlich effektiv agierten. Alles seine Verdienste. Alles seine Ideen. Er war der Mann fürs Grobe. Der Schlitzer. Hatte man dafür nicht Respekt und Anerkennung verdient, verdammte Scheiße?

Als Späth, Geißler und Süßmuth Kohl auf dem Umbenennungsparteitag 1998 aus dem Amt jagen wollten, weil sie das »Christliche« in der Deutschen Union bewahren wollten, da hatte er unerbittlich gegen die Renegaten gefochten. Aus der Partei hatte er sie schmeißen lassen, damals in Bremen. Wo waren diese Menschen heute? Vergessen hatte man sie und das zu Recht. Und wem hatte Kohl das alles zu verdanken? Einzig und allein ihm. Ihm ganz allein. Das konnte der Alte doch nicht vergessen haben. Das musste ihm doch etwas bedeuten?! Er musste mit Kohl telefonieren, er musste mit Kohl sprechen, es musste sich einfach um ein Missverständnis handeln, dessen war sich Kotsch nun absolut sicher und so wie früher nahm er den Hörer ab und wählte die altvertraute Nummer. Auch wenn er diese in den letzten Jahren immer seltener benutzt hatte und in den letzten Monaten gar nicht mehr, so war sie ihm doch immer noch bestens geläufig. Er wartete. Er wusste, dass der Alte im Büro war. Er wusste, dass der Alte die Nummer sehen konnte. Er musste rangehen. Er musste ganz einfach! Doch Kohl nahm nicht ab. Kotsch legte auf und wählte erneut. Seine Finger zitterten. Er hörte das Freizeichen. Es tutete. Es tutete lange. Irgendwann schaltete die Leitung um auf besetzt. Kein Anrufbeantworter. Keine Antwort. Kein Wort. Kraftlos ließ Kotsch den Hörer sinken. Er legte auf. In der Stille des Zimmers konnte er den Nachhall des Besetztzeichens hören. Er hatte sich noch nie so allein gefühlt. Er wählte schließlich eine Nummer und bestellte Müller, seinen Fahrer, ins Büro. Kotsch hatte das dringende Bedürfnis mit jemandem zu sprechen, jemandem, dem er wenigstens ansatzweise vertrauen konnte. Jemand, der auch seine Schattenseiten kannte, und vor allem jemand, der diese nervtötende Stille vertreiben würde und dieses Tuten, das ihm immer noch in den Ohren hing. Müller nahm ab und erklärte sich bereit, sofort zu kommen. Guter Mann, dieser Müller. Guter Mann und Kotsch streute sich noch etwas Pulver auf den Schreibtisch.

Jedele wacht vom nervenden Piepen eines medizinischen Geräts auf. Er ist nicht allein. Noch immer sind die beiden Männer in seinem Zimmer. Das Piepen wird immer lauter. Eine Krankenschwester stürmt in das Zimmer, drückt auf ein paar Knöpfe und das Geräusch verstummt. Na endlich. Jedele hat Kopfschmerzen und in seinem rechten Wangenknochen pocht es. Vorsichtig befühlt er die geschwollene Stelle unter seinem Auge, als einer der Männer seine Hand hebt und ihm Einhalt gebietet: »Sie haben einen dreifachen

Jochbeinbruch, Herr Jedele. Aber das ist nicht schlimm. Ansonsten geht es Ihnen den Umständen entsprechend gut. Wir haben Sie fachmännisch untersuchen lassen. Bitte machen Sie sich keine Sorgen. Es tut uns außerordentlich leid, was mit Ihnen passiert ist, aber leider, leider konnten wir nicht früher eingreifen. Leider konnten wir es nicht verhindern. Wir bitten aufrichtig um Entschuldigung.«

Jedele ist verwirrt. Wer ist dieser Mensch da vor seinem Bett? Warum ist er so höflich? Und wer ist der andere? Was wollen diese Typen? Und er fragt mit schwerer Zunge: »Wer sind Sie?«

»Herr Jedele, Sie kennen uns nicht, aber wir kennen Sie«, antwortet der Mann vor ihm mit sanfter Stimme. Der andere steht etwas abseits hinter ihm mit verschränkten Armen an die Wand gelehnt. Auch er schaut wohlwollend auf Jedele in seinem Krankenbett. Er nickt. Eine Mischung aus Bestätigung und Begrüßung.

»Ich verstehe nicht …«, will Jedele ansetzen, aber der Mann, der vor ihm sitzt, bedeutet ihm zu schweigen.

»Ich will es Ihnen erklären, Herr Jedele. Wahrscheinlich haben Sie viele Fragen und wir wollen sie auch beantworten. Wir haben lange darauf gewartet und unter normalen Umständen hätten Sie wahrscheinlich nie von uns erfahren, aber die Situation hat sich verändert. Sie selbst haben die Situation verändert und so haben wir beschlossen, besser gesagt, unsere Organisation hat beschlossen, dass wir Sie kontaktieren und …«

Der Mann macht eine Pause, bevor er fortfährt: »Wir haben beschlossen, Sie zu aktivieren.«

Jedele starrt den Mann an. Was quatscht dieser Typ für eine Scheiße? Wo ist er hier? Warum muss er sich das anhören? Wer sind diese Menschen? Verbissen presst er die Lippen aufeinander. Die können ihn mal kreuzweise, diese Arschlöcher. Die sollen mal schön allein spielen, wenn sie diese beschissene Komödie hier weiterspielen wollen. Er wird jetzt erst mal nichts mehr sagen. Idioten!

»Nun, also«, räuspert sich der eloquente Herr, anscheinend ist ihm Jedeles abweisender Blick doch etwas unangenehm: »Herr Müller und ich sind vom Verfassungsschutz, Abteilung Innere Sicherheit. Mein Name ist Meier«, und mit diesen Worten reicht er Jedele die Hand.

Jedele reagiert nicht. Verfassungsschutz? Vorsicht! Damit will ich nichts zu tun haben, denkt Jedele und Meier räuspert sich nochmals und zieht die Hand zurück.

»Herr Jedele. Wir beobachten Sie schon lange. Wir beobachten Sie seit den 1980er Jahren, als Sie in die damalige Wehrsportgruppe Hoffman, Sturmabteilung Grunewald eingetreten sind.«

»Da war ich nur zwei Monate drin …«, entgegnet Jedele ohne zu überlegen und ihm schwant Übles. Das können die doch nicht ernst meinen und ihm jetzt eine Sache anhängen, die über dreißig Jahre her ist? Er will sich rechtfertigen und zu einer hektischen Verteidigungsrede ansetzen, als ihm Meier bedeutet zu schweigen. Auch wenn der Mann zwischendurch ein wenig unsicher wirkt, so liegt doch eine gewisse Autorität in seiner ruhigen Art und plötzlich steht Müller in der Mitte des Zimmers. Unbemerkt hat er sich von der Wand gelöst und sofort auf Jedeles Aufregung reagiert. Die beiden sind auf Zack. Jedele verstummt. Meier nickt Müller zu und Müller nimmt wieder seine entspannte, fast nachlässige Haltung an der Wand ein. Meier lächelt.

»Herr Jedele, keine Angst. Wenn wir Ihnen aus dieser, sagen wir mal, unbedeutenden Liaison mit dieser pseudonationalen und heruntergekommenen Truppe jemals einen Strick hätten drehen wollen, dann hätten wir das schon längst getan, glauben Sie mir. Ihre Karriere bei der Post, obwohl von Karriere kann man ja nicht unbedingt sprechen …«, Meier lächelt süffisant, was Jedele wütend macht, aber er hält sich zurück und Meier fährt fort, »glauben Sie uns, Herr Jedele, Ihr Engagement bei diesem Unternehmen wäre schneller beendet gewesen, als Sie sich vorstellen können.

Aber das war niemals unser Ziel. Auch das hier …«

Meier holt umständlich eine Plastiktüte aus der Tasche seines Mantels, den er über die Lehne seines Stuhles gelegt hat. Der Beutel ist durchsichtig und darin liegt eindeutig seine Pistole. Jedele erstarrt. Aber klar, schließlich haben die Bullen ihm die Waffe abgenommen, so überraschend ist das nicht, dass dieser Typ sie ihm nun unter die Nase hält und in beiläufigem Plauderton weiterspricht: »Auch das hier wäre einer Beschäftigung bei einem Staatsunternehmen nicht unbedingt zuträglich, aber wir wussten ja, dass diese

Waffe bei Ihnen in guten Händen ist und von Zeit zu Zeit haben wir dann auch danach geschaut, ob Sie sich noch an Ort und Stelle befindet, in diesem Schrank in Ihrem Wohnzimmer. Aber keine Beanstandungen über all die Jahre. Wir waren immer zufrieden mit Ihnen, Herr Jedele. Wirklich zufrieden und die Sache mit den Hunden hin und wieder …« Meier macht eine wegwerfende Handbewegung und lächelt Jedele gütig zu, »die Hunde, Herr Jedele, die vergessen wir einfach mal.«

In Jedeles Kopf rotieren die Gedanken. Anscheinend wissen die Männer hier vor ihm alles über ihn. Sie wissen so gut Bescheid, dass er es mit der Angst zu tun bekommt. Er zittert. Beruhigend legt ihm Meier die Hand auf die seinige. Doch das Zittern bleibt. Panisch schaut sich Jedele um, doch an Flucht ist nicht zu denken. Die Fenster sind vergittert und Müller steht ebenfalls schon wieder lauernd im Raum. Keine Chance.

Mit einem melodischen Singsang versucht Meier, den vor Angst schlotternden Jedele zu beruhigen: »Jedele. Jedele. Jetzt beruhigen Sie sich doch mal wieder. Jetzt beruhigen Sie sich doch bitte. Wir wollen Ihnen wirklich nichts Böses. Glauben Sie uns. Wenn wir Ihnen was Böses gewollt hätten, Herr Jedele, dann hätten wir Sie doch schon längst dafür belangt. Das wollten wir nicht. Unsere Organisation braucht Sie. Wir brauchen Leute wie Sie und glauben Sie uns, Sie sind nicht der Einzige da draußen. Es gibt viele wie Sie, die wir beobachten, mit denen wir uns beschäftigen, und manche von ihnen, ehrlich gesagt die meisten, kommen niemals mit uns in Berührung. Nun aber erfordern es die Umstände, dass wir mit Ihnen Kontakt aufnehmen und jetzt erschrecken Sie sich gerade so, als hätten wir Ihnen mitgeteilt, dass Sie selbst zum Tode verurteilt sind. Jedele«, Meiers Stimme wird immer euphorischer, »Jedele, Sie sind doch ein alter Kamerad. Ein Mann von echtem Schrot und Korn. Jetzt reißen Sie sich mal zusammen und hören uns zu. Wir erklären Ihnen, was wir von Ihnen alles so wissen, damit Sie uns einschätzen können. Damit Sie wissen, mit wem Sie es zu tun haben. Dann erklären wir Ihnen, worum es geht und dann, wenn Sie sich ein Bild von uns gemacht haben, dann entscheiden Sie, ob Sie unser Angebot annehmen wollen oder nicht. Und dann reden wir weiter. Jetzt beruhigen Sie sich erst mal und wir reden wie vernünftige Erwachsene. Das gibt es doch gar nicht, dass ein Mann von Ihrer Statur so aus der Fassung gerät. Ein Mann, der heute so oft für Deutschland getötet hat« und er zwinkert Jedele verschwörerisch zu.

»Ein Mann, der für seine Ideale eintritt und bereit ist, dafür zu töten. So ein Mann lässt sich doch nicht von ein paar einfachen Worten aus der Fassung bringen, oder Jedele? Das wollen wir doch nicht?!«

Mit diesen Worten klopft ihm Meier sanft auf die Schulter. Was ist hier los? Was für ein Irrenhaus, denkt Jedele und schaut auf die in Plastik eingepackte Waffe. Das ist kein Irrenhaus. Das ist echt, aber wo ist er hier bloß hineingeraten? Das ist Wahnsinn.

»Also, Jedele. Wir wissen Bescheid über Sie. Wir kennen Ihre Obsessionen und all Ihre Aktivitäten. Wir wissen Bescheid, dass Ihre Frau Sie heute Morgen verlassen hat und wo sie sich zurzeit aufhält. Wir wissen, was Sie heute Nachmittag zwischen 13 und 14 Uhr in der Hasenheide getan haben. Wir wissen auch, dass Sie danach zum Essen in das Grillhaus Uckermark gefahren sind und bewundern Ihre Kaltblütigkeit. Schließlich hatten Sie kurz zuvor einen Menschen getötet oder wollen wir sagen: exekutiert? Mit Verlaub, Herr Jedele, da haben Sie übrigens einen echten Volltreffer gelandet. Der junge Mann stand schon länger auf unserer Abschussliste, leider kamen unsere Mitarbeiter nur nicht so einfach an ihn heran. Damit haben Sie uns auf jeden Fall einen echten Gefallen getan, Herr Jedele. Respekt, das muss ich schon sagen.« Meier nickt anerkennend.

»Was Sie in diesem Hinterhof am Hermannplatz getan haben, das haben wir erst später herausgefunden, aber auch das – ganze Arbeit, muss man sagen, wenn Ihre öffentliche Aktion während der Demonstration auch ein wenig unüberlegt und sogar … gefährlich war. Aber gut. Die Anspannung. Die Angst. Die Panik. Die Situation war auch sehr, sehr unübersichtlich, dafür haben wir Verständnis, oder Müller?«

Meier dreht sich zu seinem Kollegen um, der stoisch nickt, Jedele aber freundlich und anerkennend ansieht. Der versteht gar nichts mehr. Meier lächelt: »Sehen Sie, Herr Jedele. Der Verfassungsschutz unterhält ein weitrverzweigtes Netz von potentiellen, ich sage jetzt mal, Mitarbeitern, die für uns interessant sein könnten. Damit haben wir übrigens was mit der ostdeutschen Staatssicherheit gemeinsam, wenn wir ansonsten auch nicht viel von unseren Kollegen von drüben halten. Sie verstehen. Schließlich sind wir ja offiziell«, und Meier malt mit seinen Fingern Anführungsstriche in die Luft, »Feinde«. Meier lacht leise und Müller stimmt in das Lachen ein.

»Schweine!«, denkt Jedele, »Schweine!«

Meier fährt fort: »Wir wissen sehr wohl, Herr Jedele, dass Sie bei der Wehrsportgruppe nicht lange Mitglied waren. Zu unsportlich. Zu dick. Zu … ach egal. Aber wir wissen auch, dass Sie ein unglaublich guter Schütze waren und dass Sie aus dieser Zeit eine Waffe behalten haben. Diese Waffe«, und plötzlich wird seine Stimme scharf, »diese Waffe war interessant für uns. Solche Sachen sind immer interessant für uns, Herr Jedele, denn ein Bürger mit einer Schusswaffe im Schrank ist immerhin ein Bürger, der unserem Staat gefährlich werden kann. Nicht wahr, Herr Jedele? Dem würden Sie doch zustimmen, oder? Aus diesem Grund haben wir Sie im Auge behalten«, und augenblicklich wird Meiers Stimme wieder sanft und einschmeichelnd.

»Aus diesem Grund beobachteten wir Sie und verfolgten Ihren Lebenswandel und ein wenig Ihren Werdegang bei der Post. Uns hat gefallen, was wir gesehen haben, und wir waren uns absolut sicher, dass Sie die richtige Einstellung haben, auch wenn Sie hin und wieder in der Kantine ein wenig grob vom Leder gezogen haben über unsere Regierung und den Parteivorsitzenden, man könnte auch sagen …«, Meiers Stimme bekam etwas unterschwellig Drohendes, »man könnte auch sagen, Sie haben sich abfällig über unsere Regierung und den Vorsitzenden geäußert.«

»Aber das war doch nur …« Jedele will widersprechen, aber Meier winkt einfach ab und Jedele verstummt hilflos. Meier spielt gedankenverloren mit seinen Händen: »Jedele. Sie brauchen sich nicht zu rechtfertigen. Sie haben die richtige Einstellung und wir verstehen Sie sehr wohl und wissen, was Sie bewegt. Oder, Müller, das tun wir doch?«, und Müller nickt im Hintergrund.

»Wir wissen, was Sie bewegt und womit Sie unzufrieden sind. Glauben Sie uns, Herr Jedele. Das wissen wir und glauben Sie uns,

uns geht es genauso. Aus diesem Grund haben wir Ihnen auch nie etwas übel genommen und was Sie heute Nachmittag geleistet haben ...«, Meier schiebt seine Unterlippe vor, nickt anerkennend in seine Richtung und hebt seinen Daumen, »das war großartig. Wie gesagt, wir hätten Sie auch gern früher aus diesem Schlamassel da rausgeholt, aber leider haben wir die Zustimmung zum Zugriff nicht eher bekommen und so mussten wir das zu unserem Bedauern unseren etwas ... ungehobelteren Kollegen von der kämpfenden Truppe überlassen. Sie wissen ja, wie diese Menschen sind. Groß und breit, aber nicht unbedingt viel«, er tippte sich an die Schläfe, »nicht unbedingt viel im Kopf. Außerdem werden Sie sicher verstehen, dass wir unseren Kollegen von der Schutzpolizei nicht alles über unsere Aktivitäten erzählen können und sagen wir mal so: Ihr Fall ist nicht unbedingt etwas, von dem allzu viele Menschen wissen sollten. Verstehen Sie?

Wir konnten zwar bewerkstelligen, dass Sie alleine abtransportiert und nicht mit den ganzen Halbaffen in einen Wagen gesteckt wurden, das hätten Sie wahrscheinlich auch nicht überlebt, aber mehr konnten wir leider, leider nicht für Sie tun.«

Entschuldigend breitet Meier die Arme aus, während Müller im Hintergrund glucksend lacht.

»Nun gut, Herr Jedele«, Meiers Tonfall verändert sich wieder und plötzlich klingt er sehr formell. »Kommen wir zum Geschäft. Wir haben in regelmäßigen Abständen Ihre politische Überzeugung geprüft. Wir haben geprüft, ob Sie zur Wahl gegangen sind und wen Sie gewählt haben. Wir wissen darüber Bescheid, dass Sie auch in den neunziger Jahren noch die NPD unterstützt haben, bevor diese verboten wurde, und dass Sie sich immer dem rechten Flügel der großen Partei zugehörig fühlten, wenn Sie auch erst sehr spät, also *sehr* spät«, Meier wird tadelnd, »Parteimitglied geworden sind. Wohl auch eher auf Druck Ihres Arbeitgebers, oder? Aber das wollen wir mal nicht allzu eng sehen, denn ansonsten konnten wir uns ja immer auf Sie verlassen, als treuer Bundesbürger, Beamter und Volksgenosse. Oder, das konnten wir doch, Müller?«, und Meier dreht sich wieder zu seinem Kollegen um, der abermals nickt. Jedele ist immer noch unbehaglich zumute. Er durchschaut nicht, auf was die beiden hinaus wollen. Das, was Meier hier nach und nach an Wissen preisgibt, hat bei anderen schon für Anklagen mit ernsthaften Schwierigkeiten gereicht. Jedele hat schon manche Entlassung miterlebt, nur weil sich ein Kollege unvorsichtig über die Parteiführung und die Regierung geäußert hatte. Deshalb hat er selbst immer die Fresse gehalten und bei den wenigen Gelegenheiten, bei denen er sich in der Öffentlichkeit geäußert hat, immer darauf geachtet, dass er es nur vor Leuten tat, denen er vertrauen konnte. Nun, offensichtlich kann man in diesem Land niemandem trauen.

Trotz allem scheinen ihm die beiden Herren vom Verfassungsschutz wohlwollend gesinnt zu sein. Jedele kann sich keinen Reim darauf machen und Meier wendet sich wieder ihm zu: »Kurz und gut, Jedele. Sie sind sehr wichtig für unser Land. Kommen wir zum Geschäft.«

Jedele schließt die Augen. »Jetzt kommt's«, denkt er. »Jetzt kommt's.«

Ausschreitungen in Lichtenhagen

Nach der deutschen Krise von 1989 und dem daraus resultierenden Wahlsieg von Helmut Kohl, durch den dieser 1990 die absolute Mehrheit erlangte, wurde die Asyldebatte von einer Welle →rassistisch motivierter, vornehmlich gegen Asylbewerber gerichteter Gewalttaten begleitet. Höhepunkt bildeten dabei die Ausschreitungen in Lichtenhagen bei Bad Pyrmont im Weserbergland.

Insgesamt verbreitet sich in Gesamteuropa Anfang der 1990er Jahre eine stark ausländerfeindlich gefärbte Politik. So erließ vor allem Deutschlands engster Bündnispartner Frankreich zwischen 1990 und 1993 zahlreiche Gesetze, die den Zuzug nicht-europäischer Familien sowie die Rechte der Gastarbeiter und Einwanderer stark einschränkten. So waren ab Spätherbst 1991 alle »Nicht-Franzosen« gezwungen, einen speziellen Ausweis bei sich zu tragen. Diese sogenannte »Carte rouge«, benannt nach ihrer roten Signalfarbe, müssen diese bis heute permanent bei sich führen und eine Zuwiderhandlung zieht empfindliche Strafen nach sich, die bis hin zu Ausweisung reichen. Zudem verhängte die französische Regierung über gewisse Vorstädte in den französischen Metropolen Ausgangssperren und per Volksentscheid votierten die Franzosen dafür, kriminelle Ausländer ohne weitere individuelle Prüfung des Falls sofort abzuschieben. Viele dieser Maßnahmen werden später in Deutschland ebenfalls umgesetzt.

Die Krawalle vom Mai 1992 in Lichtenhagen, bei denen ein Asylbewerberheim von Jugendlichen angegriffen wurde, gelten als Ausgangspunkt für ein Maßnahmenpaket der Bundesregierung, die Gesetze für Zuwanderung sowie das Ausländer- und Asylrecht zu verschärfen. An den Krawallen von Lichtenhagen nahmen nach internationalen Berichten zwei- bis dreitausend Menschen teil und unter dem Beifall der ortsansässigen Bevölkerung warfen Neonazis und Vertreter der Jungen Union, die sich zu diesem Zeitpunkt schon als eine Art Kampfverband der

CDU verstand, Molotowcocktails und andere Brandsätze in das Flüchtlingsheim. Drei Menschen starben. Dabei handelte es sich um zwei Asylbewerber und einen deutschen Betreuer. Als es am darauffolgenden Wochenende zu einer spontanen Trauerkundgebung im Nahen Bad Pyrmont für die Opfer des Brandanschlags kam, bei der lediglich 300 Menschen teilnahmen, sprach Bundeskanzler Helmut Kohl von »Beileidstourismus« und der Vorsitzende der Schwesterpartei CSU →Edmund Stoiber warnte in der Bildzeitung vor einer »durchrassten Gesellschaft«.

Kapitel 9

Und ob ich schon wanderte im finstern Tal,
fürchte ich kein Unglück; denn du bist bei mir,
dein Stecken und Stab trösten mich ...
wenn die Nacht am dunkelsten ist,
dann ist der Morgen nicht mehr fern.

Sonntag, früher Morgen

Ich bin allein. Nach der ganzen Action letzte Nacht bin ich endlich allein. Ich muss mich fertigmachen für die große Pressekonferenz in ein paar Stunden, in der Kotsch und Atakan gemeinsam auftreten und diesen Friedensvertrag unterzeichnen wollen. Medienwirksam inszeniert, damit das alles international gesendet werden kann und vor allem damit es die Leute erreicht, die noch zur Wahl gehen müssen. Ich verstehe dieses Spiel nicht mehr. Ich verstehe gar nichts mehr.

Atakan hat heute Nacht eine Rede gehalten. Um zwei Uhr dreißig ist er auf die Barrikaden am Hermannplatz gestiegen und hat die Leute nach Hause geschickt. Ich habe nicht alles verstanden, denn er hat teilweise Arabisch gesprochen, aber so viel ich mitbekommen habe, hat er den Leuten zugesagt, dass es besser wird und dass er sich für sie einsetzen will und die Checkpoints am Rande der Ghettos abgebaut werden sollen und so weiter.

Einige haben sich beschwert. Manche von ihnen haben ihm sogar lautstark widersprochen, aber Atakans Leute waren überall und die Kritiker verstummten. Dann brachen Jubelchöre aus und am Schluss hat die Menge ihn sogar auf den Schultern über den Platz getragen. Ich musste die ganze Zeit berichten und habe permanent Artikel in mein Handy diktiert, die jetzt wahrscheinlich in Druck gehen. Ich habe die geheimen Treffen verfolgt, habe gesagt bekommen, was ich davon weitergeben darf und was nicht. Habe mit Steinmeier telefoniert, der ganz begeistert war und habe schließlich auch noch die Erlaubnis bekommen, Fotos zu schießen, die dann per Blackberry in die Redaktion übertragen wurden. Es war unglaublich, wir haben Geschichte geschrieben, doch tief in mir ist alles tot. Leer und vergeudet. Nachdem ich mitbekommen habe, was Atakan tatsächlich von mir hält, bedeutet es: Nichts.

Irgendwann konnte ich beobachten, dass ein kleiner Mann mit einem Aktenkoffer zu Atakan durchgelassen wurde. Es war genauso, wie man es sich vorstellt. Atakan hat den Koffer geöffnet, einen kurzen Blick auf das Geld geworfen und den Koffer danach an seinen Cousin weitergereicht. Das war's. Das war der Deal und beide Seiten haben ihre Verpflichtungen eingehalten. Was jetzt noch kommt, ist Show. Verarsche. Die Inszenierung fürs Fußvolk. Man möchte kotzen.

Meine angeblichen Freunde haben mich verraten und ich habe wie ferngesteuert funktioniert. Die ganze Nacht lang habe ich keinen Augenblick gehabt, um Luft zu holen, um darüber nachzudenken, was das für mich zu bedeuten hat, aber ich wusste genau, dieser Augenblick wird kommen und er wird mich mit aller Macht treffen, niederreißen und umwerfen. Ich werde fallen. Ins Bodenlose. Nun. Der Augenblick ist da. Ich greife nach meinem Messer. Es ist ein Klappmesser. Ein Ding mit einer Sicherung, die man einhändig öffnen kann. Solche Messer sind verboten! Auch die Klinge ist eigentlich zu lang. Verboten! Trotzdem hat jeder von Atakans Leuten so ein Messer und jeder hat gelernt, wie man es benutzt. Atakan selbst hat es mir geschenkt.

»Bruder, das ist für dich«, hat er damals gesagt und: »Du gehörst jetzt zu uns.«

Ich war stolz, so stolz und ich wollte das Messer gar nicht mehr loslassen, so stolz war ich. Und jetzt? Alles nichts mehr wert und ich befühle das Messer und seine Beschaffenheit und ich klappe es aus und ich frage mich, ob ich es wirklich benutzten könnte? Wofür? Um Atakan zu töten?

Ich muss den Gedanken in meinem Kopf aussprechen. Der Gedanke war die ganze Zeit da, aber ich habe mir noch nicht erlaubt, ihn klar und deutlich zu denken. Als ich in dem Flur stand und diese Worte gehört habe, diese Worte, die nicht für mich und doch genau für mich bestimmt waren, war mein erster Gedanke, dass ich ihn umbringen muss. Ihn mit dem Messer erstechen. Ich wollte aufstehen, ihm ins Gesicht sehen, ihn einen Lügner nennen und ihm das Messer in die Brust rammen. Ich habe es nicht getan. Stattdessen habe ich funktioniert und ich habe gemacht, was man von mir erwartet. Der Gedanke aber hing die ganze Zeit in meinem Kopf fest und ich wusste, ich würde ihn irgendwann zu Ende denken müssen. Mein Blick liegt auf dem geöffneten Messer. Dieses kleine, kompakte Messer, mit seiner acht Zentimeter langen Klinge aus geschliffenem Stahl. Silbern glänzt es in meiner Hand. Fast harmlos sieht es aus, vollkommen ungefährlich und ich bin immer wieder erstaunt, wie leicht es sich anfühlt und trotzdem hat es Gewicht. Es liegt gut in der Hand. Sehr gut und ich stelle mir vor, wie es in seine Brust eindringt. Ganz leicht. Fast als würde man in Joghurt stechen. Es geht um meine Ehre. Es geht um die Wahrheit und ich zähle Gründe auf, rein objektive Gründe, die dafür sprechen, dass ich ihn töten muss.

Atakan ist ein Schwein. Er benutzt seine Leute, um Geld zu verdienen. Er verrät seine Leute für Kohle und mich hat er auch verraten. Er ist ein Mann ohne Skrupel und ich soll ihm helfen, dieses Schauspiel medientauglich zu vermarkten? Diese Dreckskomödie. Ich hasse ihn. Ich hasse ihn so sehr, wie ich noch niemals zuvor jemanden gehasst habe. Ich habe gehört, wie er über mich denkt, und deshalb hasse ich ihn. Er hat mich verraten. Letztlich ist es doch nur der eine, persönliche Grund. Aber egal. Er hat mich verraten. Hätte er anders über mich gesprochen, ich hätte alles für ihn getan. Natürlich hätte ich seine Aktivitäten als große Friedensleistung verkauft und wäre stolz gewesen, an seiner Seite sein zu dürfen. An der Seite eines großen Mannes, aber er hat mich geopfert und ich weiß noch nicht einmal, weshalb. Er ist ein Schwein und es ist nur richtig, wenn ich jetzt gegen ihn bin. Es ist die richtige Entscheidung.

Ich hasse ihn und ich muss etwas dagegen tun. Ich prüfe die Klinge. Ich kann ihre Schärfe spüren, wenn ich mit dem Daumen darüber streiche. Ich müsste nur ganz leicht in die Längsrichtung streichen und sofort würde ein kleiner, haarfeiner Schnitt auf meinem Daumen zu sehen sein. Ich müsste nur ein wenig stärker drücken und meinen Daumen weiter in dieselbe Richtung bewegen und eine tiefe Schnittwunde würde entstehen. Blut würde aus meinem Finger quellen, sich leicht erheben, bis die Oberflächenspannung plötzlich zerreißt und sich die rote Flüssigkeit schlagartig bis über mein Handgelenk ergießen würde. Fast kann ich schon den Schnitt durch die Hautschichten hören. Ein Geräusch, das sich anhört, wie wenn man ganz feines Papier zerreißt und das man nur hören kann, wenn alles ganz still ist. So still wie jetzt.

Er hat mich in der Hand, wenn ich nicht etwas dagegen unternehme. Mit dem Material, das er über mich gesammelt hat, hat er meine komplette Zukunft in der Hand. Wenn ich ihn absteche, nachher auf der Pressekonferenz, dann werden mich die Leute fragen, warum ich das getan habe, aber ich werde ihnen alles erklären können. Ich werde ihnen die Wahrheit erzählen und ich werde auch allen anderen die Wahrheit erzählen. Ich werde ihnen zeigen, wer Atakan wirklich ist und sie werden mich vielleicht hassen, aber sie werden mich nur deshalb hassen, weil ich ihnen die Wahrheit sagen und ihre Hoffnung nehmen werde. Ich bin doch ein Kämpfer für die Wahrheit, oder nicht? Atakan hält mich für einen Hampelmann. Er denkt, dass wir Deutschen keine Ehre im Leib haben, dass wir schwach sind, ohne Gesicht, ohne Stolz, ohne Mut. Dass wir nichts tun. Dass wir Schafe sind. Ich will ihm zeigen, wer ich bin. Ich will ihm beweisen, dass ich keiner bin, mit dem man so umspringen kann. Ich bin kein Idiot, der sich von seinem Pseudomafiagetue einschüchtern lässt. Ich klappe mein Messer zusammen und beschließe, ihn umzubringen.

Ich stehe im Badezimmer, schaue in den Spiegel und sehe alles in noch nie da gewesener Klarheit. Das Licht. Die Struktur des Spiegels. Das offene Fenster in meinem Rücken, dahinter der Himmel.

Ich öffne den Wasserhahn, fange das Wasser in meinen Händen auf und spritze es mir ins Gesicht. Es fühlt sich warm an. Warmes Wasser. Kaltes Wasser. Klares Wasser. Ich richte mich wieder auf. Das Wasser tropft mir vom Gesicht. Ich habe einen Entschluss gefasst. Schon wieder. Erst vorgestern Nacht habe ich mich entschlossen, mit Sabine Schluss zu machen. Jetzt fasse ich schon wieder einen Entschluss und ich frage mich, ob etwas darüber in meinem Horoskop steht.

»Ihr Leben steht vor *einschneidenden* Veränderungen. Sie müssen Entscheidungen treffen, damit Sie vorankommen. Manches wird Ihnen schwerfallen, aber Sie werden sich durchkämpfen. Bleiben Sie am Ball und der Erfolg wird Ihnen gewiss sein.«

Nun gut. Ich habe mich entschieden. Es ist doch die richtige Entscheidung, oder? Mein Bauch rebelliert und verkrampft sich.

»Also, Jedele, es ist Ihre Entscheidung. Das können wir Ihnen nicht abnehmen, aber ich will es Ihnen so gut ich kann erklären und dann bin ich mir sicher, dass Sie die richtige Entscheidung treffen werden, oder Müller? Da werden wir uns doch in unserem Jedele nicht getäuscht haben?«

Müller nickt, als sich Meier gespielt theatralisch nach ihm umdreht. Jedele schluckt. Er starrt Meier an und wartet auf den großen Knall, aber anscheinend haben die beiden Männer eine Menge Zeit mitgebracht und Meier scheint es nicht besonders eilig zu haben. Jedele fragt sich, wie spät es jetzt wohl ist. Er weiß es nicht. Hat er die ganze Nacht geschlafen? Haben diese beiden Männer die ganze Nacht an seinem Bett gesessen? Endlich spricht Meier beschwörend weiter: »Jedele. Die Bundesrepublik Deutschland ist in großer Gefahr. Das wissen Sie. Das haben Sie gestern Abend gesehen und wir haben gesehen, dass Sie zu außergewöhnlichen Handlungen fähig sind. Auch wenn Sie diesen Jungen nicht getötet hätten, schon seit längerem registrieren die nationalen Sicherheitsorgane eine zunehmende Anspannung unter der ausländischen Bevölkerung und früher oder später hätte es sowieso geknallt. Früher oder später wäre es so oder so zu den Ausschreitungen gekommen, deren Zeuge wir gestern Abend geworden sind. Da wir nun schon seit längerem darauf vorbereitet waren und es hier und da auch schon früher zu kleineren Aufständen gekommen ist – von der Öffentlichkeit meist unbemerkt. Zwischenfälle in ein paar Flüchtlingsheimen. Ach, das gehört gar nicht hierher ...«

Meier macht eine wegwerfende Handbewegung, bevor er weiter auf Jedele einredet: »Diese Aufstände haben wir immer schnell im Griff gehabt und unterbunden.« Er lächelt süffisant.

»Nun, da wir das alles schon im Blick hatten, konnten wir gestern auch dementsprechend schnell reagieren, als die Situation eskalierte. Sprich, wir konnten die Bundeswehrtruppen einigermaßen schnell in Stellung bringen und wir konnten die betroffenen Stadtteile kurzerhand abriegeln. Auch die Zusammenarbeit mit den ostdeutschen Kollegen klappte einigermaßen, wenn uns auch eine kleine Gruppe von Oppositionellen Sorge bereitet, die vom Gebiet der DDR aus zu agieren scheint. Und damit wären wir beim Thema. Diese Gruppe, mein lieber Jedele, ist gar keine richtige Gruppe.«

Meier macht eine Pause und offensichtlich sucht er nach den richtigen Worten. Zögerlich versucht er zu erklären: »Diese Gruppe ist so etwas wie ein loser Haufen von Anarchisten, die sich hier und da mal verabreden, um kleinere Störaktionen zu unternehmen. So waren ihre Mitglieder schon öfter bei Abschiebungen zugegen, um öffentlich zu protestieren, wobei wir nicht mit letzter Sicherheit sagen können, woher diese Aktivisten über derartige Aktionen überhaupt Bescheid wissen. Wir vermuten nur: Das Leck ist ganz oben. Aber dazu kommen wir später.

Jedele. Gehen Sie mit offenen Augen durch die Stadt?«

Meiers Ton gewinnt an Schärfe.

Vielleicht gehört das zu seinem Konzept. Einlullen und aufschrecken. Jedele weiß nicht, was Meier von ihm will, und er macht eine undeutliche Kopfbewegung. Man kann nicht richtig erkennen, ob er nickt oder den Kopf schüttelt. Meier fixiert ihn und Jedele fällt plötzlich auf, dass Meier unglaublich blaue Augen hat. Stahlblaue Augen sozusagen. Langsam redet Meier weiter: »Vielleicht ist es Ihnen auch schon aufgefallen?! In letzter Zeit kommt es immer wieder vor, dass Wände im öffentlichen Raum mit antifaschistischen Parolen beschmiert werden. Zum Glück arbeiten unsere Reinigungskräfte immer mit Hochdruck an der Beseitigung solcher Schmierereien und so konnte der Schaden – auch der politische Schaden – bislang immer einigermaßen begrenzt werden. Trotz allem beobachten wir diese Aktivitäten mit großer Sorge. Durch die einheitliche Sprachfärbung der Parolen und aufgrund der Tatsache, dass immer wieder die gleiche Farbe und die gleiche Kreide benutzt wurden, gehen wir davon aus, dass es sich bei den Tätern um Mitglieder ein und derselben Gruppierung handelt. Wir wissen allerdings nicht, wie groß diese Gruppierung tatsächlich ist. Wie groß der harte Kern dieser Gruppierung ist und vor allem ist es uns bis heute nicht gelungen, uns in diese Organisation einzuschleusen.«

Meier spricht diese Sätze mit so viel Nachdruck, dass Jedele ein Licht aufgeht. Er soll in diese Organisation? Er soll sich dort einschleusen. Das ist doch verrückt, das ist doch Wahnsinn. Wie soll er sich als fünfzigjähriger Mann irgendwo einschleusen? Was hat Meier gesagt? Sie operieren vom Gebiet der ehemaligen DDR aus. Wie sollte er da hinkommen? Jedele will protestieren, aber Meier hebt gebieterisch die Hand.

»Lassen Sie mich ausreden, Jedele«, und Jedele macht den Mund wieder zu, bevor er auch nur ein Wort gesagt hat.

»Offensichtlich wohnt ein Großteil der Aktivisten in Ostberlin und wie gesagt, der Kontakt untereinander ist eher lose und zufällig und entspricht überhaupt nicht den Strukturen von oppositionellen Gruppen, wie wir sie bisher kennen. Hinzu kommt noch, dass die Mitglieder der Gruppierung, sofern man eben von Mitgliedern sprechen kann, allesamt über ein hohes technisches Wissen verfügen und ausschließlich die neuesten Kommunikationstechnologien verwenden, was uns ein Infiltrieren der Gruppe zusätzlich erschwert. Sie wissen ja«, Meier lacht, »damals in den achtziger Jahren, da war das alles noch einfacher. Ihre Wehrsportgruppe, lieber Jedele, bestand zu achtzig Prozent aus unseren Leuten, da haben Sie keinen Atemzug machen können, ohne dass wir davon wussten.«

Meier und Müller scheinen sich sichtlich über diesen Gedanken zu freuen, während Jedele ein kalter Schauer über den Rücken läuft. Versonnen blickt Meier in seine Handfläche, so als könne er darin die Vergangenheit sehen, bevor er fortfährt: »Wir haben auch schon versucht, die Gruppe von unseren ostdeutschen Kollegen beobachten zu lassen, aber entweder wollten die nicht oder sie konnten nicht, jedenfalls hat auch diese Maßnahme keinen Erfolg gebracht. Gestern Abend, während der allgemeinen Aufregung, war es dann aber soweit. Ungefähr achtzig bis neunzig Menschen dieser, äh, Verbindung haben sich am U-Bahnhof Schlesisches Tor versammelt und sind geschlossen in Richtung Kottbusser Tor marschiert. Ihr Erkennungszeichen ist ein weißes Kreuz und vielleicht haben Sie das auch schon mal irgendwo gesehen, lieber Jedele. Ein weißes Kreuz, in X-Form. In letzter Zeit wurde es verstärkt an Laternenmasten geklebt oder mit Farbe an Häuserwände geschmiert und tatsächlich tragen es die Mitglieder verdeckt unter dem Jacken- oder Mantelkragen, um sich gegenseitig zu erkennen. Bei Bedarf wird es einfach abgerissen und man kann ja auch nicht jeden festnehmen, nur weil er weißes Heftpflaster bei sich trägt, nicht wahr? Wir sind schließlich ein Rechtsstaat«, lacht Meier und Jedele versucht sich zu erinnern, wo und wann er schon mal ein X-förmig geklebtes Kreuz gesehen hat, aber sein Kopf fühlt sich dumpf an und vergeblich kramt er in seiner Erinnerung. Leise und sachlich spricht Meier weiter: »Gestern Abend machte sich also diese Truppe auf, um in Richtung Kottbusser Tor zu marschieren und laut Zeugenaussagen war sie auch maßgeblich an der Belagerung der Feuerwache in der Wiener Straße beteiligt. Unseren Truppen gelang es dann, einen Großteil der Gruppierung in der Gegend um den Görlitzer Park zu stoppen und einige der Subjekte zu, äh, liquidieren. Einige Personen konnten wir festnehmen. Den meisten konnten wir aber keine Verbindung zur Gruppe nachweisen, weshalb sie im Laufe der Nacht wieder freigelassen wurden. Sie werden von unseren Leuten beobachtet, weil wir vermuten, dass sie sich an geheimen Treffpunkten wieder zusammenrotten, und ich glaube, mit dieser Taktik haben wir auch schon einen gewissen Erfolg verbucht, oder Müller, das ist doch so?«

Müller nickt mit vor der Brust verschränkten Armen, während Meier weiter ausführt: »Andere wiederum konnten fliehen und wieder andere wurden in die Krankenhäuser der Umgebung transportiert, da sie bei den Auseinandersetzungen massive Verletzungen davongetragen haben. Das war zwar nicht beabsichtigt, stellte sich aber im Nachhinein als absoluter Glücksfall heraus, denn jetzt kommt etwas, was für uns alle wichtig ist. Sehr wichtig, mein lieber Jedele. Deshalb passen Sie jetzt gut auf.«

Meier senkt die Stimme, so als würde er Jedele nun das Geheimnis des Lebens offenbaren. Unwillkürlich beugt sich Jedele in seine Richtung: »Dadurch konnten wir einen der Hauptanführer der Gruppierung ausfindig machen. Und jetzt raten Sie mal, wer das ist?«

Meier macht eine dramatische Pause. Jedele, der die ganze Zeit nur zugehört und versucht hat, die Fakten in seinem Kopf zu sortieren, starrt mit offenem Mund und leeren Augen in Meiers Gesicht. Woher soll er das wissen? Meier lächelt. Genüsslich lässt er sich Zeit, um die Wahrheit aus sich heraustropfen zu lassen: »Wir haben herausgefunden, wer die Gruppe gestern Abend angeführt hat. Wir haben seine Krankenkassenkarte gefunden, auch wenn er selbst fliehen konnte, aber das ist nebensächlich, wir werden ihn bald erwischen. Es ist übrigens eine Premiumkarte, falls Sie wissen, was das ist. Eine Karte, die nur hohen Parteifunktionären und ihren Familienangehörigen zusteht. Aber kein Wunder bei dem Namen, denn es ist …«

Meier hält die Luft an … imaginärer Trommelwirbel … und seine Stimme ist nur noch ein heiseres Flüstern: »… Christoph Kotsch. Der Sohn von Ronald Kotsch. Christoph Kotsch, der Sohn des Innenministers.«

Meier lächelt siegesbewusst, Müller schaut erwartungsvoll. Beide Augenpaare sind auf Jedele gerichtet. Als dieser aber nicht reagiert, verwandelt sich der triumphale Ausdruck in ihren Gesichtern in Enttäuschung. Meier versucht es mit mehr Nachdruck: »Christoph Kotsch. Der Sohn des Innenministers. Verstehen Sie nicht den Zusammenhang?«

Aber Jedele versteht nicht. Was geht ihn der Sohn des Innenministers an? Meier schaut fragend zu Müller, der mit den Achseln zuckt. Resigniert wendet sich Meier wieder Jedele zu und stoisch, als würde er einem Dummen die Zusammenhänge erklären müssen, fährt Meier mit den Erklärungen fort: »Christoph Kotsch ist der älteste Sohn von Ronald Kotsch. Schon früher fiel er als Querulant und Revoluzzer auf, wurde aber durch seinen mächtigen Vater gedeckt. In letzter Zeit ist Ronald Kotsch jedoch ein wenig in, sagen wir mal, Ungnade gefallen. Er hat sehr viele Sachen im Alleingang durchgeboxt, ohne auf die Interessen der Partei zu achten und der große Vorsitzende, Doktor Helmut Kohl, war nicht immer erfreut über die Aktivitäten des Herrn Ministers. In letzter Zeit wurden die Aktionen dieser, nennen wir sie Weiße-Kreuz–Gruppierung, immer penetranter und offensichtlich hatte das Innenministerium wenig Interesse daran, dagegen vorzugehen. Seit heute Nacht ergibt das alles auch einen gewissen Sinn. Als wir herausgefunden haben, dass Christoph Kotsch so etwas wie der Anführer dieser Gruppierung ist, konnten wir eins und eins zusammenzählen. Warum wussten die Oppositionellen so gut über Lagerräumungen und Abschiebungen Bescheid, bei denen sie protestierten? Warum konnten die Oppositionellen so unbehelligt nach ihren Aktionen verschwinden? Warum hatte das Innenministerium so offensichtlich keine Motivation, diese Gruppierung auszuräuchern und unschädlich zu machen? Darum, mein lieber Jedele, weil Christoph Kotsch der Sohn von Ronald Kotsch ist und Blut nun mal dicker ist als Wasser!«

Meiers Stimme vibriert bei diesen letzten Worten seines Monologs. Mit wilden und glänzenden Augen sieht er Jedele an. Er braucht ein paar Momente, bis er sich wieder in der Gewalt hat. Dann, mit fast zärtlicher Stimme und wieder vollkommen ruhig, zieht er die Schlinge zu.

»Aber es kommt noch schlimmer. Natürlich können Sie das nicht wissen, Herr Jedele. Natürlich können Sie nicht wissen, dass sich Ronald Kotsch heute Nacht auf eigene Faust mit dem wohl berüchtigtsten Bandenchef von Neukölln, einem gewissen Atakan Abou-Mohammed, getroffen hat und eine private Friedensverhandlung geführt hat.

In genau zwei Stunden wird Ronald Kotsch mit eben diesem Atakan Abou-Mohammed vor die Presse treten und seinen Friedensvertrag mit der arabischen Mafia präsentieren. Ein Friedensvertrag, der weder von der Partei noch vom deutschen Volk gebilligt ist. Jedele«, Meiers Tonfall wird eisig, »Ronald Kotsch ist ein Verräter. Wir wollen, dass Sie Ronald Kotsch auf dieser Pressekonferenz liquidieren. Wir wollen, dass Sie Ronald Kotsch töten.«

Jedele starrt den Mann an. Es entsteht eine lange Pause. Irgendwo tickt eine Uhr und mit jedem Ticken sickert die Wahrheit in Jedeles Gehirn. Ronald Kotsch ist ein Verräter. Der Mann, dem er noch am ehesten vertraut hat von all den Politikern, ist ein Verräter. Langsam versteht Jedele und er nickt.

Meier nickt ebenfalls und vertrauensvoll legt er seine Hand auf Jedeles dicke, wurstige Finger: »Wir garantieren Ihnen vollste Rückendeckung unserer Organisation. Wir werden die ganze Zeit bei Ihnen sein und wir holen Sie da auch wieder raus. Wir garantieren Ihnen, dass Sie so schnell wie möglich wieder auf freien Fuß kommen, wenn wir nachweisen können, dass Ronald Kotsch im Begriff war, Deutschland zu verraten, und das gelingt uns ohne Weiteres. Wir haben für dieses Unternehmen und für Sie einen Betrag von einer Million Eurodollar bereitgestellt. Wir brauchen Ihre Hilfe. Wir brauchen einen Mann, der jetzt die Verantwortung übernehmen kann. Jedele, sind Sie dieser Mann? Übernehmen Sie die Verantwortung für Deutschland? Die Verantwortung für die große Partei? Jedele, übernehmen Sie die Verantwortung für das deutsche Volk?«

Ich habe immer Verantwortung übernommen, schon seit ich klein war. Ich hatte zwar ältere Brüder, aber du weißt wie die sind, Stefan. Die sind verrückt. Die haben wirklich viel Scheiße gebaut und ich war der Dritte. Ich habe Verantwortung gehabt. Mein Vater war nicht da. Immer Arbeit, Arbeit. Arbeit hier, Arbeit da. Geschäfte dies, Geschäfte das. Er musste acht Leute ernähren. Meine Schwester war ja auch noch da. Vor der Segregation war das ja alles noch relativ einfach, aber als dann die Checkpoints aufgestellt wurden, ab da war alles anders. Man muss gucken, wo man bleibt, Stefan. Ich schwöre. Ich war sechzehn und meine älteren Brüder die ganze Zeit im Knast. Casinoüberfall und solche Sachen. Dumme Sachen.

Die haben Leute angeheuert, die ein Pokerturnier überfallen sollten. Richtiger Schwachsinn, Stefan, du glaubst es nicht. Da waren überall Fernsehkameras, das war genau am Europacenter. Die Spielbank, kennst du doch. Die sind da rein und haben den Jackpot geklaut. Mit Macheten sind die da rein und wollten das Ding einfach mitnehmen. Der eine wurde aber von so einem Securitytypen festgehalten und der hat ihm die Maske vom Kopf gerissen. Die konnten dann zwar abhauen, aber sein Gesicht war in jeder Kamera. Die Bullen haben gelacht über so viel Dummheit. Waren ja Leute aus dem Sperrbezirk, alle in der Datei und irgendwann sind sie dann gekommen, mit Panzern und allem Drum und Dran. Meine Brüder haben das Ganze koordiniert. Die saßen drin, an den Spieltischen und hatten die ganze Aktion organisiert, aber die anderen wurden halt geschnappt und die haben den Bullen sofort alles erzählt. Meine Brüder waren sofort im Knast. We-

gen Raubüberfall und Bildung einer kriminellen Vereinigung. Richtige Schwachsinnsaktion, ich schwöre, das war keine einfache Zeit. Da musste ich Verantwortung übernehmen, ansonsten hätten die uns gekillt. Die hätten uns kaputt gemacht. Die Bullen und die anderen Familien. Mir ist echt scheißegal, wer zu mir kommt. Wer kommen will, soll kommen und wir klären das, aber die Bullen wurden immer radikaler. Ist ja erst wieder ein bisschen lockerer geworden als sie so Peace-Meace gemacht haben, vor den Olympischen Spielen. Die Hurensöhne.

Ich hab die ganze Zeit die Verantwortung gehabt in der Familie und meine Brüder waren ja auch spielsüchtig. Alle. Alle haben gezockt und die ganze Kohle, die wir gemacht haben, auf den Kopf gehauen. Einfach weg. Wir hatten manchmal wirklich nicht genug zum Essen und diese Idioten haben gespielt. Die Leute sind zu mir gekommen und haben gesagt: Atakan, was los mit deine Brüder? Die sind schon wieder in der Spielothek und zocken. Achmed hat schon wieder fünfhundert Eurodollar geliehen und Hassan schuldet mir auch schon tausend. Ich sitze so da und höre mir das an. Ich höre mir das einmal an. Zweimal. Dreimal. Ich rede mit meinen Brüdern. Einmal. Zweimal. Dreimal. Nach dem dritten Mal ist Schluss. Ich habe dreimal mit ihnen geredet, dann war Schluss, Stefan, dreimal. Ich habe geredet mit denen und trotzdem musste ich immer die ganze Scheiße von den Nachbarn und so anhören, das hat mich geärgert, Stefan. Dann bin ich losgegangen. Ich bin losgegangen und habe Achmed die Finger gebrochen. Ich bin in dieses Café, wo ich wusste, dass er war, und ich habe seine Hände genommen und ihm die Finger gebrochen. Es war mir scheißegal, ob er der Älteste von uns war. Ehrlich wahr. Er konnte sowieso nichts gegen mich machen, weil er immer schwächer war, aber dass ich den Ältesten genommen habe, ist eigentlich eine Sünde. Verstehst du, Stefan, das macht man nicht. Man geht nicht zum Ältesten und gibt ihm eine Ohrfeige. Das ist respektlos, aber ich hab das mit Absicht gemacht. Ich wollte, dass meine Brüder das sehen und ich wollte, dass sie das nie wieder machen. Ich wollte, dass sie aufhören mit Spielen. Ich weiß, wie das ist. Ich hab selbst mal gezockt. Man steht da und denkt, jetzt noch eins. Eins noch. Nur noch das Eine und dann gewinnt man und dann verliert man und dann holt man in einem Monat mal fünfhundert raus aus so einem Ding, hat aber vorher schon tausendfünfhundert reingeballert. Man muss sich zwingen aufzuhören. Man muss einfach den festen Willen haben: Ich spiele nie mehr. Nie wieder. Manche können das. Ich hab das so gemacht. Aber manche brauchen einfach jemanden, der das für sie regelt. Mohammed hat mir erzählt, dass Achmed wieder spielt und er ist hingegangen zu ihm und meinte: Achmed, spielst du? Achmed meinte dann zu ihm: Lass mich in Ruhe, du Idiot. Ich gewinne gerade. Mohammed hat dann gesagt, dass er mich anrufen würde, da hat Achmed nur gelacht und hat weitergespielt. Mohammed hat mich angerufen und deshalb bin ich da hin und habe Achmed die Hand gebrochen. Mohammed hat mich angerufen und mir gesagt, wo er ist und dann bin ich rein und hab mich einfach neben die Maschine gestellt, mit meinem Teleskopschlagstock, den habe ich hinterm Rücken versteckt. Ich habe gemeint: »Achmed! Spielst du?« Und er hat genau das Gleiche zu mir gesagt wie zu Mohammed: »Lass mich in Ruhe«, hat er gesagt und dann hat er gesagt: »Hat Mohammed mich verpetzt?« Ich meinte nur: »Was verpetzt?« Und dann habe ich ausgeholt und ihm auf die Hand geschlagen. Er konnte gar nicht so schnell gucken und dann habe ich ausgeholt und ihm die zweite Hand auch noch kaputt gehauen und ich hab ihn angeschrien: »Du spielst nie wieder, kapiert? Nie wieder, ansonsten bringe ich dich um!« Und meine zwei anderen Brüder waren auch noch da, die haben sich unterm Tisch versteckt und wollten nicht rauskommen. Ich hab sie genommen und vorgezogen und dann habe ich ihnen gesagt: »Ihr habt gesehen, was ich mit Achmed gemacht habe. Ich will nie wieder sehen oder hören, dass ihr spielt, und wenn ich das noch einmal sehe oder höre, dann breche ich euch auch die Hände«, und sie haben geschworen, dass sie das nie wieder tun werden. Verstehst du, Stefan. Das ist Verantwortung. Ich habe die Verantwortung übernommen, ansonsten wären wir heute arm und kaputt. Heute sind mir meine Brüder dankbar. Auch Achmed ist mir dankbar und sagt mir immer wieder: »Bruder, du hast mich gerettet. Ohne dich würde ich heute in der Gosse leben.« Aber Achmed hat das auch teuer bezahlt, wenn ich mir seine Hände anschaue. Trotzdem ist er mir dankbar.

Manchmal muss man eben Verantwortung übernehmen. Verstehst du das, Stefan? So ist das Leben. Ohne Verantwortung bist du kein Mann. Dann hast du keine Ehre, wenn du keine Verantwortung übernimmst. Dann bist du ein Kind.

»Wissen Sie, Müller«, die Augen des Innenministers blitzten auf, als er den Spiegel an seinen Fahrer weiterreichte, der das Koks mit einem aufgerollten 500-Eurodollarschein schniefte. Der Geheimdienstmann und Chauffeur war sofort gekommen, nachdem Kotsch ihn angerufen hatte, und seitdem saßen sie zusammen mit diesem Pulver da und die Zeit verflüssigte sich und die Stunden verstrichen und Kotsch fühlte sich wohl, so wohl wie seit Langem nicht mehr. Über die Jahre hatten die beiden Männer eine Art Vertrauensverhältnis aufgebaut und Müller wusste so gut wie alles über Kotsch, auch wenn dieser wiederum wenig über Müller wusste.

»Wissen Sie, Müller, worin meine Verantwortung besteht?«

Plötzlich, als sich der taube Geschmack zum hundertsten Mal auf seinem Zahnfleisch ausbreitete und irgendetwas in seinem Kopf klickte, plötzlich wurde ihm klar, was er zu tun hatte.

»Ich muss den Menschen die Wahrheit sagen!«

Müller schaute kurz von seinem Spiegel auf, um sich dann mit dem anderen Nasenloch der zweiten Hälfte der dünnen weißen Linie zu widmen. Kotschs Blick schweifte in die Ferne.

»Was habe ich noch zu verlieren? Nichts! Den Absprung habe ich sowieso verpasst, das kann man heute Morgen, im Angesicht dieses Spiegels ja einfach mal so festhalten, oder Müller? Da braucht man ja nicht unbedingt um den heißen Brei herumreden.«

Der Chauffeur nickte.

Auf eine seltsam magische Art sah Kotsch plötzlich sein Leben vor sich ausgebreitet und Klarheit durchflutete seinen Kopf wie eiskaltes Wasser und leise, fast als würde er zu sich selbst sprechen, sprach Kotsch weiter: »Ich hätte zurücktreten müssen. Im Frühjahr 2010 hätte ich zurücktreten müssen, das wäre ein guter Zeitpunkt gewesen. Ich hätte sagen müssen, dass ich nicht mehr will. Nicht mehr warten will. Nicht mehr kämpfen will. Ich hätte sagen sollen, dass ich in die Wirtschaft wechseln will. Klipp und klar. Das wäre kein Problem gewesen. Ich hatte ein Angebot«, Kotsch lachte. »Ich hätte einfach gehen sollen und den ganzen Karren im Dreck versinken lassen sollen, aber ich konnte nicht.«

Kotsch sah Müller scharf an, der diesem Blick nicht standhalten konnte und verlegen zur Seite blickte. »Und wissen Sie warum, Müller?

Wissen Sie, warum ich nicht gegangen bin? Es wäre mir feige vorgekommen! Verantwortungslos! Ich wäre mir vorgekommen, als würde ich Fahnenflucht begehen und das … das wollte ich auf keinen Fall.«

Kotsch machte eine dramatische Pause. Er nahm das Päckchen mit dem Koks und gedankenverloren drehte er es in der Hand.

»Wissen Sie. Ich war doch treu. Immer schon. Treu bis in den Tod. Nibelungentreue. Verstehen Sie. Mir selbst war ich treu. Dem großen Vorsitzenden gegenüber. Der Partei und … Deutschland. Ja auch dem Land gegenüber war ich treu. Treu. Treu. Treu.« Kotsch nahm das Päckchen, schüttete ein wenig von dem krümeligen Pulver auf den Spiegel, lächelte versonnen, bevor er weitersprach. »Treu! So wie Winnetou und Old Shatterhand. Kennen sie die alten Filme noch, Müller?«

Der Geheimdienstmann nickte unbestimmt.

»Diese Filme habe ich als Kind immer angeschaut. Ich war viel allein damals, als Kind. Meine Eltern haben gearbeitet. Mutter war fort und Vater sowieso. Freunde hatte ich keine richtigen. Die anderen fanden mich zu brav, zu angepasst, zu streberhaft. Also hatte ich nur diese Filme, die im Nachmittagsprogramm liefen. Später hatten wir dann sogar Video2000. Als Erste in unserer Straße. Dann natürlich auch einen VHS-Recorder. Diese Filme haben mich geprägt.«

Kotsch zog die Nase hoch und schluckte. Er verteilte die Krümel aus dem Päckchen auf dem Spiegel, den ihm Müller wieder zugeschoben hatte, zerrieb und hackte den Stoff. Er machte zwei dünne Linien daraus, das alles mit der Kreditkarte des Geheimdienstlers. Er war vorsichtig, immer noch. Dann schniefte er die eine Hälfte weg, bog den Kopf nach hinten, atmete aus und holte sich die zweite Hälfte mit dem nächsten Atemzug ins andere Nasenloch. Müller beobachtete ihn mit glasigen, gierigen Augen. Der Stoff löste sich auf und eine weitere Ladung landete ganz hinten in Kotschs Rachen. Er konnte es schmecken, wie das Koks in seinen Körper schoss. Wie lange hatte er schon nicht mehr gezogen. Zum Glück hatte er das Päckchen aufgehoben und auch Müller hatte noch etwas mitgebracht. Heute war der richtige Tag dafür und er reichte den Spiegel weiter. Ein eingespieltes Ritual, auch wenn sie es schon lange nicht mehr gespielt hatten.

Während Müller zog, machte Kotsch kurz Pause, aber noch während dieser sich die Nase hielt, sprach Kotsch weiter. Er lachte auf, als hätte er an einen guten Witz gedacht:

»Ich hatte mir damals sogar schon einen Satz zurechtgelegt. Den hätte ich vor der Presse gesagt, wenn ich meinen Rückzug angekündigt hätte. Ich hätte gesagt: ›Politik war immer ein faszinierendes Element in meinem Leben, aber Politik ist nicht mein Leben.‹, das hätte ich gesagt. So richtig bedeutungsschwer und pathetisch. Wie finden Sie das, Müller? Wie finden Sie diesen Satz?«

Müller lachte, Kotsch stimmte mit ein und beide Männer lachten so lange, bis ihnen die Tränen in die Augen schossen. Kotsch nahm die Brille ab und wischte sich mit dem Handrücken über die Augen. Dann wurde er plötzlich wieder ernst.

»Aber ich habe damals den Absprung verpasst, wissen Sie? Das erzähle ich nur Ihnen. Die Presse hat ja so einiges geschrieben, aber was im Hintergrund passiert ist, das wissen die Wenigsten. Das war nichts Spektakuläres. Ein rein parteiinternes Machtspielchen, aber so stand es eben nicht in der Presse. Ich weiß nicht, was Sie als Geheimdienstler da alles mitbekommen haben, aber ich würde Ihnen gern noch mal meine Sicht der Dinge darlegen.

Ich hatte mich ja damals mit dem Finanzminister angelegt und die Forderung aufgestellt, dass die Bundesrepublik ihre Familien- und Ausbildungspolitik einschränken müsse. Milliarden wurden in diesem Sektor für die unsinnigsten Aus- und Fortbildungsmaßnahmen ausgegeben. Da gab es unzählige ABM-Maßnahmen und Umschulungen, die kein Mensch brauchte, im Endeffekt nur dazu da, die Leute, die diese Umschulungen leiteten, selbst aus der Arbeitslosigkeit rauszuhalten. Schulen wurden gefördert, damit der Bodensatz dieser Gesellschaft in der Breite gefördert werden konnte. Alles so unsinnig und irrational wie nur irgendwas. Statt Eliteschulen zu fördern und durch Zucht und Auswahl die Besten der Besten zu fördern, kam die Partei noch vor den Olympischen Spielen 2008 auf den Gedanken, man müsse das gemeine Volk fördern. Wahrscheinlich um international gut dazustehen oder was weiß ich. Alle sollten plötzlich wieder gefördert werden. Auch die Schwachen und Dummen. Müller, ich rede offen mit Ihnen. Sie wissen, dass ich nichts gegen diese Leute habe, aber diese Politik wollte und konnte ich so nicht mittragen und ich hatte immer größere Schwierigkeiten, vom Finanzministerium genug Geld für die innere Sicherheit, für den Polizeidienst und auch für die Dienste, den Verfassungsschutz, den MAD und den BND zu beschaffen. Irgendwann wollte man dann auch noch, dass ich den Verfassungsschutz abschaffe. Ich wurde aufgefordert, ein Konzept vorzulegen, wie ich den BND mit dem Verfassungsschutz fusionieren könnte, denn schließlich hätte sich die internationale Großwetterlage nach den Olympischen Spielen ja deutlich entspannt und auch die innere Lage sei stabil und so weiter und so fort. Das war alles ausgemachter Blödsinn und ich wusste auch, woher der Wind wehte. Der Verfassungsschutz ist meine Behörde. Ich habe ihn zu dem gemacht, was er heute ist, und das war den Herren zu gefährlich. Ein Staat im Staat. Ein Geheimdienst, der nicht der Parteiführung unterstand, sondern dem Innenminister. Man wollte mich mit diesen Äußerungen aus der Reserve locken und der Herr Finanzminister hat das ja auch gern mal im ›kleinen Kreis‹ öffentlich verlauten lassen. Immer genau so, dass er wusste, wie er mich treffen kann. Das konnte ich mir so nicht bieten lassen und deshalb habe ich dann zurückgeschossen und diese Ausbildungspolitik angegriffen. Ich wusste, dass das eine heilige Kuh war. Betrifft ja schließlich auch die Familienpolitik, verstehen Sie? Keiner von uns Politikern hat seine Familie je öfter als zwei Wochen im Jahr oder für notwendige Pressefotos gesehen und unsere Privatlehrer kennen unsere Kinder besser als wir selbst, aber Familie ist ja das Heiligste, was es gibt. Das darf man nicht angreifen.«

Kotsch lachte auf. Müller schaute ihn desinteressiert an, lachte aber mit. Kotsch saß in seinem Büro. Vor ihm ein Stapel Papiere. Ihm gegenüber sein Chauffeur, ein ausgebildeter Geheimdienstmann und heute Morgen der einzige Mensch, dem er noch vertrauen konnte. Sein einziger Freund, der ihm geblieben war in dieser Welt, und er sah es mit der unwirklichen Klarheit eines überreizten Geistes. Er musste lachen und weinen gleichzeitig und er dachte an seine eigene Familie und an seine Frau, die er das letzte Mal vor zwei Wochen gesehen haben musste. Wann auch immer. Sie hatten sich schon vor Jahren getrennt, auch wenn sie immer noch gemeinsam zu öffentlichen Terminen erschienen.

Kotsch dachte an seine Kinder. An Christoph, der irgendwo im Osten lebte. Ab und zu brachten ihm Mitarbeiter seiner verschiedenen Geheimdienste Informationen über seinen Sohn und das Ganze war äußerst unappetitlich. Es war sogar gefährlich und natürlich hatten Schäuble und die Partei ihm damals hintenrum gesteckt, dass er die Füße still halten sollte, ansonsten würden sie mal genauer hinschauen, was der Herr Sohnemann so trieb. Trotz allem hätte er damals aussteigen sollen. Er hätte gehen sollen. Stattdessen hatte er Angst bekommen und sich zurückgezogen. Nach außen hin markierte er immer noch den harten Hund, doch der Streit um die Ausgaben eskalierte. Seine Umfragewerte sanken dramatisch in den Keller, auch wenn er immer noch glaubte, dass da von Seiten seiner politischen Feinde nachgeholfen worden war. Die verschiedenen Gremien in der Partei arbeiteten plötzlich gegen ihn und der Wind innerhalb der Partei hatte sich gedreht. Alte Parteifreunde wandten sich von ihm ab. Winnetou und Old Shatterhand waren Geschichte und Blutsbrüderschaften waren nichts mehr wert. Gar nichts.

Wer die Familienpolitik der Deutschen angreift, greift das deutsche Volk an, hieß es und Kotsch selbst fehlten die Waffen, um sich zu verteidigen. Zum ersten Mal in seinem Leben. Gegen seinen Widerstand hatten sie begonnen den Verfassungsschutz umzustrukturieren und seine Macht zu beschneiden. Er hatte seine Schuldigkeit getan und nun sollte er abserviert werden. Immer öfter musste er sich für seine harte Haltung rechtfertigen. Immer öfter wurde er angegriffen. Zunächst hatte er es als Zufall abgetan, aber jetzt, heute Morgen musste er der Wahrheit ins Gesicht sehen. Er war ausrangiert worden und hatte es nicht wahrhaben wollen. Wie lange ging das jetzt schon so? Zu lange und Kotsch sah Müller an, der ihn unbestimmt beobachtete und auf eine Fortsetzung oder gar eine Auflösung der Geschichte wartete, aber Kotsch hatte sich anders entschieden.

»Noch eine kleine?«, fragte er lächelnd, als er den Rest des Päckchens auf dem Spiegel ausstreute. »Eine kleine ist noch drin, oder?«

Er hätte gehen sollen, damals. Warum war er nicht gegangen? Verantwortungsgefühl oder doch Feigheit? Er hatte den Kampf gegen die Ausländer persönlich genommen, das war sein ganz persönlicher Kreuzzug gewesen. Die Einführung der getrennten Schulen, als es an dieser Rütli-Schule so eskaliert war. Man muss die deutschen Schüler vor den aggressiven Immigranten schützen, hatte er gefordert und alle waren dafür gewesen. Die roten Ausweiskarten für Ausländer, damit man sie auf einen Blick erkennen konnte. Die Ausgangssperren und die bedingungslose Abschiebung von Ausländern, auch bei den kleinsten Vergehen. Da hatte er sich sogar mit den Genfer Flüchtlingskonventionen angelegt, aber zusammen mit Frankreich hatten sie das durchgeboxt. Die Zusammenlegung von ausländischen Familien in bestimmten Stadtteilen. Die Checkpoints mit den Ausweiskontrollen für Ausländer. Das alles waren seine Ideen und seine Verdienste gewesen und er hatte sie durchgesetzt. Immer wieder aufs Neue. Er hatte Wahlsiege mit dieser Politik eingefahren und er hatte die Herrschaft für die DU gesichert. Eine Herrschaft, die nun schon über dreißig Jahre währte. Was hatten sie ihm vorzuwerfen? Was?

Er hätte gehen sollen. Er hätte nach San Francisco ziehen können, wo er immer schon hinwollte. Ein kleiner, extravaganter Traum, den er hatte, auch wenn die USA nicht mehr das waren, was sie früher einmal gewesen waren. Nachdem 92 die NATO aufgelöst wurde und die Vereinigten Staaten sich mehr oder weniger aus Europa zurückgezogen hatten, hatte sich das Land der unbegrenzten Möglichkeiten in eine seltsame Richtung entwickelt. Aber nun war es ohnehin zu spät und er zog die kleine, wirklich kleine Line in seine Nase und wieder reichte er den Spiegel weiter an Müller, der eine Spur zu schnell danach griff. Oh Gott, ein Kokser, dachte sich Kotsch und plötzlich fühlte er einen gewissen Ekel gegenüber seinem Fahrer. Als Müller fertig war, stand Kotsch auf. Er war nun wieder förmlich und distanziert.

»Müller«, begann er, »ich muss mich jetzt auf diese Pressekonferenz vorbereiten. Ich will nur, dass Sie wissen, dass ich dieses Spiel nicht mitspielen werde. Helmut Kohl vergeht sich mit dieser Schmierenkomödie am deutschen Volk und das werde ich nicht zulassen.«

Müller erhob sich ebenfalls. Nervös drehte er seine Chauffeurmütze zwischen den Fingern.

»Herr Innenminister …«, er zögerte kurz, »haben Sie schon mal daran gedacht, dass Herr Kohl nicht ewig Vorsitzender der Partei und Bundeskanzler bleiben muss?«

»Was wollen Sie damit sagen, Müller?« Kotsch nahm den Agenten scharf ins Visier.

»Also«, fuhr dieser fort, »in unserer Organisation gibt es Leute, einflussreiche Leute, die glauben, dass dieses Land unter Umständen eine neue Führung bräuchte. Unter anderem war da Ihr Name im Gespräch. Zwar hat sich nach dem Umbau einiges geändert bei uns im Haus, aber Sie wissen ja, die alten Strukturen sind immer noch intakt und funktionieren. Wenn Sie also wollen …«, Müller brach ab.

Kotsch erbleichte. »Was reden Sie da, Müller?«

Müller schwieg.

»Umsturz?«, fragte Kotsch und fast unmerklich nickte sein Chauffeur. Kotsch setzte sich. Das war es, durchzuckte es ihn plötzlich. Das könnte *die* Möglichkeit sein. Diese Pressekonferenz war ein Geschenk des Himmels. Schließlich würde sie live im Fernsehen übertragen werden und wenn sie es geschickt und schnell und ohne Skrupel anstellten, dann könnte es gelingen. Er könnte dieser Bande von Volksverrätern das Handwerk legen und mit seinen öffentlichen Äußerungen den Umsturz herbeiführen. Kotsch sah Müller an, der noch immer verlegen vor ihm stand. Das Koks ließ ihn aussehen wie ein kleines Häschen mit großen unsicheren Augen.

Kotsch dachte nach. Er könnte Röttgers und Wolf anrufen. Von seinen alten Freunden und Weggefährten waren ihm noch am ehesten diese beiden erhalten geblieben. Der Andenpakt. Längst Geschichte und vergessen, aber Röttgers und Wolf waren noch dabei. Seine Gedanken überschlugen sich. Vier Stunden hatte er Zeit, das Ganze zu organisieren. Würde er es schaffen?

»Und der Verfassungsschutz steht hinter mir?« Müller salutierte. Mit fester Stimme erklärte der Geheimdienstler: »Herr Innenminister, Sie können sich voll und ganz auf den Verfassungsschutz verlassen. Der Verfassungsschutz steht hinter Ihnen.«

Eine neue Chance tat sich also auf.

»Müller. Ich danke Ihnen. Dann würde ich Sie jetzt bitten zu gehen und alles Notwendige zu veranlassen. Ich werde Sie in einer halben Stunde kontaktieren, wenn ich mit Röttgers und Wolf telefoniert habe. Die werden wir nämlich brauchen.«

»Wird gemacht, Herr Innenminister«, und mit einem Handschlag verabschiedeten sich die beiden Männer.

Als Müller den Raum verlassen hatte, sackte Kotsch wieder auf seinem Stuhl zusammen, aber seine Augen blitzten. Vor ihm lag der Stapel, den zu Gutenberg auf seinen Schreibtisch gelegt hatte. Er versuchte das Deckblatt zu lesen. Er kniff die Augen zusammen, aber er konnte nichts erkennen. Seine Augen tränten vom Kokain und unwillig wischte er den Stapel vom Tisch. Er war noch nicht besiegt. Er hatte immer noch die Macht über seine Geheimdienste und den Polizeiapparat. Wie hatte er das vergessen können? Und wie sicher war das?

Er schaute in den Spiegel, der vor ihm auf dem Tisch lag. Vielleicht brauchte er auch nur mal eine kleine Pause. Vielleicht würde sich alles doch noch zum Guten wenden. Irgendwie. Irgendwo. Irgendwann. Nena. Plötzlich musste er an Nena denken und an »99 Luftballons«. Er hatte es gehasst, diese beschissene, naive Hippie-Musik. Pubertierende Mädchen singen gegen den Atomkrieg. Er hätte kotzen können und trotzdem hatte er mit Anke dazu getanzt. Damals auf dem Schulball, »99 Jahre Krieg, ließen keinen Platz für Sieger«. Die Worte schlichen sich einfach so ein in sein Gehirn, das mit Hilfe der Alkaloide vollkommen neue Verknüpfungen erstellte. Kein Platz für Sieger. Ronald Kotsch, der große Verlierer? Nein. Noch hatte er nicht verloren. Noch würde er sich nicht geschlagen geben. Der strahlende Sieger? Nun, das würde sich zeigen. Aber er war Teflon-Kotsch. Der Mann, dem niemand etwas anhaben konnte. Ministerpräsident von Hessen. Der brutalstmögliche Aufklärer. Der Familienvater. Anke. Die Kinder. Christoph. Der Innenminister. Allmächtiger Innenminister. Der Herr über Millionen Meter Glasfaserkabel, Überwachungskameras. Lautsprecher. Der Herr über das Fernsehen, die Polizei und die Geheimdienste. Der mächtigste Mann im Staat. Das war er! Jawohl! Er allein! Er, Ronald Kotsch!

Er sah furchtbar aus. Einfach nur furchtbar, mit seinen hängenden Wangen, die Augen klein und gerötet, die Pupillen geweitet. Kotsch nahm die Brille ab. Er rieb sich die Stirn. Dann setzte er die Brille

wieder auf und starrte erneut in den Spiegel vor ihm. Nichts hatte
sich geändert. Vielleicht war er auch einfach nur müde und Kotsch
schloss die Augen.

Sabine öffnet die Augen. Sie muss kurz eingeschlafen sein. Sie sieht
ihr Spiegelbild in den funkelnden Armaturen. Alles blitzt und glitzert um sie herum. Es ist gleißend hell in der U-Bahn, mit der sie
sich auf den Weg zum Treffpunkt gemacht hat. Es ist spät nachts
oder früh am Morgen. Wer weiß das schon in solchen Zeiten. Dass
die U-Bahn überhaupt fährt, ist ein Wunder, aber hier im tiefen Westen merkt man fast nichts von den Erschütterungen, die gerade die
Hauptstadt erzittern lassen. Es ist still.

Der vereinbarte Treffpunkt ist in Steglitz, hatten sie ausgemacht,
für den Fall, dass sie sich verlieren würden. Nun. Verloren hatten
sie sich. Gründlich. Sabine schaudert, als sie die Bilder des frühen
Abends wieder vor ihrem geistigen Auge sieht. Die Panzer. Die Soldaten. Das Blut. Die Menschen. Schreie. Rennen. Fallen. Hilferufe.
Nie hätte sie gedacht, dass so etwas passieren könnte. Aber es war
passiert und Christoph hatte sie ebenfalls verraten! Ob die anderen
etwas von seinem Doppelleben wussten?

Kopflos ist sie aus dem Krankenhaus gerannt und durch die
Kreuzberger Nacht gelaufen. In der Ferne konnte sie die Feuer sehen und hinter dem Gebäude entdeckte sie mehrere Hundertschaften, die sich anscheinend darauf vorbereiteten, das Krankenhaus zu
stürmen. Am Kanal entlang lief sie weiter, immer in Richtung Westen. Irgendwann hat sie den letzten Checkpoint an der Yorckstraße
passiert und da wusste sie, dass sie in Sicherheit war. Erschöpft ließ
sie sich auf einer Bank nieder. Erstmal sammeln. Sabine zitterte am
ganzen Körper. Immer wieder fuhren Konvois mit Hundertschaften
der Polizei und Armeeeinheiten in Richtung Kreuzberg und Neukölln an ihr vorbei und nur langsam konnte sie sich beruhigen.

Wenn etwas schief gehen sollte, dann wollten sie sich in Steglitz
treffen, hatten sie sich gesagt und Sabine wollte es schaffen. Sie
konnte jetzt doch nicht so einfach nach Hause gehen, nach allem
was sie gesehen hatte. Sie musste mit jemandem reden. Sie hatte
Angst. Unfassbare Angst. Sich hinlegen hieß kapitulieren.

Irgendwann stieß sie auf den U-Bahnhof mit der richtigen Linie. Ein Wunder, dass diese tatsächlich noch fuhr. Ein bisschen Normalität existierte also doch noch, auch wenn der Bahnsteig, den sie betrat, menschenleer war.

Unsicher schlich sie in das hell erleuchtete Abteil. Schutzlos fühlte sie sich und jeden Moment rechnete sie damit, dass eine Lautsprecherstimme sie dazu auffordern würde, die Arme gegen die Wand zu stemmen, die Beine auseinander zu stellen und so auf ihre Verhaftung zu warten. Mittlerweile traute sie diesem Staat alles zu und war hier nicht alles voller Kameras und Überwachungssysteme? Vorsichtig schaute sich Sabine um. Setzte sich hin. Kaum war der Zug losgefahren, fielen ihr die Augen zu.

Als sie wieder aufwacht, steht der Zug und draußen auf dem Bahnsteig glänzen die frisch gereinigten Fliesen. Endhaltestelle Schloßstraße. Bitte alle aussteigen. Sabine fröstelt. Langsam erhebt sie sich von ihrem Sitz und betritt den verlassenen Bahnsteig. Ihre Schritte hallen auf dem glatten Boden und in der Ferne hört sie das Brummen einer Reinigungsmaschine. Ansonsten ist alles still. Verdächtig still.

Sabine versteckt sich hinter einer der Säulen. Ihr Atem ist flach und sie fängt an zu schwitzen. Wird sie erwartet? Hat Christoph sie verraten? Wurde das Krankenhaus gestürmt und haben sie die Adresse der Wohnung, wo sie sich treffen wollen, herausbekommen? Wäre doch alles möglich. Nach heute ist alles möglich.

Sabine lugt hinter dem Pfeiler hervor. Nichts. Sie huscht los. Von einer Säule zur nächsten. Schon kann sie den Ausgang des U-Bahnhofs sehen, als hinter ihr plötzlich ein Licht aufflammt und der Lautsprecher knackt. Eine Stimme räuspert sich, Sabine hört es ganz genau und noch bevor der Unsichtbare zu sprechen beginnt, rennt Sabine los, auf die Treppe des Ausgangs zu und von links sieht sie einen schwarzen Schatten auf sich zufliegen und viel zu laut für den leeren U-Bahnhof und viel zu schrill ertönt eine Stimme: »Verehrte Fahrgäste, wegen einer technischen Störung im gesamten U-Bahnnetz, insbesondere auf den Linien der U1 sowie der U7, verkehren die Züge der U 9 ebenfalls in unregelmäßigen Abständen. Wir bitten Sie, diese Unannehmlichkeiten zu entschuldigen.«

Sabine wird langsamer. Noch hat sie die Treppe nicht erreicht, doch als sie sich nach dem Schatten umschaut, kann sie niemanden entdecken. Keinen Menschen. Nichts.

Keine Spezialeinheit, keine Polizei, keine Zivilbeamten, kein Greiftrupp. Der Bahnsteig liegt genauso verlassen hinter ihr, wie sie ihn betreten hat. Die U-Bahn steht noch immer regungslos an ihrem Platz und in der Ferne brummt die Reinigungsmaschine. Sabine dreht sich um und schaut nach oben zum Ausgang, wo sie den Nachthimmel sehen kann und die Lichter der Leuchtreklamen. Langsam steigt sie die Treppe hoch. Sehr langsam. Immer bemüht, nicht wahnsinnig zu werden. Nein. Sie will nicht verrückt werden und nicht weinen und nicht schreien. Ihre Nerven sind zum Zerreißen gespannt. Sie ist müde und kaputt. Komplett im Arsch. Wie soll sie das bloß durchhalten? Und mit schweren Schritten macht sie sich auf den Weg in die Wohnung.

Eine alte Frau öffnet ihr vorsichtig die Tür. Sabine murmelt hastig und leise das Codewort: »Ratzefummel«. Jetzt, in dieser Situation kommt ihr dieses Wort unglaublich albern und bescheuert vor. Als sie vom Schlesi aus losgezogen sind, haben alle noch darüber gelacht. Ein harmloser Schülerstreich, so hatten sie sich gefühlt, so sollte es werden. Ein bisschen die Lehrer provozieren, doch sie mussten erfahren, dass die Lehrer zurückschlugen. Mit aller Härte und mit aller Kraft.

Sabine wird eingelassen. Überall in der Wohnung sitzen Menschen, die sie früher am Abend schon einmal flüchtig gesehen hat. Die Stimmung ist gedämpft. Sabine erkennt Stefanie, die gerade bei einem Pärchen sitzt und eifrig mitschreibt, was die beiden ihr erzählen. Die alte Frau drängt Sabine in die Küche und schenkt ihr eine Tasse Kaffee ein. Sabine nippt dankbar an dem heißen Getränk und dann erklärt ihr die Frau, dass sie angefangen haben, Gedächtnisprotokolle aufzunehmen, weil ein paar der Leute, die teilweise in Haft genommen worden waren, nun schon wieder draußen sind und andere wiederum knapp entkommen konnten und schließlich müsse man ja alles aufschreiben und vielleicht würden sie es schaffen, die Protokolle ins Ausland zu schicken, doch das Internet sei schon seit Stunden tot, keiner wisse, was als nächstes kommt, aber vielleicht hätte ja irgendjemand Kontakt zu den internationalen Beobachtern und so weiter und so fort. Einige Protokolle hätten sie schon erstellt und ein Stapel eng beschriebener Blätter liegt vor Sabine auf dem Tisch. Sie nimmt das oberste Blatt und beginnt zu lesen.

Protokoll Peter H., 37 Jahre:

Am 6. Oktober 2012 durchquerte ich gegen 17.30 Uhr den Bezirk Kreuzberg. In der Reichenbergerstraße passierte ich mehrere Polizeiwannen. Zwischen Kottbusser Tor und der Hochbahn sah ich Polizeieinheiten, die, ausgerüstet mit Schilden und Helmen, eine Mauer bildeten. Gegenüber wurde Bier ausgeschenkt. Es herrschte ansonsten normale Betriebsamkeit: So wie ich waren andere Spaziergänger unterwegs. Dann bemerkte ich eine zweite Schilderwand aus Richtung Adalbertstraße, die sich soeben auf Befehl zurückzog. Als ich Einblick auf den Platz unter dem Zentrum Kreuzberg zu erhalten versuchte, wurde ich von einem Unterwachtmeister angefahren: »Verschwinden!« und »Verlassen Sie sofort den Platz!« Ich verwahrte mich höflich, dass ich doch wohl hier stehen könne. Das war zu viel. Er griff mich am Arm und schob mich unter aggressiven Bemerkungen zu einer der Wannen, die plötzlich vor dem Rossmann am Kotti standen. Bürger, die den Vorgang beobachtet hatten und protestierten, wurden mit dem Knüppel ferngehalten. Ich musste in den Mannschaftswagen steigen. Noch einmal: Ich war noch nicht eine Minute am Kottbusser Tor und es war nichts von einer Demonstration oder »Zusammenrottung« zu sehen. Die Wanne fuhr zwei Runden um die Stützen der Hochbahn am Kottbusser Tor und füllte sich. Danach fuhren wir nach Moabit und mussten umsteigen in einen Lastwagen mit Käfig unter der Plane. Uniformierte Polizisten bewachten uns. Über die Richtung der Weiterfahrt erhielten wir keine Auskunft. Auf dem Gelände der »Grünen Woche« (Landwirtschaftsausstellung) mussten wir absitzen. Wir kamen in einen Pferdestall mit dreißig Boxen rechts und dreißig links. Es erfolgten eine Leibesvisitation und brutales Breitstellen der Beine. Ein Mann in zivil mit DU-Abzeichen und eine junge Frau nahmen die Personalien auf. Ich war die lfd. Nummer 112 und 113. Mit neun anderen Männern wurde ich in eine Pferdebox gesperrt. Es war jetzt 19.15 Uhr. Die Mitgefangenen meines Transports waren nicht verletzt, wer sich aber nur leicht widersetzt hatte, hatte Blessuren von Gummiknüppeln auf den Armen. Gegen zwanzig Uhr wurden wir wieder woanders hingefahren. Ich kann nicht sagen, wo das war. Es folgte Aufstellung an der Hofmauer, im Regen, Gesicht zur Wand, Bewachung durch einen Polizei-Anwärter mit Maschinenpistole. Durch ein Spalier von Polizisten mit Gummiknüppeln wurden wir in einen Belehrungsraum geführt. In kurzer Zeit waren hier fünfzig bis sechzig Personen, dazu acht bis zehn Befrager in zivil. Ich kam um dreiundzwanzig Uhr dran. Aufnahme der Personalien und Befragung. Ich fragte, wo ich überhaupt wäre. Die Antwort lautete, bei der Kriminalpolizei. Der Befrager deutete an, dass er mit seiner momentanen Tätigkeit nicht ganz einverstanden sei und er lieber mit Kriminellen zu tun habe. Wir wurden in den Keller abgeführt, in einen vergitterten Gang mit Zellen. Dort waren wir vierzig bis fünfzig Mann, darunter auch Verletzte. Gegen null Uhr erfolgte die Rückfahrt zur »Grünen Woche«. Elf oder zwölf Boxen wurden mit je zehn Männern »belegt«, zwei mit Frauen. Um ein Uhr wurden an jeden eine Bockwurst und ein Brötchen verteilt. Etwa um zwei oder drei Uhr kamen Neuzugänge aus einer anderen Halle. Wir verbrachten die nächsten Stunden bei offenen Toren, ohne Decken, in einem Dahindämmern auf dem nackten Lehmboden. Die Bewachung bestand aus etwa dreißig Polizisten und zeitweilig freilaufenden Hunden. Die Verrichtung der Notdurft geschah durch die Latten, Frauen wurden von einer Polizistin herausgeführt. Es waren keinerlei Gespräche oder Informationen erlaubt. Die meisten waren wie ich ahnungslos, warum sie hier waren. Manche hatten fotografiert und waren dabei von ihren Angehörigen fortgerissen worden. Nach vier Uhr morgens wurden einzelne von uns aufgerufen. Ich wurde um vier Uhr dreißig zum Eingang der Halle geführt. Dort lag ein Zettel aus: »Die Einleitung eines Ordnungsstrafverfahrens wird geprüft.« Mein Name war durchgestrichen. »Sie werden belehrt, künftig nicht an ungenehmigten Demonstrationen teilzunehmen. Sie bestätigen mit ihrer Unterschrift, dass sie keine Forderungen an die Berliner Polizei oder die Bundespolizei haben.« Ich unterschrieb, ohne zu denken. Zu zehnt mussten wir auf einen W 5o aufsitzen. Drei Mann wurden am Eingang des »Grünen Woche«-Geländes abgesetzt, nach einem Kilometer Fahrt die nächsten drei und so fort.

Protokoll »Schnauze«, 24 Jahre:

Am 6.10.2012 gegen einundzwanzig Uhr wurde ich bei der Sitzblockade in der Skalitzer Straße verhaftet.

Obwohl alle Demonstranten durch das Sitzen gewaltfreie Haltung und Handlungsweise ausdrückten, wurden wir durch die in Zivil auftretenden Verfassungsschutzkräfte bei der Verhaftung geschlagen. So warfen sich zwei dieser Personen auf mich, schlugen mich mit Gummiknüppeln und sprühten mir aus einer Handflasche eine Substanz ins Gesicht (Tränengas oder Ähnliches).

Als die ersten »Amtshandlungen« durchgeführt wurden, Durchsuchung, Aufnahme der Personalien, wurde ich grundsätzlich mit »Schwein« angeredet.

Die Verhafteten, darunter ich, wurden in einen Lkw verfrachtet ... Die verhafteten Demonstranten, darunter auch Frauen und Mädchen, die verletzt worden waren und vor allem Platzwunden am Kopf, Prellungen usw. hatten, wurden nicht ärztlich versorgt.

Als wir in Moabit ankamen, wurden wir einzeln aus dem Lkw gestoßen und in Garagen geführt, deren Fronttüren ausgehängt worden waren. Vor diesen Garagen war eine Polizeikette postiert, die uns bewaffnet, teils mit Hunden, bewachte. Obwohl die verletzten Inhaftierten auf ihr körperliches Befinden aufmerksam machten, wurde ihnen ärztliche Betreuung versagt ... Inhaftierten, die die Toilette benutzen wollten, wurde dies versagt, später »durften« diese Gefangenen einen Gully, der direkt vor der Polizeikette lag, benutzen. Obwohl es sehr kalt und regnerisch war, mussten wir etwa drei Stunden in diesen offenen Garagen verbringen. Danach wurden alle Inhaftierten einzeln aufgerufen und in eine Sammelzelle geführt, die völlig überfüllt war. Männer und Frauen wurden getrennt. Ein Inhaftierter, der sich bei dieser Überführung weigerte, die Hände aus den Taschen zu nehmen, wurde zusammengeschlagen.

Als ich medizinische Betreuung verlangte – mir wurde bei der Verhaftung in den Bauch getreten, der nun schmerzte, außerdem hatte ich eine stark blutende Risswunde am Fuß –, wurde ich ausgelacht und mit der Begründung abgewiesen, wenn ich nicht die Schnauze hielte, würde es mir gleich noch viel schlechter ergehen. Nach etwa einer

Stunde wurden wir dann einzeln entlassen und mussten noch irgendeinen Wisch unterschreiben, den ich aber nicht richtig lesen konnte. Als ich nachfragte, wurde mir ins Gesicht geschlagen und so habe ich einfach unterschrieben. Dann konnte ich gehen.

Protokoll Martina G., 27 Jahre:

Gegen 19.30 Uhr beobachtete ich in der Nähe des Lausitzer Platzes folgende Szene: Menschen wurden wahllos herausgegriffen, von zwei bis drei Uniformierten über die Straße geschleift und mit Schlagstöcken verprügelt. Ich sah, wie ein älterer Mann an den Haaren gepackt und immer wieder von drei Uniformierten mit dem Gesicht auf die Straße geschlagen wurde. Es war schrecklich und ich war nicht in der Lage, mich von der Stelle zu rühren. Dann ertönte der Befehl: »Alle festnehmen!« Ich bin Mutter zweier Kleinkinder und ich wollte nur eine Kerze an der Kirche am Lausitzer Platz aufstellen. Ich wurde gepackt und mit verdrehtem Arm auf einen Lkw geworfen. Doch damit hatte die Tortur erst begonnen. Meine Beteuerungen, dass meine Kinder allein zu Hause sind, wurden höhnisch ignoriert. Ich musste zwei Stunden regungslos im Hof eines Polizeireviers stehen, ich habe erlebt wie andere misshandelt wurden. Völlig durchgefroren wurde ich nachts gegen ein Uhr ins Gefängnis Tegel transportiert. Dort mussten wir in der Kälte auf dem Lkw sitzen bleiben, bevor wir verhört wurden. Erst gegen drei Uhr dreißig wurde ich entlassen. Ich habe dann meine Kinder geholt und bin sofort hierher gefahren. Eine Nachbarin hat sich um sie gekümmert. Mein Mann ist immer noch nicht zurück bis jetzt. Ich habe große Angst um meinen Mann.

Protokoll Tobias M., 32 Jahre:

Es ist Samstag, der 6. Oktober 2012, gegen 18.30 Uhr. Ich fahre U-Bahn. Am Kottbusser Tor will ich aussteigen. Doch Bereitschaftspolizisten bilden dichte Sperrketten auf dem Bahnsteig. Ich halte meinen Ausweis ans Fenster zum Beweis, dass ich hier in der Ritterstraße wohne, noch vor dem Checkpoint. »Wie komme ich nach Hause?«, frage ich einen Leutnant. »Ich zeige es Ihnen. Hier lang!« Gutgläubig fol-

ge ich, händige meinen Ausweis aus und werde auf einen wartenden Polizei-Lkw dirigiert. Hier sitzen schon andere. Ein junges Mädchen hat ein blau geschlagenes Auge. Wie es weitergeht, weiß niemand. Auf Nachfragen erhalte ich von den schlagstockbewehrten Polizisten stereotyp die Antwort: »Das haben Sie alles vorher gewusst!« Mit etwa dreißig anderen Festgenommenen werde ich in ein Polizeirevier im Neubaugebiet Märkisches Viertel gebracht. Durch eine Gasse Gummiknüppel schwingender Polizisten müssen wir in eine Garage hasten. Dort stehen wir sechs Stunden lang in Reihen mit dem Gesicht zur Wand. Bitten, die Notdurft verrichten zu können, werden hämisch ausgeschlagen: »Schifft euch in die Hosen oder schwitzt es aus!« Gegen zwei Uhr darf ich dann im Laufschritt zur Toilette. Ich kann nicht. Direkt hinter mir steht ein Polizist mit Schlagstock. In der Garage sehe ich, wie ein junger Mann zusammensackt. Polizisten reißen ihn hoch, drücken ihn gegen die Wand und lassen ihn fallen: »Der ist weg.« Der Motor eines Lkws läuft. In der Garage gibt es nur ein kleines Luftloch. Halb drei gibt es einen halben Becher lauwarmen Tee. Eine Stunde später ein Brötchen und ein Stück fette Wurst. Um drei muss ich in ein verqualmtes Vernehmungszimmer. Dem VS- oder Kripo-Mann soll ich lückenlos meinen Tagesablauf seit dem 4. Oktober schildern. Ich hatte schon am Vortag nahe des Abschiebelagers Marienfelde Gewalt ausübende Polizisten und VS- Leute beobachtet, aber das interessiert hier nicht. Ich hatte auch beobachtet, wie ein kahl geschorener, kräftiger junger Mann festgenommen wurde, sofort aber wieder frei gelassen wurde, als er den Klappausweis des Verfassungsschutzes zückte. Ich wurde zurückgebracht, geschlagen. Um halb fünf wurde ich plötzlich aufgerufen und freigelassen.

Notizen (Fußnote)

Als die Höfe, Garagen und Zellen der Polizeireviere in Kreuzberg und Schöneberg sowie das Gefängnis Moabit überfüllt sind, werden die Gefangenen nach Reinickendorf, Tegel, Marienfelde, Spandau, Gatow und die U-Haftanstalt Wannsee gebracht.

Manche erfahren eine »Sonderbehandlung«: Fliegerstellung, »Häschen Hüpf«, Liegestütze. In Tegel müssen sich Männer vor weiblichen Mitgefangenen entkleiden, sollen erniedrigt werden. Das ist schon Alltag: Schläge, Schreie, befohlenes Schweigen.

*Gebrochene Knochen, Prellungen, Hautabschürfungen und Platz-
wunden sind die häufigsten Verletzungen. Im Urbankrankenhaus
werden 213 Geschädigte behandelt, darunter mehrere Personen mit
Schädel-Hirn-Traumata. Am Abend des 6. Oktobers setzen Sicherheitskräfte Tränengas, Reizgasspray, Elektroschocker und Hunde ein.
Auch auf zwei Schwangere wird mit Gummiknüppeln eingedroschen.
Das Benutzen des Gummiknüppels ist den Polizisten freigestellt. Der
Gebrauch der Schusswaffe wurde zunächst untersagt, da die Parteiführung außenpolitischen Schaden befürchtete. Später wurde der
Schießbefehl doch noch erteilt, nachdem die Regierung beschlossen
hatte, dass eindeutig eine Notstandsituation zu erkennen war, die man
auch außenpolitisch rechtfertigen konnte.*

Sabine lässt die Blätter wieder sinken. Lange starrt sie auf das Papier. Keiner hier hat von den Panzern erzählt oder von den Schüssen
und den Menschen, die unter den Salven zusammengebrochen sind.
Keiner hier hat von den Toten erzählt, die sie gesehen hat. Sollte sie
wirklich die Erste sein, die es aus dem Zentrum des Aufstands bis
hierher geschafft hat? Wo waren die anderen? Hat sie tatsächlich als
Einzige überlebt? Die alte Frau sortiert ihre Papiere und sieht Sabine
aufmerksam an. Langsam beginnt Sabine zu erzählen.

Terror in Deutschland

Als »Schreckensherrschaft« wird die Zeit zwischen 1998 und 2003 bezeichnet, bei der es sich um eines der dunkelsten Kapitel der bundesdeutschen Geschichte handelt. Einige Quellen sprechen sogar von einer Phase des Terrors. Laut unabhängigen Medienberichten erreicht die staatliche Repression in dieser Zeit ihren Höhepunkt. Politische Dissidenten werden willkürlich verhaftet und in sogenannten Wiedereingliederungslagern untergebracht. Jugendeinrichtungen werden der ideologischen Führung der Partei unterstellt. Kirchliche Gruppen werden beobachtet, unterwandert, infiltriert, ihre Leiter ausgeschlossen oder inhaftiert. Immer wieder kommt es zu Gewaltexzessen der »→Deutschen Jungen Union« (DJU) vormals »Jungen Union«, einem Kampfverband der Deutschen Union, die andere Jugendgruppierungen gewalttätig angreift. Bevorzugtes Ziel der Parteijugendlichen sind sogenannte →Hip Hopper, →Punker, →Grufties und →Metaller. Eine Strafverfolgung der Täter endet meist ergebnislos.

Unter Innenminister →Ronald Kotsch, der 1998 in Helmut Kohls Kabinett berufen wird, nimmt die Überwachung der Bevölkerung ungeahnte Ausmaße an. Journalisten werden verprügelt und ermordet und die Journalistenvereinigung »Reporter ohne Grenzen« wirft der Bundesregierung in ihrem Bericht aus dem Jahr 2000 massive Menschenrechtsverletzungen vor, was diese wiederum zurückweist.

Die Verhältnisse in BRD-Gefängnissen und in den Wiedereingliederungslagern sind Inhalt verschiedener UN-Untersuchungsberichte zum Thema »Menschenrechte in der Bundesrepublik Deutschland von 1999 bis 2001«. Mehrere Versuche, die Bundesrepublik Deutschland international für ihre Politik zur Verantwortung zu ziehen, scheitern an der Unterstützung Frankreichs und Chinas, die im UN-Sicherheitsrat von ihrem Vetorecht Gebrauch machen.

Kapitel 10

Ich bin gekommen, zu richten die Lebenden und die Toten.

Sonntag, später Vormittag

Weißt du, Stefan, ich werd's dir erzählen. Ich bin schon oft angeschossen worden und ich hab schon so oft überlebt. Immer wieder haben irgendwelche Wichser versucht, mich zu töten. Aber mein Leben liegt in den Händen von Gott. Wenn Gott will, dass ich gehe, dann ist meine Zeit gekommen und dann gehe ich. Natürlich schütze ich mich. Jeder schützt sich. Normal. Aber der größte Schutz ist Gott. Wenn Gott seine Hand wegnimmt von dir, dann musst du gehen. Wer kann da was dagegen sagen. Gott ist groß und nur vor ihm habe ich Angst.

Weißt du, ich habe Sachen gemacht mit wirklich bösen Leuten. Ich habe Messerstiche und ich habe zweimal eine Kugel abbekommen. Die Bullen wollten mich töten und haben mir eine Pistole an den Kopf gehalten. Ich habe den Tod gesehen. Ich weiß, wie der Tod aussieht. Leute von mir sind gestorben. Wegen Kohle, wegen Frauen, wegen der Ehre.

Das Lustigste war, als sie einmal mit Platzpatronen auf mich geschossen haben. Das war wirklich lustig, aber ich habe gedacht, ich bin tot. Ehrlich, das war das einzige Mal, dass ich wirklich dachte, jetzt bin ich tot. Als ich wirklich abgestochen wurde und viel, viel Blut verloren hatte, da habe ich nie gedacht, dass ich tot bin. Als die aber mit Platzpatronen geschossen haben, da dachte ich wirklich, dass sie es geschafft haben. Verrückt, aber ist so.

Wir waren Schönleinstraße. Das war nicht mehr ganz unser Viertel, das war so Grenze. Da sind ja auch Checkpoints und da hat sich dann so eine andere Familie breitgemacht. Kennst du, ist ja immer so hin und her und eigentlich ist alles cool und man sieht sich und grüßt sich und man gibt sich Küsse und so weiter, aber dann sind da die ganzen anderen, die Jungen und machen Faxen. Normal. Wir stehen da und chillen und wir hatten so einen weißen Lieferwagen und ich sitze so in der offenen Tür. Der Wagen hatte so eine Schiebetür an der Seite, und ich sitze da so und wir reden, meine Cousins und ich. Alles entspannt. Plötzlich kommt ein Auto. Ein alter Volvo. So richtig ein Schlachtschiff und wir denken schon so, oh oh. Und dann ging alles voll schnell. Drei Leute steigen aus, ich weiß gar nicht mehr, was alles passiert ist. Das ist alles so stroboskopmäßig in meinem Kopf, wie ein Videoclip. Drei Leute springen aus dem Auto und plötzlich steht einer genau vor unserem Auto, genau vor mir, mit Maschinenpistole, und ballert in den Bus rein. Ich sehe das Feuer. Ich höre, wie er schießt. Ich hatte auch so Verbrennungen. Der Fahrer vorn gibt Gas, der Wagen springt, ich höre die Reifen quietschen, wir fahren los und der Typ schießt immer noch in den Wagen rein. Der schießt immer weiter. Der rennt so neben dem Auto her und schießt und schießt und schießt. Ich dachte, mir platzt das Trommelfell. Richtig viele Schüsse. Normal. War ja auch eine Maschinenpistole. Stefan, ich schwöre dir, da dachte ich, ich bin tot. Ich hab mich so hingelegt, einfach nur hingelegt und gedacht, das war's jetzt. Ich hatte keine Schmerzen. Mir war nicht kalt. Ich habe nicht gezittert und da dachte ich, jetzt bist du wirklich tot. Meine Beine hingen noch raus aus dem Bus, wir sind um eine Ecke gefahren, alle haben geschrien und ich lag da und hab gar nix gemacht. Der Typ hat ja nur auf mich geschossen, auf keinen anderen und alle anderen dachten auch, dass ich tot bin. Irgendwer hat sich dann über mich gebeugt und ich habe dann angefangen, mich abzutasten. Ich habe meinen Arm bewegt. O.k. Das funktioniert. Dann habe ich meine Brust abgetastet. Alles ganz. Dann habe ich an mir heruntergeguckt. Kein Blut. Nichts. Nirgendwo. Ein paar Verbrennungen, aber sonst? Nix. Ich habe alles abgetastet. Alles abgeklopft. Gefühlt, gehorcht. Alle waren plötzlich still und dann musste ich lachen. Ich habe gelacht und geweint, alles auf einmal. Ich habe überlebt. Ich war ganz. Ich hatte keine Schramme. Nix. Das waren Platzpatronen, Stefan. Das war ein Witz. Die wollten uns erschrecken. Das war alles nur ein Witz und ich habe gelacht. Ich habe die ja auch gekannt. Die waren ohne Masken. Die wollten uns einfach nur verarschen und alle haben mich angestarrt, als wäre ich von den Toten wieder auferstanden. Ich meine, war ja auch irgend-

wie so. Plötzlich wollten mich alle anfassen. Alle haben an mir rumgetatscht und gebrüllt und ich habe gelacht und gelacht und die anderen auch, aber das war auch ernst. Das war alles noch ein bisschen anders als heute und wir haben ja auch Scheiße gebaut mit den anderen, meine Brüder und so, wir haben die ja auch immer geopfert und therapiert, aber das war hart, was die gemacht hatten, das war echt hart.

Wir mussten dann auch schnell reagieren und irgendwann ist das alles dann ein bisschen eskaliert, Schießerei hier, Messerstecherei da und irgendwann haben uns dann ein paar Leute gesagt, dass wir aufhören müssen mit der Scheiße. Ein paar Ältere haben gemeint, dass das schlecht fürs Geschäft ist. Das Gleiche mache ich ja auch mit den Jüngeren heute. Wenn die durchdrehen, dann gehen wir ja auch hin und sagen denen, dass sie aufhören sollen. Normal, aber das war auch echt zu viel. Ein Bruder von mir kam in Knast wegen der ganzen Scheiße und einen Cousin von den Typen haben sie dann auch abgestochen. Der hatte einen Lungenstich. Die haben dann einen Friedensrichter geholt, die andere Familie, und bei uns wurde ich dann geholt und wir haben das dann aus der Welt geschafft. Da waren ja auch schon die Bullen hinter uns her und damals war es ja ganz hart mit Abschiebungen und so. Deshalb haben wir das dann aufgehört, war auch besser, aber der Anfang war auf jeden Fall hart, so mit Platzpatronen.

Als wir in Deutschland ankamen, haben wir im Asylantenheim gewohnt. Da habe ich meinen ersten Mord gesehen. Das war so ein verrückter Araber und so ein Afrikaner. Die haben sich gestritten und der Afrikaner hat dem Araber eine Machete in den Kopf gehauen. Der war richtig gespalten. Der Kopf. Der war richtig kaputt. Der Afrikaner war verrückt, richtig geisteskrank. Der hatte so Connection nach Italien gehabt und hat irgendwas erzählt, dass er verfolgt wird. Mafia-Mafia und so. Der ist dann abgerockt und nach Mailand oder so und meinte, dass er mit den Bossen sprechen muss. Der hat sich richtig verfolgt gefühlt. In Italien haben ihn die Bullen geschnappt, das ist ja auch so ein Drecksstaat mit Berlusconi und so, und die haben ihn sofort nach Berlin zurückgebracht. Der war original keine 24 Stunden weg, die haben ihn sofort wieder zurückgebracht. Kein Plan, wie die das gemacht haben. Auf jeden Fall wurde dann das Zimmer von dem geöffnet und drin lag der Palästinenser mit seinem offenen Schädel. Wir *haben das gesehen, wir Kinder. Wir sind immer wieder hin und haben uns das angeguckt, von der Türe aus. Die Frauen standen rum und die Männer und wir sind immer wieder an der Tür vorbei und haben uns das angeguckt. Das war krass auf jeden Fall. Die Älteren haben uns immer versucht, wegzuhalten davon und haben gesagt, dass wir das nicht sehen sollen, aber wir haben trotzdem immer wieder geguckt, weil uns das interessiert hat. Das war der erste Mord, den ich gesehen habe. So schnell kann das gehen. Deshalb habe ich keine Angst vor dem Sterben. Heute du. Morgen ich. Das ist so. Das Leben ist so.*

Verstehst du, Stefan. Da kann man nix gegen machen. Wenn es passieren soll, dann passiert es, und wenn es nicht passieren soll, dann passiert es eben nicht. So ist das Gesetz.

Ich repräsentiere das Gesetz, dachte sich Kotsch, als er aus seiner Limousine stieg und von seinen Sicherheitsleuten umringt das Gebäude betrat. Ich repräsentiere das Gesetz und das Recht und die Gerechtigkeit. Er sagte sich das immer wieder, so als wolle er sich selbst motivieren. Das Recht. Das Gesetz und die Wahrheit. Man hatte Huxleys Neue Welt an der Hasenheide ausgesucht, um diese Pressekonferenz abzuhalten, an der Grenze zum Ghetto, in unmittelbarer Nähe zum Hermannplatz, wo gestern Abend noch die Barrikaden gebrannt und die schlimmsten Ausschreitungen stattgefunden hatten. Hier hatte es die meisten Toten gegeben und hier hatte auch dieser schmierige Atakan seine Befreidungs-Rede gehalten hatte. Jetzt war alles ruhig. Die Bundeswehr hatte die Gegend abgeriegelt. Ein paar Panzer standen noch auf der Ecke Hermannstraße, Hasenheide, aber ansonsten hatten die Aufräumtruppen der BSR ganze Arbeit geleistet. Von den Krawallen war fast nichts mehr zu sehen.

Kotsch sollte sich jetzt auch noch bei den Hinterbliebenen entschuldigen, das hatten die Verhandlungsführer in den letzten Stunden ausgehandelt, sowie ein paar kleinere unwichtige Details, wie Abschiebestopp und Straffreiheit für Atakan und seine Bande. Lächerlich war das, absolut lächerlich und wenn von ihm nicht erwartet worden wäre, dass er selbst vor diesen Verbrechern auf die Knie ging, er hätte gelacht über so viel Dummheit, er hätte gelacht, bis ihm der Bauch weh getan hätte.

So aber stand Kotsch nun vor dem ehemaligen Veranstaltungssaal, in dem die DU zu ihren Kampfzeiten auch hin und wieder ein paar Versammlungen abgehalten hatte. Früher, in den 1980er Jahren, hatte es im angrenzenden Park jede Menge Dealer gegeben, doch damit hatte Kotsch aufgeräumt. Diese Dealer waren die ersten Opfer seiner Säuberungsaktionen gewesen und er war sich sicher, dass nicht einer dieser Schwarzafrikaner, die brachialen Abschiebemethoden überlebt hatte. Kotsch lächelte. Er erinnerte sich.

Im Huxleys selbst war er damals als Redner aufgetreten und schnell hatte er sich einen Namen als Hetzer gemacht. Das hatte ihn nie gestört. Er war ein Hardliner durch und durch. Heute allerdings würde er also alles auf den Kopf stellen müssen? Kotsch schaute sich das Gebäude an. Es war widerlich. Heruntergekommen. Dreckig. Kaputt. Genauso wie diese Stadt. Genauso wie diese Republik.

In den letzten Stunden hatte es wilden Aktionismus gegeben mit jeder Menge Gesprächen. Offizielle und inoffizielle. Kotsch selbst war bei den offiziellen gar nicht dabei gewesen. Frau Berthold vom Verfassungsschutz hatte die Verhandlungen geführt, die neue starke Frau in der Behörde – das war eine Anweisung von zu Gutenberg gewesen und er hatte sich lediglich ab und zu per Skype zugeschaltet, um auf dem Laufenden zu bleiben.

Stattdessen hatte er mit Müller, seinem Müller, einen Schlachtplan ausgearbeitet. Dieser war relativ simpel. Kotsch würde während der Rede, die live im Fernsehen übertragen werden sollte, Kohls Absetzung verkünden. Die Verfassungsschützer würden währenddessen das Rundfunkgebäude und das Bundeskanzleramt besetzen und dafür sorgen, dass seine Verbündeten Jürgen Röttgers und Christian Wolf dort Stellung beziehen konnten. Außerdem würde der VS sämtliche Oberkommandierenden der einzelnen Bundeswehrteile festsetzen, dort geeignete Leute installieren und so die Streitkräfte unter Kontrolle bringen. Danach würde er selbst ins Bundeskanzleramt eilen und Kohl sowie zu Gutenberg offiziell verhaften lassen. Das Ganze war zwar alles mit der heißen Nadel gestrickt, sehr wackelig und gewagt, aber er musste eben schnell sein und mit ein bisschen Glück würde es funktionieren. Außerdem versicherte ihm Müller mehr als einmal, dass er sich zu einhundert Prozent auf den

Verfassungsschutz verlassen könne, der unter ihm ja immerhin zur mächtigsten und gefährlichsten Organisation im Staat ausgebaut worden war. Das würden sich die Herren von der Führungsebene ebenfalls nicht wegnehmen lassen wollen und schon gar nicht von einer wie dieser Berthold. Ein-, zweimal hatte Kotsch an diesem Morgen dann auch noch mit Meier, einem der Abteilungsleiter Zentraler Dienst gesprochen, der ihm ebenfalls vollste Loyalität versicherte und ihm den Stand der Vorbereitungen mitteilte. Die Einheiten standen demnach bereit. Man warte lediglich auf sein Signal.

Dass Müller, sein Müller und dass Meier, sein Meier, überhaupt nichts in die Wege geleitet hatten und dass Wolf und Röttgers zu Hause bei ihren Frauen saßen und ebenfalls nichts taten, davon wusste Kotsch zu diesem Zeitpunkt noch nichts.

Er hätte gern noch ein bisschen Kokain gehabt, aber er riss sich zusammen. So langsam wurde er auch wieder nüchterner, obwohl er den Eindruck hatte, dass er niemals klarer hatte denken können als heute Morgen. Ein Trugschluss. Wahrscheinlich ein Trugschluss.

Kotsch blickte verächtlich auf den Aktenberg, den sein Assistent Moritz oder Felix gerade umständlich aus dem Wagen hievte. Neben den kleineren Zugeständnissen an die Familie Abou-Mohammed, enthielten sie nichts von Wert. Die Verhandlungen zwischen Berthold und dem Mafiosi waren im Nirgendwo geendet. Lediglich ein paar allgemeine Absichtserklärungen der Bundesregierung, die Situation der Ghettobevölkerung von Neukölln und Kreuzberg zu verbessern wurden getätigt. Verbindliche Zusagen: keine.

Wahrscheinlich hatte dieses fette Araberschwein einfach nur ein überzeugendes Handgeld bekommen und danach war er zu allem bereit gewesen. Er hatte seine Leute verkauft, für seinen eigenen Profit. Kotsch konnte das nur recht sein. Er würde aufstehen und die Wahrheit sagen, für Volk und Vaterland, und er würde auch sagen, dass ein Frieden mit diesen kriminellen Elementen nicht machbar sei. Niemals. Auch wenn das seine letzte Amtshandlung sein sollte, dieses Risiko musste er eingehen. Schließlich könnte es auch genauso gut seine erste Amtshandlung als neuer Bundeskanzler werden. „Lass den Dreck hier liegen!", schnauzte er Moritzfelix deshalb an und der junge Mann ließ erschrocken die Akten fallen. Mit einem verächtlichen Kopfschütteln drehte sich Kotsch um und ging in das Innere des Gebäudes.

Das Licht stach ihm in die Augen, als er den Versammlungssaal betrat und ein Scheinwerfer genau auf ihn gerichtet wurde. Es war unglaublich laut und stickig. In der Halle schien das gesamte Ghetto versammelt zu sein. Der ganze Abschaum. Der Bodensatz dieser Gesellschaft. Kotsch hielt sich aufrecht. Schließlich würde er als Mann der Wahrheit in die Geschichte eingehen. Er würde nicht klein beigeben vor dieser Übermacht an Dreck und Schmutz und er würde auch nicht vor den Parteisoldaten kapitulieren, die im hinteren Viertel der Halle in einem abgetrennten VIP-Bereich standen und die ihn nun aus der Ferne und mit ernster Miene grüßten oder eben nicht grüßten. Jaja. Die Todgeweihten grüßt man nicht. In diesem Moment fühlte er es. Die Partei hatte ihn aufgegeben. Anscheinend war sein politisches Ableben schon beschlossene Sache und auch die unteren Parteiränge hatten davon Wind bekommen. Natürlich war Kotsch von der Durchschlagskraft der Partei überzeugt und auch von ihrer Struktur. Schließlich hatte er sie selbst mit aufgebaut und zu dem gemacht, was sie heute darstellte, aber ein bisschen überraschte ihn dann doch die Geschwindigkeit, mit der er nach unten durchgereicht wurde. Auch wenn er selbst schon so manchen anderen Parteikameraden hatte straucheln und fallen sehen und er bei so manchem auch nachgeholfen hatte, dass es jetzt ihn traf, stimmte ihn traurig. Die Karmapolizei holt jeden ab und da er sich durchaus für die Lehren des tibetanischen Buddhismus interessierte, hatte er sich auch immer wieder gefragt, ob all das Schlechte und Böse, das er getan hatte, auch eines Tages zu ihm zurückkommen würde. Er hatte sich immer damit getröstet, dass er all diese Dinge mit lauterem Herzen, ohne böse Absichten und mit einem reinen Gewissen getan hatte, aber ein Restzweifel war immer geblieben. Diesen Restzweifel konnte auch seine Heiligkeit, der Dalai Lama, nicht vollständig zerstreuen, als Kotsch ihn im Jahr 2008 traf. Kurz vor den Olympischen Spielen im geteilten Deutschland war das Oberhaupt der Tibeter zu einem Kurzbesuch gekommen und Kotsch hatte es sich nicht nehmen lassen, den heiligen Mann zu treffen. Natürlich ging es ihm mehr darum, die Chinesen zu provozieren, die ja erstens ebenfalls gern die Olympischen Spiele ausgetragen hätten und die zweitens immer noch Tibet unter ihrer nicht legitimen Kontrolle hatten. Buddhismus hin oder her, aber wenn der Innenminister von Deutschland einen politisch verfolgten Dissidenten aus einem der stärksten Länder der globalen Weltwirtschaft begrüßte, dann hatte das etwas zu bedeuten. Die Chinesen zeigten sich dementsprechend entrüstet, bestellten den Botschafter ein, erklärten ihren Boykott der Olympischen Spiele und mussten später doch wieder angekrochen kommen, als sie nämlich ein neues Kernkraftwerk brauchten und ohne technische Unterstützung der Deutschen aufgeschmissen gewesen wären.

Solche Spielchen liebte Kotsch. Das machte ihm Spaß. Wenn er die Kommunisten ärgern konnte, dann lachten er und seine Freunde, seine alten Kampfgefährten, seine Blutsbrüder. Damals, 2008, war die Welt noch in Ordnung gewesen. Anders als heute. Anders als an diesem Wahlsonntag, an dem Kohl zum achten Mal zum Kanzler gewählt werden sollte und er mit bitterem Herzen seinen Herrn und Meister stürzen würde. An diesem Wahlwochenende, das ein wenig außer Kontrolle geraten war und dessen Scherben er, Kotsch, nun zusammenkehren musste. Aber was soll's. Er würde die Wahrheit sagen und nichts als die Wahrheit und insofern würde er sich nichts vorzuwerfen haben. Gar nichts.

Die Sicherheitsleute hatten ihn in einen kleinen Raum am Rande der Bühne geführt. Felixmoritz war in seiner Nähe. Müller, sein Müller, schwirrte irgendwo herum, aber seltsamerweise bekam er ihn nicht mehr zu fassen oder zu sprechen. Um den abgeschriebenen Innenminister bildete sich eine Art gläserne Glocke und auch er selbst schien eher so, als wolle er mit niemandem in Kontakt treten. Selbstversunken, mit einem Glas Wasser in der Hand, stand Kotsch regungslos in der Garderobe und starrte vor sich hin.

Die Araber hatten sich verspätet, was keinen verwunderte, doch nach einer gefühlten kleinen Ewigkeit ging es endlich los. Die Choreografie sah vor, dass Kotsch von rechts die Bühne betreten sollte, Atakan und Anhang würden von links kommen. In der Mitte, am gläsernen Rednerpult, würden sich die beiden Parteien treffen und Kotsch würde Atakan die Hand reichen. Danach würde Atakan auf

Arabisch zu seinen Mitbürgern sprechen, gefolgt von der Verlesung der Erklärung auf Türkisch und Kurdisch, und erst danach sollte Kotsch eine kleine Ansprache halten. Ausgewählte Angehörige der Toten von letzter Nacht würden auf die Bühne geführt und Kotsch würde öffentlich um Verzeihung bitten und finanzielle Ausgleichsleistungen der Bundesregierung in Aussicht stellen. So war es ausgehandelt. So war es geplant. Das war das offizielle Protokoll.

Das alles interessierte ihn nicht.

So würde es nämlich nie stattfinden.

Kotsch war ganz ruhig. So musste es sich anfühlen, wenn man sich im Auge eines Tornados befand, dachte er. Zwar hörte er den Tumult im Saal. Die Unruhe und das Raunen der Masse, aber in ihm regte sich kein Hauch. In ihm war Stille. Kotsch stand am Bühnenaufgang und wartete darauf, dass die Musik einsetzte. Wie ein kleines Musikfestival hatten die Mitarbeiterinnen und Mitarbeiter von zu Gutenberg den Auftritt konzeptioniert. Innerhalb von zwölf Stunden hatten sie dieses Spektakel auf die Beine gestellt und zufrieden dachte Kotsch, dass sich die Entwicklung von der reinen Politveranstaltung hin zur Politshow, die unter seiner Leitung vorangetrieben worden war, nun bezahlt machte. Auch wenn er aus der vorgegebenen Dramaturgie ausbrechen würde, sie war perfekt vorbereitet.

Er suchte Müller. Seinen Müller und spätestens jetzt brauchte er ein Zeichen, dass alles vorbereitet war für den großen Coup. Ein Nicken, ein Blick. Irgendwas. Kotsch starrte auf sein Handy. Keine Nachricht und keine Spur von Müller.

Die Musik setzte ein, der Sicherheitsmann vor ihm setzte sich in Bewegung und der Sicherheitsmann hinter ihm versetze ihm einen leichten Stoß. Kotsch war eingeklemmt zwischen den beiden Riesen, ebenfalls Mitarbeiter des Verfassungsschutzes und selbst wenn er gewollt hätte, er hätte sich nicht weigern können, die Bühne zu betreten. Der Mann hinter ihm drängte ihn mit sanfter Gewalt die Treppe hinauf und erst jetzt fiel Kotsch auf, dass er keinen der beiden kannte. Etwas lief hier schief. Etwas lief hier ganz entschieden schief. Kotsch hatte plötzlich das Gefühl, nicht mehr Herr der Lage zu sein, und als er die Bühne betrat, war das Licht so grell, dass er die Augen zukneifen musste. Seine Brille funkelte im Scheinwerferlicht und auf der anderen Seite sah er, wie Atakan und seine Leute die Bühne betraten. Zwischen den Kanaken dieser deutsche Junge, den sie ihm im Laufe der Nacht als Pressesprecher vorgestellt hatten. Doch irgendetwas stimmte nicht. Aus den Augenwinkeln sah Kotsch, dass unten in der Zuschauermenge etwas passierte. Eine Bewegung, die nicht ins Bild passte. Ein Mann hatte seinen Arm hochgerissen und hielt etwas Schwarzes, Mattglänzendes in seiner Hand. Auf der anderen Seite der Bühne stoben zwei Menschen auseinander, als hätte man sie auseinandergerissen, und auch dort sah er etwas aufblitzen. Das alles nahm Kotsch in Sekundenbruchteilen wahr. Dann hörte er den Knall.

Wie in Zeitlupe wurde er herumgerissen und ebenso langsam fiel er in die Tiefe, immer tiefer und tiefer und plötzlich war alles dunkel um ihn herum. Er landete in einem feuchten Keller. Es roch nach Moder. Vielleicht der Grund eines Brunnens, denn er hörte irgendwo das Sprudeln einer frischen Quelle. Angenehme Kühle umfing ihn und nach all der Hitze war ihm diese Kühle fast willkommen.

Es ist unheimlich heiß unter dem Verband, doch Jedele spürt die Hitze kaum. Er denkt an seinen Auftrag. So soll es geschehen. Keiner wird überleben, dessen ist sich Jedele sicher. Kein einziger. Er wird sie alle abschlachten, diese Schweine und Volksverräter und Asylanten und Drecksäcke. Man hat ihm einen Auftrag erteilt und er wird ihn ausführen. Jedele fühlt sich großartig. Meier und Müller haben ihm kurz zuvor noch etwas zu trinken gegeben und trotz des Verbandes, der um seinen Kopf gewickelt ist, und trotz des blauen Auges und der geschwollenen Gesichtshälfte – noch nie hat er sich besser gefühlt.

Als Jedele die Dimension von Kotschs Verrat begriff, sah er auf einmal alles glasklar, und jetzt weiß er genau, was zu tun ist. Jedele genießt diese Klarheit. Diese Reinheit. Diese Sicherheit.

Vielleicht ist er faul und feige gewesen. Fett und bequem. Und vielleicht hätte er sich damals bei dieser Gruppe im Grunewald ein bisschen mehr anstrengen sollen, doch das alles ist heute vergeben und vergessen und zumindest weiß er immer noch, was Gerechtig-

keit ist. Er kann noch immer Recht von Unrecht unterscheiden und
Kotsch begeht Unrecht, dessen ist sich Jedele sicher.

Jedele wendet den Blick nach rechts und sieht das mittlerweile
vertraute Gesicht von Müller. Er schaut hinter sich und mit einer
unauffälligen Geste hält Meier den rechten Daumen nach oben.
Ein kurzer Blickkontakt. Jedele hat verstanden. Ab und zu tauchen
Männer in der Masse auf, die ihm ebenfalls unauffällig zunicken
und Jedele weiß, er ist nicht allein. Und auch wenn er diese Männer erst vor ein paar Stunden kennen gelernt hat, er ist Teil dieser
Bruderschaft. Diese Männer sind bei ihm und er kann sich auf sie
verlassen. Kameraden. Blutsbrüder. Eine Elite. Und er ist Teil davon.
Mitglied einer Familie, von der die wenigsten Menschen überhaupt
wissen, dass sie existiert.

Diese Männer sind richtige, echte Männer und nicht solche
Schlappschwänze wie die bei der Post, die nach oben buckeln und
nach unten treten. Nein, diese Männer handeln. Das hier sind Sol-
daten und sie werden ihm bei seiner Mission beistehen. Eine sanfte
Gänsehaut überzieht ihn. Auch er ist nun Soldat und Jedele fühlt die
Freude und den Stolz. Sie haben ihn gefunden. Sie haben ihn aus-
erwählt und er braucht nun keine Angst mehr zu haben. Leichten
Schrittes bewegt sich Jedele durch die Menge.

Unzählige Menschen drängen in das Gebäude. Huxleys Neue Welt
an der Hasenheide. Jedele kennt den Schuppen noch von Veranstaltungen aus den achtziger Jahren. Langhaarige Hippie-Arschlöcher
hatten hier vor der Tür gestanden und gekifft. Später haben sie dann
aber auch Erotikmessen veranstaltet. Da war er dann auch dabei gewesen mit seiner Videokamera. Aber das war schon lange her. Damals gab es ja noch Videokassetten. Gibt es ja heutzutage gar nicht
mehr.

Jedele wird geschoben und gedrängt, aber im Gegensatz zu gestern stört es ihn nicht. Er weiß, dass er genau dort herauskommen
wird, wo man ihn braucht. Er muss sich einfach nur treiben lassen.
Am Eingang zur großen Halle, wo die Pressekonferenz von Atakan
und Kotsch stattfindet, sind Sicherheitsschleusen aufgebaut. Me-
talldetektoren sollen verhindern, dass gefährliche Gegenstände mit
in die Halle gebracht werden, und an den Absperrgittern stehen

große und kräftige Männer des Sicherheitspersonals. Einen kurzen Augenblick lang spürt er Panik in sich aufsteigen, doch dann sieht er Müller, der kurz mit den Sicherheitsleuten spricht, und wie von Geisterhand teilt sich vor ihm der Ring der Securitys und Jedele rutscht durch. Alle Besucher werden durchsucht, doch als die Reihe an ihm ist, wird der zuständige Sicherheitsmann von einem Kollegen abgelöst und ein zweiter winkt Jedele nach vorn. Mit einem schnellen Knopfdruck schaltet dieser den Metalldetektor aus und nachdem er die Schleuse passiert hat, nehmen ihn zwei weitere Geheimdienstmitarbeiter in Empfang und geleiten ihn, ohne dass sie auch nur einmal aufgehalten werden, an den rechten Bühnenrand. Alles geht ganz leicht und mühelos und Jedele versteht, dass in dieser Welt Dinge möglich sind, die man nie für möglich gehalten hätte. Blind und taub muss er die letzten Jahre verbracht haben und es ist als würden ihm die Schuppen von den Augen fallen. Plötzlich kann er sehen. Vorn an der Bühne angekommen, trennen sich die beiden Geheimdienstleute von ihm und tauchen in der Menge unter. Einfach verschluckt, als wären sie nie dagewesen. Jedele tastet nach seiner Waffe.

Sie sind recht früh gekommen. Der öffentliche Auftritt soll erst in zwanzig Minuten beginnen, doch die Luft ist schon jetzt zum Schneiden dick und Jedele schwitzt unter seinem Turban aus Verbänden und Pflastern. Er hat seine dicke Jacke an und er spürt, wie langsam ein Schweißtropfen seinen Rücken entlang nach unten rinnt. Der Tropfen kitzelt und Jedele fühlt jeden Zentimeter, den der Tropfen auf seinem Weg, der Schwerkraft folgend, zurücklegt. Überdeutlich.

Das Publikum ist gemischt. Jedele sieht alte Türken mit großen Schnauzbärten und jugendliche Araber, die breitbeinig, großspurig und mit angewinkelten Armen ihre Runden drehen. Er sieht Journalisten und in einer Ecke des Raumes hochrangige Vertreter der DU, die vom Volk abgetrennt auf einer kleinen Empore Platz nehmen dürfen. VIP-Bereich. Jedele erblickt Müller in der Menge, ruhig schauen sich die zwei Männer an und Jedele weiß, dass er diese Kanakenparty zerstören wird. Dass diese beschissenen Kameltreiber keinen Grund haben werden, heute ihre Freudenfeuer auf dem

Hermannplatz anzuzünden. Heute wird er ein bisschen Gott spielen und den Jungs hier mal gründlich die Suppe versalzen. Vor allem aber wird er es diesem Verräter an der deutschen Sache heimzahlen. Diesem korrupten Stück Scheiße, der seinen Sohn im Widerstand unterstützt und mit dem Araberpack gemeinsame Sache macht. Am liebsten würde Jedele ausspucken, so viel Verachtung empfindet er für Kotsch.

Jedele wird von allen Seiten angerempelt. Er hat ein bisschen Mühe seine Position zu halten, aber er muss, denn Kotsch wird von rechts die Bühne betreten und rechts vom Rednerpult stehen, während dieser Muruk den ersten Teil der Erklärung verlesen wird. Wahrscheinlich auch noch auf Arabisch, ganz so als wäre das hier wirklich ihr Land. Ihr Gebiet. Ihr Kiez. Es wird immer enger und plötzlich sind auch die beiden Geheimdienstmitarbeiter wieder da, die durch ihre Statur dafür sorgen, dass er wieder ein bisschen Luft hat und dass er wieder atmen kann. Keine Ahnung, wie die das machen, aber es funktioniert.

Dann wird es laut. Im Saal erklingt Musik und wenn die Menge sowieso schon unruhig war, so wogt sie nun einer geheimen Choreografie folgend hin und her. Nur vorne rechts, da stehen drei Männer, die sich nicht bewegen. Felsen in der Brandung. Jedele weiß, dass er nur einen Schuss haben wird. Einen einzigen.

Jedele konzentriert sich, als das Licht im Saal gelöscht und ein Spot auf die Bühne gerichtet wird. Das ist eine richtige Show. Eine richtig inszenierte Show und Jedele versteht tief in seinem Innern, dass all diese Politik nur Show und Verarsche ist. Was er sich all die Jahre sowieso schon immer gedacht hat, nun in diesem Moment kann er es fühlen und die dummen Kanaken würden den Köder schlucken und Kotsch und dieser Atakan würden sich die Hände reiben und dick die Kohle teilen, die sie sich gegenseitig in den Arsch schieben, wenn nicht er hier wäre, um all das zu verhindern. Er, Jedele, wird ihnen den Spaß verderben und die Verräterdrecksau wird dafür bezahlen – dafür, dass sich Jedele so sehr in ihm getäuscht hat.

Irgendwo weiter hinten singen ein paar DU-Vertreter alle drei Strophen der deutschen Nationalhymne zur Musik, die nun aus den Boxen hämmert, und unwillkürlich fasst sich Jedele an sein Herz, dorthin, wo sich seine Pistole befindet, und in diesem Moment betreten Atakan und sein Gefolge die Bühne von der linken Seite und Kotsch, von mehreren Assistenten und Sicherheitsleuten begleitet, betritt von rechts die Bühne. Zwei Staatsmänner begegnen sich.

Langsam nähert sich Kotsch dem Rednerpult. Er geht ganz vorne am Bühnenrand, zwei Sicherheitsmänner geleiten ihn. Ein kurzer Blick. Ein kurzes Nicken. Das Signal. *Judas. Mit einem Kuss wirst du mich verraten.* Blitzlichtgewitter und die Brille von Kotsch reflektiert im Scheinwerferlicht. Mit einer unglaublich leichten Bewegung zieht Jedele seine Waffe. Alles läuft wie von selbst, alles folgt einem natürlichen Ablauf und Jedele streckt seinen Arm. Weit streckt er ihn aus. Am linken Bühnenrand entsteht Bewegung doch Jedele schaut nur auf Kotsch. Die Waffe in seiner Hand glänzt matt und schwarz. Jedele fühlt das Metall. Den geriffelten Griff und fast zärtlich legt Jedele den Finger an den Abzug. Die Menge, die Rufe, die Musik. Alles löst sich auf in diesem Moment und Jedele sieht nur noch das Gesicht von Ronald Kotsch, der ihn nun ebenfalls anblickt.

»Schaue deinen Richter!« und sanft drückt Jedele den Abzug. Es ist einfach und im einsetzenden Tumult löst sich der Schuss. Ein Knall! Und plötzlich wird alles hell um ihn herum. Hell und heiß und fast, als ob er fliegen könnte. Leicht, so leicht. Endlich!

Hatte ich mich zuvor noch leicht und leer gefühlt, so fühle ich mich jetzt, als würden Tonnen auf mir lasten. Es ist, als stünde ich neben mir, als hätte ich meinen Körper verlassen, um mir bei dem, was jetzt kommt nur noch zuzuschauen. Es ist alles geplant. Ich sehe mich, wie ich neben dem Auto stehe und warte. Atakan kommt. Nickt mir zu. Es sind jetzt Männer um ihn herum. Männer, die ich noch nie vorher gesehen habe und Atakan wirkt nun wirklich wie ein arabischer Staatsmann. Er hat einen Anzug an und steigt mit derselben Lässigkeit in seine Limousine wie das Baschar al Assad tun würde. Wir tragen alle lange dunkle Mäntel. Woher haben wir alle diese langen dunklen Mäntel? Ich werde zu einer zweiten Karosse gebracht. Mercedes-S-Klasse. Woher kommen auf einmal diese Autos? Das hat nichts mit den Mercedes AMGs und BMWs zu tun, die wir sonst fahren. Wir? Sie! Die!

Plötzlich ist das alles also im System. Atakan ist gekauft und die Staatsmacht hofiert ihn. Wir fahren die Yorckstraße entlang und ich schaue aus dem Fenster, auf die buntgefärbten Bäume. Es ist kalt und regnerisch. Nass kleben die Blätter auf den Gehwegen. Gneisenaustraße. Südstern. Hasenheide. Ich kenne den Weg, ich weiß, dass wir bald ankommen werden. Es ist nicht weit. Ich weiß, was ich dann zu tun habe, und ich möchte es hinter mich bringen und gleichzeitig möchte ich, dass wir nie dort ankommen. Ich suche nach Möglichkeiten, wie ich es verhindern kann. Es ist unvermeidbar und trotzdem warte ich darauf, dass mir irgendwer ein Zeichen gibt, dass ich das, was ich selbst beschlossen habe, nun doch nicht tun muss, doch wer sollte mir dieses Zeichen geben können. Der Himmel? Gott? Der Geschmack in meinem Mund. Das Atmen. Dass ich mich überhaupt bewege. Alles passiert irgendwie, aber ich habe keine Ahnung mehr wie. Mein Körper funktioniert, aber ich bin nicht mehr echt. Ich bin eine Hülle, die sich bewegt. Wenn ich meinen Plan nicht umsetze, würde das niemand bemerken. Niemand würde Verdacht schöpfen. Bislang ist das alles nur in meinem Kopf und es wird erst real, wenn ich es in die Tat umsetze. In meinen Gedanken habe ich ihn schon getötet, doch keiner weiß davon und wenn ich es einfach nicht tun würde, hätte es keiner gesehen und ich warte auf ein Zeichen, dass ich es tun soll und ich fühle nach dem Messer in meiner Tasche. Es ist besser so. Was werden sie tun? Mich umbringen? Wir sind in der Öffentlichkeit. Sie können mich nicht töten. Sie werden mich der Polizei übergeben. Daran darf ich nicht denken. Ich sehe die Häuser an mir vorbeigleiten und ich weiß, dass wir dem Ort immer näherkommen. Hasenheide, Huxleys Neue Welt. Wir sind da. Die Tür wird aufgerissen, ich steige aus. Ich sehe Atakan, umringt von seinen Leuten. Ich sehe Hamoudi. Hassan. Hassan strahlt mich an. Ich versuche ein Lächeln. Mir ist schlecht. Der ganze Trupp setzt sich in Bewegung. Alle sind furchtbar hektisch. Wir sind auf der Rückseite des Gebäudes, die an den Park grenzt. Hier in der Nähe haben sie Atakans Cousin gefunden. Tot. Gestern? Vorgestern? Vorn am Haupteingang eine unglaubliche Menschenmenge, Schaulustige, Presseleute, Fotografen. Ganz normale Leute aus Neukölln. Alle haben sie Hoffnung in den Gesichtern. Zumindest die kleinen Leute hier. Die kleinen Leute, die heute verkauft werden sollen. Die alle verarscht werden. Die Leute, die hier im Ghetto leben, abgeschirmt vom restlichen Hauptstadtleben. Mit Ausweiskontrolle und Leibesvisitation an den Checkpoints. Natürlich hat die Wohlstandgesellschaft Angst um ihre Sicherheit. Natürlich brauchen sie trotzdem die Arbeitskräfte aus den Armenvierteln. Natürlich müssen die kontrolliert werden, weil sie ansonsten den Terror in unsere Wohngebiete tragen würden, aber trotzdem. Es ist unwürdig und als ich das zum ersten Mal gesehen habe, war ich schockiert. Das war Deutschland? Das war Berlin?

In Gießen hatten wir keine Ghettos. Die Ausländerkinder waren zwar auf speziellen Schulen und wir hatten nicht wirklich viel mit ihnen zu tun, aber es gab keine Checkpoints bei uns, keine Kontrollen, keine Grenzen. Die Grenzen verliefen unsichtbar in Gießen, und nun sehe ich diese Leute hier, die auf eine bessere Zukunft hoffen. Manche haben ihre Kinder dabei. Sie haben Hoffnung auf bessere Schulen. Gleichstellung vielleicht. Die Hoffnung auf ein besseres Leben. Sie werden reingelegt. Für eine Handvoll Eurodollar hat man sie verkauft und der, auf den sie alle Hoffnung setzen, ist das größte Schwein überhaupt, weil er sich ihnen als Retter präsentiert und sie in Wirklichkeit nur weiter klein halten wird, damit er und seine Clique unbeschadet ihren Geschäften nachgehen können. Die letzten beiden Stunden haben wir am Text der gemeinsamen Erklärung gefeilt. Kotsch war nicht anwesend, aber per Skype-Verbindung zugeschaltet. Der Innenminister wirkte fahrig und nicht unbedingt Herr der Lage. Frau Berthold vom Verfassungsschutz führte die eigentlichen Verhandlungen und ich war für den korrekten Wortlaut verantwortlich. Währenddessen wurde viel gelacht. Hämisch. Herablassend. Man machte sich lustig über den schwülstigen Text, denn alle wussten, dass er gelogen war. Atakan wollte Straffreiheit und eine Ausdehnung seiner Geschäftsfelder. Das war alles, was ihn interessierte. Das Geschäft mit dem Osten und die Verdrängung der anderen Banden. Die Bundesregierung auf der anderen Seite will nur, dass Ruhe herrscht. Wegen der internationalen Presse. Wegen der UN-Beobachter. Alles andere interessiert sie einen Scheiß. Lockerung der Kontrollen. Kann man ja mal reinschreiben. Verbesserung des Schulsystems. Die Absicht besteht. Verbesserung der Lebensmittelsituation in den Sperrbezirken. Wenn möglich, ja. Keine Abschiebungen mehr für die nächsten zwölf Monate und vor allem keine Strafverfolgung, was den illegalen Handel mit dem Osten betrifft. Berthold hat süffisant gegrinst, als sie ihre Unterschrift unter das Papier setzte, während Atakan unterdessen im Hinterzimmer die Geldscheine zählen ließ und Kotsch hin und wieder über den Bildschirm flimmerte. Es war eine einzige Farce.

Im Pulk werden wir durch die Menschenmasse geschoben. Selbst hinter der Bühne herrscht ein unheimliches Chaos und Gedränge und ich höre draußen im Saal die Menge, wie sie brodelt, immer lauter wird, und in meiner Tasche fasse ich fest nach meinem Messer. Atakans Geschenk.

Kotsch ist schon da. Wir sind zu spät. Das ist Absicht. Kurz zuvor ist noch schnell eine kleine Choreografie ausgehandelt worden. Kotsch kommt von rechts auf die Bühne. Atakan von links. Beide treffen sich bei einem gläsernen Rednerpult in der Mitte und geben sich die Hand. Dann wird Atakan zu den Menschen sprechen. Auf Arabisch und auf Türkisch und schließlich wird Kotsch das Wort ergreifen. Neben ihm die Mitarbeiter seines Stabes und die Vertreterin des Verfassungsschutzes. Ich als Atakans Pressesprecher mit Hamoudi und Hassan, die auch irgendwelche Titel verpasst bekommen haben, auf der anderen Seite. Steinmeier war begeistert, als ich ihm den Wortlaut des Vertrages zugemailt habe und er das Ganze sofort als Sonderausgabe der B.Z. in Druck geben wollte. Ich glaube, er hatte Tränen in den Augen. Das ist das Beste seit Kennedy, hat er ins Telefon gemurmelt.

Es geht los. Die Musik setzt ein. Irgendjemand singt die Nationalhymne. »Deutschland, Deutschland über alles«, alle drei Strophen. Ein Blitzlichtgewitter bricht los. Die Geräuschkulisse schwillt an. Es ist unheimlich heiß. Ich schwitze. Ich spüre, wie ein Tropfen Schweiß an meiner Wirbelsäule entlang nach unten läuft. Wir werden auf die Bühne gedrängt. Auf der anderen Seite betritt Kotsch die Bühne, eingekeilt zwischen zwei Sicherheitsleuten. Seine Brille funkelt im grellen Scheinwerferlicht. Ich muss es gleich am Anfang machen, denke ich. Jetzt sofort. Ich darf nicht mehr nachdenken.

Es muss schnell gehen. Atakan geht direkt vor mir. Kotsch auf der anderen Seite. Aus den Augenwinkeln sehe ich unten im Zuschauerraum eine plötzliche Bewegung. Irgendetwas passiert dort. Auch auf der Bühne ist Bewegung. Jetzt! Das ist der Moment. Mein Körper ist Aktion. Ich greife nach dem Messer. Klappe es auf. Atakan stoppt. Ich bin zwei Schritte hinter ihm. Ich ziehe das Messer aus dem Mantel. Das Messer blitzt. Atakan dreht sich zu mir um und schaut mir direkt ins Gesicht. Dann erblickt er das Messer. Er sieht überrascht aus. Er versteht fast augenblicklich. Ich müsste einfach weitergehen, doch meine Beine versagen mir den Dienst. Alles blitzt und blinkt um mich herum. Der Geschmack in meinem Mund ist Metall. Die Musik ist ohrenbetäubend. Ich höre einen Knall. Ein Schuss? Ich höre, wie die Menge schreit. Alles ist eins. Atakan grinst höhnisch und ich lasse das Messer fallen. Fast ist es so, als würde ich mich in diesem gleißenden Licht auflösen. Mein Körper zerspringt in winzige Einzelteile und ich fühle mich unendlich schwach. Meine Hand hat keine Kraft mehr. Ich habe es nicht geschafft. Ich habe es nicht getan. Ich habe versagt. Ich muss hier weg.

Sabine fühlt sich angenehm schwach, als sie aus ihrem Traum erwacht. Sie hat von Stefan geträumt und ist traurig, dass sie diesen Traum verlassen musste. Es hat sich gut angefühlt. Sie haben in einem Auto gesessen und waren auf dem Weg in den Urlaub. Einfach so. Ohne Anstrengung, ohne Bitterkeit, ohne Angst, ohne Befangenheit. Plötzlich ertönt ein Klingeln. Es ist der Alarm des Mietwagens, der ihr mitteilt, dass sie sich anschnallen soll. Sie lächelt Stefan an. Es klingelt noch immer und Sabine schlägt die Augen auf. Kein Urlaub. Kein Auto. Kein Stefan. Nur dieses angenehm wohlige Gefühl der Schwachheit ist noch da. Kein Widerstand mehr. Wie lange hat sie geschlafen? Sie schaut auf die Uhr. Zwei Stunden. Irgendwann, nachdem sie ihre Geschichte fertig erzählt hat, hat sie die Wohnung in Steglitz verlassen, ist nach Hause gefahren, um sich hinzulegen. In Steglitz sind immer mehr Leute aufgeschlagen und da sie nicht unbedingt gebraucht wurde, hat sie beschlossen zu gehen. Man will sich am frühen Abend wieder treffen, sofern es möglich ist. Man will Kontakt aufnehmen, irgendwie. Und wieder klingelt es. Jemand steht an der Tür. Schlaftrunken steht sie auf, tapst durch die Wohnung und durch den dichten Nebel in ihrem Kopf öffnet sie die Tür. Ein Fehler. Christoph schiebt sie einfach beiseite und schlüpft durch den schmalen Spalt. Noch bevor Sabine auch nur irgendetwas sagen kann, hält er ihr den Mund zu und drückt sie gegen die Wand. Er sieht schlimm aus. Übernächtig und zerfurcht und auf seiner Stirn ist die zehn Zentimeter lange Platzwunde zu sehen, die mit mehreren Stichen genäht worden ist. Sabine gerät in Panik, der Traum, das Gefühl, der Nebel. Alles verschwunden.

Christoph hält sie umklammert und flüstert ihr beruhigende Worte ins Ohr. Er drückt sich mit seinem ganzen Körper gegen sie. Was soll das? Sabine wehrt sich, aber je mehr sie sich wehrt, desto fester hält er sie umklammert. Seine Kleidung reibt auf ihrer nackten Haut. Das Hemdchen, das sie trägt, verrutscht und ihre Brustwarze richtet sich auf. Er quetscht ihre Titten und sie versucht, ihren Mund frei zu bekommen. Christoph aber hält sie fest, fast brutal, und in diesem Moment merkt Sabine, wie sie nachgibt. Hitze breitet sich aus zwischen ihren Oberschenkeln. Völlig unvorbereitet spürt sie, wie sie nass wird und ihr Widerstand verliert an Kraft. Ja. Fass mich an und sie will, dass er sie noch härter anpackt, noch fester hält, noch stärker umklammert. Sie kann nicht verstehen, was Christoph da murmelt, sie kann nicht verstehen, was sie da denkt, aber sie spürt seinen Mund in ihrer Halsbeuge, seinen Körper an ihrem und wie ihr T-Shirt nach oben rutscht und ihr Po gegen die kalte Wand in ihrem Flur drückt. Seine Hand gibt ihren Mund frei. Vorsichtig. Aber sie schreit nicht und er greift ihr von hinten an den Arsch und während er noch immer ihren Hals küsst, den sie ihm jetzt anbietet, indem sie ihren Kopf in den Nacken legt, knetet er ihre Pobacken. Das fühlt sich gut an. Die Arme auf dem Rücken verdreht. Seine Hand an ihrem Arsch und von vorn kann sie seinen steifen Schwanz spüren, der gegen ihr Becken drückt. Endlich findet er ihren Mund, sie küssen sich, er greift ihr zwischen Beine und sie stellt sie ein wenig weiter auseinander, damit er sie endlich anfassen kann. Fass mich an! Fick mich mit den Fingern! Sie ist klatschnass und Sabine stöhnt auf. Ihre Brustwarzen sind hart und ziehen sich fast schmerzhaft zusammen; seine Hände sind überall, doch vor allem hält er ihre Arme unnachgiebig auf ihrem Rücken fest. Sie kann sich kaum wehren und Sabine ist überrascht, wie gut ihr das gefällt. Gierig reibt sie ihr Becken an ihm, drückt es nach vorne, gegen seinen Oberschenkel, den er ihr nun zwischen ihre Beine geschoben hat. Er küsst sie wieder. Es ist ein schmutziger Kuss. Nass und wild, ihre Zunge sucht die seine, sie ist geil. So hat sie noch niemand angefasst. So hat sie noch niemand geküsst. Sie ist ein schmutziges Mädchen und nie hätte sie gedacht, dass ihr genau das gefallen könnte. Sie tropft. Ihre Brustwarzen sind so hart und steif und sie wünscht sich nichts sehnlicher, als dass er sie genau dort anfasst und sie in den Mund nimmt. Fass sie endlich an, du Arsch! Und endlich spürt sie seine Hand.

Endlich! Hart und fest zwirbeln seine kräftigen Finger ihre steifen Nippel, während er mit der anderen Hand noch immer ihre Hände auf dem Rücken festhält. Sie ist ihm ausgeliefert und er schiebt ihr T-Shirt weit nach oben. Sie drückt ihren Oberkörper vor, er beugt sich zu ihren Titten, lutscht an ihren Brustwarzen, hält mit der linken ihre Hände gefesselt und greift mit seiner rechten wieder zwischen ihre Beine, die sie jetzt weit auseinandergestellt hat. Tief gleiten seine Finger in sie hinein und als sie die Augen öffnet, erblickt sie ihr Gesicht im Spiegel und sie sieht, wie seine Finger in ihr verschwinden, ihr nach oben geschobenes T-Shirt, die Brüste entblößt und ihre Nippel, die sich kräuseln, so steif sind sie. Ein Ziehen breitet sich aus von ihrer Brust bis in ihren Unterleib. Sie sieht sich halbnackt im Spiegel. Sie sieht ihn angezogen. Sie sieht, wie er sie zwingt, ihm zu Willen zu sein. Sie sieht ihre Lust. Sie sieht ihre Geilheit, obwohl er sie dazu zwingt. Weil er sie dazu zwingt? Lust wider Willen. Eine Fantasie sicherlich. Nichts weiter als eine Fantasie und nichts, was sie im echten Leben jemals erleben wollen würde, aber genau in diesem Moment, als sie sich im Spiegel betrachtet, verzerrt und verschwommen, wehrlos und ausgeliefert und trotzdem geil, fühlt sie sich schmutzig und verdorben, versaut und geil und willig wird sie noch viel mehr tun, wenn er es nur will und wenn er nur nicht nachlässt in seiner Härte.

Endlich hat sie eine Hand frei. Sie hat sich gewehrt und gerüttelt, sie hat eine Hand frei, um ihn zu schlagen, und sie schlägt ihm ins Gesicht, kratzt ihn, aber schnell hat er sie wieder eingefangen mit der Hand, die in ihr war und jetzt nicht mehr in ihr steckt, und plötzlich fühlt sie sich leer. Oh nein. Das wollte sie nicht und beinahe sofort, schiebt sie ihr Becken nach vorn. Los, füll mich aus! Mit beiden Händen hält er jetzt ihre Arme weit gespreizt, so dass sie mit hervorstehenden Titten und ebenso weit gespreizten Beinen gegen die Wand gelehnt steht. Sein Schwanz zwischen ihren Beinen. Sie lässt ihr Becken kreisen und reibt mit ihrer Nässe über den festen, rauen Stoff seiner Jeanshose. Sie will ihn. Sie zittert vor Geilheit. Sie spürt seinen harten Schwanz unter dem Stoff und sie will mehr. Oh Gott, ist sie geil. Sie will diesen Schwanz in sich spüren. Egal welchen Schwanz. Irgendeinen Schwanz. Egal. Sie will gefickt werden.

Der Spiegel glitzert und glänzt. Mit ihrem Hintern streift sie den Lichtschalter, die Deckenlampe flackert auf, ihre Beine geben nach und in einem plötzlichen Anflug von Weichheit lässt er sie los und mit weit gespreizten Beinen hockt sie jetzt vor ihm, gegen die Wand gelehnt, direkt vor seinem Schwanz, der hart und aufrecht hinter dem Stoff lauert. Sie fasst hin, tastet nach der Beule in seiner Hose und wie in Trance zieht sie den Reisverschluss auf, öffnet den Knopf und sein Schwanz springt ihr entgegen. Seine Eichel glänzt. Ein kleiner Tropfen glitzert auf der Spitze und sie biegt ihn leicht nach vorn und mit weichen Lippen stülpt sie ihren Mund darüber. Mit beiden Händen hält sie ihn auf Abstand. Er will sie tiefer in den Mund ficken und sie hört ihn raunen: »Fass dich an!«

Warum nicht? Sie streichelt vorsichtig über ihre Nässe und lässt sich mit tiefen Stößen in den Mund ficken. Fast bekommt sie keine Luft mehr, weit hinten spürt sie seine Schwanzspitze. Sein Zucken verrät ihn, doch bevor er abspritzt, zieht er ihn raus und verharrt. Sie keucht. Ihre Finger bewegen sich langsam über ihren Kitzler. Fast wäre auch sie gekommen. Schon hatten sich die ersten weißen Sternchen unter ihren halb geschlossenen Augenlidern gebildet, jetzt schaut sie hoch. Er beugt sich zu ihr hinab, küsst sie. Zärtlich, hart und nass, so als wollte er sich selbst schmecken, dann richtet er sich wieder auf, nimmt ihren Kopf und schiebt seinen Schwanz von neuem in ihren Mund. Willig nimmt sie ihn auf. Ihre Hand bewegt sich nun schneller über ihre Klit und mit zwei Fingern fickt sie sich selbst, während er sie tief in den Mund fickt. Richtig tief fickt er sie in den Mund und sie genießt es, auf diese Art benutzt zu werden, und wieder kommt sie fast, aber nur fast, als er seinen Schwanz aus ihrem Mund herauszieht. Ein langer Spuckefaden hat sich gebildet und alles ist dreckig und versaut und böse. Nein, das ist kein schöner Sex. Das ist geiler Sex. Sie sieht seinen Schwanz, der steif von ihm absteht, seine Eichel ist dick und prall. Er keucht, sie keucht, und mit einem verhangenen Blick lässt sie sich zur Seite fallen, direkt auf ihre Knie und mit weit nach oben gerecktem Arsch und durchgedrücktem Kreuz zeigt sie ihm, wie offen sie ist und mit den Fingern öffnete sie sich noch ein bisschen weiter, damit er sie von Hinten nehmen kann. Sie spürt das kalte Metall seines Reisverschlusses an ihrem nackten Arsch und endlich spürt sie auch seine Eichel, seinen Schwanz, der langsam und tief in sie eindringt. Immer tiefer und härter und schneller und härter und er verharrt. Als er ganz in ihr ist, hält er kurz inne und sie kann fühlen, wie sie ganz ausgefüllt ist. Oh Gott, bin ich nass, so nass war ich noch nie und ihre Titten scheuern über den Boden und sie spürt, wie auch ihr Arsch offen vor ihm liegt, empfindlich zuckend, sanft streichelt er sie dort und sie spürt, wie er in ihr pulsiert, ganz sacht. Dann beginnt er, sie zu stoßen, und seine Hände legen sich um ihren Hals. Mit langen kräftigen Stößen treibt er seinen Schwanz in sie hinein und seine Hände verstärken den Druck. Immer kräftiger wird der Druck an ihrem Hals, sie bekommt keine Luft mehr und Panik steigt in ihr auf. Gleichzeitig flammen wieder die Sterne auf und sie sieht das Flimmern und Glitzern und die Reflexionen von Tausenden von kleinen Lichtern und sie spürt, wie er kommt, wie er tief in ihr abspritzt und in diesem Moment, wird auch sie von einer Welle der Geilheit überrollt. Gedankensplitter. Nackt und wehrlos auf dem Boden, Hände, die ihr die Luft abdrücken, sie auf allen vieren. Von hinten gefickt. Von einem Mann. Unbekannt. Sein dicker Schwanz in ihr. Sie auf dem Boden und das alles, das alles, sie kommt und kommt, fast endlos erscheint ihr der Orgasmus, endlos kommt sie, fast wie in Zeitlupe. Sie fällt und hätte er sie nicht mit eisernem Griff gehalten, so wäre sie immer tiefer gefallen. In einen Brunnen. Dort, wo kühles Wasser sprudelt. In den Himmel, wo sie sich in tausend

Einzelteile auflöst. Sie kann fliegen und Welle auf Welle durchzuckt sie. Sie lässt los. Er wird sie halten und sie wird zurückkehren. Für immer und sie hat keine Angst mehr. Nein.

Wahlverhalten in der Bundesrepublik Deutschland

Wissenschaftler nennen das Verhalten der Deutschen gegenüber ihren Politikern »silent support«. So siegt zwar die in Deutschland herrschende DU regelmäßig mit Wahlergebnissen von siebzig bis neunzig Prozent der abgegebenen Stimmen, die Wahlbeteiligung selbst liegt nach Expertenschätzungen aber lediglich bei ungefähr zehn bis fünfzehn Prozent. In diesem Fall entspricht das Verhalten der Bevölkerung der BRD exakt jenem in anderen Ländern, die – unter dem Deckmantel der Demokratie – autoritär regiert werden. So formierte sich zum Beispiel auch in Ägypten über viele Jahre hinweg keine echte Opposition gegen das System Mubarak, der das Land über dreißig Jahre lang bis zum Arabischen Frühling im Jahr 2011 regierte.

Stattdessen organisieren sich Jugendliche und Regimegegner auch heute noch in Deutschland in Chatrooms oder bei Facebook und leisten eine Art inneren Widerstand. Eine offizielle Alternative scheint aussichtslos und würde von einer Mehrheit der deutschen Bevölkerung auch nicht getragen, denn nach offiziellen Angaben und nach dem subjektiven Empfinden der Bürger geht es den Menschen unter Kohl besser als jemals zuvor in der Geschichte des Landes. Der persönliche Zufriedenheitsindex, der in der BRD zum ersten Mal Mitte der 1990er Jahre erhoben wird, rangiert im Jahr 2012 auf einem extrem hohen Niveau. Während der Wert nach der großen Weltwirtschaftskrise 1998 und dem extrem autoritären Vorgehen der Regierung Kohl am Anfang des Jahrtausends zeitweise unter 500 Promille rutscht, erreicht der Index im Jahr 2011 Spitzenwerte in Höhe von 850 Promille. Inwieweit diese Erhebungen allerdings von der Regierung beeinflusst sind und der Wahrheit entsprechen, ist Gegenstand mehrerer internationaler Untersuchungen und lässt sich von einem ausländischen Standpunkt aus nur schwer beurteilen.

Kapitel 11

Lauf, hörte ich sie sagen: Lauf!
Und ich lief, wie ich noch nie in meinem Leben
gelaufen bin. Ich glaube, ich laufe noch immer.

Sonntag, mittags, nachmittags, abends

»Ich würd gern mit dir über das reden, was wir gestern besprochen haben.«

Sabine hakt sich bei Christoph unter und die beiden gehen in Richtung Viktoriapark. Sabine liebt die Aussicht vom Kreuzberg und vielleicht kann man ja noch etwas sehen. Aufsteigende Rauchsäulen vom Kottbusser Tor vielleicht. Brennende Barrikaden am Hermannplatz? Doch als sie über die Stadt blicken, ist alles ruhig und auch sie selbst ist seltsam ruhig und entspannt. Christoph neben ihr wirkt müde. Nachdem das im Flur passiert war, waren beide ein wenig peinlich berührt. Christoph verschwand im Badezimmer, während Sabine noch ein wenig im Flur sitzen blieb und auf die unterschiedlichen Gefühle lauschte, die sich in ihr ausbreiteten. Christoph hat sich dann noch kurz hingelegt und als er aufgewacht ist, hat sie ihm einen Kaffee gemacht. Sein Gesicht wirkte alt und grau. Trotzdem sah er irgendwie süß aus, so verstrubbelt und zerzaust. Süß? Ein Wort aus ihrer Teenagerzeit. Ein erwachsener Mann und süß?! Sie muss lächeln.

»Was meinst du?«, fragt Christoph. »Wir haben ja über so einiges geredet in den letzten …«, er legt den Kopf schief, »36 Stunden.« Er grinst. »Und so einiges erlebt.«

Sabine bleibt kurz stehen. Christoph hat recht.

Erst gestern Morgen haben sie sich betrunken und im Drogenrausch kennengelernt. Sie sind sich näher gekommen und jetzt steht sie hier mit ihm an ihrem Lieblingsplatz und hat Dinge mit ihm getan, die sie noch nie zuvor mit irgendjemandem gemacht hat.

»Ich meine diese Sache mit dem Weltbewusstsein«, sagt Sabine und denkt an eben im Flur. Ihre Worte produzieren leichte Wölkchen in der kalten Luft und sie sieht rüber nach Kreuzberg und Neukölln, wo nichts ist außer Stille.

Junge Eltern schieben ihre Kinderwagen durch den Park. Es dämmert bereits und die Szenerie ist perfekt, um sich in ein gemütliches Café zu setzen und sich verliebt über den Milchkaffee hinweg in die Augen zu schauen. Kaminfeuerprasseln, behagliche Wärme und all die Ereignisse von gestern, von vorgestern, wären einfach weg. Ein schrecklicher Albtraum, der zum Glück vorüber ist. Als wäre nichts geschehen.

Warum sollte man solche Gedanken nicht denken dürfen? Nur weil irgendwo auf der Welt zur gleichen Zeit, auf die Minute genau, etwas Schreckliches passiert? Nur weil irgendwo, in diesem Moment, ein Mensch gequält wird, ein Kind verhungert, ein Delinquent zu Tode gefoltert wird, darf man selbst nicht glücklich sein? Das ist doch absurd. Doch was ist, wenn es Menschen betrifft, mit denen man verbunden ist? Gibt es nicht Fälle von Müttern, die in exakt jenem Augenblick, als ihr Sohn auf dem Schlachtfeld stirbt, einen Stich im Herzen verspüren? Väter, die ihr Bein nicht mehr bewegen können, in jenem Moment, in dem ihr Kind von einer Bombe zerfetzt wird? Doch von all dem spürt Sabine in diesem Moment nichts. Gar nichts. Alles ist ruhig und beschaulich. Alles ist gut, aber es ist nicht richtig.

»Ich hab noch mal darüber nachgedacht«, beginnt Sabine, »weil mich das ernsthaft beschäftigt hat, das mit dem Weltbewusstsein. Wenn die Welt so quasi das Wissen und die Erfahrung der Menschen speichert. Wenn also alles, was wir tun und denken und wie wir uns entwickeln, aufgezeichnet wird und wir mit unseren Erfahrungen wieder zurückgehen in die große Suppe und wir und die Welt und die Menschheit und all das, wenn wir uns also auf diese Art weiterentwickeln, was passiert dann mit dem ganzen Bösen in der Welt? Was passiert dann mit dem ganzen Schlechten, das wir getan haben oder immer noch tun? Was passiert mit dem ganzen rückschrittlichen Zeug, das wir machen? Mit dem Eigennutz und dem Verbrechen? Ich meine, schau dich doch mal um. Diese ganzen Menschen, denen es nur um sich selbst geht und die alles dafür tun würden, ihr kleines bisschen Glück, ihren kleinen Wohlstand zu verteidigen und dafür bereit sind, jede Menge Opfer in Kauf zu nehmen. Skrupellos. Meine Eltern. Deine Eltern …«

Sabine stockt. Ein heikles Thema, Christoph hat nicht viel gesagt zu seinem Vater, außer dass er schon seit Jahren nichts mehr mit ihm zu tun hat. Warum hat er dann aber immer noch eine Premium-Versicherungskarte? Doch Christoph hat einfach nur mit den Achseln gezuckt, als sie ihn darauf angesprochen hat. Sabine fährt fort: »… all diese Menschen. Mörder. Geheimdienstleute. Menschen, die sich überhaupt nicht dafür interessieren, ob sie sich auf irgendeine Weise weiterentwickeln. Was passiert mit denen? Gehen die auch alle in die Ursuppe zurück? Warum sollte sich die Welt dann weiterentwickeln? Wegen Leuten wie uns? Das ist doch Quatsch. Wir sind doch schon im Leben zu wenig. Was sollen wir dann in der Ursuppe ändern?«

Sabine starrt ihn an. Das Thema ist ihr tatsächlich wichtig. Wenn sie schon im Leben scheitern sollte, dann wäre es wenigstens tröstlich, die Gewissheit zu haben, dass sich vielleicht nach ihrem Tod ein bisschen was ändert. Aber sie ist sich nicht sicher. Christophs Theorie hat ihr gefallen und sie tatsächlich berührt, aber instinktiv spürt sie, dass da ein Denkfehler ist. Das hört sich alles zu schön, zu glatt, zu elegant, zu makellos an und ist doch ein bisschen zu einfach gedacht. Zu oberflächlich. Zu wischiwaschi. Zu ungenau. Zu blabla.

Und als hätte sie es geahnt, beginnt Christoph mit einem Eingeständnis: »Ehrlich gesagt, habe ich darüber gar nicht so viel nachgedacht, weißt du. Ich hab mal was darüber gelesen. Ich hab im Internet ein bisschen was recherchiert über morphogenetische Felder und so, aber das war's. Klar interessiert es mich, aber ehrlich gesagt ist es mir gar nicht so wichtig. Das sind halt so Phänomene, die ich aufschnappe und die ich interessant finde, aber so richtig in meinem Alltag finde ich das jetzt nicht wichtig. Kennst du die Wassertheorie? Das ist auch so was, dass Wasser seine Struktur verändert, wenn man es bespricht oder so. Das ist alles interessant, aber wer hat schon Zeit, sich mit dem ganzen Scheiß tatsächlich zu beschäftigen? Das sind ein paar Theorien, aber so richtig. Ich mein …«

Er bricht ab. Hilflos und mit einem Gefühl des Bedauerns schaut sie Christoph an. Nicht nur, dass er der Sohn des Innenministers ist und den Revolutionär nur … spielt. Nein, auch insgesamt ist er nur ein Hampelmann. Ein Schwätzer. Einer von den vielen, die dies und das tun. Ein wenig Buddhismus hier, ein wenig Judentum da. Ein bisschen Marx und dann doch die Privilegien ausnutzen. Ein Schnäppchenjäger. Ein bisschen von dem naschen und dann noch ein bisschen von dem anderen. Nichts richtig und letztendlich … letztendlich würden sie sich doch alle wieder auf irgendwelchen Partys treffen, Drogen nehmen, sich mit Wodka Red Bull zuschütten, sich anlächeln, Küsschen links, Küsschen rechts und die da oben machen weiterhin ihre Politik und alles hat wieder seine Ordnung. Aber was heißt schon die da oben? Ein paar von ihnen werden irgendwann sogar ganz oben mitmischen. Es gibt keine Trennung. Die da oben sind sie und sie sind die da oben. Natürlich. Irgendwelche jugendlichen Staatssekretäre und Parteihansel sind ja auch immer dabei, auf den Partys, in den Clubs. Der Sohn des Innenministers wird auch nicht untergehen, denkt Sabine, selbst wenn er jetzt den Revoluzzer gibt. Alles geht glatt, weil sich keiner anstrengt. Weil sich keiner die Mühe macht, die Gedanken mal richtig bis zu Ende zu denken, und wenn es nur so etwas ist wie die Wassertheorie.

Tatsächlich hat auch sie schon mal davon gehört und sie erinnert sich an eine Radiosendung vor langer Zeit, die sie zusammen mit ihrem Vater gehört hat. Auf der Deutschen Welle, die von der BBC übertragen wurde. Damals, als England noch nicht so unfassbar abgeschottet war vom Rest Europas und noch nicht so faschistisch regiert wurde wie heute. Was heißt faschistisch? Im Endeffekt ist doch alles gleich und Großbritannien wird halt genauso autoritär regiert wie der Rest von Europa heutzutage, wie Italien, Frankreich und Deutschland in Ost und West. Kein Unterschied. Damals aber gab es eben noch die Deutsche Welle von der BBC. Das war verboten, die zu hören, zumindest war es nicht erwünscht und man erzählte das in der Schule besser nicht rum, wenn man keine Unannehmlichkeiten haben wollte.

Ihr Vater hörte trotzdem den BBC-Sender. Er wollte sich sein bisschen Freiheit, sein bisschen Widerstandskraft nicht ganz nehmen lassen, auch wenn es nichts brachte, aber für das eigene Gewissen war es wenigstens ein kleines bisschen beruhigend. Sabine muss daran denken und angesichts der Kleinheit der Menschen kommen ihr die Tränen. Christoph steht neben ihr und weiß nicht, was er machen soll. Überfordert schlenkert er mit den Armen. Schweigend schauen sie schließlich auf das dämmrige Berlin. Überall gehen die Lichter an. Heimelige, warme Lichter. Warum nicht dort sitzen, bei einer Tasse Tee? Warum nicht dort sitzen und seine Ruhe haben, statt über Wassertheorien, Straßenschlachten, Tote und die Widerstandskraft der Menschen nachzudenken? Ist es etwa ein Verbrechen, in diesen Zeiten an das Schöne und Gemütliche zu denken? Ja. Das ist es. Ja. Ja. Ja und Sabine denkt an die Wassertheorie.

Es war eine ganze Sendung zum Thema Wasser gewesen. Wie Wasser Kriege verursacht, wie sich die Menschen darum streiten und wie es der Ursprung allen Lebens ist. *Und die Erde war wüst und leer und der Geist Gottes schwebte über den Wassern.* Die große Ursuppe, die fast ausschließlich aus Wasser besteht. Der Mensch zu achtzig Prozent. Die Welt zu vier Fünfteln. Im Endeffekt war alles Wasser. Der spannendste Teil der Sendung allerdings war der Bericht über Forscher, die sich mit Wasserkristallen beschäftigt hatten. Diese Forscher hatten Wassertropfen getrocknet und danach die kristalline Struktur der getrockneten Tropfen mit dem Mikroskop untersucht. Dabei hatten sie festgestellt, dass jeder Wassertropfen eine ganz eigene Struktur besaß, dass aber alle Tropfen aus ein und derselben Quelle eine ähnliche Struktur aufwiesen. Tropfen aus einer anderen Quelle hatten wiederum eine vollkommen andere Struktur, wobei sich aber auch hier wieder alle untereinander ähnelten. Daraus kann man schließen, dass Wasser tatsächlich nicht gleich Wasser ist. Jedes Wasser hat eine ganz eigene molekulare Struktur. Nun könnte man sagen, dass die verschiedenen Wasser aus den verschiedenen Quellen eben auch durch verschiedene Gesteinsschichten gegangen sind und schon allein deshalb, rein materiell, eine andere Struktur aufweisen müssen. Schon die unterschiedlichen, gelösten Salze verleihen den verschiedenen Wassern eine unterschiedliche kristalline Struktur. Doch es ging noch weiter, denn die Forscher fütterten die untersuchten Wasser mit unterschiedlichen Informationen. So bespielten sie das Wasser mit Musik oder sie lasen dem Wasser aus Büchern vor. Die untersuchten Tropfen änderten daraufhin ihre Struktur, im Gegensatz zu den unbehandelten Tropfen. Der Forscher, der damals zu Wort gekommen war, war gänzlich unesoterisch. Vollkommen wissenschaftlich gelangte er zu der Feststellung, dass Wasser auf irgendeine Art und Weise wohl Informationen speichern konnte. Mehr sagte er nicht. Mehr brauchte er auch nicht zu sagen und Sabine hätte es fast vergessen, wie man so vieles vergisst, wenn man nicht aufpasst.

Nun aber ergibt alles einen Sinn und für einen kurzen Augenblick hat Sabine das Gefühl, die Welt so sehen zu können, wie sie wirklich ist.

Alles ist Wasser. Sie selbst. Die Luft um sie herum. Christoph, der neben ihr ins Leere starrt, und sie spürt die Wellen, die sanften Wellen, so als wäre sie gerade aus dem Meer gestiegen und das Wogen des Meeres würde noch in ihr nachschwingen. Manchmal, früher, als sie mit ihren Eltern am Atlantik gewesen war und sie abends, nachdem sie den ganzen Tag am Meer verbracht hatte, im Zelt lag, da konnte sie es immer noch spüren. Die Wellen und die Strömung, wie sie an ihr zogen. Sie spürte die Kraft des Ozeans und ihr ganzer Körper bewegte sich innerlich, noch Stunden später im Gleichklang mit der Brandung. Jetzt versteht sie es. Die Wassertropfen in ihrem Körper hatten die Information bekommen und hallten im Gleichklang der Schwingungen nach. Sie bewegten sich im Rhythmus des Meeres, den sie im Laufe des Tages angenommen hatten.

Die Welt pulsiert, Sabine kann die Struktur sehen und dort wo Christoph steht, ist nur ein kleiner Strudel. Kein gefährlicher Sog, kein alles verschlingendes Loch, das sie mitreißen würde, falls sie ihm zu nahe käme, eher ein sanftes Nichts. Christoph ist ein verlorener Geist in dieser Welt. Um ihn herum ist das Meer glatt und glitzernd, er selbst aber ist nichts. Gar nichts.

Sabine stellt sich auf die Zehenspitzen und küsst Christoph auf den Mund. Das Nichts erfasst sie, aber da sie es gesehen hat, weiß sie, was sie tun muss, um sich dagegen zu wehren. Es ist einfach nicht richtig. Es war nicht richtig, was sie da vorhin im Flur getan haben, und es fühlt sich jetzt falsch und kalt an. Natürlich kann man solche Sachen machen – aber ohne Liebe ist es nichts wert. Sie haben eine Grenze überschritten, die man nur überschreiten darf, wenn man durch das Band der Liebe gesichert ist, ansonsten geht man verloren. Noch einmal küsst sie ihn auf den Mund, die Wangen. Die Stirn. Seltsam steif steht der junge Mann vor ihr, so als wüsste er genau, was kommt, als sie sein Ohr erreicht: »Tschüss.«

Dann dreht sie sich um und geht.

Christoph schaut ihr nach, bis sie am Ende nur noch ein kleiner, heller Fleck ist, der dann von einem Augenblick auf den anderen im Dunkel des Parks verschwindet. Er steht auf dem Berg und schaut auf die Stadt, die langsam in der Schwärze versinkt. Ihre künstlichen Lichter strahlen nun heller und Christoph erinnert sich an ein paar Worte, die er irgendwann einmal gelesen hat. Ein Gedicht? Das Ende oder der Anfang eines Buchs? »Weit oben über der Stadt sitze ich und rauche eine Zigarette. Unter mir erstrahlen die Lichter und ich tauche ein in die Wohnzimmer und Küchen. In den Hinterhöfen höre ich das Geklapper des Geschirrs, wie sie sich zanken, wie sie lachen und sich mit Worten bewerfen. Ich höre die Fernseher brüllen und in der einsetzenden Dunkelheit erhebe ich mich direkt in den Nachthimmel. Ich bin alle Menschen und alle Menschen sind ich. Ich sitze auf einem Berg. Unter mir die Stadt.« Und Christoph zündet sich eine Zigarette an und raucht.

Ich sitze oben unterm Dach und würde gern eine Zigarette rauchen. Unten höre ich, wie sie langsam Feierabend machen. Nach dem Tumult bin ich einfach rausgerannt. Auf der anderen Seite hat anscheinend irgendjemand Kotsch umgelegt. Zuerst habe ich das gar nicht richtig mitbekommen, aber als sich alle auf den Boden geworfen haben, bin ich losgerannt. Weit bin ich nicht gekommen. Alle Ausgänge waren blockiert, nur der Durchgang zur Bowlingbahn war geöffnet. Hinter mir hörte ich das Rumoren im großen Saal. Die Tür führte über ein Treppenhaus nach oben und ich bin hinauf gerannt. Die Bowlingbahn hat ein offenes Dachgebälk aus Stahl, wie es in den 80er Jahren angesagt war. Man wollte luftig und leicht bauen. Nichts sollte versteckt sein, man sollte alles sehen können. Die Rohre, die Kabel, obwohl kein Mensch da jemals rauf guckt. Meine Chance, dachte ich und über eine weitere Treppe, gelangte ich in genau diese Metallkonstruktion und so sitze ich jetzt hier im Gebälk. Unter mir die leere Bowlingbahn und es herrscht eine schwere Stille.

Irgendwann verebbte der Lärm aus dem großen Saal. Irgendwann haben sie die Leute anscheinend hinausgetrieben und wahrscheinlich hat die Polizei alles abgeriegelt. Ab und zu öffnet sich unter mir die Tür und jedes Mal halte ich den Atem an. Mitarbeiter räumen Gläser in die Vitrinen oder bringen Getränke in ein Lager. Die ganz normalen Arbeiten hinter einer Großveranstaltung. Ansonsten bewegt sich nichts und fast höre ich die Zeit ticken. Ich versuche, mich einzurichten. Der Träger, auf dem ich sitze, ist ungefähr fünf Zentimeter breit, aber davon gehen im 45-Grad-Winkel weitere Streben ab, so dass ich mich ganz gut positionieren kann. Trotz allem wird es auf Dauer ungemütlich.

Natürlich könnte man mich von unten sehen, aber wer schaut in einer leeren Bowlingbahn schon nach oben unters Dach und sieht dann dort zu seiner Überraschung einen Journalisten sitzen, der eben noch einen Mafiaboss abstechen wollte. Ich versuche nachzudenken. Ich konzentriere mich darauf zu überleben. So muss sich jemand fühlen, der über Bord gegangen ist und auf einem verrotteten Stück Holz im Eismeer treibt und dann gerettet wird. Was hast du gedacht in den 48 Stunden, die du auf offener See verbracht hast? Nichts habe ich gedacht, gar nichts. Ich habe gehofft, dass die Zeit vorbeigeht und irgendwann war es dann soweit. Die Zeit ist um und man ist gerettet. Wenn man eine lange Autofahrt hinter sich hat, dann weiß man doch auch nicht mehr, was man gedacht hat. Man denkt irgendwas im Kreis. Rechnet sich aus, wie lange man noch braucht, wenn man konstant diese oder jene Geschwindigkeit fahren könnte, und stellt fest, dass sechzig Minuten und 150 Stundenkilometer nicht so recht zueinander passen wollen. Es folgen komplizierte Dreisatz-Modelle, die man in dem Moment, in dem man sie berechnet hat, sofort wieder vergisst und das Spiel beginnt von vorn. Immer wieder von vorn. Eigentlich könnte man über so viel Wichtiges nachdenken, wenn man so vor sich hintreibt. Man könnte Kontemplation betreiben. Meditation. Man könnte sagen: Das ist meine Zeit, sie gehört mir. Diese Zeit nutze ich, um mich ganz und gar mir selbst zu widmen. Doch stattdessen bewegen sich die Gedanken nur im Kreis und man empfindet diese Zeit als reinste Verschwendung und es passiert gar nichts, außer dass man ausrechnet, dass man bei einem Tempo von 150 Km/h in zehn Minuten ungefähr 25 Kilometer zurücklegen müsste, was in einer halben Stunde immerhin 75 Kilometer macht. Siehst du? War ja gar nicht so schwer, doch dann ist man enttäuscht, dass man nach dreißig Minuten nur sechzig Kilometer geschafft hat, was zumindest die Entfernungsschilder am Rand der Autobahn behaupten und weil alles nicht zusammen passt, beginnt man wieder, alles von vorne zu berechnen. Immer im Kreis. Und was passiert, bei 130 Km/h, dann ist ja sowieso alles anders, bis man dann endlich ankommt. Bis man endlich gerettet wird. Bis man endlich aussteigen darf. Bis man weiß, dass man überlebt hat. Ich will nur überleben. Darauf konzentriere ich mich. Einfach überleben. Wie komme ich hier wieder sicher runter?

Vor einer halben Stunde waren die letzten Leute unten zugange. Ein Typ mit einer Sackkarre hat mehrere Kisten Bier hinter dem verlassenen Tresen abgestellt. Dann hat er den Raum verlassen und das Licht gelöscht. Abgeschlossen hat er nicht, das hätte ich gehört, aber der einzige Ausgang führt ohnehin nur wieder zurück in den großen Saal und dort stehen wahrscheinlich immer noch die Bullen und untersuchen den Tatort. Und die Abou-Mohammeds. Atakan wird es den anderen erzählt haben, dass ich ein Messer in der Hand gehalten habe, um ihn abzustechen. Ich glaube nicht, dass die anderen es gesehen haben, doch einen anderen Ausgang gibt es nicht. Es sei denn die Fenster. Vielleicht könnte ich aus dem Fenster klettern? Aber in welcher Höhe befinde ich mich eigentlich? Immerhin liegt der große Versammlungssaal im Huxleys im ersten Stock und die Bowlingbahn noch höher. Fenster fällt aus. Zu hoch und plötzlich überkommt mich eine bleierne Müdigkeit. Ich nicke ein und schrecke wieder auf, als ich fast von meinem Sitzplatz falle. Im letzten Moment greife ich nach der Eisenstrebe vor mir. Mein Herz pocht. Fast hätte ich aufgeschrien. Was war das für ein Geräusch? Ich höre die Tür. Leise wird sie aufgezogen und fast geräuschlos wieder ins Schloss gedrückt. Jemand betritt den Raum. Das ist kein Angestellter, der laut polternd eine neue Ladung Gläser bringt. Ich lausche. Nichts. Aber ich weiß, dass irgendjemand da ist. Durch die Streben kann ich kaum etwas erkennen. Unten wird der Raum nur noch von den schwachen Lichtern der Notausgangsschilder erleuchtet. Ich höre Schritte. Langsame, vorsichtige Schritte. Das Geräusch von Ledersohlen. Jemand ist da unten und geht durch den Raum. Verzweifelt beuge ich mich vor und versuche, etwas zu sehen. Das Geräusch der Schritte verstummt. Jemand sucht den Raum ab, hält sich aber so weit am Rand, dass ich ihn nicht sehen kann. Dann geht er weiter. Die Schritte werden leiser. Entfernen sich. In einem weiten Bogen umkreist er mich und so sehr ich mich auch bemühe, einen Blick zu erhaschen, es will mir nicht gelingen. Dann höre ich eine Tür, die vorsichtig aufgezogen und mit einem leisen Klickgeräusch wieder zugezogen wird. Oh nein. Er hat die Tür entdeckt, die hierher führt. Ein Zögern. Dann höre ich seine Schritte auf der Stahltreppe. Ich beginne zu schwitzen. Mein Atem kommt stoßweise. Ich darf mich nicht verraten. Ich sitze hier eingeklemmt zwischen den Streben, unter mir die leere Bowlingbahn. Wie viele Meter sind es? Ich schätze, sechs. Soll ich springen? Ich denke an das Fünf-Meter-Brett in unserem Schwimmbad in Gießen. Zu hoch. Viel zu hoch. Ich würde mir ein Bein brechen. Oder beide. Ich würde vielleicht sogar sterben. Das Holz der Bowlingbahnen glänzt matt im fahlen Licht der Notbeleuchtung. Ich höre seine Schritte. Schon hat er den ersten Absatz erreicht und gleich steht er vor der Tür, die mich noch von ihm trennt. Er kann mich nicht sehen, denke ich. Unmöglich. Er kann mich nur sehen, wenn er weiß, dass ich hier oben bin. Ich muss mich nur ruhig verhalten. Vielleicht ist es ein Polizist. Irgendjemand kontrolliert die Bowlingbahn. Das ist vollkommen normal, versuche ich mir einzureden. Ich sitze versteckt zwischen all den Kabeln und hoffe inständig, dass er mich nicht sehen kann.

Vor der Tür, die zur Deckenkonstruktion führt, bleibt er stehen. Ich atme nicht mehr. Dann öffnet sich die Tür und eigentlich hatte ich gehofft, dass er mich nicht sehen kann, wenn ich ihn nicht sehe. Doch überraschend klar und deutlich erkenne ich den Mann, der sich vor dem schwach erleuchteten Treppenhaus abhebt. Atakan!

Hab ich dich, sagt sein Lächeln und ertappt grinse ich zurück.

Atakan schaut mich lange an und sein Gesichtsausdruck schwankt zwischen Belustigung und Enttäuschung. Irgendwann muss ich die Augen niederschlagen. Ich habe verloren. Ich spüre seinen Blick auf mir und höre seine Stimme. Seine Stimme klingt irgendwie erschöpft. Er sagt nicht viel. Nur vier Worte. Er sagt: »Ich bin enttäuscht, Stefan«, und unten im Saal geht das Licht an und ich höre, wie sie kommen. Sie kommen. Sie kommen, mich zu holen und sie werden mich auch finden. Ich habe Angst.

Angst hat er keine. Das sind doch seine Freunde, oder? Das muss alles so sein, oder? Das hat alles seine Richtigkeit, nicht wahr?

Nachdem er geschossen hat, wurde er umgerissen und auch auf der Bühne fielen Leute. Starke Arme drehten ihm die Hände auf den Rücken und mit dem Kopf nach unten wurde er durch die Menge geführt, die sich in heller Aufregung hin und her schob. Fast wären sie nicht durchgekommen, aber geistesgegenwärtig hatte jemand die Notausgänge geöffnet, so dass die Masse abfließen konnte, und er war durch eine Tür ins Freie gestoßen und in ein Auto verladen worden. Jetzt liegt Jedele im Kofferraum eines Fahrzeugs, das mit hoher Geschwindigkeit durch Berlin rast. Das muss doch alles so sein, oder? Das sind doch meine Freunde, oder? Das hat doch alles seine Richtigkeit, oder? Plötzlich bekommt Jedele es doch mit der Angst zu tun.

Endlos, scheint es Jedele, fahren sie durch Berlin. Erst nach einer Weile fällt ihm auf, dass er sich gar nicht richtig bewegen kann. Er ist fest eingewickelt in etwas, das sich anfühlt wie ein Teppich. Seinen Mund haben sie mit Klebeband abgeklebt. Reine Vorsichtsmaßnahme, oder? Sie wollen ihn verstecken, oder? Sie wollen ihn in Sicherheit bringen. Das sind doch seine Freunde, oder?

Irgendwann hat das Getränk, das er von Meier und Müller bekommen hatte, aufgehört zu wirken. Dumpf und pochend setzten die Schmerzen seines gebrochenen Gesichts wieder ein. Wie lange wollen sie ihn noch herumfahren? Mittlerweile müssten sie doch schon längst irgendwo angekommen sein. Irgendwann müsste doch auch mal Schluss sein. Viel zu lange sind sie schon unterwegs und endlich, nach einer halben Ewigkeit kommt der Wagen dann doch noch zum Stehen. Jedele atmet auf. Er hört wie die Türen geöffnet werden und gedämpft hört er Stimmen. Schritte entfernen sich, nähern sich. Jemand steht jetzt genau hinter dem Kofferraum. Haben sie ihn vergessen? Jedele will sich bewegen. Er will sich bemerkbar machen, aber der Teppich oder was es auch immer ist, ist so eng um ihn herumgewickelt, dass er noch nicht einmal den Kopf heben kann. Jedele hat schreckliche Schmerzen. Hitzewellen durchfluten ihn und gleichzeitig ist ihm unheimlich kalt.

Zwei Menschen stehen jetzt hinter dem Auto, direkt vor dem Kofferraum. Keine fünfzig Zentimeter von ihm entfernt. Hallo, schreit es in ihm. Haaalllooooooooo, könnt ihr mich hören, aber die beiden Männer bieten sich lediglich gegenseitig Zigaretten an, rauchen und scheinen in ein längeres Gespräch vertieft zu sein. Eine dritte Stimme nähert sich. Schneidend. Laut. Militärisch. Ein Offizier! Endlich, denkt Jedele.

»Habt ihr ihn dabei?«, fragt die Stimme und einer der Raucher antwortet ebenso laut und militärisch: »Jawoll, Herr Major.«

»Gut, gut«, antwortet die erste Stimme und der Rest geht wieder im Gemurmel unter. Jedele versucht, etwas zu verstehen. Er reckt den Kopf, aber mehr als ein paar undeutliche Wortfetzen kann er nicht hören. Dann verabschieden sich die Männer und er hört, wie der Major sagt: »Bringen Sie ihn weg und machen Sie es wie besprochen. Sauber! Sie verstehen, was ich meine.«

Die Bedeutung der Worte schießt in seinen Nacken. Er ahnt, was sie bedeuten könnten. Ihm wird schlecht. Ist etwas schiefgelaufen? Er hat Kotsch doch fallen sehen. Er hat Kotsch doch erwischt, oder? Er hat ihm doch ins Gesicht geschossen. Er hat ihn fallen sehen. Er hat seinen Auftrag doch erledigt, oder? Was war passiert? Was war schiefgelaufen? Sein Kopf pocht, er hört, wie die Türen wieder ins Schloss fallen und wie sie den Motor starten. Er spürt das Vibrieren des Autos, das einfach wieder weiterfährt.

Als der Deckel des Kofferraums aufgerissen wird, ist es um ihn herum dunkel und er blickt in das grelle Licht einer Taschenlampe. Kräftige Hände zerren an ihm und zwei Männer heben ihn aus dem Kofferraum. Der eine lässt dabei die Taschenlampe fallen und bei dem Versuch sie aufzufangen, gleitet ihm Jedele aus den Händen, der mit Kopf und Schulter auf den Boden prallt. Jedele stöhnt, der

Mann flucht. Der Aufprall ist hart und Jedele riecht nasses, feuchtes Laub und schweren Waldboden. Sie haben mich in den Wald gebracht? Was machen wir im Wald? Eine der beiden Gestalten greift nach der Taschenlampe und flucht noch immer leise vor sich hin.

Jedele hat diese Männer noch nie zuvor gesehen, zumindest erkennt er keinen von ihnen und einer der beiden macht sich an ihm zu schaffen, schneidet das Klebeband durch, das den Teppich zusammengehalten hat, und wickelt Jedele aus. An beiden Händen gefesselt helfen sie ihm auf die Beine. Dabei muss sich der eine die Hosen schmutzig gemacht haben, zumindest klopft er diese ab, bevor er Jedele wortlos vor sich her schubst. Wie spät ist es? Jedeles Beine knicken ein. Der Wald ist fast schwarz und nur der Lichtkegel der Taschenlampe gibt einen kleinen Ausschnitt auf das dichte Blattwerk frei. Wo bringen sie mich hin? Wer sind diese Männer? Jedele weint, Tränen fließen in seinen Bart und er weiß, dass er sterben wird, aber er will nicht sterben, er will sich wehren. Er will weglaufen, aber er kann nicht. Er schafft es nicht. Er ist fett und weich und schwabbelig, und nichts ist übrig von dem Gefühl der Macht, das er hatte, als er seine Waffe spürte, direkt über dem Herzen. Was hat er bloß falsch gemacht? Was wird ihm vorgeworfen? Jedele will sprechen, schreien, sich rechtfertigen. Er will die Männer fragen, was sie mit ihm vorhaben, aber sein Mund ist verklebt und seine Hände sind gefesselt. Unbeholfen stolpert er vor den Männern her, die ihn durch den Wald treiben. Fünf, zehn, fünfzehn Minuten. Jedele hat jegliches Zeitgefühl verloren. Irgendwann halten sie an. Jedele taumelt. Ihm wird schwarz vor Augen und er fällt einfach zu Boden. Ganz weich sackt er in sich zusammen. Einer der Männer will ihn aufrichten, doch der andere meint nur: »Lass ihn liegen!«

Mit der Taschenlampe suchen die Männer den Stamm eines Baumes ab.

»Hier?«, fragt der eine und der andere antwortet: »Hier ist doch gut, oder?«

»Scheint o.k. zu sein«, sagt der Erste und Jedele sieht, wie einer der Männer ein kräftiges Seil abrollt, eine Schlinge legt und sich daran macht, einen Henkersknoten zu binden. Mit Panik in den Augen beobachtet Jedele, was passiert, und er versucht wegzurobben.

»Pass auf. Der Fette will sich verziehen«, meint der eine mit dem Seil und der andere gibt Jedele einen Tritt in die Rippen, dass dieser aufstöhnt. Der Mann beugt sich über ihn: »Bleib hier. Du kommst sowieso nicht weit.«

Jedele bleibt wimmernd liegen. Der mit der Taschenlampe wendet sich wieder dem mit dem Seil zu: »Mann, mach es doch nicht so kompliziert. So ein Knoten ist doch viel zu professionell, das muss doch selbstgemacht aussehen.«

Da ist der andere beleidigt: »Mach doch selber. Ich hab vergessen, wie der andere Knoten geht. Ich kann nur den.«

»Mann, Mann, Mann«, der mit der Taschenlampe wird ungeduldig. »Gib her, dann mach ich's eben selbst. Halt mal die Lampe.«

Die beiden Männer tauschen ihre Gerätschaften und der andere bindet nun in Windeseile einen rutschenden, stabilen Knoten und wirft das Seil über einen Ast. Mit starren Augen beobachtet Jedele die Szenerie. Das Ganze wirkt unwirklich und wenn er nicht diese wahnsinnigen Schmerzen hätte, würde er denken, dass er träumt. Er wünscht es sich. Aber er weiß, dass es echt ist.

»Wir brauchen noch irgendwas, wo wir ihn drauf stellen können«, sagt derjenige, der nun das Seil am Stamm des Baumes fest verknotet hat und prüft, ob es auch tatsächlich hält. Offensichtlich ist er zufrieden mit seiner Arbeit. Er knurrt anerkennend. Der andere leuchtet mit der Taschenlampe den Waldboden ab, bis er in einiger Entfernung einen großen Holzklotz entdeckt, den die beiden mit einigen Mühen direkt unter das Seil wuchten. Sie atmen schwer und wischen sich den Schweiß von der Stirn.

»Dass das immer so anstrengend sein muss, diese Scheiße«, keucht der eine und bietet seinem Partner eine Zigarette an. Die beiden Männer rauchen. Sie verhalten sich so, als wäre Jedele gar nicht da. Jedele schaut zu, mit Augen, die sehen und doch nicht sehen. Er kann nichts machen. Er ist gefesselt und geknebelt. Er wimmert. Weint. Krümmt sich. Er weiß nicht mehr, was er fühlt. Er ist tot und gleichzeitig heiß und lebendig. Er will nicht sterben. Nein.

»Dann wollen wir mal«, sagt einer der Männer, die nun als schwarze Schatten vor dem dunklen Wald kaum noch zu erkennen sind. Die Taschenlampe haben sie ausgemacht. Achtlos werfen sie ihre Kippen weg. Zigarettenstummel, die im feuchten Laub verglimmen und von einer fähigen Spurensicherung gefunden werden könnten. Sie könnten Indizien in einem spektakulären Mordprozess werden, ein Prozess allerdings, den es niemals geben wird.

Dieser Tod hier geschieht in aller Stille. Ein unwichtiger Postbeamter erhängt sich im Grunewald. Kaum eine Zeile in der B.Z. wert und nur das Töten selbst macht Geräusche. Unter beträchtlichem Ächzen und Stöhnen hieven die beiden Männer Jedele hoch. Jegliche Anspannung ist aus seinem Körper gewichen. Jedele hat sämtliche Kontrolle über seine Gliedmaßen verloren.

»Mach dich nicht so schwer, du Arschloch«, keucht einer der Männer, als sie versuchen, den schlappen Leib auf den Holzklotz zu stellen, doch Jedele sackt immer wieder in sich zusammen. Zwei-, dreimal versuchen sie es, doch immer wieder rutscht er ihnen durch die Finger.

»Das geht so nicht«, sagt der eine und beide lassen ihn unvermittelt fallen. Jedele prallt mit dem Gesicht auf den Boden und ein stechender Schmerz, der ihm die Tränen in die Augen treibt, durchbohrt seine Nase bis in sein Gehirn. Er krümmt sich. Die Männer keuchen.

»Scheiße«, meint der eine, »wir müssen ihn hochziehen.«

»Oh nein«, stöhnt der andere.

»Hilft ja nichts.«

»So eine Scheiße.«

Also macht sich einer der Männer am Seil zu schaffen, bindet es vom Baumstamm los, zieht die Schlinge nach unten, während der andere den fast leblosen Jedele aufrichtet. Dann legen sie ihm endlich die Schlinge um den Hals. Sie spannen das Seil straff und unter Aufbietung all ihrer Kräfte und ihres gesamten Körpergewichts ziehen sie ihn langsam hoch. Jedele spürt, wie das Seil in seine Haut schneidet. Er spürt, wie sein eigenes Gewicht ihn nach unten zieht. Das Seil um seinen Hals würgt ihn. Alle seine Muskeln spannt er an. Er will nicht. Er strampelt mit den Beinen. Er wehrt sich, doch es geht nicht. Seine Hände sind auf dem Rücken gefesselt und sein Mund ist verklebt. Er bekommt keine Luft mehr, auch wenn seine verkümmerte Nackenmuskulatur dem Gewicht noch standhält.

Endlich haben die beiden Männer den strampelnden Körper auf eine akzeptable Höhe gebracht und vorsichtig bindet der eine das Seil wieder am Baumstamm fest. Jedele sackt noch einmal ab und fast sieht es so aus, als müssten sie ihn wieder ein Stück hochziehen. Jedele berührt mit seinen Fußspitzen beinahe den Boden, aber es reicht gerade nicht. Er strampelt noch immer. Die Männer machen die Taschenlampe wieder an und beleuchten die Szenerie.

»O.k.«, brummt der eine, doch der andere ist nicht ganz sicher: »Nee, der zuckt ja noch. Ich dachte, das Genick bricht und man ist sofort tot.«

»Wenn man durch ein Luke fällt, vielleicht. Oder von diesem Holzklotz. Bei der Höhe müsste das eigentlich reichen. So geht das aber nicht. Wir müssen uns dranhängen, damit das Genick bricht.«

»Dranhängen? Ernsthaft?«

»Ernsthaft! Los, lass machen. Dann haben wir es hinter uns.«

Und beide Männer greifen nach Jedeles Hüfte, der sich jetzt nur noch schwach wehrt. Sein Kopf fühlt sich an, als wäre alles Blut in ihm gestaut und er bekommt keine Luft mehr. Noch ist er bei Bewusstsein, doch schon bald setzt ein weißes Flimmern vor seinen Augen ein. Das Würgen am Hals ist unerträglich. Sein Kehlkopf ist eingedrückt. Einer der beiden Männer gibt das Kommando und gleichzeitig hängen sie sich an Jedele, gehen dabei tief in die Knie. Ein Knacken, wie wenn man einen Hühnerflügel zerbricht, und in diesem Moment ist es endlich vorbei.

Die Männer richten sich auf. Einer der beiden riecht an seiner Hand: »Iiieeeh. Der hat sich eingepisst.«

»Das ist normal. Manchmal spritzen die auch noch ab als Letztes. Deshalb gibt es ja Leute, die sich beim Orgasmus auch würgen lassen, so als extra Kick.«

»So eine Scheiße.«

Erschöpft und schwitzend lehnen sich die beiden Männer an den dicken Baumstamm. Der Leichnam baumelt vor ihnen und alles ist still. Die Männer rauchen schweigend noch eine Zigarette, dann entfernen sie das Klebeband von Jedeles Mund, wobei sie ihm eine beträchtliche Anzahl Barthaare ausreißen. Auch das ein Indiz, das einem aufmerksamen Spurensucher sicherlich nicht entgehen würde. Dann stellen die beiden Männer den Holzklotz so hin, als hätte Jedele ihn tatsächlich benutzt, um in den Tod zu springen und nehmen ihm die Handfesseln ab. Bei den Druckspuren am Handgelenk können sie nichts machen. Die wird man sehen, aber da verlassen sie sich voll und ganz auf den Einfallsreichtum der Kriminologen. Dann verwischen sie notdürftig ihre Fußabdrücke. Ein fast lächerliches Unterfangen, aber auch das wird die eingesetzte Mordkommission nicht bemerken. Schließlich sind sie fertig. Der fast perfekte Selbstmord. Sauber, hatte der Chef gesagt und sauberer ging's nicht. Töten ist eine dreckige Arbeit.

Die Szenerie wird einem letzten prüfenden Blick unterzogen. Jedeles Augen starren glasig aus seinem verzerrten Gesicht, das sich langsam blau verfärbt. Ein leichter Wind lässt seinen toten Körper sachte hin und her baumeln. Langsam entfernen sich die beiden durch den nachtschwarzen Wald in Richtung des Parkplatzes am S-Bahnhof Grunewald.

Vielleicht gehen sie noch etwas zusammen trinken, vielleicht gehen sie jetzt aber auch nach Hause. Es war ein langer, anstrengender Tag. Zwei brave, loyale Soldaten gehen nach Hause. Sie haben ihr Tagwerk erledigt und nun ist Feierabend. Endlich Feierabend.

Loyalität ist das Wichtigste, Stefan. Wenn du nicht loyal bist, dann bist du ein Bastard. Ganz einfach. Wenn ich mich auf meine Familie nicht verlassen könnte, dann wäre ich im Arsch. Ich schwör's dir. Deshalb halten wir zusammen und deshalb passt zwischen uns auch kein Blatt Papier. Wir müssen so sein. Wir haben gar keine andere Wahl. Das ist so.

Als meine Eltern aus dem Libanon geflohen sind, vor dem Krieg und allem. Als sie damals dann hierher gekommen sind in dieses Land. Wer hat ihnen da geholfen? Die deutschen Behörden? Das war noch in den Achtzigern. Das war noch vor der Segregation und so, aber Kohl war schon am Regieren. Da waren die Ausländer noch »willkommen«. Aber wer hat ihnen da geholfen? Die Deutschen waren es nicht. Nur die eigene Familie war für uns da. Freunde. Leute aus unserem Dorf. Aus unserem Gebiet. Wir sind libanesische Kurden, verstehst du. Wir sind zweimal ausgewandert. Zuerst ist meine Familie vom Libanon nach Kurdistan gegangen. Das ist ein paar hundert Jahre her und trotzdem haben wir dort immer arabisch gesprochen. Wir wurden Kurden, haben aber arabisch gesprochen. Wir hatten mit den anderen Kurden nix zu tun und waren für uns. Das war ein richtiges Gebiet in Kurdistan. Mardin nennen wir das. Ist auch eine Stadt. Wir waren auch bekannt dort. Die anderen Kurden wollten nix mit uns zu tun haben. Wir waren richtig brutal. Die Kurden sind ja so schon ziemlich brutal, aber wir waren noch brutaler. 1932 ist meine Familie dann wieder nach Libanon gegangen. Alle zurück. Die Türken wollten uns nicht, die Hundesöhne. Atatürk hat da so auf Großtürkei gemacht und alle anderen wollte er nicht dort haben. Die Türken haben unsere Häuser abgebrannt und alles geplündert, was sie finden konnten. Ich habe keine Probleme mit Türken. Wir müssen alle zusammenhalten. Das ist alles eins heute, aber das war damals nicht korrekt.

Wir waren dann in Libanon und haben dort gelebt wie die Hunde. Wir waren Gastarbeiter. Gemüsehändler. Wir haben auf dem Bau gearbeitet. Von der Hand in den Mund. Oft hatten meine Eltern nix zu essen, ich schwöre. Wir wissen, was Hunger ist, Stefan, wir wissen das, aber wir waren für uns. Wir haben da gelebt rund um Beirut und in Baalbek, syrische Grenze und haben alles so gemacht wie immer. Wir waren für uns. Wir waren die Kurden. Wir haben arabisch gesprochen, aber wir waren Kurden. 1982 war der Libanonkrieg und als sie Gemayel umgebracht haben und dieses Massaker in diesem Flüchtlingslager veranstaltet haben, da sind meine Eltern geflohen. Das wisst ihr gar nicht, ihr Deutschen. Ihr kennt nicht unsere Geschichte. Ihr kennt immer nur eure Geschichte. Das wird hier gar nie gesagt, dass das so war. Hier geht es immer nur um Deutschland und wie gut Deutschland geworden ist nach dem Krieg und wie anders und wie stark und die Wirtschaft und alles so was. Ich sag dir eins, Stefan. Hier hat sich gar nix geändert nach dem Krieg. Schau's dir an. Kohl regiert wie ein Hitler und uns haben sie in Ghettos gesteckt, wie damals die Juden. Ich kenne eure Geschichte. Ich mag euch eigentlich. Ich mag dieses Land, aber dieses Land mag mich nicht. Ihr mögt uns nicht. Ihr versteht uns nicht und wollt das auch gar nicht.

Wir mussten fliehen. Dreimal insgesamt. Dreimal Auswanderung. Dreimal ohne Heimat. Dreimal weg von zu Hause und jetzt sollen wir *wieder gehen? Vierte Auswanderung? Wohin sollen wir gehen? Libanon? Wo immer noch Krieg ist. Mardin? Wo immer noch Krieg ist? Da bleiben wir doch lieber hier. Ist zwar Ghetto, aber besser als Krieg.*

Im Endeffekt ist mir das aber auch scheißegal, Stefan. Ihr könnt uns rausschmeißen. Ihr könnt uns abschieben. Wir haben den Krieg gesehen. Wir haben Hunger erlebt. Was haben wir zu verlieren? Wir haben unsere Familie und unsere Familien sind groß. Wir brauchen keine Heimat. Unsere Familie ist Heimat.

Damals in den achtziger Jahren haben wir gemerkt, dass wir uns staatenlos machen können und hier Asyl bekommen können. Haben wir natürlich gemacht. Tausende haben das gemacht und wir haben das auch unseren Verwandten gesagt, die noch in der Türkei waren. Die waren ja auch noch da. Die sind dann eingereist und haben gesagt, dass sie auch aus dem Libanon kommen. Die kamen aber direkt aus Kurdistan. Die Deutschen konnten das nicht auseinanderhalten. Hatten ja alle schwarze Haare. Alle arabisch. Die haben ja keine Fingerabdrücke oder so gemacht und damals konnte man noch Asylantrag stellen. Alle mit denselben Namen. Die waren dann immer auch noch falsch geschrieben. Einmal mit AI und dann wieder mit EI. Die haben nix kapiert und war auch keiner da, der ihnen was erklärt hat. Die Türken hat das nicht interessiert. Damals war ja auch noch PKK und so. Kurdische Arbeiterpartei. Da war noch richtig Krieg in der Türkei. Ganz schlimm. Die Türken waren froh, dass da ein paar Kurden weggegangen sind. Ist ja heute ganz anders. Geht heute auch gar nicht mehr. Ist ja heute alles mit Computer und Fingerabdruck und Gentest und alles. Damals, achtziger Jahre, konnte man das machen. Wir haben alle geholt. Alle nach Deutschland. Nach Nordrheinwestfalen oder hierher nach Berlin. Wir sind loyal, verstehst du das, Stefan. Richtig loyal. Das ist Familie. Da kommt keiner rein. Kein V-Mann, kein Spitzel, keine Verräter. Wir halten zusammen.

Weißt du, Stefan, mir geht es gar nicht darum, reich zu werden oder so. Geld ist mir scheißegal. Ich hab genug Geld und morgen hab ich wieder kein Geld. Egal! Geld kannst du nicht essen, kann man nicht trinken und Geld macht auch nicht loyal. Geld ist Geld, verstehst du? Geld ist Dreck. Geld ist Papier. Geld ist nix wert. Gar nix. Ich scheiße auf Geld. Was ich machen will ist, Leuten helfen. Meinen Leuten

Freude machen. Dir wollte ich helfen, Stefan, meinen Leuten will ich helfen, meiner Familie. Ich will Schulen bauen und Kindergärten. Im Libanon. In der Türkei. In Palästina. Von mir aus baue ich auch Schulen in Israel. Wir sind alle gleich. Ich will mein Geld wachsen sehen. Ich will Kinder haben, die von meinem Geld leben. Mein Brot essen. Wenn du Brot allein isst, dann schmeckt es nicht. Du musst Leute einladen. Erst dann schmeckt das Brot. Ein bisschen Öl, ein bisschen Oliven, ein bisschen Käse. Das reicht. Mehr braucht man nicht. Das will ich. So will ich leben. So will ich sein, wenn ich alt bin. Tausend Enkel um mich rum und alle glücklich.

Aber es gibt eine Voraussetzung. Loyalität! Wer nicht loyal ist, der muss raus. Ich mein das ernst. Wenn ich Menschen nicht vertrauen kann, dann ist das der Tod.

Ich muss Menschen vertrauen können. Menschen, die wissen, wofür ich lebe und die das auch unterstützen. Soldaten. Ich brauche Soldaten, die das machen, was ich sage. Die anderen haben auch Armeen und so. Das ist ein Krieg. Wir müssen Soldaten sein, nur so funktioniert das. Es gibt keine Polizei, die uns abschieben kann. Was Polizei-Molizei? Einen abschieben, kommen zehn neue nach. Ist doch kein Problem. Gibst du einem DDR-Grenzsoldat zweitausend Eurodollar, dann macht der alles für dich und die Westdeutschen genauso. Das ist der Unterschied. Ihr macht alles nur für Geld. Wir machen das für die Ehre und wir machen das für die Familie. Wir sind loyal, Stefan. Richtig loyal. Eine andere Aussicht gibt es für uns nicht und deshalb haben wir keine Angst. Was ist unsere Aussicht? – Blaulicht! Aber so einfach machen wir das nicht mit. Verstehst du?

Die Aussicht aus dem Kanzleramt über den nächtlichen Tiergarten war erhebend. Kotsch saß am Fenster und schaute zum hell erleuchteten Brandenburger Tor. Zur Siegessäule. In der Ferne blinkte der Funkturm. Das Europacenter. Westberlin. Und wenn er sich nach links drehte, dann sah er den Fernsehturm. Osten. Bedeutungslos.

Kotsch starrte aus dem Fenster und hinter ihm surrte leise die Pumpe des Aquariums. Er saß in Kohls Büro. Er lebte. Warum? Als er die Bewegung unten im Publikum bemerkt hatte, hatte er sich einfach fallen lassen. Einen Augenblick lang waren alle verwirrt, da auch auf der anderen Seite der Bühne ein kleiner Tumult entstanden war, und nur einen Sekundenbruchteil später hörte er drei Schüsse. Sofort stürzten sich mehrere Männer auf den Schützen, der in den Menschenmassen unterging wie ein Ertrinkender im Meer. Frauen kreischten voller Panik. Männer brüllten und ein unfassbarer Lärm erfüllte den Veranstaltungssaal. Alle drängten nach Draußen. Wollten einfach nur weg. Weg von den Schüssen und der Gefahr und Kotsch lag auf der Bühne. Mit dem Gesicht nach unten. Die Hände hielt er schützend und zitternd über seinen Kopf. Er blinzelte hoch und sah, dass Sicherheitsbeamten ihre Waffen zückten und zur Seite robbten, hinter den Bühnenvorhang, wo sie, die Pistolen im Anschlag, kauerten und warteten. Niemand kümmerte sich um ihn. Keiner schien ihn zu beachten. Hielten sie ihn für tot? Als er merkte, dass sich keiner für ihn interessierte und alle mit etwas anderem beschäftigt waren, kroch er langsam zum Bühnenrand. Dort angekommen, rollte er sich einfach über die Kante und ließ sich fallen. Die Bühne war ungefähr zwei Meter hoch und der Aufprall hart. Er schlug sich zwar das Knie auf, doch als er festen Boden unter den Füßen spürte, stand er auf und rannte. Zunächst ziellos, doch auf einmal befand er sich am Hinterausgang, dort, wo die Dienstfahrzeuge standen und die Fahrer, die noch nichts von dem ganzen Chaos mitbekommen hatten. Seelenruhig lehnten sie an ihren Autos und rauchten. Als Kotsch mit weit aufgerissen Augen, aschfahlem Gesicht und zerzaustem Haar auf sie zugestürmt kam, hielten sie erschrocken in ihren Bewegungen inne, ließen ihre Kippen fallen und starrten ihn an.

»Wer fährt diesen Wagen?«, brüllte Kotsch und deutete auf den schwarzen Mercedes, der ganz vorn in der Reihe stand. Ein großer hagerer Mann meldete sich. Er war jung, vielleicht zwanzig. Parteisoldat aus der Jugendorganisation, das erkannte Kotsch sofort, denn der Junge trug die Ehrennadel der DJU am Revers.

»Fahren Sie mich sofort zum Kanzleramt«, keuchte Kotsch und hechtete, ohne auf eine Reaktion zu warten, auf den Rücksitz der Limousine. Der junge Mann zögerte, doch die anderen Fahrer nickten und bedeuteten ihm, besser zu gehorchen.

»Schneller«, brüllte Kotsch und der Fahrer klemmte sich hinters

Steuer. Mit quietschenden Reifen sprang das Fahrzeug nach vorn in Richtung Ausfahrt. Durch die Heckscheibe konnte Kotsch sehen, wie zwei, drei Männer in langen schwarzen Mänteln und mit gezückten Waffen aus dem Gebäude stürmten, sich suchend umblickten und mit sich überschlagender Stimme schrie Kotsch den Chauffeur an: »Schneller, Sie Idiot. Fahren Sie schneller.«

Der Mann am Steuer zuckte zusammen, gab aber sein Bestes, was bei den Menschenmassen, die panisch aus dem Gebäude strömten und die Straße verstopften, nicht so einfach war. Kotsch sah, dass die Männer, die noch immer hinter ihm herrannten, langsamer wurden und ihre Schusswaffen anlegten. Sie zielten auf das Heck der Limousine. Kotsch ging in Deckung, als sich zur gleichen Zeit genau hinter dem davonrasenden Fahrzeug eine weitere Tür des Gebäudes öffnete und Hunderte von Menschen ins Freie drängten. Die Männer wurden abgedrängt, überall waren nun Leute und Kotsch sah, wie sie in der Masse verschwanden. Der Wagen beschleunigte. Die Flucht war geglückt. Die Flucht?

Wieso hatte er das Gefühl, dass er fliehen musste? Wieso dachte er, dass die Männer mit den Waffen hinter ihm her gewesen waren? Kotschs Wagen hatte die offene Straße erreicht und der Fahrer gab jetzt richtig Gas. Der Motor heulte auf und Kotsch tastete mit zittrigen Fingern nach seinem Handy. Er musste Röttgers anrufen und Wolf. Wenn alles glatt gelaufen war, dann befanden sich die beiden jetzt im Kanzleramt. Er musste sie warnen. Sie schwebten in großer Gefahr. Irgendjemand musste sie verraten haben. Kotsch wählte die Nummer. Bei Röttgers hieß es, dass die Nummer nicht vergeben sei. Kein Anschluss unter dieser Nummer. Komisch. Kotsch wählte Wolfs Nummer.

»Guten Tag. Dies ist die Mailbox von Christian Wolf. Leider kann ich zurzeit ihren Anruf nicht persönlich entgegennehmen, aber falls Sie eine Nachricht hinterlassen wollen, dann sprechen Sie bitte nach dem Piepton …«, dann knackte es in der Leitung.

Kotsch wollte schon auflegen, als er ein Räuspern und Wolfs Stimme vernahm: »Ronald. Falls du diese Nachricht hörst … gib auf! Das ist alles eine Falle. Das Beste ist, du ergibst dich. Es ist aus. Alles.«

Dann knackte es wieder in der Leitung und es ertönte der obli-

gatorische Pfeifton. Kotsch erstarrte. Er legte auf und langsam ließ
er seine Hand sinken. Etwas war gründlich schiefgegangen und
zwar so richtig. Kotsch suchte nach dem Fehler im System. Aufgeben, hatte Wolf gesagt. Sich ergeben. Wie aber sollte er sich ergeben,
dachte Kotsch, wenn Männer mit Pistolen hinter ihm her waren und
er in einem Dienstwagen der Bundesregierung auf der Flucht war?
Kotsch beobachtete den Fahrer. Auch er ein Spitzel? Wer konnte das
schon wissen. Hatte er nicht selbst ein System aufgebaut, in dem
man niemandem mehr vertrauen konnte? War es nicht ihm zu verdanken, dass Nachbarn ihre Nachbarn verrieten und Kinder ihre Eltern? Irgendetwas war schief gegangen und die Straßen der Hauptstadt flogen an ihm vorbei. Als der Wagen in die Einfahrt des Bundeskanzleramts einbog, wurde Kotsch wieder bewusst, wo er war. Er
war viel zu schwach, um den Fahrer zur Umkehr aufzufordern. Mit
leerem Blick verfolgte er, wie die wachhabenden Soldaten die Papiere des Fahrers kontrollierten und ihn musterten. Es dauerte einige
Augenblicke bis sie ihn erkannten, dann aber standen sie überrascht
stramm und salutierten. Der Wagen wurde durchgewunken.

Der Wagen hielt vor dem Hauptportal des Gebäudes, aber niemand öffnete die großen Flügeltüren, niemand erschien, um ihn in
Empfang zu nehmen. Langsam stieg Kotsch aus. Er blickte sich um.
Jeden Augenblick erwartete er, dass Soldaten auftauchten, um ihn zu
verhaften oder schlimmer noch, um ihn gleich zu erschießen. Hier,
auf den Stufen des Kanzleramts. Stufen, die er unzählige Male hin-
aufgegangen war, um seinem Herrn und Meister zu dienen. Stufen,
die jetzt fremd und unwirklich wirkten.

Mit schleppenden Schritten stieg Kotsch die Treppe nach oben.
Er legte die Hand auf die Klinke der großen schweren Eingangs-
tür, die sich erstaunlich leicht öffnen ließ. Ihm fiel auf, dass er diese
Tür noch niemals zuvor selbst geöffnet hatte und ehrfürchtig betrat
Kotsch den riesigen Eingangsbereich. Die Halle war fast zwanzig
Meter hoch und noch nie in seinem ganzen Leben war sich Kotsch
so klein und unbedeutend vorgekommen wie in diesem Moment.
Der Saal war verlassen und seine Schritte hallten von den Wänden
wider, als er auf die hintere Treppe zusteuerte, die in die oberen
Etagen führte. Dort oben befand sich das Büro des Bundeskanz-

lers. Egal, was jetzt noch passieren würde, es musste dort passieren. Wenn er sich tatsächlich ergeben sollte, dann an diesem Ort. Kotsch fiel nichts anderes ein. Automatisch setzte er einen Fuß vor den anderen. Ein Weg, den er im Schlaf kannte. Heute fühlte sich alles neu und ungewohnt an. Als würde er dieses leere und verlassene Gebäude zum ersten Mal betreten.

Im Obergeschoss dämpften Teppiche seine Schritte. Ganz am Ende des riesigen Flurs befand sich Kohls Büro. Die Strecke auf dem handgewebten Läufer erschien ihm endlos. Fast war es so, als ob sich das Ende des Ganges bei jedem Schritt noch ein wenig weiter von ihm entfernte, aber schließlich gelangte er doch bis an die schwere Eichentür. Er zögerte. Sollte er anklopfen? Er hob die Hand, doch mitten in der Bewegung verharrte er. Diese Geste erschien ihm lächerlich. Langsam und geräuschlos öffnete er die Tür und Kotsch schob seinen Kopf hindurch. Das Büro war leer. Verlassen. Ein Aktenordner lag geöffnet auf dem Tisch, so als wäre der große Vorsitzende gerade eben erst aufgestanden und tatsächlich stand auch noch seine Kaffeetasse daneben. Vorsichtig betrat Kotsch den Raum und näherte sich dem Schreibtisch. Ängstlich befühlte er das feine Porzellan der Tasse. Der Kaffee war kalt. Kohl war weg und nur das leise Brummen der Wasserpumpe des Aquariums war zu hören. Ansonsten war es still. Sehr, sehr still.

Kotsch ließ sich auf dem Stuhl hinter dem Schreibtisch nieder. Langsam wurde es dunkel. Im Hintergrund das riesige Panoramafenster, durch das man einen unglaublichen Blick über den Tiergarten hatte. Da war das Europacenter. Der Funkturm. Der Reichstag. Westberlin. Kotsch betrachtete die Fische, die träge durch das klare Wasser schwammen. Wasser.

Der Anblick der sanften Wassertiere, ihre schwerelosen und anmutigen Bewegungen beruhigten ihn. Kohl hatte schöne Fische. Kotsch kannte sich nicht damit aus und hatte sich auch nie dafür interessiert, aber diese Fische gefielen ihm. Die Zeit stand still. Kotschs Gedanken standen still. Sein Blick war starr auf das Aquarium gerichtet.

»Es ist aus«, hatte Wolf gesagt. Alles ist aus. Die Flucht war zu Ende und von irgendwoher ertönte leise Musik. Kotsch erkannte die

Melodie. Tausend Mal hatte er das Stück gehört, schließlich war es
das Lieblingsstück seines Chefs. »Die Vier Jahreszeiten« von Vivaldi und leise bewegte sich Kotsch zum Takt der Musik. Seine Augen
hatte er geschlossen und fast schien es so, als wäre er glücklich.

In einer ausschließlich in Frankreich veröffentlichten Biografie über Helmut Kohl, die unter dem Titel »Le Chancelier éternel« erschienen ist, heißt es auf Seite 35 ff:

»Eine der größten Stärken von Helmut Kohl ist wohl seine politische Wandlungsfähigkeit. Bevor er im Sommer 2003 seinen Ostdeutschland betreffenden 10-Punkteplan vorlegte, hätte man ihm nicht zugetraut, dass er jemals die Größe haben würde, der DDR die Hand zum Frieden zu reichen. Keiner hatte diese Geste von einem Mann erwartet, der bis heute die Beinamen »eiserner Kanzler« und »großer Vorsitzender« trägt oder wie ihn die Menschen halb spöttisch, halb ehrfürchtig nennen: »Die Faust«.

Natürlich standen auch hinter dem 10-Punkteplan durchkalkulierte wirtschaftliche Interessen und trotzdem war das Hilfsangebot der BRD an die verfeindete sozialistische Gegenmacht eine Überraschung in der internationalen Politik, läutete das Programm nicht zuletzt auch eine Liberalisierung im Inneren der Bundesrepublik ein, die bis heute anhält. Der fünfte Parteitag der Deutschen Union ging als »Tauwetterparteitag« in die Geschichte ein. In Deutschland gelang das seltene Kunststück radikale und tiefgreifende Reformprozesse einzuleiten, ohne einen gleichzeitigen Wechsel der Eliten vorzunehmen. Die meisten Minister seiner früheren Kabinette blieben im Amt und Helmut Kohl kehrte nach einer Zeit, die viele Beobachter als Phase des Terrors kennzeichnen, zur Politik des fürsorglichen Patriarchen zurück. Er öffnete die Gefängnisse und veranlasste die Schließung der Wiedereingliederungscamps, erlaubte nach und nach wieder kirchliche Jugendorganisationen und schob den Gewaltexzessen der Deutschen Jungen Union einen Riegel vor. Sein Angebot aus dem Jahr 2004, die Olympischen Spiele gemeinsam mit der DDR auszutragen verhalf ihm sogar zu einem Platz auf der Kandidatenliste für den Friedensnobelpreis. Beobachter gehen davon aus, dass er diesen auch sehr wahrscheinlich zugesprochen bekommen hätte, wäre dies nicht am erbitterten Widerstand von Großbritannien gescheitert. England unter

der autoritären Führung von
Tony Blair sah, wie alle britischen Regierungschefs vor und
nach ihm, in all diesen Aktivitäten die sukzessive Verwirkli-
chung deutscher Großmacht-
fantasien, die es zu verhindern
galt und gilt.«
(Übersetzt von K. Wiesenhagen
für die Zeitschrift *Cicero*, Frankfurt am Main, Dezember 2010)

Kapitel 12

Boah, bin ich verstrahlt.
Krasses Wochenende.
Aufräumen.

Montagmorgen, 08. Oktober 2012

Der Arzt, der sie begrüßt, wirkt kühl und distanziert. Wenn sie für irgendeine Art von Wortwitz empfänglich wäre, würde sie das nicht wundern, schließlich befindet sie sich im Kühlraum der Gerichtsmedizin. So aber steht sie nur klein und verängstigt in dem riesigen, kalten Flur, ihre Handtasche fest gegen die Brust gedrückt. Neonlichter brennen an der Decke und der Arzt schaut geschäftig auf seine Klemmmappe, die er vor seinem Bauch hält.

»Frau Jedele?« Jedeles Frau nickt.

»Wir haben Ihren Mann heute Morgen im Grunewald gefunden, nachdem uns ein Jäger alarmiert hatte. Er hatte seine Ausweispapiere noch dabei, deshalb haben wir Sie auch so schnell gefunden. Obwohl, so einfach war es dann ja doch nicht. Anscheinend sind Sie ausgezogen, steht hier, aus der gemeinsamen Wohnung …«, der Arzt macht eine bedeutungsschwangere Pause. Jedeles Frau muss schlucken. Dann nickt sie hektisch und stammelt: »Ja … äh, ich bin Samstagmorgen da weg … äh, ja weg. Musste da weg …«

Die letzten Worte werden vom strengen und missbilligenden Blick des Arztes begleitet, der sie aus blassblauen Augen betrachtet. Schuldbewusst senkt sie den Blick.

»Nun, es scheint so, als habe Ihr Mann das nicht so richtig verkraftet, dass Sie ausgezogen sind. Zumindest hat er sich, soweit wir das beurteilen können, selbst umgebracht. Nach unseren Erkenntnissen hat er sich erhängt. Im Grunewald, Frau Jedele. Ein äußerst schmerzhafter und qualvoller Tod.«

Scharf fixiert der Arzt die kleine Frau vor sich, die jetzt zu weinen beginnt. Heftige Krämpfe schütteln ihren ausgemergelten Körper. Eine Zeitlang genießt der Arzt das Schauspiel, dann fährt er mit kalter und analytischer Stimme fort: »Wir haben Sie gerufen, um die Identität Ihres Mannes zu bestätigen. Wir müssen uns sicher sein, nicht wahr? Es könnte ja auch irgendwer sein, der zufälligerweise die Papiere Ihres Mannes besitzt, nicht wahr? Könnte ja sein. Obwohl so ein Zufall …«, der Arzt zögert.

Er spürt, wie ein kleiner Funken Hoffnung in der Frau aufkeimt. Er will ihn anfachen. Ihn größer machen. Er will ihn nähren. Er will sie gern glauben machen, dass es ja sein könnte, dass vielleicht doch irgendein anderer, mit den Papieren ihres Mannes, nicht wahr? Es könnte doch sein Herr Doktor, oder? Es wäre doch möglich? Der Arzt lächelt kalt. Er weiß es besser. Ein Irrtum ist ausgeschlossen. Da drin liegt ihr Mann, ohne Zweifel, aber er kann der kleinen Frau Hoffnung machen, dass er es vielleicht doch nicht ist. Er hat die Macht, ein Gefühl, das ihm gefällt. Jovial legt er die Hand auf ihre Schulter und es gelingt ihm sogar, eine Spur von Mitgefühl in seine Stimme zu legen: »So oder so müssten Sie sich den Leichnam jetzt anschauen. Fühlen Sie sich stark genug?«

Jedeles Frau nickt. Als hätte sie schon jemals in ihrem Leben widersprochen. Als hätte sie schon einmal nicht das getan, was irgendjemand von ihr gewollt hatte. Sie hatte immer gehorcht. Immer. Sie, die Dumme. Die dreckige Hure. Sie, die nichts, aber auch gar nichts wert war. Das einzige Mal, dass sie sich widersetzt hat, ist am Samstagmorgen gewesen, als sie ins Frauenhaus gefahren ist. Dass es so etwas überhaupt gibt, hat sie überrascht. Eine Kollegin hatte ihr davon erzählt und heimlich hatte sie sich informiert. Sie wollte raus aus ihrer Ehe. Raus aus dieser dunklen, dreckigen Wohnung. Weg von ihrer Schwiegermutter, die sie schikanierte und beschimpfte. Nichts konnte sie der alten Vettel recht machen und ihr Mann hatte sie ebenfalls in einer Tour misshandelt. Geschlagen und beschimpft. Sie hat sich informiert und heimlich alles vorbereitet. Sie hat alles genau geplant. Am Freitagabend hat sie mit zittrigen Fingern die Nummer eines Taxiunternehmens gewählt. Noch nie zuvor ist sie mit einem Taxi gefahren. Sie hat ein bisschen Geld zur Seite gelegt. Nicht viel, er hat ihr ja kaum etwas abgegeben, und das Wenige, das sie mit ihren Putzjobs dazuverdiente, hat sie ja auch zu Hause abliefern müssen. Dennoch hat sie es geschafft, etwas zu sparen und für ein paar Monate hätte es gereicht. Ein einziges Mal in ihrem Leben hat sie sich also widersetzt, ist aufgestanden, um für sich selbst zu sorgen, und dann das. Er hat sich umgebracht und sie war Schuld daran. Nein. Das darf sie nicht denken. Das will sie nicht denken und ungläubig steht sie vor dem kalten Metalltisch, auf dem unter einer Plastikdecke ein riesiger Körper liegt. Vom Bauchumfang her könnte es auf jeden Fall ihr Mann sein, doch noch immer hofft sie auf eine Verwechslung. Vielleicht ist es doch ein anderer und voller Angst schaut sie zum Kopfende. Dort, im Licht der Operationstischlampe, die über dem Stahltisch hängt, steht der Arzt. Er vergewissert sich, dass die Frau auch hinschaut, dann hebt er langsam das Tuch an und legt das Gesicht frei. Ein schwarzer Bart. Zuerst erkennt sie ihn tatsächlich nicht. Das ganze Gesicht ist blau verfärbt. Eine riesige Platzwunde erstreckt sich beinahe zehn Zentimeter über seine rechte Gesichtshälfte, vom Haaransatz bis zum rechten Wangenknochen, der seltsam eingedrückt aussieht. Das Auge, dick geschwollen. Dunkelblau, lila, schwarz. Die Lippen aufgesprungen und zerkratzt. Er sieht schrecklich aus, aber es besteht kein Zweifel, er ist es. Es ist ihr Mann, der da vor ihr liegt, und Jedeles Frau presst ihre Faust gegen die Lippen. Fest beißt sie in ihre Knöchel. Das hat sie nicht gewollt. Das nicht. Sie wollte doch nur ein bisschen Freiheit. Ein bisschen Würde. Sie wollte doch nur ein bisschen gut zu sich sein. Für sich. Sie wollte ihm doch nichts Böses tun, auch wenn er ihr nur Böses angetan hat. Nie etwas Gutes. Vielleicht am Anfang mal. Die ersten beiden Monate, aber dann hatte er auch schon angefangen, sie zu schlagen und zu beschimpfen. Als sie schwanger geworden war, hatte er ihr unterstellt, dass sie ihm das Kind untergejubelt hätte, aber trotzdem. Das hat sie nicht gewollt. Das nicht.

Fasziniert starrt der Arzt auf die sich windende Frau und er kann sich kaum abwenden von dem Grauen, das sich in ihrem Antlitz spiegelt. Schließlich aber gibt er sich doch einen Ruck und bedeckt das geschundene Gesicht wieder mit dem Tuch.

»Wie es aussieht handelt es sich bei dem Toten tatsächlich um Ihren Mann, oder? Nach unseren Erkenntnissen hat er nach Ihrem

Fortgang am Samstagmorgen gegen Nachmittag das Haus verlassen. Um Ihre Schwiegermutter brauchen Sie sich übrigens keine Sorgen machen. Wir haben sie mittlerweile vorübergehend in ein ambulantes Pflegeheim einweisen lassen, bis Sie sich wieder um sie kümmern können. Es geht ihr den Umständen entsprechend gut.

Nachdem Ihr Mann also wie gesagt am Samstagnachmittag Ihre gemeinsame Wohnung verlassen hat, geriet er offensichtlich in die Straßenschlachten rund um den Hermannplatz.

Wie er dorthin gelangt ist, wissen wir nicht, fest steht allerdings, dass er gegen zwanzig Uhr von Spezialeinsatzkräften der Polizei vor dem wütenden Mob gerettet wurde, was auch die Verletzung am Kopf und das Hämatom im Augenbereich erklärt. Dem Protokoll zufolge war Ihr Mann in eine Auseinandersetzung mit mehreren Südländern geraten und konnte gerade noch von den Einsatzkräften vor Ort in Sicherheit gebracht werden. Nach einem Verhör und einer notärztlichen Behandlung im Polizeikrankenhaus Spandau, hat sich Ihr Mann dann gegen acht Uhr morgens auf eigenen Wunsch und gegen den ausdrücklichen ärztlichen Rat selbst aus dem Krankenhaus entlassen. Danach verliert sich seine Spur. Nach der Autopsie, die wir mittlerweile durchgeführt haben, muss der Tod zwischen 21 Uhr und ein Uhr heute Nacht eingetreten sein. Anscheinend hat Ihr Mann die Fallhöhe nicht richtig berechnet, weswegen er tatsächlich mehr oder weniger erstickte, bevor dann schließlich doch sein Genick brach. Sie müssen wissen, dass es sehr schnell gehen kann, wenn man es richtig macht, aber dazu muss man förmlich in die Schlinge springen, dann bricht das Genick und man hat fast keine Schmerzen. Sich selbst zu strangulieren ist dagegen äußerst qualvoll, weshalb man bei Hinrichtungen auch die erstere Methode anwendet, denn schließlich sollen die Delinquenten ja nicht unnötig … Frau Jedele? Oh, bitte entschuldigen Sie. Das wollte ich nicht. Ich wollte Sie mit meinen Ausführungen nicht aufregen.«

Jedeles Frau ist in sich zusammengesunken. Wie ein Häufchen Elend kniet sie vor der Bahre, auf der ihr Mann liegt, und heftige Weinkrämpfe durchzucken ihren schmalen, kleinen Körper. Sie weint. Sie kann nicht anders. Lautlos fließen die Tränen aus ihr heraus, sie zittert am ganzen Körper. Das hat sie nicht gewollt. Das hat sie alles so nicht gewollt. Lieber Gott, bitte sag mir, dass das nicht wahr ist. Sag mir bitte, dass ich nicht schuld daran bin. Bitte sag mir, dass ich nichts Unrechtes getan habe. Bitte, bitte hilf mir. Aber ihre Bitten werden nicht erhört und wie ein kleiner Vogel, der aus dem Nest gefallen ist, streckt sie die zitternden Hände nach dem toten Körper aus. Nach dem Mann, der nie gut zu ihr gewesen ist und den sie doch immer geliebt hat.

Manchmal ist es so, dass man erst dann bemerkt, wie sehr man etwas liebt, wenn man es verloren hat. Das ist keine neue Weisheit, Bruder, und jeder kennt den Spruch und trotzdem gibt es diesen einen Abend, an dem man bemerkt, dass sie dich hintergeht, dass sie einen Neuen hat, dass ein Anderer an ihr riecht und ihren Duft einatmet. Du kannst dich reinfallen lassen und wahnsinnig werden. Ich werde wahnsinnig bei so etwas, Stefan. Glaub mir. Wenn ich merke, dass ich betrogen werde. Ich werde wahnsinnig.

Diese Frau. Ich habe sie wirklich geliebt. Ich weiß nicht, warum ich dir das jetzt erzähle, aber ich vertraue dir. Ich vertraue dir immer noch. Noch immer, Stefan, komisch oder? Obwohl du mich töten wolltest, trotzdem vertraue ich dir. Ich weiß nicht warum, aber ich liebe dich, Stefan.

Diese Frau. Zwei Kinder haben wir zusammen und immer wieder haben wir es zusammen probiert. Erst bin ich gegangen. Dann sie. Dann umgekehrt, aber irgendwann war sie weg. Ich wusste, dass sie weg war, dass sie lügt, dass sie trickst. Sie meinte, sie hätte Spätschicht, aber ich wusste, dass das nicht stimmt. Sie hat mich angelogen. Die Kinder angelogen. Ich habe auf ihrem Dienstplan nachgeschaut. Sie hatte frei. Wir haben da schon nicht mehr zusammen gewohnt. Eigentlich ging es mich da schon gar nichts mehr an, aber du weißt ja. Ich bin Araber. Das geht nicht so einfach bei uns. Wir Kanaken sind da anders.

Eigentlich waren wir frei. Frei für neue Sachen und glaub mir, Stefan. Ich bin kein Heiliger. Gott weiß, dass ich dich nicht anlüge, ich bin kein Heiliger, und trotzdem habe ich an diesem Abend gemerkt, dass sie fort ist und dass ich sie immer noch liebe. In meinem Herzen. Tief drin.

Ich meine, ich will sie gar nicht wiederhaben. Bestimmt will ich sie nicht wiederhaben. Sie ist eine gute Frau, aber wir passen nicht zusammen. Wie Feuer und Eis. Du verstehst, was ich meine. Mein Leben und ihr Leben. Vollkommen verschieden. Ich rede so. Sie redet so. Immer anders. Ich gehe hierhin. Sie geht dahin. Ich mag Berge. Sie mag Meer. Aber trotzdem. Wenn ich mir vorstelle, dass sie ihre Zeit mit einem Anderen verbringt. Da werde ich wahnsinnig. Da werde ich irre.

Weißt du. Ich hab viel aufgegeben für diese Frau. Ich hab meinen Stolz aufgegeben. Ich wollte ihr gefallen und, Stefan, eines darf man nicht machen. Ein Mann darf nie seinen Stolz aufgeben. Verstehst du mich? Niemals darf ein Mann seinen Stolz hergeben. Nie. Verstehst du? Aber ich konnte nicht. Ich wollte diese Frau und sonst keine. Ich habe mit anderen Frauen geschlafen, aber eigentlich wollte ich immer nur sie.

Egal. Ich saß da. Ich habe Wodka getrunken. Die Kinder waren bei meiner Mutter und ich habe mir vorgestellt … Aber ich wollte es mir nicht vorstellen. Ich habe geraucht. Ich habe gesungen und geweint. Ich habe traurige Lieder gehört. Mein Herz hat wehgetan, Stefan. Mein Herz hat geblutet. Das hört sich jetzt alles schwul an, aber ich schäme mich nicht dafür. Ich habe gelitten. Wie ein Hund habe ich gelitten und mir war alles scheißegal. Ich wollte niemanden sehen. Niemanden kennen. Mit niemandem sprechen. Ich wollte allein sein in dieser Nacht und wenn du so eine Nacht erlebt hast, dann weißt du, wie das ist. Du denkst, so eine Nacht hört nie auf. Niemals wird so eine Nacht aufhören und es war im Winter. Da sind die Nächte lang in Berlin, das weißt du, Stefan. Brauch ich dir nicht erzählen. Bis um sieben, acht gehen die Nächte und es war kalt. Es war Dezember. Es war am 15. Dezember, ich weiß es noch ganz genau, und da habe ich mir mein Herz herausgerissen.

Du weißt, Stefan, ich bin ein harter Typ. Ich meine, ich bestehe auch nur aus Muskeln, Fleisch und Knochen, wie jeder andere. Aber ich bin zäh. Ich habe keine Angst. Nur vor Gott habe ich Angst, das weißt du. Sonst habe ich vor keinem Angst, aber in dieser Nacht hab ich geheult. Stefan. Ich habe geheult. Weil ich etwas verloren hatte, was ich nicht verlieren wollte. Ich wollte das nicht. Ich habe nicht aufgepasst. Ich habe nicht richtig darauf aufgepasst und dann war es weg. Sie hat *es mir nicht gesagt. Sie hat mir gar nichts gesagt. Sie hat noch nicht mal richtig Schluss gemacht. Wir waren auseinander und dann hat sie einfach aufgehört, mit mir zu sprechen. Kannst du dir das vorstellen, Stefan? Sie hat einfach aufgehört zu sprechen. Mit MIR?! Alle sprechen mit mir, wenn ich mit ihnen sprechen will. Alle! Jeder! Immer! Sie hat einfach aufgehört.*

Dann habe ich gesehen, die Vorhänge waren vorgezogen in ihrer Wohnung. Das Auto war weg. Sie war nicht zu Hause. Hat nicht zu Hause geschlafen. Den Kindern hat sie erzählt, dass sie im Krankenhaus ist. War sie nicht. Ich habe den Dienstplan gelesen. Scheiß drauf, Stefan. Wir waren nicht mehr zusammen. Ich respektiere das. Ich respektiere das, wie das in Deutschland läuft und dass ich da nix mehr gegen machen kann. Mein Vater hätte sie umgebracht und er hätte sie beschimpft. Es wäre nicht recht gewesen, aber ich akzeptiere das. Ich respektiere dieses Land, aber trotzdem habe ich dem Typen eine Bombe gegeben, ich weiß nicht. Ich musste es tun. Er war ein Barkeeper. Stefan, ich bitte dich. Sie hat sich einen Barkeeper geholt. Nach mir. Einen Barkeeper? Will die mich verarschen? Ich meine, ich hatte nichts gegen den, jeder wie er will, aber trotzdem. Ich laufe so nachmittags und plötzlich seh ich ihr Auto. Sie hatte damals ein auffälliges Auto. Metallicsilber. Mercedes Coupé. Ich hab ihr den geschenkt. Ich mein, ich hab ihr Autos geschenkt. Ich wollte nichts dafür haben. Ehrlich. Ist ja auch egal. Ich hatte den BMW und sie diesen Mercedes und der stand genau gegenüber von diesem Café, wo diese Schwuchtel gearbeitet hat. Ich bin da so rein und BÄM, da sitzt sie und dieser Typ gleich daneben. Ich so, bin so hin. Direkt zu dem Tisch und meinte noch zu ihr: »Na? Lässt du dich jetzt von der ganzen Nachbarschaft ficken?« Er steht auf, vielleicht wollte er irgendwas sagen oder er wollte abhauen, auf jeden Fall habe ich ihm eine Bombe gegeben. Eine richtige Bombe und dann habe ich mich umgedreht und sie schreit und da hab ich ihr eine Schelle gegeben und meinte nur: »Und du Nutte hältst jetzt mal die Klappe.« Kamen natürlich alle so angerannt, die ganzen anderen Bedienungen und eine schreit »Polizei« und »Schmeißt den Spinner raus« und dass ich primitiv bin. Weiß ich selbst, meinte ich zu der einen, weiß ich selbst, dass ich primitiv bin und hol die Polizei, is mir scheißegal, hab ich gesagt und dann bin ich raus. Ich weiß nicht warum, aber es ging mir besser. Dann gab's noch ein bisschen Polizei-Molizei-Action, aber im Endeffekt, da is nix bei rumgekommen. Ich weiß, dass man das nicht machen soll. Ich weiß es, aber weißt du was, Stefan? Danach hab ich mich richtig gut gefühlt. Ich musste es tun. Der Hurensohn. Als Kanake muss man so was machen, Stefan. Das ist so. Da kannst du nix dagegen tun, aber ich schwör dir, Stefan, manchmal … manchmal ist es so richtig schwer, Kanake zu sein.

Die ganze Zeit damals war schwer für mich und in der einen Nacht hab ich unseren Ring rausgeholt. Wir haben ihn schon lange nicht mehr getragen. Den Ring von unserer Hochzeit. Ich hab ihn ange-schaut. Er bedeutet nichts mehr. In dieser Nacht hat sie ihn vergessen. Ich meine, ich hatte ihn davor auch schon mal vergessen, aber trotz-dem. In dieser Nacht hat sie nicht mehr dran gedacht. Ich hab dran gedacht, aber das nützt nichts, wenn nur einer dran denkt. Dann habe ich ihn weggelegt. Ich habe ihn geküsst und weggelegt. Er war wertlos. Verstehst du? So ein Ring bringt nur dann was, wenn beide dran den-ken, und wenn ich ihn vergessen hatte, in irgendeiner Nacht davor, da saß sie vielleicht auch so da und hat dran gedacht und geweint. In dieser Nacht habe ich halt daran gedacht und wir haben uns viel verletzt, glaube ich. Die ganze Zeit war ein bisschen so, als ob wir im Meer schwimmen. Wir haben uns aneinandergeklammert, aber es war klar, dass wir uns irgendwann loslassen müssen. Wir werden immer schwächer und irgendwann halte ich sie nur noch an einer Hand. Wir sind im Meer und ich lasse ihre Hand los. Ich habe sie noch ein biss-chen gesehen zwischen den Wellen, aber dann war sie weg. Dann habe ich nix mehr gesehen. Gar nix. Ich bin allein. Allein im Meer und über mir sind nur noch die Sterne und die Hoffnung, sie wieder zu sehen. Weißt du, ich hätte sie gern beschützt. Ich hätte sie gern gehalten, so im Arm, aber es ging nicht. Sie wollte nicht. Und trotzdem habe ich gehofft. Immer wieder. Ich habe lange gehofft, dass sie zurückkommt, aber ich sag dir eins, Stefan: Das ist das Schlimmste, was man haben kann. Hoffnung. Weil die stirbt nie und verarscht dich doch immer wieder. Die Hoffnung ist ein Hundesohn.

Irgendwann ist sie dann weggezogen, nach Westdeutschland, und die Kinder sind hier bei meiner Mutter geblieben, das habe ich so ge-regelt. Das war alles schwierig wegen diesen Reisebestimmungen und so, aber soll sie ihr Leben machen. Sie ist eine gute Frau. Wir sehen uns zwei-, dreimal im Jahr und die Kinder sind, so oft wie wir das hinbekommen, bei ihr in den Ferien, aber wir passen nicht zusammen. Irgendwann hab ich es eingesehen.

In dieser Nacht, Stefan, habe ich mein Herz weggeschmissen. Ich habe einfach mein Herz genommen und in den Müll geschmissen. Es hat so wehgetan, Stefan, das glaubst du gar nicht, und ich hab gedacht, wenn ich es wegschmeiße, dann ist es besser. Aber das stimmt nicht, Stefan. Man darf sein Herz nicht wegschmeißen. Am Morgen nach der Nacht habe ich es dann wieder gesucht, weil ich so ein komisches Loch hatte. Hier in meiner Brust, Stefan. Hier war das Loch. Ich hatte ein richtiges Loch. Da konnte man sogar richtig reinfassen. Du konntest durchfassen, richtig durch mich durchfassen. Das war Angst, Stefan. Ich habe nie vor was Angst, aber da hatte ich Angst. Ich bin dann rausgelaufen, nur im Unterhemd, sonst nix. Es war kalt. Es war Dezember. Es war der 15. Dezember. Ich werde das nie vergessen, der 15. Dezember 2009 und ich hab mein Herz gesucht. Ich hab im Müll geguckt. Unter der Mülltonne. Im ganzen Zimmer habe ich geguckt. Die Wohnung hab ich abgesucht. Unter alles habe ich geguckt. Kein Herz. Ich bin raus in den Hof. Die Nachbarn haben geguckt, wie ich so in der Mülltonne wühle. Den ganzen Hof habe ich abgesucht und da, ich schwöre dir, Stefan. Hinten, in einer Ecke. Da lag mein Herz. Es war ganz klein. Ich habe geguckt, ob es auch wirklich mein Herz ist. Es war so klein. Aber es war meins und es war ganz kalt. Es hat nicht mehr doll geschlagen. Es hat nur noch so gezuckt, aber ich hab es in meine Hände genommen und ich hab es gehalten. Man muss gut sein zu seinem Herz, sonst stirbt man. Sonst ist man kein Mensch mehr. Und ich wollte immer ein Mensch sein. Immer! Ich wollte nie so werden, dass die Leute über mich sagen, der hat kein Herz. Nie. Ich hab mein Herz genommen und ich hab es mir wieder eingesetzt. Es hat wehgetan. Am Anfang war so komisches Gefühl. Es war ungewohnt. Das Herz war auch ein bisschen kalt. Lag ja auch ein paar Stunden draußen. Im Dezember. Da war es kalt. Richtig kalt. Aber ich habe es genommen und dann habe ich es wieder eingesetzt. Mein Herz wollte ich nicht verlieren. Aber meine Liebe habe ich verloren.

Hättest du nicht von mir gedacht, dass ich so bin. Atakan, der Star-

ke. Ja, es gibt immer einen, der stärker ist. Merk dir das und manchmal ist es halt eine Frau, die man nicht haben kann. Das ist dann einfach so. Da muss man damit fertig werden. Ich dachte, dass ich nie wieder lachen werde, in dieser Nacht. Nie wieder. So dachte ich. Aber ich lache. Ich lebe. Guck mich an, Stefan, ich lebe und es hat mich stärker gemacht. Weil irgendwann, Stefan, irgendwann wurde es dann nämlich doch Tag, in dieser Nacht. Irgendwann kam die Sonne und es wurde Morgen und dann bin ich schlafen gegangen und dann habe ich mein Herz gesucht und gefunden. Dafür danke ich Gott, dass ich mein Herz wiedergefunden habe. Aber es war die schlimmste Nacht in meinem Leben. Ich schwöre, Stefan. Die schlimmste Nacht …

Und der Mann vor mir fällt in ein tiefes Schweigen.

»Warum erzählst du mir das alles? Warum? Seit Stunden laberst du mich voll und erzählst mir diese Geschichten, die ich sowieso schon alle irgendwann mal gehört habe. Warum? Bringen wir es doch endlich hinter uns, oder? Ich meine, warum soll ich dir hier noch die ganze Zeit zuhören? Es ist doch sowieso vorbei, oder? Machen wir doch einfach Schluss. Es reicht doch auch, oder?«

Seit Stunden sitzt er vor mir. Erzählt mir Geschichten. Eine Geschichte nach der anderen. Er hört einfach nicht auf. Er sitzt im Halbdunkel. Manchmal taucht sein Gesicht kurz im Lichtkegel der nackten Glühlampe auf. Ich sehe seine kräftigen Arme mit den hochgekrempelten Ärmeln. Er spricht. Er erzählt. Ohne Unterlass. Er will mich überzeugen. Mich, der ich auf einem Stuhl sitze und friere. Mit gefesselten Händen. Er wirbt um mein Verständnis.

Warum Verständnis? Ich verstehe doch. Ich verstehe nur zu gut. Es ist vorbei.

Nachdem sie mich vom Stahlgerüst in der Bowlingbahn heruntergeholt haben, haben sie mich verprügelt. Nun. Damit hatte ich gerechnet, aber nicht, dass es tatsächlich so verdammt wehtut. Ich glaube, meine rechte Rippe ist gebrochen und meine Nase auch. Ich kann kaum noch was sehen, so geschwollen sind meine Augen. Dann haben sie mich hierher gebracht und auf diesen Stuhl gesetzt. Irgendwann ist Atakan reingekommen, hat sich dazugesetzt und mich angeschaut. Dann hat er angefangen zu erzählen. Über Frauen. Über seine Herkunft. Über Loyalität und Freiheit. Über die Angst und gutes Essen. Über die Liebe und dann die Geschichte von seiner Frau. Ich weiß nicht, warum er mir das alles erzählt hat. Oder doch, ich weiß es. Ich weiß jetzt so viel über ihn, dass er mich umbringen muss. Ich weiß jetzt so viel über ihn, dass ich in seinen Augen tatsächlich gar nicht weiterleben darf, aber natürlich habe ich auch versucht, ihn zu töten. Ich meine, nicht mal ernsthaft. Ich habe das Messer gezogen und dann habe ich ja noch nicht mal zugestochen. Aber er hat meinen Blick gesehen und insofern ist es für ihn wahrscheinlich dasselbe.

Was mich wundert, ist, dass ich überhaupt keine Angst mehr habe. Vorher, ja. Als ich die Schritte auf der Treppe gehört habe, ja. Als die Tür aufging und ich in Atakans Gesicht geblickt habe, ja. Als ich hörte, dass sie kommen, um mich zu holen, auch noch, ja, aber als sie mich dann hatten und unter Schlägen und Tritten aus dem Stahlgerüst geprügelt haben, ab da war die Angst verschwunden. Ich weiß, dass ich sterben muss, da mache ich mir gar keine Illusionen. Ich hab gegen den mächtigsten Mafiaboss Berlins das Messer gezogen, das kann ja nur mit dem Tod bestraft werden. Das wäre ja so, als hätte ich versucht, Kohl oder Kotsch umzulegen, darauf steht ja auch die Todesstrafe. Kein Zweifel. Doch jetzt sitze ich hier und muss mir Geschichten anhören. Von den guten Arabern und den bösen Deutschen. Von Ehre und zerbrochenen Ehen. Am Anfang war es ja noch irgendwie interessant, aber jetzt geht es mir nur noch auf die Nerven.

Klar ist die Lage in Neukölln und Kreuzberg beschissen. Das mit den Ghettos ist hart und die Segregationspolitik und all das. Klar ist das beschissen, aber muss man sich deswegen für eine Million kaufen lassen? Muss man deshalb seine Leute verraten? Muss man deshalb die ganze Zeit von Ehre und Würde reden und dann trotzdem alles Schlechte auf der Welt machen? Haram hier, Haram da und dann ficken sie doch alle Weiber, die nicht bei drei auf dem Baum sind. Zuhause aber, da soll die eigene Olle sitzen und hübsch auf die Herren der Schöpfung warten und wehe sie geht aus oder schminkt sich. Dann setzt es aber was. Dann ist sie gleich eine Nutte. Eine ehrlose Hure, dann muss man losgehen und sie schlagen oder sie töten. Weil sie ja die Ehre der Familie beschmutzt hat. Die Einzigen, die die

Familie beschmutzen, sind die Männer mit ihren Nutten und ihren Drogen und dem Saufen und all das.

Dann gehen sie zu ihren Stadtteilverordneten und wollen Festivals gegen den Krieg veranstalten oder so eine Scheiße. Festivals gegen Ehrenmorde müsste man organisieren, Freunde! Aber wenn man so etwas vorschlägt, dann heißt es nur: »Das ist Sache der Familien.« Aha, das ist also Sache der Familien. Einen Scheiß ist das Sache der Familien. Diese ständige Scheinheiligkeit und diese Heuchelei geht mir auf die Nerven, jetzt, da mir nicht mehr wirklich viel Zeit zum Leben bleibt. Ich weiß ja gar nicht, wie sie es machen wollen. Ich muss an Sabine denken. Schade, das mit ihr. Ich muss an meine Eltern denken. Ich glaube, die wissen bis heute nicht, was ich hier in Berlin eigentlich mache. Die kommen immer nur an, wenn ihnen irgendein Nachbar zeigt, dass ich im Fernsehen oder in der Zeitung war. Dann rufen sie mich an, ich sei ja in der Zeitung gewesen und wie toll das sei und so weiter. Aber für mich selbst haben sich meine Eltern nie interessiert. Immer war es nicht gut genug, und was ich mache, das haben die nie verstanden. Gießener Kleinbürger. So richtige Spießbürger. Nur nicht auffallen und immer an die Nachbarn denken. Immer hübsch brav und angepasst sein. Die ganze Scheiße von der Partei haben sie natürlich auch mitgemacht und als ich mit 14, 15 dagegen rebelliert habe, gab es Stunk. Nicht, dass ich überhaupt richtig dagegen rebelliert hätte. Hab ich ja gar nicht, aber schon die kleinsten Ansätze fand mein Vater inakzeptabel und als ein Parteifreund seine Meinung kundtat, dass man mich schon bei der Geburt hätte abstechen sollen, da hat er ihm nicht etwa eine reingehauen, wie man das hätte erwarten können, sondern er hat mir diese Erkenntnis direkt ins Gesicht gebrüllt: »Und der Karl hat recht gehabt: Ich hätte dich bei der Geburt schon abstechen sollen.«

Wie abgefuckt ist das denn, dass der eigene Vater so etwas zu seinem Kind sagt? Vielleicht bin ich deshalb so fasziniert von diesen arabischen Familien mit ihrem Zusammengehörigkeitsgefühl. Vielleicht war es das, was ich suchte. Mit Sicherheit. Stolz sein. Mitmachen dürfen. Auf die anderen zählen, sich verlassen können. War schön, aber war dann doch nur eine Illusion. Wenn du da nicht hineingeboren bist, bleibst du halt doch immer nur ein Fremder.

Jetzt auf diesem Stuhl, halbtot vor Müdigkeit und Schmerzen, kann ich das erkennen. Ich sehe alles vollkommen klar vor mir. Ich mache mir keine Illusionen mehr. Ich sehe den Tisch. Die Glühbirne. Ich sehe diesen Mann im Halbdunkel und ich weiß ganz genau, was passieren wird. Irgendwo hinter mir in meinem Rücken, in der Schwärze der Lagerhalle verborgen, muss eine Tür sein. Ich kann sie nicht sehen, weil ich mich nicht umdrehen kann, aber ab und zu kommt jemand rein und bringt Getränke. Meistens ist es Hamoudi, der mich nicht mehr anschaut. Warum sollte er auch? Es gibt keinen Grund mehr, denn mit Todgeweihten spricht man nicht. Diese Tür wird sich nicht mehr öffnen, zumindest nicht für mich, darüber bin ich mir vollkommen im Klaren. Hier werde ich also sterben. Die Frage ist nur, wie? Ich hoffe, es geht schnell, aber das werde ich noch früh genug erfahren. Dessen bin ich mir absolut sicher.

Fast lautlos öffnete sich die Tür und der massige Körper des großen Vorsitzenden erschien im Türrahmen. Sitzend, im Rollstuhl füllte er doch immer noch die halbe Tür aus und hinter ihm tauchte die Silhouette von Johannes zu Gutenberg auf. Kotsch musste eingeschlafen sein. Im Zimmer hing das graue Licht eines neuen Morgens und aus verquollenen Augen blickte er auf die Eindringlinge, bis er realisierte, dass er selbst es ja war, der in Kohls Büro eingedrungen war. Die Musik von Vivaldi war verstummt.

Kohl musterte ihn aufmerksam.

»Wie ich sehe, hast du es dir schon gemütlich gemacht, Ronald. Ich hoffe, wir stören dich nicht in *meinem* Büro.«

Die ätzende Süffisanz in Kohls Worten war nicht zu überhören und beinahe wäre Kotsch wie ein ertappter Schuljunge aufgesprungen. Doch wozu sollte er aufspringen, wenn doch sowieso alles schon verloren war? Kotsch zwang sich, ruhig zu bleiben und den eiskalten Blick seines Vorsitzenden auszuhalten.

»Du hast also versucht, mich zu stürzen?« Kohl lächelte böse. »Hat nicht geklappt, oder?«

Kohl schüttelte nachdenklich den Kopf und blickte Kotsch an, als hätte er einen missratenen Sohn vor sich.

»Was hast du dir nur dabei gedacht?«

Was habe ich mir dabei gedacht, dachte Kotsch und er wollte auf einmal so viel sagen. So viele Gedanken schwirrten in seinem Kopf. Er wollte von Treue erzählen, von der Sorge um Deutschland, von der Zurückweisung, von der Liebe zu Kohl und wie er sich verletzt gefühlt hatte, dass nun plötzlich andere in der Gunst des Alten viel weiter oben standen als er. Er war traurig gewesen und verzweifelt. Er hatte Kohl erreichen wollen, die ganze Zeit. Er hatte ihn sprechen wollen. Er wollte seine Pläne mit ihm abstimmen, so wie er es früher immer getan hatte, er hatte einfach nur gewollt, dass alles wieder so wird wie früher, doch stattdessen war er gegen eine Wand gelaufen. Eine Wand der zu Gutenbergs, der Bertholds, der Parteimarionetten, die jung und stramm und konturlos ihren Dienst angetreten und sich ihm in den Weg gestellt hatten. Ihm, dem Kronprinzen. Dem Loyalsten. Dem Erfahrensten. Dem Kämpfer. Dem Parteisoldaten der ersten Stunde. Dem Mann, der all die Schlachten geschlagen hatte für seinen Herrn. Dem Idealisten. Langsam ausgemustert und vergessen. Schleichend abserviert.

Sein Herz war voll, doch er blickte in Kohls hartes, hämisches Gesicht und dahinter stand mit aufgesetzt besorgter Miene zu Gutenberg, der bedächtig nickte, und Kotsch blieben die Worte im Hals stecken. Wieder schüttelte Kohl den Kopf.

»Ich verstehe dich nicht, Ronald. Ich versteh dich nicht. Du kannst von Glück sagen, dass wir die Wahl gewonnen haben und dass wir diese Situation gestern Nacht in den Griff bekommen haben. Die internationalen Beobachter standen schon Kopf und nur durch die tatkräftige Hilfe von zu Gutenberg hier konnten wir die Sache bereinigen. Was glaubst du, was die Presse geschrieben hätte, wenn Johannes nicht durchgegriffen hätte? Ich kann dir sagen, das war nicht billig und wir mussten alle Tricks anwenden, damit das alles heute einigermaßen so in den Zeitungen steht, wie wir das haben wollen. Du kannst dich wirklich bei ihm bedanken.

Deine Rede am Samstag war unter aller Sau. Wer hat dir das erlaubt? Wer, will ich wissen? Was hast du dir bei dieser Sauerei gedacht?«

Kohl hatte sich in Rage geredet. Er hatte sich in seinem Rollstuhl aufgerichtet und Kotsch fühlte sich wie ein Pennäler, der von seinem

Klassenlehrer abgekanzelt wird. Schon immer hatte Kohl auf ihn diese Wirkung gehabt. Der Vorsitzende brauchte nur den Raum zu betreten und sofort drehte sich alles nur noch um ihn. Er verbreitete diese Aura der Macht, der sich nur sehr wenige Menschen entziehen konnten, und Kotsch war immer schon beeindruckt gewesen von dieser suggestiven Kraft. Mit einer Handbewegung, mit einer Geste konnte Kohl Kritiker zum Verstummen und mit einem Witz die Lacher auf seine Seite bringen. Kotsch hatte diese Fähigkeit immer bewundert, eine Fähigkeit, die ihm bei all seiner geschliffenen Rhetorik nicht vergönnt war. Jetzt fühlte er, wie sich der Bundeskanzler aufblähte. Seine Persönlichkeit durchdrang den Raum und füllte ihn aus. Der alte Mann im Rollstuhl wurde immer größer und größer und Kotsch selbst immer kleiner und unbedeutender. Er wusste, dass er nichts sagen konnte. Er wusste, dass er nichts erwidern würde. Er war nichts. Gar nichts mehr und doch wollte er noch so viel wissen. Warum? Warum war das alles passiert? Warum? Und als hätte ihn Gott erhört, rollte Kohl mit vor Zorn bebender Stimme auf ihn zu.

»Du hast nichts verstanden, Ronald. Nichts. Wie oft habe ich dir gesagt, dass wir einen Kurswechsel brauchen, wie oft? Wie oft habe ich dir gesagt, dass wir die Kommunisten verkaufen müssen und dass wir dafür eine neue Ausländerpolitik brauchen, dass wir dafür die Einwanderer selbst brauchen und sogar diese Banden und dann kommst du und hältst diese Rede. Ich habe dir zu Gutenberg geschickt. Ich habe dir Berthold in den Verfassungsschutz geschickt, aber nein, der Herr Innenminister muss ja weiterhin sein eigenes Süppchen kochen, seine Macht ausbauen, seine eigene Behörde leiten, seinen eigenen Staat im Staat installieren, seinen eigenen privaten Krieg organisieren. Ich habe dich beobachtet, Ronald. Ich habe zugesehen. Viel zu lange habe ich zugesehen und dich machen lassen. Du hast nichts verstanden, gar nichts.

Ich habe es gut mit dir gemeint. Ich habe dich unterstützt. Ich habe dich gegen all die Angriffe verteidigt. Ich habe den Stimmen widersprochen, die mir vorausgesagt haben, dass du mir eines Tages gefährlich werden würdest. Viele haben mich gewarnt und ich habe immer geantwortet, nein, der Kotsch, der macht so was nicht. Das ist ein Guter. Das ist ein Treuer. Ich habe mich geirrt.« Kohl zitterte vor Erregung. »Ich habe mich geirrt«, sagte Kohl leise.

Kotschs Augen wurden feucht.

»Müller?«, stammelte der Innenminister mit vibrierender Stimme, »war Müller … eine Falle?« Kohl blickte ihn an. Durch die dicken Brillengläser wirkten die Augen des Vorsitzenden doppelt so groß. Er bewegte ruckartig den Kopf.

»Natürlich war Müller eine Falle«, antwortete er barsch und fügte hinzu: »Hatten wir nach deiner Rede eine andere Wahl? Du stellst dich vor die Kameras, bringst mit dieser Rede das Fass zum Überlaufen, verschwindest dann und wir haben einen Tag vor der Wahl die schönste Revolte im Land?! In der Bundeshauptstadt?! Zu einem Zeitpunkt, wo wir uns vor internationalen Beobachtern kaum retten können! Ja, sag mal, bist du denn wahnsinnig geworden? Wenn zu Gutenberg nicht gewesen wäre, hätten wir jetzt einen Bürgerkrieg! Begreifst du das?«

Die letzten Worte brüllte Kohl. Spucketropfen lösten sich von seinen Lippen und trafen Kotsch im Gesicht. Dieser zuckte nicht. Regungslos starrte er den schäumenden Vorsitzenden an. »Du bist erledigt, Ronald. Als Innenminister bist du unfähig und anscheinend nicht gewillt, die neue Politik unserer Partei zu tragen. Anscheinend bist du nicht mehr fähig, die Richtlinien der Deutschen Union zu befolgen. Du musst weg und wir haben versucht, es auf eine saubere Art und Weise zu erledigen. Wir hätten einen Märtyrer aus dir gemacht und wir hätten dich mit allen Ehren beigesetzt, aber nicht mal dazu bist du in der Lage. Nicht mal das schaffst du«.

Kohl flüsterte. Er wirkte müde und resigniert, so als habe er nicht länger Lust, mit seinem ungezogenen, pubertären Sohn zu reden. Abrupt wendete Kohl seinen Rollstuhl und rollte Richtung Tür. Kotsch räusperte sich. Seine Kehle war trocken. Er wollte etwas sagen, doch es gelang ihm nur ein undefinierbares Geräusch. Schließlich krächzte er: »Warum … warum Atakan?«

Kohl drehte sich um und blickte über seine Schulter zurück auf seinen ehemaligen Innenminister. Der Mann tat ihm irgendwie leid.

»Es geht nicht um Atakan, Ronald. Es geht um die Sache. Verstehst du das nicht? Dieser Atakan ist dumm und unwichtig. Wir hätten ihn in einem Aufwasch mit erledigt. Wir hätten ihm die ganze Sache in die Schuhe geschoben, wenn … entschuldige, dass ich so offen mit dir rede, wenn du anständig gestorben wärst. Verstehst du? Aber es lief sowieso nicht alles so, wie wir es geplant hatten, und jetzt müssen wir es eben anders machen. Der Mann ist dumm und außerdem hat er anscheinend diesen Jungen entführt. Diesen Fabinger, der gestern Nacht sein Pressesprecher war. Er hat ihn in einer Lagerhalle irgendwo in Moabit und wir haben das Gebäude umstellen lassen und werden ihn in …« Kohl schaute auf seine Armbanduhr, » … in zwanzig Minuten verhaften. Es geht nicht um Atakan oder Mohammed oder Ali oder wie diese Kameltreiber alle heißen, Ronald. Es geht ums Prinzip. Wir brauchen diese Leute. Wir brauchen diese Einwanderer. Wir brauchen ihre Kraft. Wir brauchen ihr wirtschaftliches Denken. Wir haben lange genug auf sie verzichtet. Ja, es stimmt. Das war viele Jahre unsere Politik, aber seit zwei Jahren ist das vorbei und ich habe es dir oft genug gesagt. Seit zwei Jahren reden wir darüber und du hast alle Zeichen der Zeit ignoriert. Mit deiner Rede vorgestern hast du den Bogen eindeutig überspannt und dass du tatsächlich auf das Putsch-Angebot von Müller reagiert hast …«

Kohls Gesichtszüge wurden auf einmal weich und fast zärtlich fügte er hinzu: »Wir mussten reagieren, Ronald. Wir konnten nicht mehr anders. Diese Pressekonferenz … Es tut mir leid, Ronald. Es tut mir leid.«

Kohl blickte jetzt gütig auf seinen Sohn und Kotsch traten Tränen in die Augen. Er wollte seinen politischen Ziehvater nicht so sehen. Er wollte nicht, dass Kohl sich bei ihm entschuldigte. Gern hätte er alle Schuld auf sich genommen, warum war er nicht gestorben? Warum hatte er seinem geliebten Vater diese Situation nicht erspart? Er fühlte sich schuldig. Zutiefst schuldig. Er hatte alles falsch gemacht und Kotsch wusste, dass es pervers war, aber er wollte aufspringen und Kohl die Hand küssen, vor ihm niederknien und ihn nun selbst um Verzeihung bitten. Da drehte sich der Alte weg und mit festen Stößen seiner großen Hände steuerte er den Rollstuhl nun endgültig auf die Tür zu, die ihm zu Gutenberg aufhielt.

»Und diese Gruppe? Christoph? Mein Sohn?«

Kotschs Stimme zitterte. Er wollte diese Frage nicht stellen, aber er musste es tun. Sein Kinn vibrierte. Seine Zunge hatte sich eingerollt. Ihm war furchtbar schlecht. Von außen fiel das Licht des Flurs in das Büro. Von Kohl konnte er nur noch seinen unheimlich großen Schatten sehen und Kohls Stimme sprach aus der Finsternis: »Ronald. Du weißt, was wir damit machen. Du kennst das Spiel. Du bist erledigt und wir werden das jetzt zu Ende bringen. Wir hätten dich …«, Kohl zögerte, dann schüttelte er unwillig den Kopf. »Ich glaube, du hast es immer noch nicht verstanden. Und das wirst du wohl auch nicht mehr.« Dann drehte Kohl sich um und verschwand.

Bevor zu Gutenberg die Tür mit einer schwungvollen Bewegung zumachte, grinste er Kotsch noch einmal an, dass dieser seine weißen Zähne sehen konnte. Siegesgewissheit lag in diesem Grinsen und Verachtung. Kotsch kannte diesen Blick aus einem früheren Leben. Zu Gutenberg verbeugte sich hämisch. Dann schloss er die Tür und Kotsch war allein.

Als Sabine am Montagmorgen in die Agentur kommt, ist alles so wie immer. Natürlich unterhalten sich die Kollegen über den Ausgang der Wahl, der keine Überraschungen zu bieten hat, und der ein oder andere will auch etwas von Krawallen gehört haben. Da diese aber anscheinend in Stadtvierteln stattgefunden haben, die ohnehin kaum einer von ihnen jemals betreten hat, geht man schnell zur Tagesordnung über. Die meisten betonen nur, wie heftig das Wochenende wieder einmal war und wie verstrahlt sie noch sind. Dementsprechend langsam startet man in die neue Arbeitswoche.

Sabine sagt nichts. Fieberhaft und mit äußerster Vorsicht durchforstet sie das Internet nach Informationen. Gestern Abend, nachdem sie sich von Christoph getrennt hat, hat sie noch vergeblich auf ein Lebenszeichen aus Steglitz gehofft, auf eine Nachricht von der Gruppe, aber niemand hat sich gemeldet. Weder übers Handy noch über das freie Netz. Alles, was Sabine heute an Informationen finden kann, betrifft den Ausgang der Wahl und dass es wohl zu einem Treffen zwischen einem Vertreter der arabischen Gemeinde und dem Innenminister gekommen sei. Das Wahlergebnis selbst bietet wenig Spannung, doch anscheinend wurde bei den Gesprächen mit den Zuwanderern ein Abkommen geschlossen, das international in der Presse als Richtungswechsel in der deutschen Ausländerpolitik gewürdigt wird und auch auf den Internetseiten der B.Z. als Aufmacher herhalten muss. Alle Artikel zu diesem Thema sind von Stefan geschrieben worden. Es gibt sogar ein Foto von ihm mit Kotsch und diesem grässlichen Atakan Abou-Mohammed. Hat er es also geschafft. Jetzt ist er dort, wo er schon immer hinwollte. Herzlichen Glückwunsch. Die abschließende Presseerklärung zu dem Abkommen mit den Zuwanderern ist dann allerdings von einem Staatssekretär zu Gutenberg unterzeichnet und an die Presse gegeben worden und internationale Medien äußern die Vermutung, dass es sich hierbei um den nächsten deutschen Innenminister handeln könnte. Sabine hat den Namen noch nie zuvor gehört, doch könnte das bedeuten, dass Kotsch vielleicht nicht länger im Amt bleiben würde, zumindest nicht als Innenminister und … was würde das dann für Christoph bedeuten und für die Gruppe?

Irgendwann gestern Abend ist Sabine dann doch eingeschlafen, aber nur um gegen vier Uhr morgens wieder aufzuwachen und an den Computer zu stürzen. Doch keine Botschaft von der Gruppe. Irgendwann wurde es dann Zeit, zur Arbeit zu gehen und vielleicht ist es ja auch ein gutes Zeichen, wenn sich keiner meldet, denkt Sabine. Die meisten kennt sie ja gar nicht. Eigentlich hat sie mit ihnen ja gar nichts zu tun und warum sollten sie dann ausgerechnet ihr eine Nachricht schicken? Nur durch Christoph hat sie die Mitglieder kennen gelernt, nur weil er sie mitgenommen hat und trotzdem macht sie sich Sorgen um diese Menschen und hätte gerne gehört, dass es ihnen gut geht. Immerhin haben sie zusammen gekämpft. Immerhin ist sie dabei gewesen. Immerhin hat sie gesehen, wie einige von ihnen gefallen sind. Niedergestreckt von Schüssen aus den Gewehrläufen deutscher Polizisten und Soldaten. Auch wenn sie nur zufällig dabei gewesen ist, so war sie doch mit ihnen verbunden. Sie denkt an Christoph und seine undurchsichtige Rolle. Der Sohn des Innenministers. Der Sohn des ehemaligen Innenministers? Hatte er sie alle auffliegen lassen? Nein, dann hätte er sich nicht selbst so in Gefahr gebracht. War er selbst in Gefahr? Sabine läuft es kalt den Rücken runter, als sie an ihn denkt, und ein tiefer Seufzer entfährt ihr, als sie an den Flur denkt, an all das, was passiert ist. Was war da nur mit ihr passiert und unwillkürlich wird ihr schlecht.

Sabine muss sich konzentrieren. Sie will nicht auffallen. Sie darf nicht auffallen. Es ist zu gefährlich. Sie hat selbst gesehen, wie am Samstagnachmittag aus einem harmlosen Spiel tödlicher Ernst wurde. Ratzefummel und dann bäng, bäng. Die Menschen, die vor diesem Staat gewarnt haben, hatten recht. Alle haben sie recht gehabt und keiner wollte ihnen glauben. Selbst als diese Leute in die Lager transportiert wurden, hat ihnen keiner geglaubt, doch es war alles wahr und nun steht noch nicht einmal was davon in den Zeitungen. Nicht einmal auf den ausländischen Seiten wird über die Ausschreitungen berichtet. Nichts. Als wäre es einfach nie geschehen.

Ruhig und beschaulich präsentiert sich die Bundesrepublik Deutschland im zwanzigsten Jahr der Regierung Kohl. Ein wenig autoritär, aber mit allen persönlichen Freiheiten. Ja, natürlich darf man ficken, mit wem man will, und natürlich schauen die Bullen dezent zur Seite, wenn man sich alle erdenklichen Drogen einverleibt, und erst jetzt fällt ihr auf, dass dieses System Methode hat. Wer sich jedes Wochenende so hübsch wegballert und halbtot fickt, der hat keine Zeit, darüber nachzudenken, ob das alles hier richtig läuft. Am Nebentisch lacht Sabines Kollegin laut auf, so dass Sabine zusammenzuckt. Die Kollegin amüsiert sich eine Spur zu enthusiastisch über die banale Bemerkung eines anderen Kollegen, als Gernot an ihren Tisch tritt.

»Na, auch ein hartes Wochenende gehabt?«

Zwinker, zwinker.

»Du warst ja so plötzlich weg, Samstag früh«.

Zwinker, zwinker. Oh Gott, Gernot. Den hatte sie ganz vergessen. Um Gottes willen, bitte kein Gespräch jetzt und hastig behauptet Sabine, etwas sehr Wichtiges vergessen zu haben, es holen zu müssen, aus dem Showroom, »bin gleich wieder da, fällt mir gerade ein.« Nur schnell weg von diesem Typen und Sabine rennt auf die Toilette. Sie klatscht sich kaltes Wasser ins Gesicht. Sie sieht furchtbar aus. Mehr kaltes Wasser. Es hilft alles nichts.

Nach einigen Minuten schleicht sie wieder zurück an ihren Platz. Gernot ist zum Glück verschwunden und auch die anderen sind gerade Mittag essen, spielen Kicker, treffen sich zum Rauchen vor der Tür oder machen irgendeine andere Scheiße, von der sie später behaupten werden, dass es mal wieder voll der Stress im Büro war. Auf jeden Fall sind sie gerade nicht da. Hektisch öffnet Sabine ein paar ausländische Seiten. Sie kennt die Tricks, wie man die Server umgehen und mit einer falschen IP ins Netz gehen kann. Das ist nichts Besonderes. Jeder kennt diese Tricks und selbstverständlich kennt auch der Verfassungsschutz diese Schlupflöcher, aber er reagiert nicht immer. Zum wiederholten Mal versucht sie es auf den amerikanischen Human-Rights-Watch-Seiten, doch auch da steht nichts über die Krawalle, dabei sind sie sonst immer die Ersten, die bereit sind, auf Menschenrechtsverletzungen in Europa hinzuweisen. Nichts. Gar nichts.

Kein Wort über Unruhen. Kein Wort zu den Toten und Verletzten. Kein Wort über Panzer und Gewehre. Nur Lob für die äußerst demokratischen und fairen Wahlen und das phänomenale Wahlergebnis der DU. Doktor Helmut Kohl, der ewige Kanzler. Auch auf den ostdeutschen und selbst auf den internationalen Seiten der russischen Regierung: Nur Zustimmung und Lob. Diese befassen sich noch ein wenig ausführlicher mit den Verhandlungen und der Presseerklärung von Johannes zu Gutenberg in Bezug auf die Ausländerfrage und dort steht dann auch zum ersten Mal, dass die Bundesregierung plant, die Checkpoints am Rande der Berliner Ghettos abzuschaffen und schrittweise die Segregation zurückzunehmen, doch kein Wort über Krawalle und Widerstand. Manch einer wundert sich zwar über den abrupten Kurswechsel der deutschen Regierung und verweist auf die äußerst ausländer- und kommunistenfeindliche Rede von Ronald Kotsch, vom Samstagnachmittag, doch hat sich die internationale Kommentatorengemeinde offensichtlich schon damit abgefunden, dass Kotsch wohl die längste Zeit Innenminister der BRD gewesen war und ihm nun der sehr viel gemäßigter auftretende Johannes zu Gutenberg nachfolgen wird. Auch wenn die im Amt bestätigte Regierung Kohl verlauten lässt, dass man zu Personalfragen noch keine Stellung beziehen wolle, macht man keinen Hehl daraus, dass Kotsch als Innenminister nicht mehr tragbar ist, was international begrüßt wird.

Sabine sucht. Bei Google gibt sie die Worte »Gruppe« und »Steglitz« ein. Sie sucht nach »Verhaftung« und »Verhaftungen«. Das ist gefährlich. Mit Sicherheit werden ihre Suchabfragen an die zuständigen Zentralrechner beim Verfassungsschutz weitergeleitet. Google ist in dieser Hinsicht das gefährlichste Werkzeug, aber sie hat keine andere Wahl. Wenn sie etwas herausfinden will, muss sie es benutzen. Keine Ergebnisse. Irgendwelche Einbrüche. Ein Autoknacker, der verhaftet worden ist. Ansonsten, nichts. Sabine gibt auf.

Gegen Nachmittag kommen dann die ersten Meldungen: Der Führer der arabischen Gemeinde, der am Samstagabend noch die Verhandlungen im Namen der Bezirke Kreuzberg und Neukölln geführt hat, ist verhaftet worden, da er in einen Entführungsfall verwickelt ist. Die Geschichte ergibt zunächst wenig Sinn, doch anscheinend hat es bei der Festnahme sogar einen Toten gegeben. Außer Sabine interessiert sich niemand dafür. Ein neues Projekt muss eingetütet werden. Eine Marketingkooperation mit einem Rucksackhersteller erfordert die volle Aufmerksamkeit der Belegschaft und ein neuer Presseverteiler muss erstellt werden. Mittlerweile ist auch der Chef im Großraumbüro angekommen und der kleine Laden brummt vor emsiger Betriebsamkeit. Bis 18 Uhr hat Sabine alle Hände voll zu tun und mehrere Meetings, auf denen alles und nichts beschlossen wird. Mails hier, Mails da und erst, als alle anderen schon wieder auf wichtige Außentermine müssen, zwinker, zwinker, hat sie endlich wieder Luft.

Arabischer Verhandlungsführer? Das muss doch Atakan sein und Stefan … Lange muss sie diesmal nicht suchen. Auf der Website der B.Z. wird sie fündig. In großen Lettern steht auf der Startseite: »Die B.Z. trauert um ihren Mitarbeiter Stefan Fabinger«, und darunter: »B.Z.-Journalist bei Festnahme getötet.«

Sabine erstarrt. In akkuratem Meldungsdeutsch ist zu lesen, dass am Morgen ein Sondereinsatzkommando der Berliner Polizei ein Lagerhaus in Moabit gestürmt hat, in das der Anführer eines libanesischen Mafiaklans, Atakan Abou-Mohammed den B.Z.-Mitarbeiter Stefan Fabinger verschleppt hatte. Dies stoße auf große Verwunderung, umso mehr als dass Abou-Mohammed noch in der Nacht von Samstag auf Sonntag als Führer einer Ausländerdelegation aufgetreten ist, die mit dem Innenministerium verhandelte um Zugeständnisse im Bereich der Ausländerpolitik zu erreichen (die B.Z. berichtete). In diesem Zusammenhang hatte Abou-Mohammed den jungen Reporter als seinen Pressesprecher der Öffentlichkeit präsentiert. Stefan Fabinger selbst habe sich durch seine hervorragenden Recherchefähigkeiten als erstklassiger Journalist ausgezeichnet und sei für die phänomenale Berichterstattung über die Verhandlungen mit den Ausländern im Vorfeld der Bundestagswahl verantwortlich gewesen. Bislang sei nicht bekannt, ob der Reporter während der Stürmung des Gebäudes von einer Kugel der Polizei oder aus dem Lauf der Verbrecher getötet wurde. Bei der Aktion seien insgesamt acht Männer verhaftet worden, die allesamt dem Umfeld der kurdisch-arabischen Großfamilie zuzuordnen seien. Die B.Z. trauere um einen ihrer besten Mitarbeiter und ein großes Talent. In ehrendem Gedenken: Stefan Fabinger.

Lange starrt Sabine auf den Bildschirm. Irgendwann laufen ihr die Tränen übers Gesicht. Aus ihrem tiefsten Innern löst sich ein Schluchzen und all der Schmerz bricht über ihr zusammen.

Sie weint. Sie weint, wie sie noch niemals zuvor in ihrem Leben geweint hat.

Shoutouts gehen raus an Karlotta und Finnegan, die hoffentlich niemals in einer solchen Welt leben müssen. An Daniel und Moritz, die mir Mut gemacht haben und ohne die, das Ganze nicht fertig geworden wäre. An Julia, die mich vor ein paar patriarchalen Patzern bewahrt hat und an John, der dafür verantwortlich ist, dass nun tatsächlich ein Buch erscheint. Ich danke allen, die mich mit Kritik und Rat und Tat bei diesem Projekt unterstützt haben und ganz besonders Diana, ohne die alles nicht funktionieren würde. Together we are what we can't be alone.